MAGNUS CHASE AND THE GODS OF ASGARD

阿斯嘉末日

雷神戰鎚

Rick Riordan
雷克・萊爾頓 著
王心瑩 譯

名家好評推薦

藉由近年系列電影、知名電玩的推出，北歐神話的故事和神祇以雷霆萬鈞的氣勢風靡全球，逐漸拓展知名度。本書以十六歲的波士頓少年遊民馬格努斯爲主角，其因血統而捲入未知的紛爭及冒險，並展開和北歐神話種族與舞台緊密結合的奇幻之旅。在層層謎團中，主角先進入英靈神殿，再穿梭於以世界之樹爲核心的各個世界；他和夥伴們在旅途中共同奮戰，發揮個人潛質與過人的勇氣，不斷戰勝內心恐懼，迎擊前所未有的困難和挑戰。

當代奇幻大師雷克．萊爾頓曾巧妙運用希臘、埃及、羅馬神話融入各個小說系列作之中，【阿斯嘉末日】則置入北歐神話體系爲主軸的英雄史詩敘事，角色性格栩栩如生，場景描繪細膩，畫面壯闊生動，情節高潮迭起且毫無冷場，非常引人入勝。

——暨南大學推理同好會指導老師 **余小芳**

當我拿到書，我便無法停下閱讀的慾望，這個故事太具有吸引力，也具有高度的文學性，讓我隨著故事跌宕起伏，仍在作者鋪陳的文字裡迴盪。作者將青少年冒險小說，融入北歐神話故事，將奇幻小說史詩般的呈現，不僅是讀者之福，也是教育者引頸企盼的讀本，因爲孩子在閱讀故事同時，也親近了北歐的神話，亦從紙上獲致探索的勇氣，解放了心靈裡的美感經驗。

——作家、親子教育專家 **李崇建**

新世代奇幻小說家雷克・萊爾頓，繼風靡全球的【波西傑克森】系列，以及他運用希臘天神、古埃及神靈、羅馬神話等背景所創造出來的精彩冒險故事之後，這一次又再度引領著我們進入另一個古老的傳奇——北歐神話。

故事主角馬格努斯，是浪跡美國波士頓街頭的十六歲落魄孤兒。他要如何面對突如其來的命運大轉折，又應該如何接受北歐諸神降臨人世間的各種挑戰？在萊爾頓精彩的敘事筆下，充滿了精彩打鬥、人性試煉、抉擇挑戰、趣味幽默，在一古一今、時空背景交相錯置之下，帶著我們一起和馬格努斯進入這個全新的驚險未知冒險旅程。

——親子作家 **陳之華**

獨特好奇的故事開端，引人入勝的身世之謎，從現實社會牽引至前往未見的諸神世界。看著一字一句的生動詞彙，腦中自動地勾勒出無限遼闊的異想世界。

高潮迭起、精彩刺激的冒險，也代表著青春少年在成長過程中，對於自我價值與認同的找尋。隨著主人翁馬格努斯因自身背景的信心缺乏，經由重重關卡的磨練與考驗，發現只有相信自己，才會有不平凡的經歷與無限的可能。

一同翻閱【阿斯嘉末日】，有著現代與神話的相互激盪，搭配電影中耳熟能詳的北歐神話，在奇幻小說大師雷克·萊爾頓的炫妙文字吸引下，展開一場與北歐諸神的夢幻想像吧！

——親職教育講師 **澤爸（魏瑋志）**

獻給托爾金，

他為我開啟了北歐神話世界。

阿斯嘉末日

雷神戰鎚

目錄

九個世界

阿斯嘉：阿薩神族的居所與神域
華納海姆：華納神族的居所與神域
亞爾夫海姆：精靈之國
米德加爾特：人類世界
約頓海姆：巨人之國
尼德威阿爾：侏儒之鄉
尼福爾海姆：冰、霜與霧的國度
穆斯貝爾海姆：火焰之國
赫爾海姆：由死亡之神赫爾掌管的冥界

1 拜託別殺我的山羊好嗎？

學到了一課：假如約女武神出去喝咖啡，你會跟帳單和屍體糾纏不清。

我差不多有六個星期沒見到莎米拉．阿巴斯，所以她突然打電話來、說我們需要談談生死攸關的問題時，我立刻就答應了。

（嚴格說來，我已經死了，這表示整個「生死攸關」的問題根本不適用在我身上，但不管怎麼說……莎米的語氣聽起來很焦慮。）

我抵達紐伯里街的「思考杯」咖啡店時，她還沒到。這地方像平常一樣擠滿人，於是我先排隊點咖啡。過了幾秒之後，莎米飛進來（一點都不誇張），剛好飛越咖啡店店員的頭頂。沒有半個人顯露驚訝神色。普通的凡人不善於判斷魔法方面的東西，也幸虧是這樣，否則波士頓人的大部分時間都會用來驚慌逃竄，躲避巨人、巨怪、巨魔和英靈戰士之間打打殺殺的戰斧和拿鐵咖啡。

莎米降落在我旁邊，身上穿著她的學校制服，包括白色運動鞋、卡其色寬鬆長褲，以及繡著「國王學院」標誌的長袖海軍藍上衣。她的頭髮包著一條綠色的穆斯林頭巾，腰帶掛著一把斧頭。我很確定斧頭不是制服的標準配備。

我看到她眞的很高興，不過也注意到她的黑眼圈比平常更暗沉。她站著的時候身體有點搖晃。

「嗨，」我說：「你看起來糟透了。」

「我也很高興看到你，馬格努斯。」

「不是啦，我是要說……不是『跟平常不一樣』那種糟透了，只是像筋疲力竭的那種。」

「我應該給你一把鏟子，好讓你自己把洞挖得深一點嗎？」

我舉起雙手，作勢投降。「之前的一個半月你跑去哪裡了？」

她的肩膀變得緊繃。「我這學期的工作量簡直要人命。我放學後要當家教，然後，你可能也記得，我還有一份兼差的工作，要去抽取死者的靈魂，外加執行奧丁[1]的最高機密任務。」

「你今天忙著帶小孩，還要跑行程。」

「而最重要的是……還有飛行學校。」

「飛行學校？」我們跟著排隊人潮向前移動。「像是開飛機？」

我知道莎米的人生目標是有朝一日成爲專業飛行員，但沒想到她已經開始上課了。「你十六歲就可以開飛機？」

她的雙眼閃耀著興奮神采。「我的外祖父母絕對負擔不起，不過法德蘭家有朋友開飛行學校。他們終於說服吉德和碧碧……」

「啊。」我笑起來。「所以，課程是阿米爾送的禮物。」

莎米臉紅了。我認識的青少年中，只有她有未婚夫。看到她談起阿米爾・法德蘭的時候變得那麼慌張，實在很可愛。

「那些課程最需要用腦筋、最需要謹慎以對……」她若有所思地嘆口氣。「不過說夠了，我約你來這裡不是要談我的行程。我們要見一位提供消息的線民。」

「線民？」

「這可能是我一直在等的好機會。假如他提供了好消息……」

莎米的手機嗚嗚叫。她從口袋拿出手機，查看螢幕，然後咒罵一聲。「我得走了。」

「你才剛到這裡耶。」

「女武神的事情。可能是代號三八一：英雄之死進行中。」

「那是你亂掰的吧。」

「我才沒有。」

「所以……是怎樣，有人覺得自己快死了，他們就傳簡訊給你：『快下來！急需女武神，愈快愈好！』後面還加上一堆哭臉的表情符號？」

「我好像應該回想一下，帶你的靈魂去瓦爾哈拉❷的過程是怎樣。你沒有傳簡訊給我。」

「沒有，不過我很特別啊。」

「反正你找外面的座位，」她說：「見見我的線民。我會盡快回來。」

「我根本不曉得你的線民長怎樣。」

「你一看到他就會認出來，」莎米保證說：「勇敢一點。還有，幫我點一塊司康餅。」

她像穆斯林女超人一樣飛出咖啡店，留下我一個人付兩個人的帳單。

---

❶ 奧丁（Odin）是北歐神話的眾神之父。參《阿斯嘉末日1：夏日之劍》三十五頁註❼。

❷ 瓦爾哈拉（Valhalla）是服侍奧丁的戰士們的天堂。參《阿斯嘉末日1：夏日之劍》六十七頁註⓱。

我點了兩大杯咖啡和兩個司康餅，在外面找到一張桌子。

春天提早降臨波士頓。一團團髒雪依然像牙菌斑一樣堆在路邊，不過櫻桃樹冒出白色和紅色的花苞。高級服飾店的櫥窗展示著花俏亮麗的粉彩色服裝，遊客在街上漫步享受陽光。

我坐在外面，舒舒服服穿著剛洗好的牛仔褲、T恤和丹寧布外套，然後才意識到，這是最近三年來，我不再以流浪漢身分迎接的第一個春天。

去年三月，我還在大型垃圾箱裡翻找東西。我一直睡在波士頓大眾花園的一座橋底下，與我的好兄弟希爾斯和貝利茲一起鬼混、躲警察並想辦法活著。

然後，兩個月前，我與一個火巨人大戰一場而死。我在瓦爾哈拉旅館甦醒過來，成爲奧丁麾下的一名英靈戰士❸。

如今，我有乾淨衣物可穿，每天洗澡，每天晚上睡在舒適的床鋪上。我也可以坐在這樣的咖啡店桌旁，吃著眞正付錢買的食物，而且不必擔心店員何時會把我趕走。

自從復活之後，我漸漸習慣一大堆古怪離奇的事。我穿梭於九個世界之間，見到很多北歐天神、精靈、侏儒，還有各式各樣的怪物，它們的名稱我連唸都唸不出來。我得到一把神奇的劍，它現在以盧恩石的項鍊墜子形式掛在我的脖子上。我甚至和我表姊安娜貝斯有過一段彼此心領神會的談話，談起希臘眾神住在紐約市，讓她的人生過得很辛苦。北美洲顯然有大批的古代神祇，造成大規模的滋生侵擾。

這一切我都得學習接受。

然而，我卻在一個美好的春日回到波士頓，像普通的凡人青少年一樣到處閒晃？感覺好奇怪啊。

我環顧周圍的一群群行人，尋找莎米的線民。「你一看到他就認得出來。」她這樣保證。我眞想知道這傢伙帶來什麼樣的訊息，也很好奇莎米爲何認定那是生死攸關的事。

我的目光盯著街區末端的一間店鋪，店門口有一塊黃銅和白銀打造的招牌，依然散發出華麗的光彩，上面寫著「貝利茲恩嚴選」，但是店門深鎖。大門玻璃內側貼著紙張，上面用紅色簽字筆以潦草字跡寫著：「店面重新裝修，很快與您見面！」

我一直想問莎米這件事。我完全不知道老友貝利茲爲什麼突然消失了。幾個星期前的一天，我剛好路過，發現他的店關了。從那之後，貝利茲恩和希爾斯東兩人音訊全無，一點都不像他們的作風。

我全神貫注想著這件事，差點沒看到我們的線民，直到他站在我面前。不過莎米說得沒錯，他還滿顯眼的。你可不是一天到晚都會看到一頭山羊穿著風衣的。

他的兩根彎曲羊角間硬是塞了一頂紳士帽，鼻子上架著一副墨鏡，身上的風衣不斷纏住兩隻後蹄。

儘管扮裝得很巧妙，我還是認得他。我曾在另一個世界殺過他、吃過他，那是你絕對忘不掉的情誼和體驗。

「奧提斯。」我說。

「噓，」他說：「我隱姓埋名耶。叫我……奧提斯。」

❸ 英靈戰士（einherjar）是英勇死去的偉大人類英雄，組成奧丁麾下的永恆軍隊。他們在瓦爾哈拉接受訓練，以便迎接諸神的黃昏。

「我不太知道這樣要怎麼隱姓埋名，不過隨便啦。」

奧提斯，又名奧提斯，匆匆坐進我幫莎米占好的位置。他用後臀坐著，兩隻前蹄放在桌面上。「女武神在哪裡？她也隱姓埋名嗎？」他朝最靠近的點心紙袋瞄了一眼，像是莎米可能躲在裡面似的。

「莎米拉得去抽取靈魂，」我說：「她很快就會回來。」

「人生有目標一定很好，」奧提斯嘆氣說：「嗯，這些食物謝謝你。」

「那不是要給……」

奧提斯迅速搶走莎米的司康餅紙袋，開始吃起來，連同包裝紙全部吃掉。

我們旁邊桌子有一對老先生和老太太，他們興味盎然地看著我的山羊朋友，面露微笑。他們的凡人感官也許察覺他是可愛的小孩或好玩的寵物狗。

「好吧。」看著奧提斯狼吞虎嚥吃點心，弄得他的風衣翻領滿是餅屑，實在很受不了。「你有事要告訴我們？」

奧提斯打個嗝。「是關於我的主人。」

「索爾[4]。」

奧提斯縮了縮身子。「對，他。」

假如我的老闆是雷神，聽到索爾的名字，我也會忍不住畏縮一下。奧提斯和他的兄弟馬文，負責拉天神的戰車，也爲索爾供應永無止盡的羊肉。每天晚上，索爾殺了牠們當晚餐吃；每天早上，索爾又讓牠們復活。各位同學，這就是你們應該去念大學的原因，長大後才不必做魔法山羊這種工作。

「我終於找到一個線索，」奧提斯說：「關於我的主人遺失的『那件物品』。」

「你是指他的鎚……？」

「別講那麼大聲！」奧提斯警告說。「不過沒錯……是他的『鎚』。」

我的思緒飛快回到一月的時候，那時我與雷神第一次碰面。我們在營火旁邊度過愉快時光，聆聽索爾放屁，暢談他喜歡的電視節目，放屁，抱怨他弄丟的鎚子，他用那鎚子大殺巨人和收看他喜歡的電視節目，然後放屁。

「還沒找到嗎？」我問。

奧提斯的前蹄在桌上發出喀嗒聲。「嗯，當然沒有『公開』宣布。假如巨人族眞的知道索爾失去了你知道的那件東西，他們會入侵凡人世界、摧毀一切，讓我陷入非常深沉的驚恐。但私底下說呢……對啦，我們已經找了幾個月，可是一無所獲。索爾的敵人愈來愈大膽了，他們感受到他的弱點。我對我的治療師說，這讓我回想起小時候待在山羊欄裡，那些惡霸打量著我的感覺。」奧提斯的黃眼睛瞇成一條縫，恍惚出神。「我想，我的創傷後壓力就是從那時候開始的。」

我有種預感，接下來好幾個小時都要聽奧提斯大談他的內心感受。身為「糟透了」的人，我只說了句「我感受到你的痛苦」，便讓話題繼續。

「奧提斯，」我說：「上次見到你的時候，我們幫索爾找到一支很好的鐵杖，可以當做備

---

❹ 索爾（Thor）是北歐神話中掌管雷電的天神，是眾神之父奧丁的兒子。參《阿斯嘉末日1：夏日之劍》三十五頁註❺。

用武器。他不是手無寸鐵。」

「沒錯，可是這權杖沒有像……『鎚』那麼好，不能對巨人引發同樣的嚇阻作用。而且，索爾用權杖看他的節目會變得很暴躁，螢幕太小，而且解析度糟透了。我不喜歡索爾變得很暴躁，那會讓我很難找到內心的快樂。」

這一切有太多地方顯得很不合理：索爾要找到自己的巨鎚爲何那麼困難？他對巨人隱瞞這樣的祕密怎麼能瞞那麼久？還有，山羊奧提斯會找到內心的快樂？

「那麼，索爾要我們幫忙。」我猜測說。

「私底下幫忙。」

「當然啦。我們全都得穿上風衣、戴上墨鏡。」

「這想法超棒的，」奧提斯說：「總之，我對女武神說，我會持續幫她更新消息，畢竟她負責執行奧丁的……你也知道，特殊任務。關於『那件物品』的所在位置，這是我第一次得到好線索。我的消息來源很可靠，他是另一隻山羊，跟我看同一位精神科醫師。他在他的農場上偷聽到一些談話。」

「你要我們追蹤一個線索，來源是你在精神科醫師候診室聽來的農場八卦。」

「很棒吧。」奧提斯整個身子往前傾，我好怕他會從椅子摔下來。「不過，你們萬事要小心喔。」

我得費盡全力才沒有笑出來。我曾與火巨人玩過「傳接岩漿球」的遊戲，曾經坐在大鷹的背上俯瞰波士頓的屋頂風光，曾把世界巨蟒從麻薩諸塞灣拉出來，還曾用一團毛線打敗巨狼芬里爾。而現在，這頭山羊竟然告誡我要小心一點。

「那麼，『鎚』在哪裡？」我問：「約頓海姆❺？尼福爾海姆❻？索爾屁海姆？」

「你是開玩笑的吧。」奧提斯的墨鏡滑落到他口鼻旁邊。「不過，『鎚』在另一個危險的地方。它在普洛溫斯鎮。」

「普洛溫斯鎮，」我跟著唸一次。「位於鱈角的尖端。」

我對那地方的印象有點模糊。有一年夏天，我媽曾經帶我去那裡度過週末假期，在我大概八歲的時候。我還記得沙灘、海水做的鹹口味太妃糖、龍蝦捲，還有一大堆藝廊。我們遇過最危險的事情是一隻罹患大腸激躁症的海鷗。

奧提斯壓低聲音。「普洛溫斯鎮有一座古墓，屍妖的古墓。」

「像是埋葬死人的墳墓嗎？」

「不，不是。那是屍妖……」奧提斯顫抖了一下。「嗯，那是一種力量強大的不死生物，喜歡收集有魔法的武器。屍妖的墳墓稱爲……古墓。抱歉，我有點不太能談屍妖，它們讓我想起我父親。」

那又要牽扯出奧提斯童年的一大串問題，不過我決定把那些問題留給他的治療師。

「普洛溫斯鎮有很多不死維京人的巢穴嗎？」我問。

「據我所知只有一個，不過那就夠了。如果『那件物品』在那裡，絕對很難取得……位於地底下，而且受到強大魔法的防護。你會需要你朋友的幫忙，侏儒和精靈。」

---

❺ 約頓海姆（Jotunheim）是北歐神話的九個世界之一，意思是「巨人之國」。

❻ 尼福爾海姆（Niflheim）字面上的意思是「冰、霜與霧之國度」，是終年雲霧繚繞的寒冷世界。

那一定很棒，假如我知道那兩位朋友身在何處的話。真希望莎米知道的比我多。

「索爾為什麼不能自己去找那個古墓？」我問。「等等……我猜猜看，他是不想引人注意；或者，他希望我們有機會當英雄；或者，這任務很困難，而他有一些新劇要追。」

「說句公道話，」奧提斯說：「新一季的《潔西卡·瓊斯》影集確實剛開始播出。」

我對自己說，這不是山羊的錯，他不該遭到一拳擊倒。

「好吧，」我說：「等莎米到這裡，我們會討論對策。」

「我不確定該不該陪你一起等。」奧提舔掉風衣翻領上的餅屑。「我剛才應該提過，不過你也知道，某個人，或者某個東西，一直偷偷跟蹤我。」

我的頸背寒毛直豎。「你覺得他們跟蹤你來這裡？」

「不確定，」奧提斯說：「希望我的偽裝術把他們甩掉了。」

噢，這下可好，我心想。

我環顧周遭街道，沒看到明顯可疑的人。「你有沒有好好看清楚這個某人或某種東西？」

「沒有，」奧提斯坦白說：「但索爾有各式各樣的敵人，都想阻止我們拿回他的……他的鎚。他們不會希望我把資訊分享給你，特別是最後這部分。你得警告莎米拉……」

砰。

我住在瓦爾哈拉，早就習慣看到致命武器不知從哪裡飛出來，但是看到一把斧頭從奧提斯毛茸茸的胸口凸出來，我還是驚訝得不得了。

我撲到桌子對面想幫他。身為掌管繁殖和健康的天神弗雷之子，只要時間充裕，我可以施展一些相當厲害的急救魔法。可是我一碰觸到奧提斯，立刻察覺一切太遲了。斧頭劈裂了他的心臟。

「噢，親愛的。」奧提斯咳出血。「我現在……就要……死了。」

他的頭向後仰，紳士帽滾到人行道上。坐在我們後面的女士驚聲尖叫，彷彿這時才發現奧提斯不是可愛的小狗。事實上，他是一隻死山羊。

我掃視對街的屋頂。從斧頭的角度判斷，一定是從那上面某處投擲過來……果然沒錯。攻擊者匆匆蹲下隱匿行跡時，我捕捉到一閃而過的身影，那是一個黑色人影，頭戴某種金屬頭盔。

悠閒喝咖啡到此爲止。我從頸間項鍊扯下魔法墜子，拔腿追趕那個山羊刺客。

2 追趕忍者，標準的屋頂追逐戲碼

我應該向各位介紹一下我的劍。

傑克，這些是讀者。各位讀者，這位是傑克。

他的本名是桑馬布蘭德，夏日之劍，不過因爲一些因素，傑克喜歡人家叫他「傑克」。傑克想打盹時（其實大多數時候都這樣），會變身成墜子掛在我頸間的項鍊上，而且顯現出「費胡」的標誌，這是代表弗雷的盧恩字母⑦：

ᚠ

我需要他協助時，他就變成一把劍開殺。他大殺特殺時，有時候是我握著他，其他時候則是他自己飛來飛去，一邊完成任務，一邊哼著煩死人的流行歌曲。他就是以那種方式發揮魔法力量。

我邊跑邊跳衝過紐伯里街時，傑克在我手中彈開，變成完整的形體。他的劍刃是將近八十公分長的雙刃骨鍛鋼，上面雕刻著一排盧恩字母，只要傑克開口說話，那些文字就會閃跳著各式各樣的色彩。

「現在是怎樣？」他問：「我們要殺的是誰？」

傑克這樣說，顯示剛才待在項鍊墜子的形式時，他沒有注意聽我們的對話。他說他通常都戴著耳機。我才不相信，因爲傑克根本沒有耳機。連耳朵都沒有。

「追刺客，」我衝口而出，同時閃開一輛計程車。「他殺了山羊。」

「好吧，」傑克說：「反正是老樣子，老樣子啦。」

我跳上培生出版公司大樓的側邊。過去兩個月以來，我努力練習運用自己的英靈戰士力量，因此光是這麼一跳，我就跳到正門上方三層樓高的窗台上，一點困難也沒有，即使手上還握著一把劍。接著，我使出內在的「巨人浩克」力量從窗台出發，連爬帶跳，以飛簷走壁之姿衝上白色大理石表面，最後登上樓頂。

在屋頂的遠端，一個以雙足步行的暗色形影剛好消失在一排煙囪後面。山羊殺手看起來呈現人形，這樣就排除了山羊殺山羊的殺人犯，不過我在九個世界看多了，很清楚人形不見得就是人類，也可能是精靈、侏儒、矮小的巨人，或甚至是斧頭謀殺天神。（拜託，千萬不要是斧頭謀殺天神啊。）

等我跑到那些煙囪時，我的獵物已經跳到隔壁樓房的屋頂上。這聽起來可能沒有什麼特別，不過隔壁的樓房是一棟赤褐色砂石大樓，中間隔著一座小型停車場，距離足足有十五公尺遠，落地的衝擊力道應當會造成腳踝骨折，但山羊殺手看起來一派從容，在柏油屋頂上翻個筋斗，爬起來繼續跑。接著，他回頭跳越紐伯里街，落在聖約堂的尖塔頂上。

「我討厭這男的。」我說。

❼ 盧恩字母（rune）在北歐到不列顛群島一直使用到中世紀左右，後來消失，目前僅存於斯堪地納維亞半島的裝飾圖案中。

「你怎麼知道他是男的?」傑克問。

這把劍的觀點果然銳利(抱歉,我一直用雙關語)。山羊殺手穿著鬆垮垮的黑色服裝,頭戴金屬戰鬥頭盔,其實不可能猜出是男是女,不過我暫時認定他是男性。我也說不上來為何這樣猜測,可能覺得「山羊刺客老兄」比較討人厭吧。

我往後退,採取起跑姿勢,然後跳向教堂。

我很想告訴你,我降落在尖塔上,然後發出喀啦幾聲,對殺手銬上手銬,高聲宣布:「你因為謀殺家畜而遭到逮捕!」

可是……嗯,聖約堂有很多漂亮的彩色玻璃窗戶,是蒂芙尼公司在一八九〇年打造的。教堂左側有一扇窗戶,它的頂端有一道大裂縫。那是我的錯。

我撞上教堂的陡斜屋頂,然後往回滑,只能以右手抓住屋簷的溝槽,指甲爆發出尖銳的刺痛。我懸盪在簷架上,兩隻腳晃來晃去,就這樣踢中漂亮的彩色玻璃窗戶,而且正中畫面上的嬰兒耶穌。

從好的一面看來,在屋頂上危險晃動救了我一命。正當我奮力扭動身子時,一把斧頭從上方呼嘯飛來,削斷我的丹寧布外套鈕釦,只差一公分就會劈開我的胸口。

「喂!」我大叫。

每當有人企圖殺我,我總忍不住控訴一番。沒錯,我們英靈戰士在瓦爾哈拉一直彼此殺個不停,反正到了晚餐時間就會復活。不過出了瓦爾哈拉,別人很有可能殺得死我。假如死在波士頓,我就得不到法力無邊的復活機會了。

山羊刺客從尖塔頂端低頭看著我。感謝眾神,他的飛斧似乎扔完了,只可惜他的側邊還掛著一把劍。他的緊身褲和短外衣都是用黑色毛皮拼縫而成，鎖鏈盔甲外套沾滿了煤灰，鬆鬆地掛在胸口。他的黑色鐵盔底部連接著一塊鐵鍊盔甲，我們維京人稱這種東西為「護頸甲」，可以完全覆蓋頸部和喉嚨。他的臉則受到面罩的遮擋而看不清楚，面罩的圖案很像一匹怒吼的狼。

當然是狼囉。九個世界的每一個人都愛狼，他們有狼盾牌、狼頭盔、狼螢幕保護程式、狼睡衣，還有以狼為主題的生日派對。

至於我，實在沒有那麼愛狼。

「馬格努斯．雀斯，給你一個提示。」刺客的聲音會轉變音調，從女高音變成男中音，宛如透過某種特殊的音效器發出聲音。「不要靠近普洛溫斯鎮。」

我握著劍柄的左手手指不禁用力掐緊。「傑克，該你上場了。」

「你真的確定嗎？」傑克問。

那個刺客倒抽一口氣。不知道為什麼，大家一發現我的劍會說話，通常會很震驚。

「我的意思是說，」傑克繼續說：「我知道這傢伙殺了奧提斯，不過每個人都殺奧提斯啊，奧提斯的工作內容有一部分就是要被殺掉。」

「反正就砍掉他的頭或怎樣都好！」我大叫。

那個刺客不是白痴，聞言轉身就逃。

「撂倒他！」我對傑克說。

「為什麼所有困難的事都要我做？」傑克抱怨說。

「因為我吊掛在這裡，而且別人殺不死你！」

「只因為你說得很對，並不會讓這種事變得很酷啊。」

我把他從頭頂上甩出去。傑克旋轉飛到視線看不見的地方，一邊追逐山羊殺手，一邊唱著他自己改編的〈通通甩掉〉❽。（我不斷告訴他，歌詞根本沒有「乳酪刨絲器一直刨、刨、刨、刨、刨」這一句，但他死都不信。）

就算現在左手空出來了，我也花了好一番工夫才把自己拉上屋頂。北方某處傳來劍刃互擊的哐噹聲，在磚造樓房之間共鳴迴盪。我朝那個方向衝刺，從教堂的塔樓跳出去，讓自己飛越伯克利街，接著又從一個屋頂跳上另一個屋頂，直到聽見傑克在遠處大喊：「哎唷！」

大多數人可能不會衝進戰場查看自己佩劍的安危，不過我就是這樣。跑到波爾斯頓街的轉角處，沿著一座停車場的側邊往上爬，到達屋頂層，發現傑克正為了他的……嗯，也許不是為了他的性命而戰，但至少是為了他的尊嚴而戰。

傑克經常吹牛，宣稱他是九個世界最鋒利的劍，可以砍斷所有東西，也可以同時對付十幾個敵人。我很想要相信他的話，畢竟我曾親眼目睹他撂倒體型像摩天大樓的巨人。然而，山羊殺手竟然毫無困難地在屋頂上逼得他節節敗退。刺客的體型算嬌小，但既強壯又敏捷，手上的暗色鐵劍與傑克互擊時火花四濺。兩把劍每次互擊，傑克都大叫：「哎唷！哎唷！」

我實在不知道傑克究竟有沒有危險，但是看來非出手相助不可。既然我沒有另一件武器，又不想空手搏鬥，只好跑向最靠近的路燈，把它從水泥基座扯下來。

聽起來我好像在炫耀。坦白說，並沒有，燈柱只是我所能找到最方便、最像武器的東西而已，除了停在旁邊的一輛凌志轎車以外，但我實在沒那麼強壯，沒辦法耍弄一輛豪華轎車。

我帶著六公尺長的「輕質長槍」衝向山羊殺手，果然引起他的注意。他轉向我時，傑克突然發動猛攻，在刺客的大腿上砍出很深的傷口。山羊殺手咕噥一聲，跌跌撞撞。我的機會來了。很有可能把他撂倒，然而距離只剩三公尺時，遠處傳來一陣嚎叫聲劃破天際，讓我瞬間凍結在原地。

「老天爺啊，馬格努斯，」你會這樣想，「那只是遠處的嚎叫聲，有什麼大不了的？」

我可能提過我不喜歡狼群。我十四歲的時候，有兩匹狼睜著藍得發亮的眼睛，殺了我母親。而最近與巨狼芬里爾狹路相逢，完全沒有增加我對這種動物的好感。

這陣特別的嚎叫聲，毫無疑問來自一匹狼。聲音來自波士頓公園另一邊的某處，在高樓之間震動迴盪，把我的血液變成像氟氯烷冷媒一樣冰冷。這與我母親死去那晚聽見的聲音完全相同……飢渴而狂喜，正是怪物發現獵物的咆哮聲。

街燈柱從我手中滑落，發出哐噹一聲掉在柏油地面上。

傑克飄到我旁邊。「呃，先生……你到底還要不要打這傢伙？」

刺客跌跌撞撞向後退，緊身褲的黑色毛皮因為鮮血而發亮。「那麼已經開始了。」他的聲音聽起來更加變幻莫測。「小心哪，馬格努斯，假如你去普洛溫斯鎮，等於是掉進你敵人的手掌心。」

我盯著那個怒吼的面具，感覺自己又回到十四歲，母親死去那晚，我孤零零一個人站在我家公寓後面的巷子。我清楚記得自己剛從防火梯滑下，抬頭往上看，耳裡聽見狼群的嚎叫聲從我們家客廳傳來。接著，火焰從窗戶爆炸燒出。

❽〈通通甩掉〉（Shake It Off）是美國女歌手泰勒絲（Taylor Swift）的歌曲。

「你……你到底是誰？」我勉強說。

刺客迸出一陣粗啞的笑聲。「問錯問題。正確的問題是這樣：你準備要失去自己的朋友嗎？假如沒有，你就應該讓索爾的巨鎚繼續不知所蹤。」

他退到屋頂邊緣，翻身跳下。

我衝到邊緣，只看到一群鴿子飛起，飛進藍灰色的雲層，一路盤旋飛越後灣區的煙囪林上方。而往下方看去，沒有動靜，沒有屍體，沒有刺客留下的半點痕跡。

傑克在我旁邊凌空盤旋。「我本來可以撂倒他，都是你害我準備不及。我沒機會先做伸展操啦。」

「劍根本不能伸展。」我說。

「喔，眞抱歉哪，『適當暖身操專家』！」

有根鴿子羽毛宛如直升機降落下來，緩緩飄落到圍牆上，掉進刺客留下的一抹鮮血。我撿起那根小小的羽毛，默默看著浸染羽毛的紅色液體。

「那現在呢？」傑克問：「那個狼嚎聲又是怎樣？」

彷彿有冰水沿著我的耳咽管汩汩滴下，在我嘴裡留下冰冷且苦澀的滋味。「我不知道，」我說：「無論那是什麼，現在都停止了。」

「我們該去查看一下嗎？」

「不！我是說，等我們搞清楚聲音從哪裡來，可能做什麼都來不及了。況且……」

我仔細端詳那根染血的鴿子羽毛，好想知道山羊殺手怎麼能消失得那麼徹底，也很好奇他對索爾遺失的巨鎚究竟了解多少。他那扭曲的聲音依然在我心裡反覆迴盪：「你準備要失去自己的朋友嗎？」

與刺客有關的某件事似乎真的很不妙……然而感覺非常熟悉。

「我們得回去找莎米。」我抓住傑克的劍柄，一陣筋疲力竭的感覺席捲而來。這把劍能夠自立作戰，但是有個缺點：無論傑克如何發揮，只要他回到我手上，我就得立刻付出代價。我覺得整條手臂滿是瘀青，等於傑克與另一把劍互擊一次就產生一個瘀青；我的雙腿抖個不停，彷彿整個早上一直不斷衝刺；還有一團情緒哽在我的喉嚨裡，那是傑克的羞恥心，他竟然讓山羊殺手打得他停滯不前。

「嘿，老兄，」我對他說：「至少你割傷他啊，比我厲害多了。」

「是啦，嗯……」傑克的語氣聽起來很尷尬。我明白，他不喜歡分享不好的事。「先生，也許你該休息一下。你看起來不成人形……」

「我很好，」我說：「謝啦，傑克。你表現得很棒。」

我用意志力讓他恢復成墜子形式，然後把盧恩石裝回項鍊上。

傑克說對了一件事：我需要休息。我好想爬進那輛舒適的凌志轎車，好好睡個覺，然而萬一山羊刺客決定繞回「思考杯」咖啡店，萬一他逮到不知情的莎米……

我邁開步伐穿越屋頂，希望自己的行動沒有太遲。

3 朋友對我守口如瓶。謝啦。

回到咖啡店，莎米正站著低頭看奧提斯的屍體。

「思考杯」的顧客從死山羊旁邊繞過很大的圈子，繼續進出咖啡店。他們沒有顯露驚恐的樣子，也許把奧提斯看成酒醉的流浪漢吧。我有一些最要好的朋友也曾是酒醉的流浪漢，我很清楚他們驅離人群的效果有多好。

莎米對我皺起眉頭。她的左眼下方有個新的橘色瘀青。「我們的線民為什麼死了？」

「說來話長，」我說：「誰打你？」

「也是說來話長。」

「莎米……」

她揮手擋開我的關切。「我很好。拜託快告訴我，不是因為奧提斯吃了我的司康餅，所以你殺了他。」

「不是。如果他吃的是我的司康餅……」

「哈，哈。到底是怎樣啦？」

我還是很擔心莎米的眼睛，不過仍盡力說明那個山羊殺手的事。在此同時，奧提斯的形體開始分解，宛如乾冰一般，幻化成一縷縷白色蒸氣，過沒多久就一點也不剩，只留下風衣、墨鏡、紳士帽，以及殺死他的那把斧頭。

莎米撿起刺客的武器。斧刃沒有比手機大多少，不過邊緣看起來很鋒利。深色金屬蝕刻著煤黑色的盧恩字母。「巨人鍛造的鐵器，」莎米說：「施了魔法。重量非常完美。這是很有價值的武器，值得留下。」

「那很好。我超討厭有人用劣質的武器殺死奧提斯。」

莎米沒理我。她眞的很擅長不理我。「你說，殺手戴著狼頭盔？」

「這樣可以把範圍縮小成九個世界裡的一半壞蛋。」我作勢指指奧提斯空蕩蕩的風衣。「他的身體跑去哪裡？」

「奧提斯？他不會有事。魔法生物的形體來自金崙加深溝[9]的霧氣，他們死掉時，身體最後會分解掉，回到那邊的霧氣裡。奧提斯應該會在他主人附近的某個地方重新成形，希望能趕上索爾再殺他一次做成晚餐的時間。」

這種怪事也許會對我造成打擊，不過一切都不會比今天早上剛經歷的事情更加離奇。趁著還沒有腿軟，我趕緊坐下，啜飲一口已經涼掉的咖啡。

「那個山羊殺手知道巨鎚還沒找回來，」我說：「他告訴我，假如我們去普洛溫斯鎭，就會掉進敵人的手掌心。你不會認爲他說的是……」

「洛基[10]嗎？」莎米坐到我對面。她把斧頭扔到桌面上。「我很確定洛基多多少少與這件事有關。他向來如此。」

---

[9] 金崙加深溝（Ginnungagap）是北歐神話的一道原始深淵，參《阿斯嘉末日1：夏日之劍》八十四頁註[26]。

[10] 洛基（Loki）是北歐神話中掌管魔法和詭計的天神。參《阿斯嘉末日1：夏日之劍》三十五頁註[6]。

她的語氣聽起來很冷酷，這不能怪她。莎米不喜歡談起那位掌管欺騙和詭計的天神。實情是除了他很邪惡以外，他也是她爸。

「你最近有沒有聽說他的消息？」我問。

「只有少數的夢境。」莎米轉動她的咖啡杯，很像轉動保險箱的旋鈕。「一些悄悄話，一些警告。他最有興趣的是……別提了。沒事。」

「聽起來不像沒事。」

莎米的眼神很激動，充滿了怒氣，看起來很像火爐裡即將燃燒的木頭。「我爸企圖破壞我的個人生活，」她說：「這並不是什麼新鮮事，他希望我一直都很心浮氣躁。我的外祖父母、阿米爾……」她的聲音卡住。「沒有什麼事情是我應付不了的。那和我們的巨鎚問題一點關係也沒有。」

「你確定？」

她的表情叫我別插手。以前有幾次這樣，如果我對她施加太多壓力，她就會把我猛力推到牆上，用手臂壓緊我的喉嚨。她還沒把我壓到失去意識，足以顯示我們的友誼日益深厚。

「總之，」莎米說：「洛基不可能是你的山羊殺手，他不能像那樣揮舞斧頭。」

「為什麼不行？我的意思是說，我知道因為謀殺等等因素，嚴格來說他被綑綁在阿斯嘉的超級設備裡，但是只要有需求，他都可以現身在我面前，似乎一點困難也沒有。」

「我父親可以投射他的影像，或者現身在夢境裡，」莎米說：「甚至可以運用極高的專注力，在有限的時間內傳送夠多的力量，顯現出他的眞實形體。」

「他與你媽約會的時候就像那樣。」

莎米又對我顯露同樣的表情，只差沒把我打得腦袋開花。我們在「思考杯」咖啡店有熱烈的友誼交流。

「對，」她說：「他可以用那些方法脫離監禁狀態，但形體沒辦法顯現得夠堅實，無法揮舞魔法武器。眾神對他的綑綁模式施加魔咒時，很確定達到了這樣的效果。萬一他可以拿起有魔法的刀刃，最後就能自行脫困了。」

我心想，在毫無道理可言的北歐神話中，這樣說還滿有道理的。我想像洛基宛如大鵬展翅般躺在某個洞穴裡，雙手和雙腳都遭到綑綁，用的是……呃，我實在不願去想，用的是他自己兒子遇害之後取出的腸子。眾神安排了這一切。據說他們還弄了一條蛇，放在洛基的頭部上方，朝他的臉滴下毒液，直到永遠。阿斯嘉的正義不太有慈悲心啊。

「山羊殺手還是有可能聽命於洛基，」我說：「他可能是巨人，也可能是……」

「他可能是任何人，」莎米說：「從你描述他的樣子，考慮到他打鬥和移動的方式，聽起來很像英靈戰士。說不定甚至是女武神。」

我聽了心一沉，想像我的心臟滾到人行道上，最後停在奧提斯的紳士帽旁邊。「來自瓦爾哈拉的某個人。爲什麼會有人……？」

「我不知道，」莎米說：「無論那是誰，他或她都不希望我們跟著這條線索找到索爾的巨鎚。但是，我認爲我們沒有選擇的餘地，必須趕快展開行動。」

「幹嘛那麼急？」我問。「巨鎚已經失蹤好幾個月，巨人也沒有發動攻擊啊。」

---

⑪ 阿斯嘉（Asgard）是北歐神話的九個世界之一，也是阿薩神族（Aesir）的家園。

莎米的眼神讓我想起海之女神瀾恩[12]的網子，它們在浪濤裡激烈旋轉，攪出許多溺死的靈魂。那眞是令人不快的回憶。

「馬格努斯，」她說：「各種事件正在加速進行。我最近幾次在約頓海姆執行任務……巨人非常焦躁。他們召喚出大量的變裝術，隱藏目前正在進行的事，不過我很確定他們的大軍正要展開行動，準備大舉入侵。」

「入侵……哪裡？」

微風吹動她的穆斯林頭巾，在她的臉龐周圍劈啪翻飛。「這裡啊，馬格努斯。而且，萬一他們眞的摧毀米德加爾特[13]……」

儘管陽光溫暖，我卻感受到一股寒意。莎米曾向我解釋，波士頓坐落於世界之樹「尤克特拉希爾」[14]的樞紐處，因此從這裡最容易穿梭於九個世界之間。我想像巨人的陰影籠罩著紐伯里街，宛如裝甲坦克般的巨大鐵靴踩踏而過，地面爲之撼動。

「他們至今按兵不動的唯一原因，」莎米說：「就是對索爾的畏懼。這種狀況持續了數百年之久，除非他們很肯定索爾眞的有弱點，否則不會發動全面的入侵行動。不過他們愈來愈大膽了，也開始揣測現在可能是恰當的時機……」

「索爾只是一個天神啊，」我說：「那麼奧丁呢？或者提爾？或者我爸弗雷？他們不能對抗巨人嗎？」

這些話一說出口，聽起來就覺得很荒謬。奧丁的行蹤飄忽不定，他現身時，恐怕比較有興趣用 PowerPoint 發表勵志演說，而非戰鬥。我沒見過提爾，他是掌管勇氣和單挑戰鬥的天神。至於弗雷……我爸是掌管夏日和繁殖的天神，若你希望繁花盛開、作物豐收，或手指被紙張割開的傷口能癒合，他就是你要找的傢伙。至於嚇阻約頓海姆大軍？找他恐怕不太對。

「我們必須趕在入侵行動之前搶先阻止，」莎米說：「那就表示要找到巨鎚邁歐尼爾。你確定奧提斯說的是普洛溫斯鎮？」

「對啊，一座屍妖的古墓。那很糟嗎？」

「如果從一到十分，那大概是爆表的二十幾分。我們需要希爾斯東和貝利茲恩。」

儘管面對這種情況，一想到有機會見到好哥兒們，我立刻精神大振。

「你知道他們在哪裡？」

莎米遲疑了一下。「我知道怎麼和他們聯絡。他們躲在密米爾⑮的一棟安全處所。」

我聽到這話想了一下。密米爾，他是超脫肉體的天神頭顱，以知識之井的泉水與別人交換幾年的奴役。我無家可歸時，他曾命令貝利茲和希爾斯監視我，因爲我「對各個世界的未來命運很重要」。他也經營跨世界的柏青哥店和其他見不得人的生意。密米爾有一大堆安全的房子。我眞想知道他收我朋友多少租金。

「貝利茲和希爾斯爲什麼要躲起來？」

「我應該讓他們自己解釋，」莎米說：「他們不想讓你擔心。」

---

⑫ 瀾恩（Ran）是北歐神話中的海之女神，遠古海神埃吉爾（Aegir）的妻子。

⑬ 米德加爾特（Midgard）是北歐神話的九個世界之一，是人類居住的地方。

⑭ 尤克特拉希爾（Yggdrasil）的字面意義是「奧丁的馬」。

⑮ 密米爾（Mimir）是阿薩神族的天神。參《阿斯嘉末日1：夏日之劍》二〇五頁註(70)。

我笑了起來，但一點都不好笑。「他們連句話都沒說就消失不見，只因不想讓我擔心？」

「馬格努斯，聽好，你需要時間好好訓練，在瓦爾哈拉安頓下來，適應你的英靈戰士力量。希爾斯東和貝利茲恩從盧恩文字看出不好的預兆，他們已經採取預防措施，隱居起來。不過，說到這項任務……」

「不好的預兆。莎米，那個刺客說，我應該要有心理準備會失去朋友。」

「我當然知道。」她拿起咖啡，手指微微顫抖。「馬格努斯，我們會很小心。不過說到屍妖的墳墓……如果有盧恩魔法和地底活動的技能，一切都會改觀。我們很需要希爾斯和貝利茲。今天下午我會和他們聯絡。然後，我保證，我會把每一件事都補充說給你聽。」

「還有別的事？」突然間，我覺得自己過去六個星期好像坐在感恩節的兒童桌，沒機會聽到大人之間所有重要的對話。我一點都不喜歡坐兒童桌。

「莎米，你不需要保護我，」我說：「我已經死了。我是奧丁的怪咖戰士，生活在瓦爾哈拉。讓我參一咖。」

「你一定會，」她打包票說：「不過呢，馬格努斯，你很需要花時間好好訓練。我們去追夏日之劍時算是運氣好。至於接下來要面對的事……絕對需要用上你所有的技能。」

她的語氣隱含著恐懼，害我忍不住跟著發抖。

取回夏日之劍時，我一點都不覺得我們是「運氣好」。那時候有好幾次差點送命，還有三位夥伴犧牲她們的性命。我們差點就沒辦法阻止巨狼芬里爾和一大群火巨人毀滅九個世界，假如那叫運氣好，我一點都不想知道什麼叫運氣不好。

莎米伸手到桌子這邊來，拿了我的蔓越莓橘子口味司康餅，從邊緣咬了一小口。表面的糖霜與她眼睛的瘀青是同樣顏色。「我該回學校了，物理先修班不能再蹺課。今天下午我也要回家滅火。」

我回想起她剛才說的話，關於洛基企圖毀掉她的個人生活，而且一提到阿米爾的名字，她突然稍微有點遲疑。「有沒有什麼事我可以幫忙？也許我可以去法德蘭炸豆泥球店待一下，找阿米爾談談？」

「不行！」她整張臉脹得通紅。「嗯，謝謝你，但是絕對不行。不用。」

「所以眞的是『不用』囉。」

「馬格努斯，我知道你是一片好心。我有很多事要做，不過應付得來。我們今天晚宴的時候再見面，要迎接……」她的表情變得五味雜陳。「你也知道，新來的菜鳥。」

她的意思是剛才接回來的靈魂。身爲很有責任感的女武神，莎米必須出席晚上的宴會，迎接最新報到的英靈戰士。

我仔細端詳她眼睛下面的瘀青，瞬間恍然大悟。

「你接來的這個靈魂，」我說：「這個新來的英靈戰士揍了你？」

莎米臉色一沉。「說來複雜。」

我見過很凶暴的英靈戰士，但從來沒人敢揍女武神，那等於是自殺行爲，即使這些人早已死掉。「什麼樣的白痴……等等，這和我剛才聽到波士頓公園傳來的狼嚎聲有關嗎？」

莎米的深褐色眼睛冒出怒火，情緒瀕臨爆發邊緣。

「反正你今天晚上就會知道了。」她站起來，拿起刺客的斧頭。「趕快回去瓦爾哈拉，今天晚上你會很高興見到……」她突然住口，思考著遣詞用字。「我的兄弟。」

4 一頭獵豹從我身上跑過去

要選擇自己的來世時，好好考慮地點眞的很重要。

郊區的來世，例如弗爾克范格[16]和尼福爾海姆，生活費用以外的花費可能較低，但瓦爾哈拉的米德加爾特入口剛好在城市的心臟地帶，位於波士頓公園對面的燈塔街上，最棒的商店和餐廳都在走路容易到達的距離內，而且走到公園街地鐵站不到一分鐘！

是的，瓦爾哈拉，提供你維京人天堂所需的一切事物。

（好吧，抱歉。我答應旅館的管理部門幫忙打廣告。不過那裡眞的很容易回到家啦。）

我在咖啡店買了一袋巧克力糖衣的義式咖啡豆，信步穿越波士頓大眾花園，經過以前在人行步橋下紮營的老地方。幾個頭髮花白的老兄坐在一團睡袋裡，與一隻體型嬌小的捕鼠㹴犬一起吃垃圾桶裡的剩菜。

「嘿，各位。」我把奧提斯的風衣和帽子交給他們，連同我身上所有的凡人現金……大概有二十四美元吧。「祝你們有美好的一天。」

那些傢伙太過驚嚇而無法回應。我繼續往前走，感覺自己的胸口好像凸出一把斧頭。只因爲兩個月前有個火巨人殺了我，我才能過著這麼奢侈豪華的生活。在此同時，那幾個傢伙和他們的㹴犬則吃著垃圾桶裡的食物。實在很不公平啊。

眞希望我能把波士頓每一個無家可歸的流浪漢聚集起來，對他們說：「嘿，這裡就有一棟大豪宅，裡面有好幾千間舒適的套房和永遠免費的食物。跟我來！」

但那根本行不通。

你不可能帶凡人進入瓦爾哈拉，甚至不可能爲了進去而故意死掉。你的死必須是沒有事先計畫好的無私行爲，而且你得寄望附近有個女武神將整個過程看在眼裡。

即使如此，瓦爾哈拉當然還是比市中心周圍不斷冒出的所有高樓公寓更好。大部分的高樓也都是無人居住的豪華公寓，是那些億萬富豪的第四或第五個家；你不需要英勇而死就能住進去，只要有很多錢就行。假如巨人族眞的要入侵波士頓，也許我該說服他們採取「踩扁豪華公寓」的戰略。

最後，我抵達瓦爾哈拉旅館連接米德加爾特的門面。從外面看來，它很像用白灰色石材建造而成的八層樓大宅，只不過是一整排殖民時期街屋之一，同樣是超級昂貴的房產。唯一的差別是：旅館的前院有個花園，由一面四公尺半高的石灰岩牆壁包圍著，完全沒有進出通道；這是眾多防線的第一道，避免英靈戰士以外的閒雜人等擅自闖入。

我直接跳越圍牆，進入格拉希爾樹林。

幾位女武神在白樺樹的枝枒間飛行盤旋，收集樹上的二十四K金樹葉。她們對我揮揮手，但我沒有停下腳步閒聊一番，而是大步走上門口台階，推開沉重的雙扇門。

旅館大廳的尺度宛如大教堂，眼前的景象一如往常。在轟隆作響的壁爐前方，青少年英靈戰士們閒閒玩著棋盤遊戲，或者單純放空（看起來很冷靜，不過仍帶著戰斧）。還有一些英

---

⑯ 弗爾克范格（Folkvanger）是華納神族為陣亡英雄設置的來世，由愛之女神弗蕾亞（Freya）負責掌管。

靈戰士身穿毛茸茸的旅館綠色浴袍，繞著大廳裡成排的粗壯柱子彼此追逐嬉鬧，玩著捉迷藏殺戮遊戲。他們的笑聲迴盪在高聳的天花板下方，以長矛綑紮而成的橫梁閃爍著亮晶晶的數千個矛尖。

我望向接待櫃檯，心想揍了莎米眼睛的神祕兄弟說不定正在登記入住。櫃檯裡唯一的人是旅館經理赫爾吉，電腦螢幕照亮他的臉。有人把他綠色西裝的一邊袖子撕下來，臉上超濃密的鬍子扯掉好幾塊，他的頭髮也比平常更像死掉的禿鷲。

「千萬別去那裡。」一個熟悉的聲音警告說。

服務生杭汀悄悄走到我旁邊，他那張多疣的紅臉滿是新抓痕，鬍子也像赫爾吉一樣，看起來很像剛從拔雞毛的機器掙脫出來。「老闆的心情非常差，」他說：「就像是，遭到『當頭棒喝』的心情那麼差。」

「你自己看起來也不太高興，」我指出。「到底怎麼了？」

杭汀氣得鬍子直發抖。「我們最新的客人弄的。」

「莎米拉的兄弟？」

「嗯。如果你想這樣叫他的話。我不曉得莎米拉到底在想什麼，竟然把那樣的怪物帶來瓦爾哈拉。」

「怪物？」我猛然想起X，也就是莎米拉以前帶來瓦爾哈拉的半人半巨怪。那一次她也遭受強烈的抨擊，不過後來證實X是奧丁假扮的。（說來話長啊。）「你是說，這個新來的菜鳥真的是怪物，就像芬里爾，或者……」

「更糟，如果你問我的意見。」杭汀把他制服名牌上的一撮鬍子撥掉。「可恨的『阿魯』，他看到他住的地方時，差點把我整張臉撕爛，更別提完全沒給適當的小費……」

「服務生！」經理從接待櫃檯那邊大喊。「別再稱兄道弟了，給我滾來這裡！你還有龍牙要刷洗！」

我看著杭汀。「他叫你去刷洗巨龍的牙齒？」

杭汀嘆口氣。「而且要洗到天荒地老。我得走了。」

「嘿，兄弟。」我遞給他「思考杯」咖啡店買的巧克力糖衣義式咖啡豆。「撐下去啊。」

那雙古老的維京人眼睛變得淚眼模糊。「馬格努斯・雀斯，你是個好孩子。我好想緊緊抱你抱到死……」

「服，務，生！」赫爾吉再度大吼。

「好啦！拉住你的八腳馬！」杭汀急忙跑向櫃檯，留下沒獲得緊緊抱到死的我。

即使我心情低落，至少不必做杭汀那樣的工作。那可憐的傢伙到達瓦爾哈拉後，被迫接受赫爾吉的奴役，赫爾吉是他凡人時代的宿敵。我想，他偶爾需要一點巧克力的撫慰；更何況，已經有好幾次都證明他的友誼對我來說非常寶貴。杭汀是最熟悉整個旅館的人，而且知道所有最辛辣的八卦謠言。

我走向電梯，好想知道「阿魯」到底是什麼，還有莎米爲什麼帶「阿魯」來瓦爾哈拉。除此之外，我最想知道的是，下午戰鬥前有沒有時間吃午餐和打個盹。如果要戰鬥到死，能夠吃飽睡飽是很重要的。

走廊上有幾個英靈戰士斜眼瞧我，多數人完全無視於我的存在。我之前確實取回夏日之劍，也打敗了巨狼芬里爾，不過大多數同胞戰士只認定我是害死三名女武神的小鬼頭，甚至差點開啟諸神的黃昏[17]。即使我是華納神族[18]夏日之神弗雷的兒子也沒什麼幫助，弗雷的後代通常不會出現在瓦爾哈拉。我也不夠酷，沒機會與那些超人氣戰士一起混，像是索爾、提爾和奧丁等戰神的孩子。

沒錯，瓦爾哈拉有很多小圈圈，像高中生一樣。高中生活不是好像永遠不會結束嗎？瓦爾哈拉還眞的永遠不會結束。眞正接納我的英靈戰士只有我的十九樓樓友，因此我迫不及待想回到他們身邊。

在電梯裡，維京人的輕音樂並沒有讓我心情變好。一大堆問題塞爆我的腦袋：誰殺了奧提斯？那隻山羊到底想要警告我什麼事？莎米的兄弟是誰？貝利茲和希爾斯究竟在躲什麼？而且，有哪個精神正常的人會想要用古代北歐語錄唱〈帶我飛向月球〉[19]啊？

到了十九樓，電梯門打開。我走出去，立刻遭到一隻大型動物從側邊猛力擦撞。牠的移動速度超快，我只隱約瞥見模模糊糊的褐色與黑色形影，然後牠就繞過轉角失去蹤影。接著我發現運動鞋有好幾個洞，因爲那隻動物從鞋子上踩過去。我的腳尖冒出些微的陣陣疼痛。

「哎唷。」我慢了半拍才說。

「擋住那頭獵豹！」湯瑪斯．小傑佛遜從走廊另一頭衝過來，他的刺刀固定在步槍上，另外兩位樓友瑪洛莉．基恩和半生人．岡德森緊跟在後面。他們跑到我面前猛然停下，三個人全都氣喘吁吁、汗流浹背。

「你有沒有看到牠？」湯傑追問著：「牠跑去哪裡？」

「呃……」我指向右邊。「我們爲什麼有獵豹？」

「相信我，我們絕無此意。」湯傑將步槍掛到肩膀上。他像平常一樣，穿著美國南北戰爭時代的北軍藍色制服，外套沒有扣上釦子，露出裡面的瓦爾哈拉旅館綠色T恤。「我們的新樓友來到這裡很不高興。」

「新樓友，」我說：「一頭獵豹。你指的是……莎米帶來的靈魂。洛基的孩子。他是變身人嗎？」

「他會的可多了。」半生人．岡德森說。他身爲狂戰士，體型宛如大腳野人，身上只穿獸皮做的及膝短褲，巨大的胸肌滿是漩渦狀的盧恩字母刺青。他把手中戰斧猛力扔到地上。「我差點迎面撞上那個『meinfretr』！」

自從搬來瓦爾哈拉，我已經學到好多令人印象深刻的古代北歐語粗話。「Meinfretr」的意思很接近「臭爛屁」，那個嘛，自然是某種最糟糕的屁。

瑪洛莉將她的雙刀插入刀鞘。「半生人，你的臉偶爾應該撞一撞。」她只要生氣，講話的愛爾蘭口音就會變重。她有一頭紅髮，臉頰也紅通通的，很容易被誤認成嬌小的火巨人，只不過火巨人不會像她這麼令人害怕。「我更擔心的是那個惡魔會毀掉整個旅館！你有沒有看到他怎麼對待X的房間？」

「他接手X以前住的房間？」我問。

⓱ 諸神的黃昏（Ragnarok）是北歐神話中的末日或審判日。參《阿斯嘉末日1：夏日之劍》六十七頁註⓲。

⓲ 華納神族（Vanir）與阿薩神族是北歐神話中的兩大神族。

⓳〈帶我飛向月球〉（Take Me to the Moon）是美國已故歌手法蘭克．辛納屈（Frank Sinatra, 1915-1998）的歌曲，這裡指電梯裡的輕音樂。

「而且著手拆掉房間。」瑪洛莉的手指比了個V字形，放在下巴底下，然後朝獵豹飛奔離開的方向輕輕揮動。基恩小姐是愛爾蘭人，所以她的V字形手勢的意思不是和平或勝利，而是比較粗魯的意思。「我們本來要去歡迎他，卻發現整個房間變成廢墟。一點都不尊重！」

我想起自己抵達瓦爾哈拉的第一天，曾把沙發扔到客廳的另一端，還用拳頭把浴室牆壁搥出一個洞。「嗯……可能很難適應吧。」

湯傑搖搖頭。「不能這樣啊。那小子看到我們就使出殺手鐧。而且他說的一些話……」

「最高級的粗話，」半生人坦承說：「這一點我會稱讚他。不過我從沒看過有人造成這麼嚴重的破壞……馬格努斯，過來看一下，你自己親眼看看。」

他們帶我走向以前X住的房間。我從沒去過裡面，不過現在房門大開，內部看起來像是由最強烈的五級颶風重新裝潢過。

「神聖的弗麗嘉[20]啊。」我從一堆破爛家具上面跨過去，走進門廳。

房間的配置與我自己的套房非常相似，四個正方形的區塊從正中央的天井伸出去，很像巨大的十字形。門廳原本是起居室，放置沙發、書架、電視和壁爐，現在則是重災區，只有壁爐依然完整，壁爐架則滿是坑坑疤疤的鑿痕，我們的新鄰居像拿了一把寬闊大刀對付它。

放眼所及，臥室、廚房和浴室等各個側翼的毀壞程度都很類似。我覺得頭昏眼花，於是走向天井。

這個天井就像我的房間，正中央有一棵巨大的樹木。最低的枝椏沿著公寓的天花板伸展開來，與橫梁交織在一起。上層的枝椏則延伸到萬里無雲的藍天。我的雙腳陷進綠色草地，上方吹來的微風聞起來像山月桂的香氣，那是葡萄口味「酷愛」果汁粉的氣味。我曾去過好幾個朋友的房間，但是每一個房間都沒有這種開放式的天井。

「X的房間也像這樣嗎？」我問。

瑪洛莉哼了一聲。「完全不像。X的天井是個大水池……是天然的溫泉。他的房間永遠都很炎熱、潮溼，而且像巨怪的胳肢窩一樣散發硫磺味。」

「我想念X。」半生人嘆氣說：「不過呢，沒錯，這一切是全新的，每一間套房的配置都符合主人的風格。」

我的天井與這菜鳥的房間一模一樣，眞想知道這代表什麼意義。我不想和這樣的人擁有同樣的風格，他不僅是洛基的凶殘野貓兒子，還會從別人的腳上踩過去。

天井的邊緣還躺了另一堆殘骸，幾個獨立的架子翻倒在地，另外有一些陶碗和陶杯亂丟在草地上，他有些上了顏色繽紛的釉彩，有些則是還沒燒過的陶土。

我蹲下身子，撿起一個破損花盆的底部。「你們覺得這些全是獵豹男孩做的嗎？」

「是啊。」湯傑用他的刺刀作勢指著。「廚房裡也有做陶用的窯和拉胚輪。」

「都是品質不錯的好東西，」半生人說：「他對準我的臉扔過來的花瓶很漂亮，也很要命，就像這一位基恩小姐。」

瑪洛莉的臉從草莓的紅色倏地變成黃燈籠辣椒的橘色。「你白痴啊。」這是她對男友表達愛意的說法。

我把碎片翻到反面。陶土的底部深深刻著「亞菲」這樣的簡稱。我不想猜測這代表什麼

⑳弗麗嘉（Frigg）是北歐神話的最高女神。參《阿斯嘉末日1：夏日之劍》一三七頁註55。

意思。簡稱的下方有個裝飾性的圖案標記，兩條蛇纏繞著繪圖細緻的S字形，牠們的尾巴也在彼此的頭上繞一圈。

我的手指尖變得麻木。我丟下那塊碎片，又撿起另一塊破損陶片。底部有同樣的簡稱，也有同樣的蛇紋圖案。

「那是象徵洛基的標誌，」半生人說：「靈活，變化，油滑。」

我的耳朵嗡嗡作響。我以前看過這標誌……是最近，在我自己的房間裡。「你怎麼……你怎麼知道？」

半生人挺起已然高聳的胸膛。「我對你說過了，我在瓦爾哈拉過得很充實。我有德語文學的博士學位。」

「這件事他一天只提個好幾次而已。」瑪洛莉補上一句。

「嗨，各位。」湯傑從臥室叫道。他用刺刀挑動一堆衣物，然後挑起一件深綠色的無袖絲質洋裝。

「超美，」瑪洛莉說：「那是史黛拉·麥卡尼[21]設計的衣服。」

半生人皺起眉頭。「你怎麼知道？」

「我在瓦爾哈拉過得很充實啊。」瑪洛莉模仿半生人粗魯的口吻。「我在時尚方面拿到博士學位。」

「噢，閉嘴啦，女人。」半生人低聲嘀咕。

「還有看看這個。」湯傑拿起一件男士的正式西裝外套，也是深綠色，搭配粉紅色翻領。

我得承認自己眞的頭昏腦脹，只能專心思考陶器上的洛基標誌，以及我之前到底在哪裡看過蛇紋圖案。房間裡的混亂衣物對我來說完全沒道理，有牛仔褲、裙子、外套、領帶，還有參加派對的女生長禮服，大多數是粉紅色和綠色。

「有多少人住在這裡？」我問：「他有姊妹嗎？」

半生人哼了一聲。「湯傑，該由你來解釋嗎？還是應該由我上陣？」

呼呼呼呼呼呼隆。山羊角的號角聲響徹整條走廊。

「午餐時間到了，」湯傑朗聲說：「我們到時候再講。」

我的朋友都走向門口，我則繼續蹲在那堆破陶片旁，愣愣看著「亞菲」簡稱和彼此糾纏的兩條蛇。

「馬格努斯？」湯傑叫道：「你要來嗎？」

我胃口盡失，而且睡意全消。腎上腺素在我的血管裡尖聲呼嘯，彷彿電吉他彈奏的尖銳音符。

「你們幾個先去。」我的手指緊緊掐著帶有洛基標誌的破陶片。「有一件事我得先確認。」

㉑ 史黛拉・麥卡尼（Stella McCartney）是英國時裝設計師、「披頭四」樂團成員保羅・麥卡尼的女兒。

5 我那把劍的社交生活比我更活躍

我很慶幸自己沒去吃午餐。吃自助餐通常要奮戰到死，而像我這麼心煩意亂，可能連盤子都還沒裝滿食物，就發現有一根火鍋叉刺穿我。

瓦爾哈拉的大多數活動都要奮戰到死，像是拼字遊戲、急流泛舟、吃鬆餅、槌球遊戲等都是如此。（溫馨小提醒：千萬別去玩維京人的槌球遊戲。）

我回到自己的房間，深呼吸幾下。我有點期待這裡也會像「亞菲」的房間一樣宛如垃圾場，因為兩間套房那麼相似，說不定我的房間也會決定把自己弄得亂七八糟。然而，房間與我離開的時候一模一樣，只不過變得更乾淨。

我從沒看過打掃房間的清潔人員，他們總是趁我離開時收拾得整整齊齊，真不知是怎麼辦到的。無論我有沒有睡在床上，他們都會鋪床；即使我才剛刷洗過浴室，他們還是會刷洗；雖然我很注意絕不亂丟衣服，他們依然把送洗衣物熨燙摺好。說真的，誰會熨燙內衣，還拿去漿洗？

自己一個人住在這麼巨大的套房裡，我一直很有罪惡感，而且想到有清潔人員暗地裡不時收拾整理，感覺又更糟。我媽一直訓練我把自己弄亂的東西收拾好，可是就算我在這裡努力維持習慣，飯店的工作人員依然每天發動突襲，把一切整理得一塵不染，毫不留情。

他們做的另一件事是留下禮物給我，這比漿洗內衣更讓我困擾。

我逕自走向壁爐。最初報到入住時，壁爐架上只有一張照片，那是我和媽媽在華盛頓山頂上的合照，那時候我八歲。從那以後出現愈來愈多的照片，有些我記得是小時候拍的，有些從沒看過。我不知道飯店人員究竟從哪裡找到這些照片，也許隨著套房愈來愈適應我，照片就會自己從宇宙的某處蹦出來。也說不定瓦爾哈拉擁有每一位英靈戰士的人生備分，儲存在雲端裡。

有一張照片是我表姊安娜貝斯站在一座山丘上，背景是金門大橋和舊金山。微風把她的金髮吹向一側，她的灰眼珠閃閃發亮，彷彿有人剛說了笑話給她聽。

看到她讓我很高興，畢竟她是家人；但同時也覺得焦慮，因爲我總回想起上一次的對話。根據安娜貝斯所說，我們雀斯家族對古代眾神有某種特殊的吸引力。說不定因爲我們的個性很好強，或者有一種洗髮精品牌叫「雀斯」吧。安娜貝斯的媽媽是希臘女神雅典娜[22]，雅典娜與安娜貝斯爸爸菲德克墜入愛河。而我爸，弗雷，則是愛上我母親娜塔莉。假如明天有某個人跑來找我，對我說（眞是大驚喜！）阿茲特克眾神還在美國休士頓市活得好好的，而我第二個表姊是羽蛇神[23]的孫女。我可能毫不猶豫就相信了，然後我會一邊跑、一邊尖叫，從某座懸崖跳進金崙加深溝。

[22] 雅典娜（Athena）是希臘神話中的智慧與戰技女神，也是農業與園藝、法律和秩序的保護神，代表智慧、理性與純潔。參《波西傑克森1：神火之賊》一一五頁註[26]。

[23] 羽蛇神（Quetzalcohutl）是阿茲特克神話中的祭司知識之神，形象為一條身上長滿羽毛的蛇。

根據安娜貝斯的說法，所有的古代神話都是眞的。它們滋養人類的記憶和信仰；早已過時的數十位天神也依然彼此較勁，與古代沒兩樣。眾神的傳說故事存在多久，他們就存在了多久，而傳說故事幾乎不可能銷聲匿跡。

安娜貝斯曾答應我要進一步討論這些事。到目前爲止，我們還沒有機會。她回去曼哈頓之前曾經警告我，她幾乎不用手機，因爲手機對半神半人很危險（不過我倒是從沒發現任何問題）。自從一月以後，她已經完全失去音訊，我只能盡量叫自己別擔心。可是，我好想知道南邊的希臘人和羅馬人地盤上到底出了什麼事。

我的手移動到壁爐架上的另一張照片。

這一張更難直視。我母親和她的兩位兄弟，三個人都只有二十多歲，一起坐在老家赤褐色砂岩大宅的樓梯上。媽媽的模樣就像我一直以來的印象，剪著精靈式的俐落短髮，臉上的笑容很有感染力，一臉雀斑，穿著有破洞的牛仔褲搭配法蘭絨襯衫。假如把她對生活的熱情連接到發電機上，絕對足以供應整個波士頓市的電力。

坐在她旁邊的是菲德克舅舅，安娜貝斯的父親。他穿了一件尺寸過大的開襟毛衣，裡面搭配牛津襯衫，米黃色寬鬆長褲的褲腳縮到小腿上。他手中拿著第一次世界大戰雙翼飛機的模型，臉上的笑容像個大呆瓜。

而在背後最上面一階，坐著他們的大哥蘭道夫，他的雙手放在弟弟妹妹的肩膀上，看起來約莫二十五歲，不過只有他生得一副少年老成的模樣。他的金髮剪得非常短，看似灰髮。他有一張大大的圓臉，身材非常魁梧，因此比較像夜總會門口的保鑣，反倒不像常春藤名校的畢業生。他儘管臉上掛著笑容，眼神卻很銳利，姿勢也顯得小心翼翼，彷彿隨時要攻擊攝影師、搶走相機，把它用力踩爛。

我媽曾經一次又一次反覆告誡我：「千萬別去找蘭道夫。不要相信他。」她躲了他好幾年，不願帶我去後灣區的老家大宅。

我十六歲生日那天，蘭道夫終究找到我。他對我說，我父親是天神。他帶我找到夏日之劍，也讓我立刻一命嗚呼。

因此，再次看到老好人蘭道夫舅舅，實在有點惶恐，不過安娜貝斯認爲我們應該姑且相信他。「馬格努斯，他是家人啊，」她準備動身回紐約之前這樣對我說：「我們不能對家人失去信心。」

我的內心有一部分認爲她說得對，另一部分則覺得蘭道夫是個危險的人。我無法完全信任他，即使擁有英靈戰士的力量也無法相信。

你可能會這樣想：哎唷，馬格努斯，你眞的很嚴格耶。他是你的舅舅，只因爲你媽討厭他、你人生的大多數時候他都不理你，然後又害你一命嗚呼，你就不信任他？

對啦，我也知道。我很不可理喻。

問題在於，蘭道夫舅舅最讓我困擾的地方並不是我們的過往恩怨，而是從上週開始，他們三兄妹的合照出現了變化。不知是從何時開始，也不知道怎麼會這樣，總之，蘭道夫的臉頰出現一個新的印記，那標誌很模糊，幾乎像浮水印。而現在，我知道它代表什麼意思了。

我拿起剛才從「亞菲」的房間取得的陶片，那個簡稱深深刻在陶土裡，標誌有兩條纏繞的蛇。絕對是同樣的圖案。

有人在我舅舅的臉上烙印了洛基的標誌。

我盯著蛇形印記呆望良久，努力想理出頭緒。

我好希望能找希爾斯東談談，他是盧恩文字和符號方面的專家；或者貝利茲恩也好，他熟知魔法物品。我也希望莎米在這裡，因爲假如我發瘋而看到一些有的沒的，她會是第一個把我打醒的人。

既然沒辦法找他們談談，我只好拿下項鍊墜子，召喚出傑克。

「嗨，先生！」傑克在空中翻個筋斗，劍身的盧恩文字閃爍著藍光和紅光。當你想要來個嚴肅的對話時，完全不需要這種小型的迪斯可燈光秀。「眞高興你喚醒了我，我今天下午約了一支火辣的長矛，假如錯過約會……噢，老兄，我會刺死我自己。」

「傑克，」我說：「我不太想聽你與其他魔法武器約會的事。」

「拜託，你需要多出去透透氣！如果你想當我的把妹拍檔，我絕對可以幫你製造機會。這支長矛有個朋友……」

「傑克。」

「好啦。」他嘆口氣，劍刃散發出很美的靛藍色調。長矛小姐無疑會覺得這樣很吸睛。「所以怎麼了？希望不用再對付忍者了吧？」

我請他看看破陶片上的蛇紋標誌。「你知道這標誌的事嗎？」

傑克飄得近一點。「是啊，當然知道。那是洛基的標誌之一。我是沒有德語文學博士之類的啦，不過我認爲它代表的是，你也知道，蛇形。」

我開始覺得召喚傑克不是什麼好主意。「那麼，走廊對面的新鄰居會製作陶器。而且每一件陶器底部都有這個標誌。」

「唔。我會猜他是洛基之子。」

「我當然知道。不過，他爲什麼大肆標榜這一點？莎米連提都不想提起她爸，這傢伙卻把洛基的象徵標誌大剌剌地刻在所有作品上。」

「每個人各有所好嘛，」傑克說：「有一次我認識一把飛刀，握把居然是綠色的壓克力材質，你能想像嗎？」

我拿起雀斯家三兄妹的照片。「但是上星期不知道什麼時候，同樣的洛基標誌出現在我舅舅的臉上。有什麼想法嗎？」

傑克將劍尖杵在客廳地毯上，劍柄向前彎，直到距離照片只有兩公分。也許他有近視。（還是「近劍柄」？）

「唔，」他說：「你想聽我的意見？」

「對啊。」

「我覺得那相當奇怪。」

我又等了一會兒。傑克沒有詳細說明。

「好吧，那麼，」我說：「你不覺得這些事可能有某種關聯？我也不知道，又一個洛基的孩子出現在瓦爾哈拉，這個詭異的標誌出現在蘭道夫的臉上，而經過兩個月的平靜日子後，突然間，我們必須立刻找到索爾的巨鎚，才能阻止某種入侵行動？」

「聽你這樣說，」傑克說：「還眞的耶，非常非常奇怪。不過，洛基本來就老是出現在詭異的地方，而且索爾的巨鎚……」傑克在原地抖動一下，像是打個寒顫，不然就是強忍笑意。「邁歐尼爾一天到晚弄丟。我敢保證，索爾很需要用強力膠帶把巨鎚黏在他臉上。」

我很難把這樣的畫面立刻拋到腦後。「索爾怎麼有辦法隨隨便便就弄丟巨鎚？怎麼可能有人偷走它？我以爲邁歐尼爾超級沉重，根本沒有其他人搬得動。」

「這種誤解還滿常見，」傑克說：「忘掉電影拍的『只有能夠匹配的人才拿得動』那種情節吧。巨鎚確實很重，但如果巨人的人數夠多呢？他們當然就搬得動。至於使用巨鎚……以正確方法拋出去、再次接住、召喚閃電等，確實要有點技巧。不過，索爾有多少次在森林裡睡著，我都快數不清了，那些惡作劇的巨人會開著堆高機趕到現場，而接下來你就知道了，雷神失去他的巨鎚。大多數時候，他很快就取回巨鎚，殺了那些惡作劇的傢伙，從此之後過著幸福快樂的日子。」

「但這次不一樣。」

傑克前後搖擺，這是他表達聳肩的方法。「我想，拿回邁歐尼爾確實很重要。巨鎚的力量非常強大，可以激起巨人的恐懼感、砸毀整支軍隊、讓邪惡力量不會摧毀宇宙之類的。但是就我個人來說，我一直覺得巨鎚有點無聊，多數時候他只是呆呆坐著，一句話都不說。而且，千萬別邀請他參加雞尾酒會的卡拉ＯＫ之夜。大災難啊。我得一個人從頭到尾唱完兩人份的〈愛情從未如此美好〉[24]。」

我不禁感到好奇，傑克的劍刃夠鋒利嗎？能不能砍掉他給我的多餘資訊？我猜是不夠利。

「最後一個問題，」我說：「半生人提到這個新來的洛基之子是『阿魯』。你知道……」

「我超愛阿魯！」傑克興高采烈地翻筋斗，差點削掉我的鼻子。「弗雷也服了你！走廊對面有阿魯？眞是天大的好消息。」

「呃，那麼……」

「有一次我們在米德加爾特……我和弗雷，加上兩個精靈，是吧？好像是凌晨三點，有個阿魯走到我們面前……」傑克放聲大笑，劍身的盧恩文字完全閃爍著電影《週末夜狂熱》的華麗喧鬧風格。「噢，哇，那真是史詩般的夜晚！」

「可是到底……？」

有人敲我房門，湯傑探頭進來。「馬格努斯，抱歉打擾了……噢，嗨，傑克，你好嗎？」

「湯傑！」傑克說：「你從昨天晚上恢復了？」

湯傑輕笑一下，不過看起來很尷尬。「差不多了。」

我皺起眉頭。「你們昨天晚上跑去開趴？」

「噢，先生，先生哪，」傑克責罵我，「你真的需要和我們出去混一混。除非曾經和美國南北戰爭的刺刀一起泡夜店，否則你不算活過。」

湯傑清清喉嚨。「那麼，總之，馬格努斯，我是來找你的。戰鬥快要開打了。」

我環顧四周尋找時鐘，然後才想起根本沒有時鐘。「不是還早嗎？」

「今天是星期四。」湯傑提醒我。

我咒罵一聲。星期四很特別。而且很複雜。我討厭星期四。「我去拿裝備。」

「對了，」湯傑說：「旅館的渡鴉已經追蹤到我們新樓友的下落。我想，我們可能應該要陪他一起上陣。渡鴉會帶他去戰場……不管他是否願意。」

㉔〈愛從未如此美妙〉（Love Never Felt So Good）是美國歌手麥可傑克森（Michael Jackson, 1958-2009）的遺作，加入歌手賈斯汀（Justin Timberlake）的歌聲，混音製作成二重唱版本。

6 我很樂意喝點鼬鼠湯

星期四的意思是有巨龍。這表示星期四會比平常死得更痛苦。

我大可帶傑克去，不過（一）他認為訓練式的戰鬥不配他參加；（二）他要與一支長柄武器進行火辣約會。

我和湯傑到達戰場時，戰鬥已經開始。一支支部隊湧入旅館內部的中庭，那是個地形起伏的殺戮區，範圍大到足以建立自己的主權國家，擁有樹林、草原、河流、山丘和模擬的村莊。中庭四周的建築高聳入雲，伸向白得發亮的霧濛濛天空，一層層金色欄杆陽台俯瞰著戰場，較高樓層甚至設有投石器，對準下方的戰士猛力投擲燃燒彈，宛如一條條致命彩帶。號角的刺耳鳴聲響徹森林，燃燒的小屋竄起一道道煙柱。有些英靈戰士衝進河流，有些在馬背上奮戰，一邊砍掉彼此的頭顱，一邊高聲大笑。

而且，由於今天是星期四，還有十幾隻巨龍加入大屠殺的行列。

比較資深的英靈戰士稱呼牠們「鱗蟲」。如果你問我的意見，我會覺得「鱗蟲」聽起來只像是稍微惱人的溫和皮疹，然而鱗蟲的體型和長度根本就是巨型的十八輪大卡車。牠們只有兩隻前腳，類似蝙蝠的棕色皮革翅膀實在太小而飛不起來。牠們多半拖著身子越過戰場，偶爾拍翅幾下、跳起來，然後朝獵物飛撲而下。

從遠處看來，牠們的表皮綜合了棕色、綠色和土黃色，活像一群憤怒的巨大食肉性禿鷲。不過相信我，近距離看，牠們絕對是你的噩耗。

針對星期四的戰鬥，我們設定了什麼目標？就是盡可能活得愈久愈好，然而這群巨龍總是非常努力，不讓我們達成目標。（爆雷：巨龍永遠獲勝。）

瑪洛莉和半生人在戰場邊緣等我們。半生人正在幫瑪洛莉調整盔甲的繫帶。

「你綁錯了啦，」她咆哮說：「肩膀的地方綁太緊。」

「女人，我穿戴盔甲已經有好幾世紀的經驗。」

「幾時有穿？你老是光著上半身衝進戰場吧。」

「你要抱怨這一點嗎？」半生人問。

瑪洛莉臉紅了。「閉嘴。」

「啊，你看，馬格努斯和湯傑來了！」半生人拍拍我的肩膀，使得我幾個關節爲之脫臼。

「十九樓全員到齊！」

嚴格說來，這並不正確。十九樓差不多住了一百個人，不過我們那一條走廊就是我們四個成員，是鄰近區域內彼此最近的鄰居。喔，當然啦，還要加上最新的住客……

「獵豹在哪裡？」湯傑問。

簡直像是接到指令似的，一隻渡鴉朝我們俯衝而來，在我腳邊扔下一個粗麻布袋，然後降落在附近，拍拍翅膀，憤怒地呱呱叫。粗麻布袋動來動去，一隻身材修長的動物扭動身子掙脫出來，是一隻帶有棕色和白色的鼬鼠。

鼬鼠發出嘶嘶威嚇聲，渡鴉則是呱呱回應。我不會說渡鴉語，但相當確定牠對鼬鼠說：

「乖一點，不然我啄掉你的鼬鼠眼睛。」

湯傑用他的步槍指著鼬鼠。「你知道嗎，麻薩諸塞州第五十四志願步兵團[25]揮軍攻向喬治亞州的達里恩時，我們常會射殺鼬鼠，把牠們煮成湯。很美味喔。各位覺得我是不是應該出版古早味食譜？」

鼬鼠變身了。我聽過太多人說這個新成員是怪物，於是有點預期他會變身成活死屍，就像女神赫爾[26]一樣；或是「海中巨蟒」耶夢加得[27]的縮小版。然而，這動物反倒長成普通的人類青少年，身材瘦長，一頭亂髮染成綠色，髮根是黑色的，活像從草地拔起來的一叢雜草。

鼬鼠一身棕色與白色的毛皮變成綠色和粉紅色的衣服，包括有點破爛的玫瑰紅色高筒球鞋、萊姆綠色的燈芯絨緊身長褲、粉紅和綠色相間的菱形圖案毛背心搭配白T恤，還有一件粉紅色的喀什米爾毛衣綁在腰際，很像蘇格蘭短褶裙。這身服裝讓我想起五顏六色的小丑，或是有毒的動物以繽紛色彩警告全世界：敢動我，你就死定了。

菜鳥抬起頭，我完全忘了要怎麼呼吸。那是洛基的臉孔，只不過年輕多了，有同樣的邪門微笑和機靈面相、同樣超脫塵俗的俊美，但是嘴唇沒有傷疤，也沒有橫越鼻子的酸液燒傷痕跡。而且那雙眼睛……一邊是深褐色，另一邊是淡琥珀色。我忘了要怎麼稱呼這種兩眼虹膜顏色不同的狀況，我媽會說是「大衛鮑伊眼」[28]，我看了則是超緊張。

而最詭異的是什麼呢？我很確定以前看過這小子。

是啊，我知道，你會覺得這樣的小子一定很顯眼，如果曾經與他擦身而過，怎麼可能忘記在哪裡碰見？可是你在街上討生活時，其實很常見到看似古怪的人，在這群古怪的人當中，只有正常人才會很顯眼。

那小子對湯傑閃過一個明眸皓齒的完美笑容，但眼神毫無熱情。「把步槍指向別的地方，否則我會把它彎成領結，勒住你的脖子。」

我有種預感，這樣的威脅不是隨便吹牛而已。這小子可能真的知道該怎麼綁緊領結，想起來就覺得既可怕又神祕。

湯傑笑一笑，把步槍放低。「我們剛才沒機會彼此自我介紹，那時候你忙著殺我們。我是湯瑪斯．小傑佛遜。這邊是瑪洛莉．基恩、半生人．岡德森，還有馬格努斯．雀斯。」

菜鳥只是瞪著我們。最後，渡鴉發出一陣煩躁的呱呱叫。

「好啦，好啦，」小子對那隻鳥說：「就像我說的，我現在冷靜下來了。你沒有把我搞得亂七八糟，所以一切都很好。」

呱呱呱！

小子嘆口氣。「好啦，我會自我介紹。我是亞利思．菲耶羅。很高興見到各位吧，我想。渡鴉先生，你現在可以走了。我答應不會殺他們，除非萬不得已。」

渡鴉豎起羽毛，惡狠狠瞪了我一眼，意思像是說：「兄弟，再來就是你的問題了。」然後牠就飛走了。

㉕ 麻薩諸塞第五十四志願步兵團（54th Regiment Massachusetts Volunteer Infantry）是美國南北戰爭期間聯邦軍所成立的步兵團，全員皆為黑人，由白人軍官羅伯特．古爾德．蕭（Robert Gould Shaw）率領。

㉖ 赫爾（Hel）是北歐神話中掌管冥界的死亡女神。有時也叫做海拉（Hela）。

㉗ 耶夢加得（Jormungand）號稱世界巨蟒，身體非常長，可以繞住整個大地。

㉘ 大衛．鮑伊（David Bowie, 1947-2016）是英國知名搖滾歌手，原本擁有沁藍顏色的雙眼，因年輕時與朋友打架被擊中左眼，致瞳孔發生永久性變化，左眼的顏色變成陰鬱的黑色。

半生人笑起來。「嗯，全部搞定！好，既然你保證不會殺我們，就開始殺其他人吧！」

瑪洛莉交叉雙臂。「他連武器都沒有。」

「她。」亞利思糾正說。

「什麼？」瑪洛莉問。

「我是『她』……除非我再糾正你。」

「可是……」

「她就她！」湯傑居中仲裁。「我的意思是說，她說了算。」他搓搓自己的脖子，一副還很擔心「步槍領結」的樣子。「我們上場戰鬥吧！」

亞利思站起來。

我得承認自己看得目不轉睛。突然間，我的認知從內到外整個大翻轉，就像你看著某張墨漬圖形，原本只看到黑色部分，然後你的腦袋翻轉影像，這才發現白色部分構成完全不同的圖形，但其實什麼都沒變。撇開粉紅色和綠色不談，眼前的人是亞利思‧菲耶羅。短短一秒鐘之前，他對我來說顯然是個男孩，而現在，她顯然是女孩。

「怎樣？」她質問道。

「沒什麼。」我說謊。

又有更多渡鴉開始在我們頭頂上方盤旋，像是指責地呱呱叫。

「我們最好開始行動，」半生人說：「渡鴉不喜歡戰場上有人偷懶。」

瑪洛莉拔出她的雙刀，轉身面對亞利思。「來吧，甜心。讓我們瞧瞧你有多大能耐。」

7 你或你愛的人吃過鱗蟲的苦頭嗎？

我們跋涉進入戰場，宛如快樂的一家人。

嗯，但實情是湯傑抓住我的手臂，低聲說：「注意盯著她，好嗎？我不希望被暗算。」

於是，我和亞利思．菲耶羅一起殿後。

我們向內陸挺進，小心穿越屍骸遍野的戰場，稍後會在晚餐時間看到他們全都活蹦亂跳。我大可拍些很搞笑的照片，但是戰場上嚴禁攜帶照相手機，你也知道那是怎麼回事。你死成某種尷尬的姿勢，而某人匆匆拍下你的死相，那絕對會登上 Instagram 的人氣頁面，然後你會被取笑好幾個世紀之久。

半生人和瑪洛莉幫我們在大批狂戰士之間砍出一條血路。湯傑一槍射中查理．佛拉寧根的頭，查理覺得自己頭部中彈實在太可笑。別問我原因。

上方陽台的投石器射來大量的燃燒柏油球，我們一路忙著躲避。接著與四〇一樓的大羅有一場短暫的劍術對決；大羅是個厲害傢伙，不過他老是希望遭到斬首而死，那實在很困難，畢竟大羅的身高將近兩百一十公分。他在戰場上特別找上半生人．岡德森，因為半生人是少數長得夠高英靈戰士，能夠幫他圓夢。

總之，我們挺進到樹林邊緣，沒有遭到鱗蟲狠狠踩扁。湯傑、瑪洛莉和半生人在前方排成扇形陣線，帶領我們進入樹蔭深處。

我小心翼翼穿越灌叢，舉高盾牌，左手握著沉甸甸的標準規格戰鬥用劍。這把劍的重量完全不像傑克那麼勻稱，致命力也差了一截，不過絕對沒那麼愛碎碎唸。亞利思在我旁邊輕鬆漫步，似乎對於自己兩手空空、身爲我們這群人之中最鮮亮的目標，一點都不在意。

過了一會兒，我實在憋不住了。

「我以前看過你，」我對她說：「你待過冬街的少年收容所嗎？」

她哼了一聲。「我討厭那個地方。」

「是啊。我在街頭住了兩年。」

她挑挑眉毛，左眼的琥珀色看起來更淡也更冷酷。「你以爲那樣會讓我們變成朋友？」她全身的姿勢都傳達出：離我遠一點。討厭我也無所謂。只要你別理我，什麼都不在乎。

但我是完全相反的人。生活在街頭時，很多無家可歸的流浪漢都對我顯露敵意，拒我於千里之外。他們不相信任何人。爲什麼要相信人？但那只會讓我更下定決心要了解他們。孤獨的人往往隱藏了最扣人心弦的故事，關於努力活下去，他們擁有最有趣也最豐富的經驗。

莎米拉．阿巴斯把這小子帶來瓦爾哈拉一定有理由。我不會因爲菲耶羅有驚人的雙眼、令人難忘的毛背心和揍人的傾向，就讓她輕輕鬆鬆擺脫我們。

「你剛才那是什麼意思？」我問。「就是你說……」

「我是『她』？我是流性人㉙和跨性別啦，白痴。需要的話自己去查一下，不過我可沒有義務要教育……」

「我不是那個意思。」

「喔，拜託。我看到你的嘴巴都合不攏。」

「嗯，對啦。也許一下子。我很驚訝，不過……」我不太確定該怎麼繼續說，才不會聽起來更像個白痴。

令我驚訝之處並不是性別。我遇過很多無家可歸的青少年，他們有很高的比例是出生時註記一種性別，但是自己認同另一種，或者認爲男孩和女孩的二元分法不適用於他們身上。他們之所以流浪街頭，就是因爲家人無法接受（很令人震驚吧），說什麼「因爲愛你所以對你嚴厲」，根本就是把你的非異性戀孩子踢出家門，讓他們體驗到虐待、毒品、高自殺率，以及如影隨形的身體傷害。爸媽，多謝你們喔！

眞正令我驚訝的是我對亞利思的反應……我對她的印象投射得那麼快，還有我心裡激起的情緒。我不確定能不能描述那種感覺，而且臉色不會變得像瑪洛莉．基恩的頭髮那麼紅。

「我……我要縮……我要『說』的是，你剛才對渡鴉說話時，曾經提到很擔心搞得一團亂。那是什麼意思？」

看到亞利思的表情，我覺得自己好像拿了一大塊超臭的林堡乳酪給她。「也許我反應過度吧。我沒想到今天會死掉，也沒想到會有什麼女武神把我撈起來。」

「那是莎米。她很棒。」

亞利思搖搖頭。「我不會原諒她。我到了這裡，然後發現……算了。我死了。永生不死。我永遠不會變老，也永遠不再改變。我認爲這樣就代表……」她的聲音聽起來很緊繃。「反正

㉙流性人（gender fluid）是指一個人對自己的性別認同，會因不同時期或不同狀況而改變，時而女性特質，時而男性特質。

不重要。」

我確定這很重要。我想問她以前在米德加爾特的生活，為什麼她的套房和我的套房一樣有戶外的天井？為什麼有那麼多陶器？為什麼她想在作品上自己名字旁邊放上洛基的標誌？我好想知道她的到來是否只是巧合……或者與照片裡蘭道夫舅舅的臉上出現標誌有無關係？我們突然需要趕快找到索爾的巨鎚是否也有關？

另一方面，我也擔心如果嘗試問她這一切，她會不會變成一隻高地大猩猩，把我的臉撕扯得稀巴爛？

幸好我躲過這樣的命運，因為就在這時，一隻鱗蟲重重落到我們的正前方。

怪物拍著可笑的翅膀，從空中俯衝而來，巨大的吼聲宛如棕熊配備了一百瓦特的擴音器。牠在我們之間落地時，驚人的重量把樹木壓得爆裂噴飛。

「嗷喔嗚嗚嗚！」半生人大吼，這吼聲是古代北歐語表示「嚇死人了，一隻巨龍！」的意思。接著，鱗蟲把他甩飛到天上；根據飛行弧度看來，最後半生人．岡德森將會飛到二十九層樓左右的地方，那裡如果有人在陽台上放空，一定會嚇一大跳。

湯傑用他的步槍開火。只見巨龍的胸口冒出一團煙，看來毫髮無傷。瑪洛莉用蓋爾語罵了一句粗話，然後往前衝。

鱗蟲沒理她，逕自轉過來對著我。

我應該提一下，鱗蟲長得很醜，簡直像電影《半夜鬼上床》裡的變態殺手佛萊迪．克魯格和影集《陰屍路》的殭屍所生的小孩，真的就是那麼醜。牠們的臉既沒有肉也沒有皮，只有甲殼般的骨頭，露出肌腱、閃亮獠牙，以及凹陷的黑眼窩。怪物張開血盆大口時可以直接看到喉嚨，呈現腐肉般的顏色。

亞利思彎下腰，兩隻手在腰帶上胡亂摸索。「這可不妙。」

「一點都不是開玩笑。」我的手心滿是汗水，差點握不住劍。「你走右邊，我守左邊。我們從兩側包抄……」

「不，我的意思是說，這不是隨便某條龍而已。這隻是『恐狼』，古代的一種大蟲。」

我直直瞪著怪物的黑眼窩。與我以前打過的大多數鱗蟲比起來，牠確實好像更加巨大，不過我通常太忙著死掉，根本沒機會向巨龍詢問牠的年紀或名字。

「你怎麼知道？」我問：「而且，爲什麼有人把巨龍叫成『恐狼』？」

鱗蟲嘶嘶威嚇，空氣裡充滿燃燒輪胎的氣味。牠顯然對自己的名字很敏感。

瑪洛莉揮刀刺中龍腿，而鱗蟲愈是不理她，她就尖叫得愈憤怒。「你們兩個要幫點忙嗎？」她回頭對我們大叫：「還是只想站在那裡聊天？」

湯傑用他的刺刀猛刺怪物，只見刀尖從怪物的肋骨反彈開來。身爲優秀的士兵，湯傑後退一步，然後再試一次。

亞利思從她的腰帶鉤環拉出某種索線，那是一條沒有光澤的鋼索，粗細與風箏線差不多，兩端各有簡單的木樺當做握把。「恐狼住在『世界之樹』尤克特拉希爾的樹根處。牠不應該在這裡，沒有人會瘋狂到……」她的臉色突然變得蒼白、表情僵硬，彷彿變成鱗蟲的骨頭。「『那個人』派牠來對付我。他知道我在這裡。」

「誰？」我追問道：「到底是怎樣？」

「把牠引開，」她命令道。她跳上最近的一棵樹，開始往上爬。即使沒有變成大猩猩，她的行動方式也超級像。

我顫抖著吸了一口氣。「把牠引開。當然好。」

巨龍對著亞利思猛咬，咬掉好幾根樹枝。亞利思移動得很快，蹦跳到樹幹高處，但是只要再猛咬個一、兩下，她就會變成鱗蟲的午餐便當。在此同時，瑪洛莉和湯傑依舊亂砍那怪物的雙腿和腹部，但是運氣不太好，沒能說服巨龍把他們吞掉。

「這只是戰鬥練習，」我對自己說：「馬格努斯，衝啊！讓自己像專業戰士一樣戰死！」

這正是每日戰鬥的全部重點：練習迎戰任何一種敵人，克服我們對死亡的恐懼，因為到了諸神的黃昏那一天，我們必須發揮所有的戰技和勇氣。

那麼，我為何遲疑呢？

首先，其實我真正擅長的是治療，而不是戰鬥。喔，還有逃跑……我真的很擅長逃跑。其次，即使知道這裡的死亡不會持續到永久，但要你直直往前衝、迎向自己的死亡還是很困難，特別是包含大量的痛苦。

巨龍再度猛咬亞利思，距離她的玫瑰紅色高筒鞋只差兩公分。

我討厭死掉，更討厭眼睜睜看著夥伴送命。我高聲狂叫「弗雷」，然後衝向那隻鱗蟲。算我運氣好，恐狼很樂意把注意力轉移到我身上。如果打算要挑釁古代怪物，我還真是能點石成金。

瑪洛莉踉蹌後退、讓路給我，放棄她插在巨龍頭上的一把刀。湯傑也連忙撤退，嘴裡大喊：「兄弟，全都交給你了！」

即將迎向極度痛苦的死亡時，聽到這種激勵的話，感覺眞是爛透了，我舉起盾牌和劍，如同優秀的指導員在「維京人一〇一招」冊子裡的示範動作。巨龍張開血盆大口，露出好幾排額外的牙齒，以免外側的牙齒沒讓我死得很徹底。

透過眼角餘光，我看到亞利思在樹木的最高處搖晃身體，那團粉紅色和綠色隨時準備彈射出去。我明白她打算怎麼做了：她想要跳到巨龍的脖子上。這計畫眞是蠢斃了，於是我覺得自己的死法沒那麼蠢，心情也好多了。

巨龍發動攻擊。我握著劍向前刺去，希望能刺中怪物的上顎。

然而，一陣瞬間的疼痛讓我爲之目盲，感覺好像整張臉浸入工業用的清潔劑。我雙膝一軟，而這動作恐怕救了我一命。一毫秒之前我的頭還在那裡，巨龍咬去卻只咬了一口空氣。

瑪洛莉在我左側某處大聲尖叫：「站起來啊，你這笨蛋！」

我拚命眨眼想要消除疼痛，卻只變得更糟。我的鼻孔充滿皮肉燃燒的臭氣。恐狼的身體恢復平衡，憤怒吼叫。

我的腦袋裡有個熟悉的聲音說：「來吧，我的朋友，別掙扎了！」

我的眼前出現雙重影像。我還看得見森林，巨龍隱約朝我逼近，有個粉紅色與綠色相間的嬌小身影從樹梢跳向那怪物。不過還有另一個影像也很眞實，那是一層朦朧的白色景象，拚命想要燒穿我的角膜。我跪在蘭道夫舅舅的書房裡，位於後灣區的雀斯家族大宅。有個人站在旁邊低頭看我，那人遠比鱗蟲更加糟糕，是邪惡之神洛基。

他低頭對我咧嘴而笑。「我們團聚了！多好啊！」

同一時間，巨龍「恐狼」再度發動攻擊，張開牠的血盆大口，要把我整個人吞下去。

8 有人救我逃過某種死法的方法就是殺了我

我以前從來不曾同時出現在兩個地方。我很確定自己不喜歡這樣。透過疼痛，我隱約察覺到森林裡的戰鬥，恐狼正準備把我咬成兩半時，牠的頭突然向上抬起；這時亞利思跨坐在牠的脖子上，將鋼索繞過巨龍的喉嚨用力拉緊，於是怪物猛力掙扎跳躍，牠嘴裡尖端分岔的黑色舌頭都伸出來了。

湯傑和瑪洛莉衝過來，像盾牌一樣擋在我面前。他們對恐狼大吼大叫，揮舞手上的武器奮力驅趕，要牠向後退。

我好想幫他們。我想要站起來，或至少滾到旁邊去。但是我全身麻痹，跪在地上動彈不得，受困在瓦爾哈拉和我舅舅蘭道夫的書房之間。

「蘭道夫，我早就說過了！」洛基的聲音把我進一步拉向那個影像。「你懂嗎？血濃於水，我們之間的連結非常牢固！」

朦朧的白色景象逐漸幻化成全彩影像。我跪在蘭道夫書桌前的東方地毯上，一小片陽光曬得我汗流浹背，陽光穿透氣窗的彩色玻璃而顯現綠色色調。房間裡有木材亮光劑的檸檬味和皮肉燒灼的氣味。我相當確定第二種氣味來自我的臉。

洛基站在我面前，一頭亂髮呈現秋葉的色彩，宛如雕刻般的精緻臉孔遭到酸液熔毀，傷痕橫越鼻子和頰骨，嘴唇周圍也有癒合的痕跡。

他咧嘴而笑，開心地伸展雙臂。「你覺得我一身行頭看起來如何？」

他身穿翠綠色的正式西裝，暗紅色襯衫有皺摺裝飾，領結是草履蟲圖案，腰間繫著很搭配的印度式腰帶。（反正只要看似一整套就可以說『很搭配』。）外套的左邊袖子垂掛一條價格標籤。

我不能說話，也無法嘔吐，可是我好想吐。我甚至無法叫他去「貝利茲恩嚴選」尋求免費服裝諮詢。

「不好？」洛基變了臉。「蘭道夫，我對你說過了，你應該把鮮黃色的也帶來給我！」

我的喉嚨傳出卡卡的聲音。「馬格努斯，」蘭道夫舅舅的聲音說：「不聽……」

洛基伸出手，手指末端冒著煙。他沒有碰觸我，但我整張臉的痛楚增強三倍，彷彿有人拿著鐵塊烙印在我臉上。我想要癱倒在地，懇求洛基住手，但是連動都動不了。

我這才意識到自己是透過舅舅的雙眼看到一切。我棲身於他的身體，感受他正在體驗的感覺。洛基以痛苦驅動蘭道夫這具「電話」，與我建立聯繫。

痛苦減輕了，但蘭道夫的額外體重包裹住我，簡直像一件鉛製潛水衣。我的肺好喘，老化的膝蓋好痛。我不喜歡當老人家。

「哎呀，哎呀，蘭道夫，」洛基責罵說：「振作一點。馬格努斯，關於你舅舅的事，我向你道歉。我剛才講到哪裡？喔，對了！你的喜帖！」

同一時間在瓦爾哈拉，我依舊在戰場上麻痺不動，巨龍恐狼則在周圍蹣跚踱步，把整片森林全部撞倒。鱗蟲的一隻腳把瑪洛莉．基恩踩得扁扁的，湯傑則是一邊大吼大叫、一邊揮舞現在變得破破爛爛的步槍，努力想吸引怪物的注意。亞利思．菲耶羅不知用什麼方法，一直待在巨龍的脖子上，拉緊手上的鋼索，迫使恐狼前後猛力搖擺。

「一場婚禮！」洛基開心嚷嚷。他拿起一張綠色喜帖，然後將它摺起，塞進蘭道夫的襯衫口袋裡。「從今天起的五天後！很抱歉這麼晚才通知，不過很希望你能來，特別是要麻煩你帶新娘和嫁妝來，否則就要好好打一場大戰啦、入侵啦、諸神的黃昏啦，等等之類的。舉辦婚禮好玩多了！好吧，說來聽聽，莎米拉對你透露了多少消息？」

我的頭骨箍得好緊，感覺腦漿快要從鼻腔擠出來了。一陣粗啞的尖叫聲從我的唇間迸發出來，但我不確定叫聲是來自於我，還是蘭道夫舅舅。

就在這時，亞利思在巨龍的脖子上大喊：「馬格努斯到底怎樣了？」

湯傑跑到我旁邊。「我不知道！他的頭在冒煙！那不太妙，對吧？」

「抓起他的劍！」亞利思把她的鋼索拉得更緊，只見黑色血液沿著巨龍的脖子汩汩滴下。

「準備好！」

「噢，親愛的。」洛基輕拍我兼蘭道夫的鼻子。頭部的壓力稍微消退，從近乎昏迷的痛苦轉變成普通的折磨。「莎米拉什麼都沒說啊。這個可憐人覺得很尷尬，我猜是這樣。我完全了解！對我來說，要把最疼愛的女兒送出去也很艱難。他們長大得好快！」

我拚命想要講話。我想要說：「滾開！你這爛人！從我的腦袋滾出去，而且離莎米拉遠一點！」

結果吐出來的聲音是：「嘎啊啊啊啊。」

「不需要謝我，」洛基說：「沒有人希望諸神的黃昏不久後就開始，對吧？而且我是唯一能幫你的人！談判這種事並不容易，不過我很有說服力。用巨鎚交換新娘，一手交貨一手交人。等你弄到嫁妝，我會再告訴你更多內情。」

「就是現在！」亞利思大喊。她極力拉緊鋼索，巨龍的背部向後彎曲，於是保護牠腹部的一節節骨甲分離開來。湯傑衝上前，抓進我的練習劍，對準恐狼心臟下方的柔軟處刺下去，然後滾向旁邊，只見怪物的全身重量向下壓，自己刺進那把劍裡。亞利思從鱗蟲的頸部跳下來，她的勒繩垂掛在一隻手上，滴著溼滑的血液。

「我是不是聽到亞利思的聲音？」洛基噘起傷痕累累的嘴唇。「她沒有受邀參加婚禮。她會搞砸一切。這樣吧，」洛基的雙眼閃耀著調皮的神采，「幫我送個小禮物給她，好嗎？」

我的肺收縮得好緊，甚至比小時候氣喘發作更慘。我的身體開始過熱，全身痛苦不堪，所有器官彷彿分解成一個個分子，皮膚發亮且冒出蒸氣。洛基要讓我的腦袋燒起來，塞進一大堆不屬於我的片段記憶，那是累積數千年的憤怒，正是復仇行動所需要的。

我拚命想把他從我腦中推出去。我好想呼吸。

亞利思．菲耶羅站著低頭看我，眉頭緊皺。她的臉孔與洛基的臉孔融合在一起。

「你們的朋友快要爆炸了。」亞利思說，聽她的語氣彷彿這是再普通不過的事，一般人都會發生。

湯傑抹掉眉頭的汗水。「你的意思到底是什麼……爆炸？」

「我的意思是，洛基正在透過他傳送力量，」亞利思說：「太超過了。馬格努斯會爆掉，順便摧毀這裡的大半個中庭。」

我緊咬著牙，奮力擠出一個字：「跑。」

「那沒用，」亞利思對我說：「別擔心，我有方法可以解決。」

她一派冷靜走向前，拿著她的金屬鋼索繞過我的脖子。

我奮力擠出另一句話：「等一下。」

「要把他趕出你的腦袋，這是唯一的方法。」從亞利思的棕色和琥珀色眼睛沒辦法看出她在想什麼。她對我眨眨眼……或者其實是對洛基眨眼，洛基的臉剛好在亞利思的皮膚底下隱隱發亮。

「馬格努斯，很快會再見面。」天神說。

亞利思用力猛拉她那條勒繩的兩端，扼殺了我的生命。

9 別和斷頭天神洗泡泡浴

拜託誰來解釋給我聽，爲什麼我連死掉都得作夢？

話說我漂浮於不存在的黑暗中，想著自己遇到的那些事，努力忘掉剛剛才遭到斬首的事實。接著，我突然掉進這些詭異的逼眞惡夢裡。眞是煩死了。

我發現自己身在一艘九公尺長的遊艇上，位於暴風雨的正中央。甲板吱嘎作響，巨浪沖刷著船頭，一道道灰色雨水灌進駕駛室的窗戶裡。

蘭道夫舅舅坐在船長的椅子上，一隻手握緊舵輪，另一隻手掐著無線電發話器。雨水沿著他的黃色雨衣簌簌滑落，在腳邊形成大灘積水，鹹膩海水也讓剃得很短的頭髮閃閃發亮。在他的正前方，控制面板的顯示幕什麼都沒有，只是一片靜寂。

「求救！」他對著發話器大喊，活像那是一隻頑固的狗，拒絕聽從命令玩把戲。「求救，眞該死。求救！」

在他後方的長凳上，一個女子和兩個年輕女孩抱成一團。我在現實生活中不曾認識她們，不過從蘭道夫舅舅辦公室的照片認了出來。或許我才剛待過蘭道夫的腦袋，因此能從他的記憶搜尋出她們的名字：他的妻子卡洛琳，以及他的兩個女兒，奧珀莉和艾瑪。

卡洛琳坐在中間，她的深褐色頭髮黏貼在臉上，兩隻手臂緊摟著女兒的肩膀。「一定不會有事。」她對兩個女孩說。她瞥了蘭道夫一眼，眼裡盡是無聲指責：「爲何這樣對我們？」

奧珀莉是小女兒，她有一頭雀斯家的招牌波浪金髮。她低著頭，神情極度專注，拿著一個遊艇模型放在腿上。儘管五公尺高的大浪搖撼著駕駛室，她依然努力讓玩具保持水平，彷彿這樣可以助父親一臂之力。

艾瑪就沒有那麼冷靜了。她看起來約莫十歲，深色頭髮像她母親，悲傷憂慮的眼神則像父親。我莫名知道她是最期待這趟旅行的人，她堅持參加爸爸的這次大冒險，爸爸要尋找的是一把失蹤的維京人寶劍，最終可以證明他的理論。爸爸會成爲大英雄！蘭道夫實在無法拒絕她。

然而，艾瑪現在害怕得直發抖。微微的尿味告訴我，她的膀胱因爲巨大壓力而忍耐不住。船身每一次猛然傾斜，艾瑪都放聲尖叫，而且緊緊抓住她胸前的項鍊墜子，那是一顆盧恩石，是蘭道夫去年送她的生日禮物。我看不到墜子的標誌，但不知爲何，我知道它是哪個盧恩字母：

ᛟ

歐特哈拉，代表繼承的意思。蘭道夫將艾瑪視爲他的繼承人，家族裡下一代偉大的歷史與考古學家。

「我會帶我們所有人回家。」蘭道夫的聲音因絕望而沙啞。

他曾經非常確定自己的計畫，也對天氣很有信心。從港口出發的旅程會很輕鬆愜意。他研究得極爲充分，確知「夏日之劍」一定躺在麻薩諸塞灣的海底，他想像自己只要很快潛個水就行了。他這麼努力，阿斯嘉眾神會保佑他浮出海面、高舉著劍，讓劍刃睽違數千年第一次迎向陽光。他的家人會在現場見證他的成功之舉。

然而，如今他們在此，受困於反常且怪異的暴風雨，將他們的遊艇拋來拋去，宛如奧珀莉腿上的玩具。

船身往右舷翻滾。艾瑪放聲尖叫。

一道水牆吞沒了我。

我從另一個夢境浮出來。我那顆脫離肉體的頭顱在裝滿水的浴缸裡載浮載沉，周圍有草莓香味的肥皀和發霉毛巾的氣息。我右邊漂浮著興高采烈的塑膠小鴨，它的兩隻眼睛都壞掉了。我左邊則漂浮著天神密米爾的頭顱，他就沒那麼興高采烈。海草和死掉的小魚糾纏在他的鬍子裡，肥皀泡泡從他的眼睛、耳朵和鼻子滴下去。

「注意聽我說，」他的聲音在貼滿磁磚的浴室裡迴盪，「你們兩個一定得去。不只因爲我是你們的老闆，也因爲命運所需。」

他不是對我說話。在浴缸旁邊，我的朋友希爾斯東坐在漂亮的酪梨色陶瓷馬桶上，他垮著肩膀，神情沮喪。他身上是平常穿的黑色皮外套和皮褲、硬挺的白色襯衫，以及一條圓點圍巾，看似從桌遊「扭扭樂」的遊戲墊裁切下來。他的蓬亂金髮幾乎像臉色一樣慘白。

希爾斯東比劃著手語，動作實在太快而且太惱怒，我只能抓到其中幾個詞的意思：太危險……死亡……保護這個白痴。

希爾斯東指著貝利茲恩，只見他斜倚著洗臉槽，雙手交叉在胸前。侏儒的打扮永遠這麼清爽俐落，他穿著胡桃色的三件式西裝，與膚色很配，而蝴蝶領結與鬍子一樣是黑色的，加上法蘭克．辛納屈風格的帽子，顯現出莫名的整體感。

「我們一定得去，」貝利茲很堅持，「那小子需要我們。」

我好想訴說自己有多麼想念他們、多麼想見到他們，但也覺得他們不應該冒著生命危險來找我。不幸的是，我一張開嘴，吐出來的只有一條金魚，牠瘋狂扭動身子奔向自由。

我的臉向前栽進泡泡裡。等到再次浮起，夢境已經變了。

我依舊是脫離軀體的頭顱，現在漂浮在打開的大罐子裡，旁邊塞滿了泡菜和醋汁。要透過淡綠色的液體和彎曲的玻璃看出去相當困難，不過我似乎身在吧檯，牆上閃爍著飲料的廣告霓虹燈。有些巨大模糊的人影拱著背坐在凳子上，笑聲和談話聲透過泡菜汁一波波傳來。

我不曾花很多時間泡在酒吧裡，更不曾花很多時間透過骯髒的泡菜罐看著酒吧。不過這酒吧似乎有某些地方感覺很熟悉，包括桌子的配置、對面牆上鑽石形狀的斜面玻璃窗，甚至是掛在我頭頂上方像吊燈一樣的高腳酒杯架。

一個新的人影移進我的視線，這人的體型比其他顧客更巨大，穿了一身白。「滾出去！」她的聲音既粗啞又刺耳，活像是一有空閒就用汽油漱口。「全部的人，出去！我要和我兄弟談事情！」

四周傳來一堆抱怨聲，人群做鳥獸散。酒吧陷入寂靜，只剩下房間對面某處傳來電視的聲音。電視正在轉播體育比賽，有位評論員說：「噢，比爾，你有沒有看到？他的頭就這樣掉下來了！」

我認為這評論是針對我個人而來。

而在吧檯的另一端，另一個人移動過來，那個人影實在太黑暗、太巨大，我還以為只是個影子。

「這是我的酒吧。」他的聲音是低沉的男中音，怒氣沖沖且急躁。假如公海象會說英語，聽起來一定就像這樣。「你爲什麼老是把我朋友踢出去？」

「朋友？」女子大喊。「索列姆，他們是你的『臣民』，才不是你的朋友！開始表現出國王的樣子吧！」

「我有啊！」男子說：「我準備摧毀米德加爾特！」

「哼。等我親眼看到才會相信。假如你是眞正的國王，你會立刻運用那把巨鎚，而不是把它藏起來，猶豫好幾個月不知道該怎麼辦。你絕對不會拿它去交易什麼沒用的……」

「索列恩嘉，那是聯姻啊！」男子怒吼。我猜索列姆這傢伙並非眞正的海象，不過我想像他輪流拍著自己的左右鰭肢，觸鬚翹得高高的。「你不懂那有多重要。爲了要拿下人類世界，我眞的需要盟友。只要我和莎米拉．阿巴斯結婚……」

咕嚕。

我不是故意的，可是一聽到莎米拉的名字，我在泡菜罐裡尖叫一聲，結果產生巨大的氣泡，從油膩的綠色液體表面冒出去。

「那是什麼聲音？」索列姆問。

索列恩嘉的白色形影隱約逼近我。「從泡菜罐裡面傳來。」她這種說法簡直像恐怖電影的片名。

「嗯，殺了它！」索列姆大喊。

索列恩嘉抬起一張高腳凳，猛力砸向我的罐子，害我朝牆壁飛去，最後與一灘泡菜、汁液和碎玻璃一起躺在地板上。

我在自己床上醒來，喘得上氣不接下氣，雙手連忙摸摸脖子。

感謝弗雷，我的頭又接回身體了。鼻孔依舊因爲泡菜和草莓泡泡浴的氣味而感覺灼熱。

我試圖分析剛才發生的每一件事，區分哪些是眞實的、哪些又是夢境。巨龍「恐狼」。亞利思·菲耶羅和她的勒繩。洛基讓我的腦袋燒起來，他不知用什麼方法利用蘭道夫舅舅控制我。他對五天後的一場婚禮提出警告。

這一切全是眞實發生的事。

糟的是，我的夢境似乎也一樣具體。我待在蘭道夫的船上，參與他的家人死去的那一天。如今他的記憶與我的記憶糾纏在一起，他的深切痛苦就像一塊鋼鐵壓在我胸口；他失去了卡洛琳、奧珀莉和艾瑪，他感受的痛苦與我面對母親死去的痛苦不分軒輊。或許更慘，因爲蘭道夫的痛苦永遠沒有所謂的結束，他依然每一分每一秒繼續承受那種痛苦。

還有其他的夢境影像：希爾斯東和貝利茲恩要來幫我了。我眞應該高興才對，不過也想起希爾斯東的慌亂手語：太危險。死亡。

以及從泡菜罐看到的景象。那到底是什麼鬼赫爾海姆[30]啊？那對神祕的兄妹，索列姆和索列恩嘉，我敢用五十塊紅金和一頓炸豆泥球晚餐打賭，他們一定是巨人。那個名叫索列姆的巨人擁有索爾的巨鎚，而且準備用它來交換（我把泡菜口味的膽汁吞回肚裡）莎米。

「要靠你把新娘和嫁妝帶來，」洛基曾這樣說：「那是一場聯姻，一手交貨一手交人。」

洛基一定是瘋了。他想要「幫助我們」奪回索爾的巨鎚，方法卻是把莎米拉嫁出去？

莎米拉爲什麼對這件事隻字未提？

「那個可憐人覺得很尷尬。」洛基曾這樣說。

我想起來了，我和莎米在咖啡店談話時，她的語氣很急切，而且手指握著咖啡杯不斷顫抖。難怪她這麼急著找到巨鎚，原因不只是可以拯救世界免於入侵等等吧啦吧啦之類的，我們不管什麼時候都可以拯救世界啊。莎米想要阻止這場婚姻交易。

可是像這種愚蠢的交易，她爲什麼覺得有必要兌現？洛基沒有權利指使她吧。她已經與阿米爾訂下婚約，她愛那傢伙。我會集結一支軍隊，由英靈戰士、魔法精靈、打扮入時的侏儒共同組成，把約頓海姆徹底焚毀，也不會讓他們脅迫我的朋友。

無論情況到底如何，我都需要與她再次談談，而且要快。

我掙扎著起床，覺得膝蓋還是像蘭道夫一樣無力且痠痛，不過我知道那只存在於我的腦袋裡。我一拐一拐地走向衣櫥，眞希望有舅舅的拐杖。

我穿好衣服，從廚房拿起我的手機。

螢幕顯示晚上七點零二分。我遲到了，必須趕快去參加瓦爾哈拉的晚宴。

我從來不曾花費這麼久的時間才從戰鬥之死徹底復原，通常我都是最早重生的人之一。我還記得亞利思站著低頭看我，用她的勒繩冷靜地切斷我的頭。

我查看手機簡訊。安娜貝斯還是沒有傳來隻字片語。我不該感到驚訝，但內心還是有所

㉚赫爾海姆（Helheim）是北歐神話的冥界，由死亡女神赫爾負責掌管。參《阿斯嘉末日1：夏日之劍》八十四頁註㉕。

期盼。我現在很需要表姊的外界觀點、她的聰明才智和鼓勵，讓我確信自己可以應付這所有的詭異事物。

我的房門突然打開，三隻渡鴉飛進來，在我頭頂上盤旋，然後降落在天井大樹最低處的樹枝上。牠們以渡鴉獨有的眼神盯著我，活像是我不配在路上被撞死、成為牠們的晚餐。

「我知道自己遲到了，」我對牠們說：「我才剛醒來。」

呱！

呱！

呱！

翻譯出來的意思最有可能是：

「快點！」

「行動！」

「蠢蛋！」

莎米拉會參加晚宴，也許我可以和她談一談。

我抓起項鍊，從頭頂套下。盧恩石墜子貼在鎖骨上，有一種撫慰人心的溫暖感覺，彷彿傑克想要讓我安心。也說不定他只是心情很好，因為與一支優秀的長矛進行愉快的約會。無論如何，我很慶幸有他當我的後盾。

我有種預感，往後五天都不會再用到練習劍了。很多事只有傑克才有資格處理。

10 有史以來最囧的維京人烤肉大餐

好像星期四巨龍日還不夠糟似的，宴會廳的主題之夜也很糟：夏威夷烤肉大餐。呃。

我能理解管理部門需要炒熱氣氛，特別是眾多戰士自從中世紀就在這裡等待「末日」降臨。然而，我覺得夏威夷烤肉大餐實在有點文化挪用之嫌。（維京人在挪用其他文化方面早就惡名昭彰，更別提對那些文化進行燒殺擄掠。）除此之外，眼見數千名英靈戰士身穿夏威夷衫、掛著夏威夷花環，感覺好像有一顆霓虹染料手榴彈在眉眼間爆炸開來。

宴會廳的人潮一路擠到最高層的「流鼻血」座位區，好幾百張桌子排列成體育館的座位模式，全部面向中央場地。正中央有一棵大樹，幾乎像波士頓保德信中心大樓那麼高聳，枝葉伸展開來，橫越廣大的圓弧狀屋頂。樹根附近有個火坑，我們平常的晚餐便在一根烤肉叉上緩緩旋轉：那是大餐野獸「沙赫利姆尼爾」[31]，牠今晚也戴著可愛的蘭花頸圈，塞在嘴巴裡的鳳梨幾乎像威斯康辛州那麼巨大。

許多女武神在大廳裡穿梭飛行，負責斟滿酒壺、遞送食物。走道上插著許多燃燒搖曳的

[31] 沙赫利姆尼爾（Saehrimnir）是瓦爾哈拉的一隻魔獸，每天都遭到宰殺並烹煮為晚餐，到了隔天早上又會復活。參《阿斯嘉末日1：夏日之劍》九十五頁註[32]。

夏威夷式提基火把，女武神飛過的時候要很小心，免得自己的草裙燒起來。

「馬格努斯！」湯傑叫道，對我揮揮手。他的步槍就擱在身旁，斷裂的槍托用膠帶黏補。我們並沒有預先分配桌次，那樣會減損彼此打鬥爭搶最佳座位的樂趣。今天晚上，我的樓友贏得第三排的優越座位，只隔幾排就是領主的餐桌。

「我們的睡美男來了！」半生人笑開懷，齒縫塞滿了沙赫利姆尼爾烤肉。「我的朋友，『阿里卡嚕』！」

瑪洛莉用手肘頂他一下。「『阿囉哈』啦，笨蛋。」她對我翻翻白眼。「『阿里卡嚕』是北歐語『胖子』的意思，半生人明明知道得很清楚。」

「很接近嘛！」半生人搥爛他的酒杯，吸引女武神注意。「給我的朋友來點蜜酒和肉！」

我在瑪洛莉和湯傑之間坐下來，很快就得到大杯的沁涼蜜酒和一盤熱騰騰的沙赫利姆尼爾，配上比司吉和肉汁。儘管今天經歷了那麼多瘋狂怪事，我的胃口還是超級好……重生一次總是令人胃口大開。我開始狼吞虎嚥。

坐在領主桌的人都是大家耳熟能詳的死者，我認得吉姆．鮑伊[32]、克里斯普斯．阿塔克斯[33]、恩尼．派爾[34]，全都是英勇戰死；另外加上旅館經理赫爾吉，以及其他一些古代的維京人男士。正中央的奧丁寶座是空的，像平常一樣。莎米應該每隔一陣子就會接獲「眾神之父」的命令，但自從我們執行完成一月的那次任務之後，奧丁再也沒有親自現身。他可能正在寫下一本書《短短五天，喜迎你這輩子最棒的諸神黃昏！》，再搭配 PowerPoint 簡報。

領主桌的左邊是榮譽桌。今天晚上只坐了兩個人：亞利思．菲耶羅，以及她的女武神保證人莎米拉．阿巴斯。這表示在全部九個世界裡、在過去二十四小時內，只有亞利思之死有資格進入瓦爾哈拉。

其實這樣的狀況並不罕見，每夜的人數從零到十二都有。然而我甩不掉一種感覺，今天之所以沒有其他人英勇而死，只是因為他們不想和亞利思坐同一桌。兩名女武神衛兵站在她背後，彷彿隨時要防止她企圖逃走。

莎米的肢體語言看起來相當僵硬。我距離太遠聽不到，不過能想像她與亞利思之間的對話會像這樣：

莎米：真囧。

亞利思：很囧，好囧。

莎米（點頭）：真囧，太囧，超囧。

而在我旁邊，湯傑推開盤底朝天的餐盤。「今天的戰鬥真是驚人，我從來沒看過有人那樣……」他在脖子上比劃一條線。「那麼快速又冷酷。」

我努力克制想要觸摸自己喉嚨的衝動。「我第一次遭到斬首。」

32 吉姆．鮑伊（Jim Bowie, 1796-1836）是美國探險家，曾參與德克薩斯革命，死於阿拉莫戰役，美國人視之為民族英雄。

33 克里斯普斯．阿塔克斯（Crispus Attucks, 1723-1770）是美國黑人船員。波士頓居民於一七七〇年三月五日對英國軍隊發動抗議，士兵射殺了包括阿塔克斯等五位居民，揭開美國獨立戰爭的序幕，後世將阿塔克斯視為獨立戰爭第一位殉死的英雄。

34 恩尼．派爾（Ernie Pyle, 1900-1945）是美國著名戰地記者，一九四五年二次大戰期間，他在琉球群島的伊江島採訪時遭到日軍射殺。

「不好玩，對吧？」瑪洛莉說：「你到底怎麼了？像那樣冒蒸氣，又一副要爆炸的樣子？」

我認識這些樓友有一陣子了，對他們的信任就像家人一樣……我的意思是像安娜貝斯的家人，不是蘭道夫舅舅那樣的家人。我把每一件事都告訴他們，包括洛基穿著可怕的綠色正式西裝邀請我去參加婚禮，以及關於我舅舅、希爾斯和貝利茲、酒吧那對巨人兄妹的夢境。

「索列姆？」半生人．岡德森挑掉他鬍子裡的一些比司吉碎屑。「我在古老傳說裡聽過這個名字，他是大地巨人國王之一，但不可能是同一個傢伙啊，那個索列姆早在好幾百年前就死得很徹底。」

我想到山羊奧提斯，據說他可以從金崙加深溝的霧氣重新成形。「那些巨人不能像是……復活嗎？」

半生人嘲笑一聲。「就我聽說是不行。這可能是另一個索列姆吧。不過呢，假如他真的有索爾的巨鎚……」

「我們恐怕不該散播它弄丟的消息。」我說。

「對啦，」瑪洛莉咕噥說：「你說這個巨人準備結婚……」她的手指飄向莎米拉的方向。「莎米究竟知不知道這個計畫？」

「我得問她，」我說：「不管她知不知道，我們都只有五天時間。然後，假如這個巨人索列姆沒有得到他的新娘……」

「他會跳去打電報，」湯傑說：「告訴所有其他巨人，說他有索爾的巨鎚。然後他們會入侵米德加爾特。」

我決定不要提醒湯傑，再也沒人用電報了。

半生人拿起他的牛排刀開始剔牙。「眞是不懂，索列姆這傢伙爲何要等這麼久？假如巨鎚在他手上已經有好幾個月，我們爲什麼還沒遭受攻擊？」

我也沒有答案，不過我想一定與洛基有關。如同以往，他會對一些人附耳說悄悄話，在背後操控很多事。不管洛基想要從這個詭異的婚姻交易得到什麼好處，我很確定一件事：他之所以想弄回索爾的巨鎚，絕對不只因爲他是大好人。

我凝視著宴會廳另一端的亞利思．菲耶羅，想起我們在戰場上面對「恐狼」時她曾說過這樣的話：「『那個人』派牠來對付我。他知道我在這裡。」

瑪洛莉用手肘輕推我。「你正在想同一件事，對吧？亞利思．菲耶羅在這一大堆事之間來到這裡，不可能是巧合。你認爲是洛基派她來？」

我覺得浴缸裡那隻金魚好像又扭動身子鑽回我的喉嚨裡。「洛基怎麼可能安排某個人變成英靈戰士？」

「噢，我的朋友……」湯傑搖搖頭。他那身花朵圖案夏威夷衫和北軍外套的組合，看起來很像影集《檀島警騎二．〇：一八六二年》㉟的警探角色。「洛基怎麼可能把一隻老資格的鱗蟲放進瓦爾哈拉？他怎麼可能協助『叛亂軍強尼』㊱南軍贏得第一次牛奔河之役？」

㉟《檀島警騎》（*Hawaii Five-O*）是一九六八年的美國影集，以夏威夷警探為故事背景，二〇一〇年改拍新版。這裡搞笑改成湯傑參與南北戰爭的一八六二年版。

㊱「叛亂軍強尼」（Johnny Reb）是南北戰爭期間北軍對南軍的戲稱。第一次牛奔河之役發生於一八六一年，地點在維吉尼亞州的牛奔河（Bull Run）附近，是南北戰爭第一次重要戰役，最後南軍獲勝。

「洛基協助什麼？」

「我的重點是，很多事情洛基都可以辦到，」湯傑說：「千萬不要低估他。」眞是很好的忠告。可是……我凝視著亞利思．菲耶羅，實在很難相信她是間諜。恐怖且危險，是沒錯。讓你嚇得屁滾尿流，也沒錯。但幫她父親跑腿辦事？

「難道洛基不會挑選某個……稍微比較合群的人？」我問。「更何況洛基在我腦袋裡時，他叫我不要帶亞利思去參加那場婚禮。他說，她會搞砸一切。」

「反向心理學。」半生人表示，同時繼續用刀子剔牙。

瑪洛莉嗤之以鼻。「笨蛋，你又懂這種心理學了？」

「不然就是反向的反向的反向的心理學！」半生人的濃密眉毛擠來擠去。「洛基最擅長說反話了。」

瑪洛莉拿起一顆烤洋芋扔向他。「我只能說，我們應該好好盯著那個亞利思。看到她殺了鱗蟲之後……」

「我也幫了一點忙。」湯傑補了一句。

「……她消失在樹林裡，丟下我和湯傑自生自滅。接著，其他的巨龍不知道從哪裡冒出來攻擊我們……」

「而且殺了我們，」湯傑說：「沒錯，那眞的有點奇怪……」

半生人嘀咕一聲。「菲耶羅是洛基的孩子，也是阿魯。你在戰鬥中不能信任阿魯。」

瑪洛莉狠命搥打他的手臂。「你的態度比你的體臭更令人討厭。」

「你的討厭才令人討厭！」半生人抗議說：「阿魯不是戰士，我只是這個意思！」

「好，到底什麼是阿魯？」我問：「你們第一次說的時候，我以爲是指某種怪物，後來以爲可能是海盜的另一種說法，像是『啊喲亂叫的魯蛇』之類。那是指跨性別的人還是怎樣？」

「字面上的意思是『沒有男子氣概』，」瑪洛莉說：「那是很嚴重的侮辱，特別是對於像這麼高壯粗魯的維京人來說。」她戳戳半生人的胸膛。

「哼，」半生人說：「如果一個人不是阿魯，而你叫他阿魯，那眞的很討厭。馬格努斯，流性人不是什麼新鮮事，古代北歐人有很多阿魯啊，他們有自己的使命。有些最偉大的祭司和巫師都是……」他用牛排刀在空中劃圈圈。「你知道吧。」

瑪洛莉對我皺眉頭。「我的男友根本是尼安德塔原始人。」

「才不是！」半生人說：「我出生於公元八六五年，是很開明的現代人啊。好吧，假如你和那些公元七〇〇年出生的英靈戰士聊這種事，嗯……他們就沒有這麼心胸寬大了。」

湯傑啜飲他的蜜酒，目光遙望遠方陷入沉思。「南北戰爭期間，我們有個偵察兵是雷納皮族印第安人。他，或者她，稱自己是『威廉媽媽』。」

「打仗用這種名字太爛了！」半生人抱怨說：「某個人打著『威廉媽媽』的名號，誰會嚇得發抖啊？」

湯傑聳聳肩。「坦白說，我們大部分人都不知道該怎麼看待他。他的性別認同似乎每天都變來變去，他說他的體內有兩個靈魂，一個是男性，另一個是女性。可是我告訴你，他是很厲害的偵察兵，我們行軍穿越喬治亞州的時候，他救了我們逃過一場伏擊行動。」

我看著亞利思吃晚餐，她從盤子裡小心挑出紅蘿蔔和馬鈴薯，實在很難想像短短幾個小時之前，同樣那些動作細膩的手指居然拿著鋼索摺倒一隻巨龍，而且割斷我的頭。

半生人倚過來靠著我。「馬格努斯，受到吸引不是什麼羞恥的事喔。」

我嘴裡咬著一塊烤肉差點嗆到。「什麼？沒有，我不是……」

「目不轉睛？」半生人笑得開懷。「你也知道，弗雷的祭司都很會變來變去。收穫慶典期間，他們經常穿裙子，而且跳一些超驚人的舞蹈……」

「你是在逗我吧。」我說。

「不是喔。」半生人咯咯笑。「有一次在烏普薩拉，我遇到一個很可愛的……」

號角聲突然響徹整個宴會廳，打斷他要說的故事。

坐在領主桌的赫爾吉站起來。他從早上就開始縫補西裝外套和修剪鬍子，不過這時他戴著一頂尺寸太大的頭盔，可能要遮掩亞利思．菲耶羅幫他弄的死禿鷲髮型吧。

「英靈戰士！」他的聲音轟隆作響。「今天晚上只有一位戰士死去，加入我們的行列。但是，我得知他的死亡非常令人刮目相看。」他怒目看著莎米拉．阿巴斯，彷彿要說「最好是這樣！」。「亞利思．菲耶羅，起立，請用你的光榮事蹟讓我們欣羨讚嘆！」

11 大家對你起立鼓掌該怎麼辦？

亞利思讓大家驚嘆不已，但她看起來沒有很興奮。她站起來，用力拉拉背心，然後環顧群眾，彷彿要向在場的每位戰士提出挑戰，來個一對一決鬥。

「亞利思，洛基的兒子！」赫爾吉開口說。

「女兒，」亞利思糾正他。「除非我對你說要更改，否則是女兒。」

在領主桌的末端，吉姆．鮑伊對著他的蜜酒杯咳嗽起來。「這是怎樣？」

恩尼．派爾對鮑伊附耳說話，兩人交頭接耳一陣子。派爾拿出他的記者筆記本和一枝筆，似乎正在幫鮑伊畫圖表。

赫爾吉臉孔扭曲。「如你所願，洛基的女兒……」

「你不必勉強自己提到我爸，」亞利思補充說：「我不太喜歡他。」

一陣神經兮兮的笑聲傳遍整個大廳。在亞利思旁邊，莎米拉握緊雙拳，彷彿正在熱身，要把緊繃的肌肉鬆開。我想，莎米不是對亞利思生氣，因爲她自己也不喜歡洛基；莎米擔心的是，萬一領主認定亞利思沒有資格進入瓦爾哈拉，她有可能被踢出女武神的行列，放逐到米德加爾特去。我爲什麼會知道？因爲她介紹我進來的時候就是這樣。

「那好吧，某位父母的孩子，」赫爾吉的聲音簡直像奧丁的瞎眼窩一樣乾。「讓我們瞧瞧你的豐功偉業，由『女武神影像』提供！」

這些維京人和他們的酷炫新科技還眞跟得上時代，一眨眼的工夫，拉雷德之樹[37]的樹幹周圍便出現巨大的全像式螢幕，開始播放女武神莎米拉身上的穿戴式攝影機拍攝的影像。

莎米是三角學、微積分和飛行等方面的專家，因此你會認爲她一定知道該怎麼使用攝影機。錯了。她老是忘記何時該開機和關機。她的影片有一半的時間都拍得歪歪的，因爲用錯誤的方式固定攝影機；有時候甚至完全沒拍到任務進行的過程，只拍到她自己的鼻孔。

今晚的影片畫質很好，但是莎米太早開始錄影了，顯示的時間是今天早上七點零三分，我們看到的景象是她外祖父母的客廳，是個小而整潔的房間，有一張低矮的咖啡桌和兩張麂皮沙發。壁爐上方掛著一幅裝框的阿拉伯文書法作品，用金色墨水在白色羊皮紙上寫著花式的筆法。底下的壁爐架上特別展示幾張照片，分別是莎米幼兒時期拿著玩具飛機、初中時期在足球場上，以及高中時期捧著巨大獎盃。

莎米一發現影片從何處開始拍攝，立刻低聲哀號。然而她完全無法阻止影片繼續播放。

影片搖晃轉向左邊的餐廳，那裡有三位長者坐著喝茶，用的是別緻的金邊茶杯。有一個人我認識，他是阿布杜．法德蘭，法德蘭炸豆泥球店的老闆，他的濃密銀髮和合身的藍西裝絕不會誤認。另外兩位一定是莎米的外祖父母，吉德和碧碧。吉德看起來很像耶誕老公公或海明威，身材壯碩，一張圓臉搭配雪白的鬍鬚和許多笑紋，不過今天皺著眉頭。他身穿灰色西裝，可能少個十公斤變成二十年前的體重就很合身吧。碧碧穿著優雅的紅金色刺繡洋裝，搭配穆斯林頭巾。她爲訪客法德蘭先生倒茶的姿勢非常完美，簡直像王室成員。

從攝影機的角度看來，我猜莎米拉坐在兩張沙發之間的椅子上。大約距離三公尺的地方，阿米爾．法德蘭在壁爐的正前方來回踱步，他一臉焦慮，雙手不斷搓著光滑的黑髮。他如同往常一樣時髦，穿著合身牛仔褲、白色T恤和時髦背心，但平常的自在笑容消失了。他的神情極為痛苦，很像有人狠狠踐踏他的心。

「莎米，我不懂，」他說：「我愛你啊！」

宴會廳的所有群眾齊聲大喊：「喔喔喔！」

「閉嘴！」莎米拉對群眾厲聲大吼，但只是讓他們笑得更大聲。我看得出來，她用盡所有的意志力才能忍住不哭。

影片向前快轉。我看到莎米飛去「思考杯」咖啡店與我見面，然後手機收到簡訊，代號可能是三八一。

她從咖啡店起飛，加速越過公園，前往波士頓的市中心十字區。

她在兩間破舊戲院之間盤旋下降，飄浮在一條黑暗死巷上方。我對那地方熟悉得很，就是從一間遊民庇護所旁邊轉進去。海洛因毒蟲喜歡在那條巷子注射毒品，因此那裡是遭到毒打、搶劫或殺害的好地方。

莎米抵達時，那裡也是遭到凶惡激動狼群攻擊的好地方。

那裡有三頭大型野獸，把一名頭髮灰白的遊民堵在巷底的牆邊。他只有死路一條，而擋住死路的唯一因素是一台「羅氏兄弟超市」的推車，裡面裝滿了準備回收的罐頭。

---

37 拉雷德之樹（Tree of Laeradr）是北歐神話裡的大樹，聳立在瓦爾哈拉陣亡英靈宴會廳的正中央。參《阿斯嘉末日1：夏日之劍》八十九頁註29。

我剛吃下的晚餐在胃裡凝固了。那幾匹狼喚回我母親之死的太多回憶。那些狼的體型即使沒有像成年的馬匹一樣大，我也知道牠們絕非米德加爾特的普通野狼。狼的毛皮附著了藍色的發光薄霧，對整面磚牆投射出陣陣藍光，宛如波光粼粼。牠們的表情令人難忘，一雙眼睛和輕蔑的嘴唇很像人類。這些是芬里爾的孩子，牠們前後踏步，不時怒吼且嗅聞空氣，很享受來自獵物的恐懼氣息。

「後退！」老人啞著嗓子大吼，不時將他的手推車朝那些動物猛推。「我說過了，我才不要！我不相信！」

在宴會廳裡，英靈戰士群眾低聲議論紛紛。

我聽過不少傳聞，有些現代的半神半人（指的是北歐天神和女神的兒女）拒絕接受自己的命運，完全不理會九個世界的詭異怪事。怪物出現在面前時，他們沒有選擇奮戰，而是跑去躲起來。有些人認定自己其實是發瘋，於是吞服藥物、住進醫院；其他人則變成酒鬼或毒蟲，最後橫死街頭。這個人一定是其中一份子。

我可以感覺到宴會廳充滿憐憫和厭惡之情。這個老人可能一輩子都忙著逃命，但現在他被困住了。他沒能來到瓦爾哈拉成爲英雄，反倒是懦弱而死，最終前往女神赫爾的冰冷境域，在英靈戰士眼中，那絕對是最悲慘的命運。

接著，有個聲音在巷子口大吼：「喂！」

亞利思．菲耶羅來了。她打開雙腳霸氣站著，兩手握拳插腰彷彿女超人……假如女超人有一頭綠髮，而且穿著粉紅和綠色相間的毛背心的話。

亞利思一定是剛好路過。也許她聽見老人的叫喊聲或狼群的怒吼聲，否則實在沒理由牽扯進來。狼群非常專心盯著獵物，根本沒有注意到她。

然而她衝向那群野獸，一邊移動一邊變身，以德國狼犬之姿衝進戰場。儘管體型懸殊，亞利思依然奮力撞向最巨大的那匹狼，將利齒咬進牠的頸部。野獸扭動身子憤怒咆哮，亞利思趁牠還來不及反咬一口就跳開。受傷的那匹狼跌跌撞撞，另外兩匹接手攻擊。

亞利思又以行雲流水之勢快速變回人形，然後抽出她的鋼索當做鞭子。只消甩動一次，其中一匹狼的腦袋就不見了。

「喔喔喔！」觀眾發出讚賞的呼喊。

她還來不及再次發動攻擊，另一匹狼便撲向她，他們一起滾到巷子的另一端。亞利思再次變身成德國狼犬，又抓又咬，但是體型屈居劣勢。

「變成體型更大的動物吧。」我發現自己喃喃自語。但不知什麼原因，亞利思沒有變大。我一直很喜歡狗，對狗的喜歡程度遠超過大多數的人，而且絕對超過狼。這實在太痛苦了，眼睜睜看著惡狼攻向德國狼犬，猛咬亞利思的口鼻和喉嚨，讓她的毛皮沾滿了血。最後，亞利思奮力變身，她縮小成一隻蜥蜴，從攻擊者底下飛奔而出。她在幾公尺外再度變成人類，衣物破爛，臉上顯露出可怕的割傷和咬痕。

糟的是，第一匹狼漸漸恢復神志。牠憤怒狂吼，吼聲迴盪在巷子內，也在周圍的建築物間反彈共鳴。我意識到之前在城市的另一頭對抗山羊刺客時，聽到的就是這聲音。

剩下的兩匹狼一起逼近亞利思，藍眼睛閃爍著恨意。

亞利思摸索著背心的腰際，原來這就是她穿毛背心的原因之一：遮住她腰帶上的一把獵刀。她拔出武器，扔向那個流浪漢。

「幫我！」她大喊：「戰鬥！」

獵刀在柏油路面上滑動。老人急忙退後，仍然將推車擋在自己與戰鬥之間。

兩匹狼撲向亞利思。

最後，她努力變身成體型較大的動物，也許是水牛或熊，實在很難分辨；不過我猜她沒有足夠的力氣。她虛弱地變回人形，這時兩匹狼將她撲倒在地。

她激烈反抗，將勒繩繞過一匹狼的頸部，同時踢開另一匹，但實在力有未逮，而且已經失血太多。她奮力勒住體型較大的那匹狼，只見牠翻身倒下，壓在她身上。最後一頭野獸則咬住她的喉嚨。她雙手環抱著狼的頸部，眼神漸漸渙散。

老人這時撿起那把刀，但其實已經太遲。他緩步走向最後一匹狼，伴隨一聲可怕的尖厲叫喊，將刀刃刺入牠的背部。

怪物倒下去，死了。

老人從眼前的景象退開，包括三匹死狼，牠們的毛皮依然閃耀著微弱的霓虹藍色光影；另外有亞利思．菲耶羅，她只剩下最後一口氣在胸口咯咯作響，環繞她身邊的血泊宛如一圈光暈。

老人扔下手中的刀，哭著跑開。

鏡頭逐漸拉近，因爲莎米拉．阿巴斯朝向倒地的戰士往下降。莎米伸出手，有個微微閃爍的金色靈魂從亞利思．菲耶羅的殘破身軀徐徐升起，她見到這樣意想不到的召喚已經皺起眉頭了。

影片變暗淡出，沒有拍攝亞利思與莎米激烈爭吵、她打了莎米眼睛一拳的經過，也沒有顯示亞利思最後到達瓦爾哈拉造成的大混亂。或許莎米的攝影機沒電了，也說不定她故意在這裡結束影片，讓亞利思看起來比較像英雄。

宴會廳一片寂靜，只有提基火把的燃燒劈啪聲。接著，英靈戰士爆出熱烈掌聲。領主全都站起來了。吉姆．鮑伊抹掉眼裡的淚水，恩尼．派爾擤著鼻子，就連赫爾吉本來幾分鐘前看似十分生氣，這時也一邊落淚、一邊爲亞利思．菲耶羅鼓掌。

莎米拉環顧四周，顯然對大家的反應不敢置信。

亞利思則好像變成一座雕像。她的目光依舊盯著原本放映影片的螢幕，現在只剩一片黑暗；她好像覺得只要意志力夠強大，她的人生就能往回倒帶、免於一死。

等到熱烈的掌聲終於停歇，赫爾吉舉起酒杯。「亞利思．菲耶羅，你挺身對抗逆境，不顧自己的安危，只爲了拯救弱勢的人。你提供武器給那個人，讓他有機會透過戰鬥解救自己、來到瓦爾哈拉！如此的勇氣和榮譽，在洛基的孩子身上實在是……實在是極其特殊。」

莎米的表情像是要對赫爾吉說話，正在思考該怎麼遣詞用字，但隨即遭到另一陣掌聲打斷思緒。

「確實如此，」赫爾吉繼續說：「我們深有體會，不能總是以苛刻的眼光看待洛基的孩子。最近，莎米拉．阿巴斯曾經表現出不適合女武神的行爲而遭到指責，後來我們原諒她。現在這又是我們展現智慧的另一例證！」

更多掌聲。領主們紛紛點頭，互拍彼此的背，彷彿是說：「沒錯，哇喔！我們眞的好睿智、心胸好寬大！眞該賞我們一點餅乾吃！」

「不只如此，」赫爾吉補充說：「這樣的英雄氣概竟然來自阿魯！」他對其餘領主咧嘴而笑，分享他的驚奇發現。「我甚至不知道該怎麼說才好。坦白說，亞利思．菲耶羅，你遠遠超出大家對你們這種人的預期。敬亞利思．菲耶羅！」他舉杯敬酒。「敬血腥之死！」

「敬血腥之死！」群眾奮力呼喊。

似乎沒有人注意到亞利思多麼用力掐緊拳頭，也沒發現她以何種眼神盯著領主桌。我猜想，她一點都不欣賞赫爾吉的遣詞用字。

赫爾吉沒有費心去召喚預言家「伐拉」，請她們用盧恩文字解讀亞利思的命運，例如我剛到瓦爾哈拉時那樣。他一定認爲領主全都看得出來，等到我們所有人要奔赴「諸神的黃昏」死期時，菲耶羅一定能發揮得淋漓盡致。

英靈戰士全力開啟派對模式，大家高聲談笑、扭來打去，也要求更多的蜜酒。女武神穿戴她們的草裙和花環飛來飛去，忙著以最快的速度斟滿酒壺。樂手彈奏一些北歐式舞曲，那種不插電的死亡金屬樂曲活像是野貓鬼吼鬼叫。

對我來說，有兩件事破壞了開派對的興致。

第一，瑪洛莉．基恩轉身面對我。「你還是認爲亞利思．菲耶羅是正統的英靈戰士嗎？假如洛基想在瓦爾哈拉安插一個代理人，他不可能安排更好的人選……」

這樣的想法讓我覺得自己好像又回到蘭道夫的船上，遭到五公尺的大浪拋來拋去，甩得暈頭轉向。我好希望因爲證據不足而排除亞利思的嫌疑。莎米曾經對我說，你絕不可能一路騙進瓦爾哈拉。然而自從成爲英靈戰士之後，我根本是照三餐經歷很多不可能發生的事。

第二，我突然瞥見頭頂上方閃過一絲動靜。我抬頭望向天花板，以爲會看到某位女武神飛得很高，或是住在拉雷德之樹的某種動物，可是在上方三十公尺處，有個黑影幾乎隱身在陰暗裡，斜倚著樹枝彎處，一邊看著我們的慶祝活動，一邊緩慢拍手。他的頭上戴著鋼盔，面罩有狼的圖案。

我甚至還來不及說「喂，樹上有山羊殺手」，才一眨眼的工夫，他就不見了。從他剛才坐著的地方，一片孤零零的葉子往下飄落，掉進我的蜜酒杯裡。

12 莎米拉和馬格努斯在樹上聊天

人群魚貫走出宴會廳時，我看到莎米拉飛出去。

「喂！」我大喊，但周圍的英靈戰士如此喧鬧，她不可能聽得見。

我扯下項鍊墜子，召喚出傑克。「跟在莎米後面飛，好嗎？告訴她，我得找她談談。」

「我有更好的辦法，」傑克說：「抓好。」

「哇，你可以載我？」

「短程飛行的話，可以啊。」

「你怎麼不早點告訴我？」

「我絕對提過！況且，這寫在使用手冊裡啊。」

「傑克，你根本沒有使用手冊。」

「反正抓緊就是了。當然啦，等到你再把我變回墜子，你會覺得……」

「像是曾經拖著自己飛過空中，」我猜測說：「所以我會昏過去之類的。好。走吧。」

搭乘「傑克航空」的飛行體驗一點都不優雅。我看起來既不像超人，也不像女武神，而是一個傢伙吊掛在劍柄上，隨著它射向天際。只見我屁股夾緊，兩條腿瘋狂搖晃，飛越第二十層某處時還掉了一隻鞋子，而且好幾次都差點跌下去摔死。除了這些以外，對啦，很棒的體驗。

等我們飛到距離莎米只有幾公尺時，我大喊：「注意你的左邊！」

她轉過身，停在空中定點。「馬格努斯，你怎麼……？喔，嗨，傑克。」

「這位是，獅子小姐？我們可以下去某個地方嗎？這傢伙重死了。」

我們降落在最近的樹枝上。我對莎米說，那個山羊刺客潛伏在拉雷德之樹上，她立刻咻地一聲衝去警告其他女武神。大約五分鐘後，她飛回來，及時打斷傑克演唱〈自我撫摸〉㊳。

「那讓人很不安心。」莎米說。

「我知道，」我說：「傑克實在不能唱席琳娜．戈梅茲的歌。」

「不是啦，我是說刺客，」莎米說：「他消失了。我們請旅館的所有工作人員提高警覺，可是，」她聳聳肩，「到處都沒看到他。」

「那我可以把歌唱完嗎？」傑克問。

「不行！」我和莎米異口同聲說。

我差點就叫傑克變回墜子形式，然後才想起，如果他真的變回去，我恐怕會昏迷十二個小時。

莎米坐定在我旁邊的樹枝上。

在下方遠處，最後一批晚餐人群正走出宴會廳。我的十九樓樓友，湯傑、瑪洛莉和半生人，他們圍繞在亞利思．菲耶羅身邊，要帶她一起走。從這裡看去，很難分辨那到底是心懷祝賀的「好兄弟」護衛模式，或者其實是「強行軍」模式，確保她不會殺了任何人。

㊳〈自我撫摸〉（Hand to Myself）是美國女歌手席琳娜．戈梅茲（Selena Gomez）的歌曲。

莎米循著我的目光看去。「我知道，你對她還有懷疑。不過呢，馬格努斯，她有資格來這裡。她的死法……就像我很確定你的英雄氣概，她也一樣。」

由於我對自己的英雄氣概一直沒自信，莎米這番評論並沒有消除我的憂慮。

「你的眼睛怎麼樣？」

她摸摸瘀青。「沒事。亞利思只是大抓狂。有件事我花了一段時間才明白，你拉著某人的手、帶他們來瓦爾哈拉時，你會窺見他們的靈魂。」

「你帶我來的時候也這樣嗎？」

「以你來說，沒有太多東西可看。裡面非常暗。」

「不錯喔！」傑克說。

「有沒有什麼盧恩文字可以讓你們兩個都閉嘴？」我問。

「總之，」莎米繼續說：「亞利思很生氣也很害怕。我放開她之後，慢慢了解爲什麼會這樣。她是流性人，很擔心自己一成爲英靈戰士，就得永遠固定成某個性別。她眞的很痛恨變成那樣。」

「啊。」我說。這個字是「我聽懂了，但沒有眞的聽懂」的濃縮版。

我這輩子都窩在一種性別裡，從來不曾感到困擾。如今，我想知道亞利思對這種狀況有什麼感受。我只能想到唯一一種類比，也許不是很恰當吧。我念小學二年級時，老師南格勒小姐（又稱「男」格勒小姐）曾強迫我用右手寫字，完全不管我的慣用手是左手。她還眞的拿膠帶把我的左手黏在桌上。我媽發現時氣炸了，不過我還記得那種受到拘束的驚恐感受，我被迫用那種不自然的方式寫字，只因爲南格勒老師非常堅持：「馬格努斯，這樣才是正常的方法。別再抱怨了，你會習慣的。」

莎米嘆了一口氣。「我得承認，我實在沒有太多經驗……」

傑克突然在我手中豎立起來。「阿魯？喔，他們好棒！有一次我和弗雷……」

「傑克……」我說。

他的盧恩文字變成淡淡的洋紅色。「好啦，我會乖乖坐這裡，就像『沒生命的物體』。」

這番話居然惹得莎米笑出來。她沒有用頭巾包住頭髮，她在瓦爾哈拉的時候經常這樣。她曾對我說，旅館像她的第二個家，英靈戰士和女武神也是她的家人，所以在這裡覺得不需要戴頭巾。她的黑髮披垂在肩膀上，綠色絲質頭巾裹著脖子閃閃發光，彷彿努力讓自己的偽裝魔法活躍起來。我看了有點心神不寧，覺得莎米的肩膀和脖子好像隨時會消失。

「亞利思．菲耶羅會讓你覺得困擾嗎？」我問：「我的意思是……她是跨性別？就像，因為你的信仰和其他所有事？」

莎米挑挑一邊眉毛。「『因為信仰和其他所有事』，如果從這個角度來看，這個地方有一大堆事情都讓我覺得困擾。」她指著我們周遭。「第一次知道我爸……你也知道，洛基，我不得不好好反思自己。我還是很難接受北歐眾神真的是『天神』，只覺得他們的力量非常強大。他們有些人甚至是我的討厭親戚。不過，他們只是伊斯蘭獨一眞主『阿拉』的創造物，就像你我一樣。」

「你記得我是無神論者，對吧？」

她哼了一聲。「『一個無神論者和一個穆斯林走進異教的來世』，這聽起來像是某個笑話的開頭，對吧？總之，對我來說，亞利思的跨性別是最不重要的問題。我還比較擔心她……

與我們父親之間的連結。」

莎米檢視自己手掌的生命線。「亞利思那麼頻繁變身。仰賴洛基的力量有多麼危險，她一點概念也沒有。除了現有的狀況以外，你不能給洛基更多機會掌控你。」

我皺起眉頭。莎米拉以前對我說過類似的話，關於她多麼不喜歡變身，因為不想變得像她爸……可是我實在不懂。就我個人來說，假如我能變身，我會變成一隻北極熊，大概每隔兩分鐘變一次吧，把沙赫利姆尼爾嚇走，讓牠不敢靠近人類。

「我們談的『掌控』是哪一種情況？」

她沒有看著我說話。「別提了。你飛來找我不是要談亞利思．菲耶羅，對吧？」

「正確。」我描述了戰場上的狀況，有巨龍，以及洛基入侵我腦袋的方式，他穿著噁心的正式西裝，邀請我去參加婚禮。接著我對她訴說那些夢境，關於那場婚禮顯然剛好是莎米的婚禮；還有一個酒吧老闆，那個聲音宛如海象的巨人名叫索列姆，他提供了整個約頓海姆最臭的泡菜。

有些部分連傑克都沒聽過。儘管他保證要維持「沒有生命」的狀態，但每每講到關鍵的地方，以及一些不那麼關鍵的事，他仍是倒抽一口氣，嚷嚷著說：「你是開玩笑的吧！」

我講完後，莎米依舊安靜。我們之間升起一股寒意，宛如冷媒從空調裝置洩漏出來。在下方遠處，清潔小組已經進駐宴會廳。渡鴉拎起杯盤，狼群吃掉剩菜，並把地板舔乾淨。我們瓦爾哈拉這裡很注重衛生清潔。

「我想要告訴你，」莎米終於開口說：「一切發生得太快。實在是……把我壓垮了。」

她抹掉臉頰的一滴淚珠。我從沒看過莎米哭泣。我很想安慰她，抱抱她、拍拍她的手之類的，但莎米不時興身體接觸這套，即使我是她廣義的瓦爾哈拉家人也一樣。

「洛基就是這樣把你的個人生活搞得一團亂，」我猜測說：「他跑去找你的外祖父母？阿米爾？」

「他直接把喜帖交給他們。」莎米從口袋掏出一張喜帖，把它遞給我：金色的草寫字體寫在綠色卡紙上，完全就像洛基塞進蘭道夫舅舅口袋的那一張。

無與倫比的洛基
以及其他一些人
邀請您與他們同慶
莎米拉．阿巴斯，洛基之女
與
索列姆，索列姆之子索列姆之子
舉行婚禮
時間：五天後
地點：我們會再與您聯繫
理由：因為這樣比世界末日好
欣然接受禮物
緊接著有舞會和狂野宗教獻祭

我抬起頭。「狂野宗教獻祭？」

「你也想像得到，這件事對我的外祖父母造成什麼樣的影響。」

我又仔細研究喜帖。「時間」整行字微微閃爍，「五」那個字逐漸轉淡，慢慢變成「四」。「地點」那一行字也散發立體的光芒，彷彿最後會變成特定的地址。「你不能對外祖父母說這是惡作劇嗎？」

「我爸爸親自遞送就不行。」

「喔。」

我想像洛基坐在阿巴斯家的餐桌旁，端著他們漂亮的金邊茶杯喝著茶。我想像吉德的耶誕老公公臉變得愈來愈紅，碧碧則盡最大努力維持她的端莊姿勢，同時憤怒的蒸氣從她的穆斯林頭巾周圍不斷冒出來。

「洛基把所有事情都告訴他們，」莎米說：「他如何遇見我媽，我如何成爲女武神，每一件事都說了。他對他們說，他們沒有權利幫我安排婚姻，因爲他是我爸，而且他已經幫我安排好了。」

傑克在我手中發抖。「從好的一面來看，」他說：「那是非常正式的邀請。」

「傑克……」我說。

「好。沒有生命。」

「拜託告訴我，你的外祖父母沒有同意，」我說：「他們沒想過你會與巨人結婚吧。」

「他們根本不知道怎麼看待這件事。」莎米拿回喜帖，盯著它看，似乎希望它會自己燒成一團火焰。「他們早就懷疑我母親的戀愛關係。就像我對你說的，我的家族與北歐天神已經有好幾代的關係了。那些天神就是會……吸引我家族的人。」

「歡迎加入這種俱樂部。」我喃喃說著。

「可是吉德和碧碧根本一點概念也沒有，直到洛基突然現身，滔滔不絕對他們說了一大堆。他們最傷心的是我一直隱瞞自己擔任女武神的生活。」又一滴淚水流到鼻根處。「而且阿米爾……」

「我們在女武神影像看到的影片，」我猜測說：「今天早上他和他父親去你家，而你努力想要解釋。」

她點頭，拿起喜帖的一角。「法德蘭先生搞不懂到底怎麼了，怎麼會不同意之類的。可是阿米爾……我們今天下午又談了一次，而我……我把實情告訴他。全部都說了。我向他保證，我絕對不會同意索列姆這種瘋狂婚姻，但我不曉得阿米爾到底有沒有聽進去。他一定覺得我瘋了……」

「我們一定會解決這件事，」我向她保證。「你絕對不可能被迫與巨人結婚。」

「馬格努斯，你不像我這麼了解洛基。他可以毀了我整個人生，也已經開始著手。他有很多方法……」她結巴巴地說：「重點是，他認定自己是唯一能夠靠著談判取回索爾之鎚的人，我不敢想像他希望的交易條件是什麼，不過絕對不是好事。唯一能夠阻止他的方法就是先找到巨鎚。」

「那我們就從這方面著手，」我說：「我們知道那個索列姆擁有巨鎚，趕快去拿吧。或者，乾脆叫索爾自己去拿，豈不是更好？」

傑克平躺在我的兩個膝蓋上，嗡嗡作響而且發亮。「先生，不可能那麼簡單。就算你找到索列姆的堡壘，他也不可能那麼笨，把索爾之鎚放在那裡。他是大地巨人，可以把巨鎚埋在地底下的任何地方。」

「屍妖的古墓。」莎米說。

「普洛溫斯鎮，」我說：「你仍然覺得我們最好賭那裡嗎？即使那個山羊殺手鬼鬼祟祟跟蹤我們，說那是陷阱？」

莎米的視線看穿我，似乎望向遠處的地平線，想像著核子武器「洛基」落在她的未來，炸出一朵蕈狀雲湧上半空中。「馬格努斯，我得試試看。屍妖的墳墓。明天早上的第一件事就是去那裡。」

我痛恨這個點子。糟的是，我沒有更好的點子。

「好。你聯絡上希爾斯和貝利茲了嗎？」

「他們會在鱈角與我們碰面。」她站起來，把婚禮喜帖揉成皺皺的一團。我還來不及制止她，說我們可能需要那張喜帖，她就把它扔向渡鴉和狼群。「吃完早餐後和我會合。記得帶外套，早上飛行會很冷。」

13 這只是微不足道的死亡預言

果不其然，等到傑克變回項鍊墜子，我就昏迷了十二個小時。

早上醒來時，雙臂雙腿痠痛難耐，感覺好像整個晚上奮力振臂飛越天空，而且腳踝拖了一個英靈戰士。

亞利思．菲耶羅顯然缺席早餐，但湯傑向我保證，他寫了一張紙條塞進她的房門底下，說明哪一個交誼廳是給十九樓使用。

「她可能還沒睡醒，」湯傑說：「她的第一天很累啊。」

「除非她是那邊的那隻蚊子。」半生人指著一隻爬過鹽罐的昆蟲。「菲耶羅，那是你嗎？」蚊子什麼話也沒說。

我的朋友答應要提高警覺，隨時準備提供必要的協助，阻止洛基掌控五天後的強迫中獎婚禮（現在只剩四天了）。

「我們也會緊盯著菲耶羅。」瑪洛莉保證說，同時怒目瞪視那隻蚊子。

我只來得及囫圇吞下一個貝果，莎米就到了，她帶我到四百二十二樓健身房上面的馬廄。

每當莎米說「我們要飛了」的時候，我實在不確定那到底是什麼意思。

女武神本身確實非常擅長飛行，她們也很強壯，足以帶著一個人飛行，所以她也許想把我塞進巨大的托特包，費力揹著我前往鱈角。或者，她說的「飛」可能是指「從懸崖跳下去，筆直墜落而死」。我們似乎一天到晚做這種事。

今天，她的意思是騎乘飛馬。我不清楚女武神為什麼有飛馬，可能只因為看起來很酷。況且沒人想要騎著鱗蟲進戰場吧，牠們劈啪拍翅、蹦蹦跳跳，很像牛仔騎著禿鷲。

莎米幫一匹白色駿馬裝上馬鞍。她爬到馬背上，再把我拉上去坐在她背後，然後我們疾馳衝出馬廄大門，直奔波士頓的雲霄。

關於飛行時會冷，莎米說對了。這點我不擔心，但風很強，莎米的穆斯林頭巾一直打我的臉。既然穆斯林頭巾代表節制和虔敬，我認為莎米不希望一看就知道我咬過她的頭巾。

「還有多遠？」我問。

她回頭瞥了一眼。她眼睛下方的瘀青變淡了，但似乎仍然心煩意亂、疲累不堪。我猜她根本沒睡。

「不會很久，」她說：「抓緊。」

我與莎米一起飛過很多次，知道要認眞聽從她的警告。我的雙膝夾緊飛馬的胸廓，雙手抱住莎米的腰。在雲層中筆直陡降時，我可能曾經尖叫「臭爛屁！」吧。

屁股在馬鞍上好像沒有重量。讓你知道一下，我一點都不喜歡屁股沒有重量。我眞想知道莎米是不是像這樣開飛機，如果是的話，不曉得她把多少位飛行教練嚇出心臟病。

我們破雲而出，鱈角在正前方延伸到遠方的地平線，一塊綠色和金色的陸地伸入湛藍的海洋。而在我們正下方，半島的北方尖端繞著普洛溫斯港的周圍微微轉彎；幾艘帆船點綴海灣，但早春時分沒有太多遊客。

莎米大約維持在一百五十公尺的高度，依循海岸飛行，飆速越過沙丘和沼澤，然後沿著商業街的弧度向前飛，這條主要街道的兩旁都是灰色木瓦小屋和霓虹色彩薑餅屋。商店大半沒開門，街道空無一人。

「只是先偵察一下。」莎米對我說。

「確定巨人大軍沒有躲在『月亮怪客刺青店』[39]的門後嗎？」

「還有海巨怪，還有屍妖，還有我父親，還有……」

「好啦，我懂了。」

最後，她帶我們往左轉，飛向小鎮邊緣山丘上的灰色石砌高塔。那棟花崗岩建築物向上拔高約七十五公尺，頂端有一座塔樓，很像童話故事的城堡。我隱約記得小時候造訪這裡時看過那座高塔，但我媽對於沙丘健行和海灘散步比較感興趣。

「那是什麼地方？」我問莎米。

「我們的目的地。」她的嘴角牽動一抹虛弱的微笑。「我第一次看到它，還以為它是清眞寺的塔樓。看起來眞的有點像。」

「但不是嗎？」

她笑起來。「不是。那是紀念移居美國的英國清教徒。他們先在這裡靠岸，然後才前往普利茅斯。穆斯林當然也來美國很久了，我在清眞寺有個朋友，她的祖先是尤蘇夫．本．阿里，在美國獨立戰爭期間和喬治．華盛頓一同服役。」她講到一半停下來。「抱歉，你不會想聽歷史課。總之，我們來這裡不是爲了那座高塔，而是爲了地底下的東西。」

[39]「月亮怪客刺青店」（Mooncusser Tattoo Shop）是位於普洛溫斯鎮的一間刺青店。

我好怕她說的不是紀念品店。

我們繞著紀念碑飛行，檢視周圍的空地。就在高塔入口處的外面，有兩個人坐在石砌的擋土牆上搖晃雙腳，一副很無聊的樣子。他們是異世界裡我最喜歡的兩個人。

「貝利茲！」我大叫：「希爾斯！」

希爾斯是聽障人士，所以喊他的名字沒什麼用，不過貝利茲用手肘頂頂他，然後指著我們。他們同時從坐的地方跳起來，熱烈揮手，看著我們的飛馬緩緩降落。

「小子！」貝利茲向我跑來。

別人可能會誤以爲他是熱帶探險家的幽靈。他的遮陽帽邊緣連接一塊白色薄紗，垂下來蓋住肩膀。我知道那是客製化的薄紗，可以阻擋陽光，否則陽光會把侏儒變成石頭。他也戴著皮手套保護雙手。除此之外，他身上的穿著正是我在夢中見過的模樣：胡桃色的三件式西裝，搭配黑色蝴蝶領結、時髦的尖頭皮鞋，另外有一條瀟灑的亮橘色手帕，完全就是要去活死人墳墓一日遊的完美裝扮。

他猛力抱住我，差點就把遮陽帽撞掉。他身上的古龍水洋溢著玫瑰花瓣的香氣。「好哥兒們，見到你眞高興！」

希爾斯東也跑到旁邊，面露微笑，同時揮動兩隻手掌，以美國手語表示「太棒了！」。對希爾斯來說，這樣就等於粉絲狂喜尖叫的意思。

他像平常一樣穿著黑色皮外套和牛仔褲，脖子上圍著扭扭樂圓點圍巾，臉色也一樣蒼白，帶著永恆的悲傷眼神和尖刺般的白金色頭髮。但過去幾星期以來，他稍微長了點肉，看起來比較健康，至少以人類的標準來看是如此。他們躲在密米爾的安全住所裡，也許叫了很多外送披薩吧。

「哈囉，你們兩位。」我把希爾斯拉過來擁抱一下。「你們的樣子和我在浴室裡看到的一模一樣！」

回想起來，那恐怕不是很妥善的打招呼方式。

我後退一步，解釋這一切到底是怎麼回事，包括那些怪異的夢境、更加怪異的現實、洛基在我的腦袋裡、我的腦袋在泡菜罐裡、密米爾的腦袋在浴缸裡等等之類。

「對呀，」貝利茲恩說：『頭目』超愛在浴缸裡現身，有一天晚上害我嚇得差點從鐵鍊盔甲睡衣裡跳出去。」

「幸好我不需要看到那種畫面，」我說：「還有，我們得來談談通訊方面的問題。你們兩個傢伙就這樣消失了，連一點消息也沒有。」

「嘿，小子，這是他的主意。」他用手語把這歸功於希爾斯，他的指碰觸額頭，然後伸出兩根指頭指著希爾斯，分別是「點子」和「他的」的意思，然後比出「H」的手語，代表希爾斯東的名字。

希爾斯東氣得咕噥一聲，用手語回擊：「為了要救你啦，呆瓜。告訴馬格努斯。」他用手語比出「M」代表我的名字，是一隻手伸出三根手指壓住大拇指再握拳。

貝利茲恩嘆口氣。「這個精靈反應過度，就像平常一樣。他把我嚇壞了，害我匆匆忙忙離開波士頓。現在我冷靜下來了，那只是微不足道的死亡預言！」

莎米解開馬背上的背包。她拍拍馬兒的口鼻，指著天空，於是我們的白色駿馬兄弟立刻飛上雲霄。

「貝利茲恩……」她轉過身。「你應該了解，沒有所謂『微不足道』的死亡預言，對吧？」

「我很好啦！」貝利茲恩露出自信滿滿的微笑。透過薄紗網看來，他像是稍微比較開心的幽靈。「希爾斯東本來去奧丁那邊上一對一的盧恩魔法課，幾個星期前突然跑回來。他超興奮的，說要解讀我的未來，於是施展盧恩魔法，結果……嗯，結果施展得不是很好。」

「不是很好？」希爾斯東氣得跺腳。「貝利茲恩。流血。不止。在『奧斯塔拉』之前。」

「好啦，」貝利茲恩說：「那是你用盧恩魔法解讀的結果，可是……」

「奧斯塔拉是什麼？」我問。

「春天的第一天，」莎米說：「那是，啊，四天後。」

「和你假定要舉行的婚禮是同一天。」

「相信我，」她酸溜溜地說：「那不是我的主意。」

「所以，貝利茲恩假定在那之前會死？」我的胃開始慢慢爬上喉嚨。「流血不止？」

希爾斯東用力點頭。「他不該來這裡。」

「我同意，」我說：「太危險了。」

「各位！」貝利茲恩刻意發出熱切的笑聲。「聽好了，在解讀未來命運方面，希爾斯東還是新手，也許他解讀錯了！『流血』可能其實是……流鼻水。流鼻水不止。這是好預兆啊！」

希爾斯東舉起兩隻手，作勢要掐死侏儒，這不需要翻譯。

「更何況，」貝利茲說：「假如這裡有個墳墓，一定是在地下。你們需要侏儒！」

希爾斯激動得比劃一陣憤怒的手語，但是莎米拉打斷他。

「貝利茲說得對，」她說，同時用手語比劃這個訊息，兩手分別握拳並伸出食指，兩拳互碰。自從認識希爾斯東以後，她的手語比得很好……嗯，你也知道，她是趁著收集靈魂、維持優等成績和駕駛噴射機的閒暇時間學的。

「這太重要了，」她說：「否則我也不會提出請求。我們得在春天的第一天之前找到索爾之鎚，否則整個世界就會毀滅。否則……我得和巨人結婚。」

「換個角度想，」希爾斯以手語說：「一定也有可能。根本不知道巨鎚有沒有在這裡。」

「兄弟。」貝利茲拉住精靈的雙手，看似親密，卻也顯得無禮，因爲就手語來說，這等於拿東西把某人的嘴巴塞住，不讓他講話。「我知道你很擔心，但不會有事啦。」

貝利茲轉身看我。「再說，我有多愛這個精靈，我就對那個安全住所有多抓狂。我寧願死在這裡、對我的朋友有點用處，也不願意一直待在那裡看電視、吃外送披薩、等待密米爾的頭從浴缸裡冒出來。還有，你絕對不會相信希爾斯東的鼾聲是什麼德性。」

希爾斯用力扯回他的雙手。「你沒有比手語，可是我會讀脣語，記得吧？」

「希爾斯，」莎米說：「拜託。」

莎米和希爾斯的互瞪比賽好激烈，我覺得空氣都快要結冰了。以前我從沒看過他們兩人的意見這麼不一致，而我一點也不想夾在中間。我很想召喚出傑克，叫他唱唱碧昂絲的歌，那麼莎米和希爾斯就有共同的敵人了。

最後，希爾斯東以手語說：「假如他出了什麼事……」

「我負責。」莎米以脣語說。

「我也會讀脣語喔，」貝利茲恩說：「而且我可以爲自己負責。」他急切地搓搓雙手。「好吧，咱們去找這個古墓的入口，可以嗎？好幾個月前我就發掘出一種邪惡的不死人力量！」

14 淚流成血河。老實說，不要啦。

如同那些美好的舊日時光，一起大步邁向未知事物，搜尋失落的魔法武器，冒著痛苦死亡的危險。我想念我的哥兒們！

我們在高塔底部繞了半圈，這時貝利茲恩說：「啊哈。」

他跪下去，伸出戴著手套的手指，沿著鋪面石板的一條縫隙仔細摸索。在我看來，那條縫隙看起來與石板路面的其他幾千條沒有兩樣，不過貝利茲恩似乎很喜歡這一條。

他對我露出微笑。「小子，現在你懂了吧？假如沒有侏儒，你們絕對找不到這個。你們會永遠在附近繞來繞去，尋找墳墓的入口，而且……」

「那條縫隙是入口？」

「對啊，是入口的啟動裝置。不過我們還需要一點魔法才能進去。希爾斯，幫我仔細檢查一下，好嗎？」

希爾斯蹲在旁邊，點點頭，像是說「好啦」，然後用手指在地上寫出一個盧恩字母。約莫一平方公尺的鋪面立刻蒸發掉，顯露出一個豎井，筆直通往下方。不幸的是，我們四人剛好站在蒸發掉的這一平方公尺鋪面上。

我們掉進黑暗裡，佐以相當程度的尖叫聲；大部分是我叫的啦。

好消息是：我著地時沒有摔斷半根骨頭。壞消息是：希爾斯東摔斷了。

我聽見悶悶的「啪」一聲，接著是希爾斯的咕噥聲，我立刻知道發生了什麼事。

我的意思不是指精靈很脆弱。在某些方面，希爾斯是我所認識最強悍的傢伙，但有時候我很想用毯子把他包起來，在他額頭貼上一張「小心輕放」的便利貼。

「老兄，撐住。」我對他說，不過這沒用，畢竟他在黑暗中看不到我。我找到他的腿，很快確認骨折的位置。希爾斯倒抽一口氣，拚命想撥掉我的兩隻手。

「怎麼了？」貝利茲問：「這是誰的手肘？」

「我的啦，」莎米說：「大家還好嗎？」

「希爾斯的腳踝骨折了，」我說：「我得把它治好。你們兩個小心監視。」

「周圍暗到什麼都看不見！」貝利茲抱怨說。

「你是侏儒耶。」莎米從腰帶取下她的斧頭，那聲音我再熟悉不過了。「我以爲你是在地底下長大的。」

「我是啊！」貝利茲說：「不過是在燈火通明、裝潢品味很好的地下。」

從聲音的迴盪狀況聽來，我們在一個很大的石砌空間裡。完全沒有光線，所以我猜想，剛才我們掉下來的豎井已經關閉了。

從正面的角度來看，我們沒有遭遇攻擊……還沒有。

我摸到希爾斯的手，對著他的手掌比劃手語，要他別驚慌：「治療你。不要動。」

接著，我把雙手放在他骨折的腳踝上。

我召喚弗雷的力量。我的胸口溫熱起來，然後沿著兩隻手臂向下傳遞。我所有的手指都散發柔和的金色光芒，將黑暗驅散開來。我可以感覺到希爾斯東的踝骨癒合在一起，腫脹的狀況漸漸消退，他的血液循環也恢復正常。

他嘆了長長一口氣，以手語說：「謝謝。」

我捏捏他的膝蓋。「沒問題，老兄。」

「那麼，馬格努斯，」貝利茲說，他的聲音啞啞的，「你可能會想看看四周。」

這身治療力量的附加價值是暫時變得容光煥發。我的意思不是看起來很健康，而是眞的「發光」。白天的時候很難察覺，不過在這裡，身在黑暗的地下空間，我看起來很像人體小夜燈。糟的是，這樣就意味著我現在可以看到周遭狀況。

我們身在一個圓頂空間的正中央，很像直接挖鑿岩石而成的巨大蜂窩。天花板的最頂端大約有六公尺高，完全看不出剛才穿越落下的開口。整個圓周的牆上有一個個約莫壁櫥大小的壁龕，裡面各自豎立著乾扁的木乃伊，他們身穿破爛衣物，皮革般的手指緊緊抓住劍柄，那些劍都已嚴重鏽蝕。我完全沒看到出口。

「嗯，這眞是太棒了，」我說：「他們遲早會醒過來，對吧？這十個傢伙……」

「十二個。」莎米糾正我。

「十二個帶著巨劍的傢伙。」我說。

我的手伸向頸間的盧恩石墜子。微微發抖的不是傑克就是我。我認爲一定是傑克。

「他們可能只是沒有生命的恐怖屍體，」貝利茲說：「正面思考的話。」

希爾斯東彈彈手指要我們注意。他指著豎立在房間正中央的棺材。

我不是沒有注意到。很難不看到那個巨大的鐵箱吧，但我努力想忽視它，好希望那東西消失。它的正面雕刻著華麗的維京人圖樣，包括狼、蟒蛇，還有一圈盧恩銘文環繞著正中央的圖案，是一個滿臉鬍鬚的男人握著一把巨劍。

我實在不懂，鱷角有這樣的棺材是什麼意思？我很確定英國清教徒沒有把這種東西放在五月花號㊵船上帶過來。

莎米示意要我們留在原地。她從地上起飛，飄浮在棺材周圍，斧頭隨時待命。

「背面也有銘文，」她報告說：「這個棺材非常古老，我沒有看到最近曾經打開的跡象，不過索列姆也許把巨鎚放在裡面。」

「我有個主意，」貝利茲恩說：「我們別研究了。」

我瞥了他一眼。「那是你的專家意見嗎？」

「聽好，小子，這個墳墓明顯帶有古代的力量，它在一千多年前就建好了，遠早於維京人探險家來到北美洲之前。」

「你怎麼知道？」

「岩石上的那些記號，」貝利茲恩說：「我很容易看出某個空間是什麼時候開闢出來的，就像可以從線頭的磨損程度看出某件衣服的年代有多久遠。」

我覺得聽起來很不容易。再仔細一想，我又沒有侏儒流行設計學的學位。

「所以，這是維京人的墳墓，卻建造於維京人來到這裡之前，」我說：「呃……這怎麼可能呢？」

㊵ 一六二〇年，一群英國清教徒搭乘「五月花號」（Mayflower）三桅帆船前往美洲，後來在普利茅斯建立第一個殖民地。

「它移動了。」希爾斯以手語說。

「墳墓怎麼可以移動？」

貝利茲恩取下他的遮陽帽，薄紗網讓他的完美髮型翹起一撮頭髮。「小子，九個世界之間一直有事物移來移去。我們藉由世界之樹彼此相連，對吧？樹枝搖曳，新的樹枝生長出來，樹根向下扎深。這個墳墓已經從原本建造的地方移動位置，可能是因爲……你也知道，它充滿邪惡的魔法。」

莎米在我們旁邊落地。「一點都不喜歡邪惡魔法。」

希爾斯指著棺材正前方的地面。我之前沒有發現，這時才看到棺材底部的周圍有一圈淡淡的盧恩文字，蝕刻在石板地面上。

希爾斯的手指比出：隱喻語。

「那是什麼？」我問。

莎米拉朝銘文靠近一點。「隱喻語等於是維京人的綽號。」

「你的意思，像是……『嗨，小隱喻，你好不好？』」

「不是，」莎米說，用的是「我要用這句蠢話打你喔」的語氣。「意思是用一段描述來稱呼一個人，而不是叫他的名字。就像我不叫他貝利茲恩，而是說『衣架子』，或者叫希爾斯東『盧恩大王』。」

希爾斯點點頭。「你可以叫我『盧恩大王』。」

莎米瞇起眼睛看著地上的銘文。「馬格努斯，請你到近一點的地方發光好嗎？」

「我又不是你的手電筒。」不過我向棺材走近一點。

「它說的是『血河』，」莎米朗聲說：「重複一次又一次，整圈都這樣寫。」

「你會讀古代北歐文？」我問。

「古代北歐文很簡單啊。你想學困難的嗎？試試阿拉伯文吧。」

「血河。」我的貝果早餐在肚子裡消化困難。「這是要提醒某人『血流不止』嗎？我不喜歡這句銘文。」

即使拿掉薄紗網，貝利茲看起來也有點灰白。「這個……可能是巧合。不過，我想要提醒一下，這個房間沒有出口，侏儒的第六感告訴我，周圍的這些牆壁全都非常堅固，我們可能走進一個陷阱了。如果要出去，唯一的方法就是把它炸開。」

「我愈來愈不喜歡你的侏儒第六感了。」我說。

「小子，我和你一樣。」

希爾斯東凝視著貝利茲恩。「你想要來這裡，那麼現在呢？打破隱喻圈。打開棺材？」

莎米調整她的穆斯林頭巾。「假如這個古墓裡有屍妖，一定在那個棺材裡。而要藏起魔法武器，例如某位天神的巨鎚，那裡也是最安全的地方。」

「我需要尋求其他人的專業意見。」我拉下頸間的墜子。

傑克在我手中彈開成實體大小。「嗨，各位！噢，充滿邪惡魔法的墳墓？酷喔！」

「兄弟，你能感覺到索爾之鎚在這附近嗎？」

傑克專心地震動一下。「很難確定。那個箱子裡有某種力量強大的東西。武器嗎？魔法武器？我們可以打開來看看嗎？拜託，拜託嘛？好興奮喔！」

我好想打他劍柄上方一巴掌，不過我努力抗拒那樣的衝動，因為那只會害我受傷。「你有沒有聽說某個大地巨人與屍妖一起爲非作歹？就像……用這個墳墓當做貴重物品的保險箱？」

「那會很奇怪吧，」傑克坦白說：「大地巨人通常只會把他的東西埋在……你也知道，大地裡面。就像，深深的地底下。」

我轉向莎米。「那麼，奧提斯爲什麼派我們來這裡？這怎麼會是好主意呢？」

莎米環顧四周，似乎想要確定十二個木乃伊之中的哪一個躲在後面。「嗯，也許奧提斯弄錯了。也許……也許這樣亂追是白費力氣，不過……」

「不過我們已經在這裡了！」傑克說：「哎唷，各位，拜託，我會保護你們的！更何況，我沒辦法忍受看到禮物卻不打開，至少讓我搖一搖棺材，猜猜裡面有什麼！」

希爾斯東對他的手掌做出砍切的動作：「眞是夠了。」

他從外套內側口袋拿出一個小皮袋，那是他收藏盧恩石的袋子。他拿出來的石頭我以前看過：

ᛞ

「那是『達格茲』，」我說：「我們在瓦爾哈拉用它打開門。你眞的確定……」

希爾斯的表情堵住我的嘴。他不需要透過手語便能傳達我內心的感受。他對這整個情況非常後悔，他不喜歡讓貝利茲恩置身於危險情境。不過我們已經在這裡了。我們帶他一起來，是因爲他懂魔法。他希望讓這討厭的事情趕快結束。

「馬格努斯，」莎米說：「你恐怕需要後退一點。」

我往後退，擋在貝利茲恩前面，以免棺材像日本武士切腹般流出「血河」，害最靠近的侏淚流成血河。老實說，不要啦。

儒首當其衝。

希爾斯跪下，拿著達格茲輕觸銘文。瞬時，那圈「血河」隱喻語像是一圈火藥突然點燃。希爾斯連忙向後退，眼看著棺材的鐵蓋爆炸開來，從我頭頂上呼嘯飛過，撞進牆壁裡。我們面前聳立一個木乃伊國王，他戴著銀色王冠，身穿銀色盔甲，雙手緊緊握著一把插在劍鞘裡的劍。

「等著瞧吧。」我喃喃說著。

果不其然，那具屍體睜開了眼睛。

15 同意屠殺馬格努斯請說「贊成」

你碰到的絕大多數殭屍都不會跟你聊天。

我以為「木乃伊國王」會說：「哇嗚吼吼吼吼！」或者最多喊一聲：「人腦！」然後著手辦正事，殺了我們。

我沒預期會聽到：「凡人啊，謝謝你們！我欠你們一份恩情！」

他步出他的棺材，步履有點蹣跚，畢竟他是消瘦的屍體，恐怕連盔甲都比他自身更重，然後他開心地跳了一下踢踏舞。

「整整一千年待在那個蠢箱子裡，現在我自由了！哈哈哈哈哈！」

在他背後，棺材內壁刻劃了好幾百個記號，他在那裡記錄自己關了幾年。但裡面沒有索爾之鎚的半點跡象，這表示殭屍被鎖在那裡面，完全沒有像樣的方法可以看 Netflix 的節目。

傑克興奮得直發抖。「你們看到那把劍了沒？她超辣的！」

我真不知道（一）他怎麼知道那把劍是女的，以及（二）他怎麼知道她很辣。我不太確定自己是否想知道這兩個問題的答案。

莎米、貝利茲和希爾斯忙著逃離殭屍遠一點。傑克的劍尖飄向那把女士劍，但我迫使他指向地面，然後倚在他身上。我可不希望他觸怒了殭屍先生，或者他的劍尖太往前方指去。

「呃，嗨，」我對殭屍說：「我是馬格努斯。」

「你發出漂亮的金光！」

「謝謝。所以，你說英文的感覺怎麼樣？」

「我嗎？」國王微微歪著他那恐怖的頭。幾縷白絲垂到他的下巴，可能是蜘蛛絲，或者鬍子的殘餘部分。他的眼睛又綠又亮，完全是人類的眼神。「也許是魔法的關係吧，或者我們是透過精神層面彼此溝通。無論如何，多謝你把我放出來。我是丹麥王子蓋利爾！」

貝利茲恩躲在我背後往前看。「蓋利爾？『血河』是你的綽號？」

蓋利爾的笑聲沙沙的，聽起來很像裝滿潮溼砂子的響葫蘆。「不是，我的侏儒朋友。血河是我這把『思可菲儂劍』贏得的隱喻語。」

哐啷，哐啷。

希爾斯向後撞到棺材頂蓋，跌到它上面。他停留於螃蟹走路的姿勢，驚駭得瞪大雙眼。

「啊！」蓋利爾說：「我看得出來，你的精靈聽過我的劍。」

傑克在我手肘底下搖搖晃晃。「呃，先生？我也聽過她，她實在……哇噢，她超有名的。」

「等一下，」莎米說：「蓋利爾王子，有沒有一把……一把鎚子，可能在這附近的哪個地方？我們聽說你可能有一把鎚子。」

殭屍皺起眉頭，使得他那皮革般的臉皮裂開一些紋路。「一把鎚子？沒有。我有『萬劍之王』，爲什麼會想要一把鎚子？」

莎米的目光變得黯淡，不過也可能只是我的光芒開始消退了。

「你確定？」我問。「我是說，『萬劍之王』超棒的，不過你也可能是，不知道耶，『巨鎚之獄』。」

蓋利爾一直凝視著莎米，臉上的皺紋變得更深了。「等一下。你是女性？」

「呃……對，蓋利爾王子，我名叫莎米拉．阿巴斯。」

「我們都叫她『斧頭麥斯』。」我表示。

「我會打你喔。」莎米對我咬牙切齒說。

「女性啊，」蓋利爾用力拉他的下巴，扯出一些蜘蛛絲般的細鬚。「眞可惜。有女性在場，我不能把我的劍拔出劍鞘。」

「噢，太糟了！」傑克說：「我好想見見思可菲！」

希爾斯東掙扎著站起來，比著手語說：「我們該走了。立刻離開。別讓殭屍拔劍。」

「你的精靈在做什麼？」蓋利爾問：「他爲什麼做那些奇怪的手勢？」

「那是手語，」我說：「他，呃，不希望你拔劍。他說我們該走了。」

「可是我不准！我得表達我的感激之情！還有，我必須殺了你們！」

這時我的亮光完全熄滅。傑克說話時，他的盧恩文字以不祥的紅色閃光照亮墳墓。「嘿，殭屍老兄？要表達感激之情，通常比較像是寄張漂亮卡片，而不是『我必須殺了你們』吧。」

「噢，我非常感激啊！」蓋利爾抗議說：「但我同時也是『屍鬼』，是掌管這個古墓的屍妖。你們是擅自闖入。所以，等我好好感謝你們之後，就必須吃掉你們的血肉、吸乾你們的靈魂。不過，哎呀，思可菲儂劍有非常明確的限制，不能在大白天拔出劍，有女性在場時也不行。」

「那些規則都很蠢，」莎米說：「我是要說，那些都是非常明智的規則。所以，你不能殺我們囉？」

「對，」蓋利爾坦承說：「不過別擔心，我還是可以殺了你們！」

他用劍鞘在地板上敲擊三次。不出所料，十二名木乃伊戰士從他們所在的壁龕走了出來。

屍鬼完全不尊重與殭屍有關的老生常談。他們走路沒有搖搖晃晃，嘴裡沒有喃喃說著胡言亂語，也沒有像一般殭屍應該表現得茫茫然。他們以整齊劃一的完美動作拔出武器，站在原地，準備聽從蓋利爾的命令，大肆殺戮。

「這很不妙，」傑克說，他眞是「誰不知道啊」大師。「它們殺死你們這些傢伙之前，我沒把握能撂倒這麼多人喔。況且，我可不想在辣妹劍的面前顯得笨手笨腳！」

「傑克，考慮優先順序。」我說。

「一點也沒錯！我希望你已經想好計畫，讓我看起來很帥！」

莎米提供了新的光源。她空著的那隻手中出現一支發亮的長矛，那是女武神在戰場上用的武器。它發出刺眼的白光，讓殭屍的臉孔開始冒出蒸氣。

希爾斯東舉起他那袋盧恩石，貝利茲恩則猛然抽出領結，那就像他整個系列的春季時裝一樣，內襯著彈性超強的鐵鍊盔甲。他用領結包住自己的拳頭，準備痛擊一些殭屍的臉。

我不喜歡雙方的對戰差距：四個人對十三個人。或是五人，假如你把傑克當做獨立的一個人。我可不這麼想，因爲那就表示我得把力量分散出去。

我不曉得自己能否祈求弗雷的和平力量。多虧有我爸，他是抱持和平主義的天神，不允許他的神聖地點發生戰鬥，因此我有時候可以讓四周廣大範圍內的每一個人全部繳械，把他們手中的武器震飛出去。不過那算是我的終極大絕招吧。假如此刻嘗試這招，我看起來會像超級大呆瓜，因爲這裡是封閉空間，殭屍只要再把劍撿起來就能殺了我們。

我還沒決定用哪一招讓辣妹劍最刮目相看，這時有個殭屍舉起手。「我們達到會議的法定人數嗎？」

蓋利爾王子差點摔倒，彷彿他有一塊脊椎骨突然碎裂。

「艾維德，」他說：「我們被鎖在這個空間已經有好幾個世紀，當然達到法定人數啊！我們全都在場，因爲沒有人能離開！」

「那麼，我提出動議，召開這次會議。」另一個死人說。

「噢，看在索爾的份上！」蓋利爾抱怨說：「我們要在此地屠殺這些凡人，吃他們的血肉、取他們的靈魂，這點顯而易見。然後，我們就有足夠的力氣破墓而出，在鱈角大肆破壞一番，我們眞的需要……？」

「我附議。」另一個殭屍叫道。

蓋利爾用力打自己骷髏頭的前額。「很好！全部同意？」

另外十二個死傢伙紛紛舉起手。

「那麼就召開這次，呃，大屠殺會議。」蓋利爾轉向我，雙眼散發出憤怒的目光。「我致上歉意，因爲我們這個群體的每一件事都要交付表決。這是『事情』的傳統。」

「什麼事情？」

「你知道的，就是『事情』（Thing），」蓋利爾說：「源自辛德韋格利（Thingvellir）[41]這個詞，字面意思是『集會場所』，北歐最早的選舉會議就在那裡誕生。」

「啊。」莎米一下揮舞拿斧頭的手、一下搖晃拿長矛的手，似乎不確定要用哪隻手……也不確定決定之後是否需要用到新的動作。「我聽過那個地方，古代北歐人在那裡集會，平定法律上的爭議，並達成政治方面的決議。那樣的集會啟發了『議會』的誕生。」

「對啦，對啦，」蓋利爾說：「『事情』現在稱爲『議會』，所以不是我講錯。英國清教徒來到這裡時……」他抬起下巴指向上方的天花板。「嗯，那個時候，我們的墳墓已經在這裡好幾個世紀了。清教徒靠岸，在我們的頭頂上方紮營好幾個星期。他們的潛意識一定感受到我們的存在，於是簽訂了『五月花號公約』，恐怕就是受到我們的啟發，後來在美國開啟了有關權利和民主等等吧啦吧啦所有事務。」

「我可以做會議記錄嗎？」一個殭屍問。

蓋利爾嘆口氣。「達格芬，坦白說……好啦，你是書記官。」

「我喜歡當書記官。」達格芬把劍塞回劍鞘裡，從腰帶拿出筆記本和一枝筆，但我實在不懂，一具維京人屍體準備這些學校用品要幹嘛？

「所以……等一下，」莎米說：「假如你一直困在那個箱子裡，怎麼可能知道墳墓外面發生什麼事？」

蓋利爾那雙漂亮的綠眼睛翻了個白眼。「心電感應的力量啊，廢話。總之，自從我們對清教徒產生啟發後，我的十二名護衛一直很自豪，實在令人受不了。我們凡事必須經過議事規則……或者說議會規則。但是別擔心，我們很快就會殺你們。好啦，我提出一項動議……」

「首先，」另一個殭屍插嘴說：「有沒有上次還沒討論完的舊事項？」

㊶ 辛德韋格利是冰島的一個地名。

蓋利爾的拳頭握得好緊，我以爲他的手會捏碎。「克努特，我們是公元六世紀的屍鬼，對我們來說，每一件事都是舊事項！」

「我提出動議，我們逐條宣讀上一次會議的紀錄，」艾維德說：「有沒有人附議？」

希爾斯東舉起兩根手指。我沒有責備他。他們耗費愈多時間宣讀以前大屠殺的紀錄，未來能夠屠殺我們的時間就愈短。

達格芬把他的筆記本劈里啪啦地往前翻，紙頁在他的指間化爲塵埃。「啊，其實，我沒有那些會議紀錄。」

「那好吧！」蓋利爾說：「繼續進行……」

「等一下！」貝利茲恩大叫。「我們需要口頭說明！我想要聽聽你們的過去，你們是誰、爲什麼全部埋葬在一起，還有你們所有武器的名稱和歷史。我是侏儒，事物的傳承對我來說很重要，特別是那些事物準備要殺我。我提出動議，你們要把所有事情告訴我們。」

「我附議這個動議，」莎米拉說：「全都贊成嗎？」

每一個殭屍都舉起手，包括蓋利爾，我猜他是出於習慣，因爲他看起來很氣自己。傑克飛竄到空中，顯示表決結果是全體一致同意。

蓋利爾聳聳肩，使得他的盔甲和骨頭喀啦作響。「你們讓這場大屠殺很難進行，不過好吧，我會詳細講述我們的故事。各位先生，稍息。」

其他殭屍將他們的劍收入劍鞘。有些人坐在地上，其他人則倚著牆壁，兩隻手臂交叉胸前。艾維德和克努特從他們的壁龕拿出裝袋的毛線和編織針，開始編織起連指手套。

「所以我是蓋利爾，」王子開口說：「丹麥一位王子托魯克爾的兒子。而這個呢，」他拍拍他的劍。「則是思可菲儂劍，維京人有史以來最著名的一把劍！」

「在場的劍除外，」傑克喃喃說著：「可是呢，噢，天哪，思可菲儂這名字眞辣。」

我不同意他說的話。我也不喜歡希爾斯東臉上的可怕表情。「希爾斯，你知道這把劍？」

精靈小心翼翼地比著手語，彷彿空氣會灼燒他的手指。「一開始隸屬於荷夫國王。用他十二名追隨者的靈魂鍛造而成，他們全是狂戰士。」

「他說什麼？」蓋利爾追問。「那些手勢看了好討厭。」

我開始翻譯，不過貝利茲恩出聲打斷，他尖叫得好大聲，艾維德和克努特嚇得扔掉手上的編織針。

「就是那把劍？」貝利茲盯著希爾斯東。「搭配……石頭……在你的房子？」

我完全聽不懂，但希爾斯點點頭。

「現在你懂了吧？」他以手語說：「我們不該來的。」

莎米轉過身，她長矛的亮光讓地上的塵埃嘶嘶作響。「那是什麼意思？什麼石頭？和索爾之鎚又有什麼關係？」

「抱歉，」蓋利爾說：「我認爲現在是我的發言時間。假如你們來這裡尋找索爾之鎚，恐怕有人給你們非常錯誤的訊息。」

「我們必須活著從這裡脫身，」我對我的朋友說：「有隻山羊我得去殺一殺。」

「嗯哼，」蓋利爾繼續說：「就像我剛才說的，思可菲儂劍是由一位國王打造出來，他叫做荷夫。他的十二位狂戰士犧牲性命，他們的靈魂爲這把劍注入力量。」蓋利爾對他自己的部屬沉下臉，因爲有兩個人正在角落玩紙牌遊戲。「在那個年代，王子可以找到非常優秀的護衛。總之，後來有個名叫埃德的男子，他從荷夫的墳墓偷走這把劍，借給我父親托魯克爾，他算是……忘了歸還吧。我爸死於一場海難，不過海浪將這把劍沖到冰島的海岸上。我找到這把劍，用它發動很多場光榮的大屠殺。而如今……我們在這裡！我在戰役中死去時，這把劍跟著我一起埋葬，連同我的十二位狂戰士，提供保護。」

達格芬翻過他筆記本的一頁，草草記錄著。「提供……保護。我可不可以補充說，我們自以爲會去瓦爾哈拉？結果我們遭到詛咒，永遠得待在這個墳墓裡，因爲你的劍是偷來的？而且我們恨死我們的來世？」

「不行！」蓋利爾厲聲說：「你到底要我道歉多少次？」

艾維德的連指手套織到一半，聞言抬起頭來。「我提出動議，蓋利爾要多道歉一百萬次。有沒有人附議？」

「住手！」蓋利爾說：「聽好了，我們有客人，咱們就別把自己的髒內衣晾出來了，好嗎？反正等我們殺了這些凡人、吸光他們的靈魂，就有足夠的力量可以破墓而出！我等不及好好瞧一瞧普洛溫斯鎮。」

我想像十三名殭屍維京人大步穿越普洛溫斯鎮的商業街，魯莽闖進「超嗨小狗咖啡店」，用劍尖指著義式濃縮咖啡。

「不過，以前的議事項目討論夠了！」蓋利爾說：「拜託，我可以提出一項動議，殺了這些入侵者嗎？」

「我附議。」達格芬甩甩他的原子筆。「反正我的筆沒水了。」

「不！」貝利茲恩說：「我們需要更多討論。我不知道其他那些武器的名稱，還有那些編織針！把它們的事情告訴我！」

「你違反議事規則喔。」蓋利爾說。

「我提議，我們應該要知道最近的出口在哪裡。」我說。

蓋利爾重重跺腳。「你也違反議事規則！我要遜付表決！」

達格芬以充滿歉意的眼神看著我。「這是『事情』方面的事情，你不懂。」

我應該立刻發動攻擊才對，畢竟他們現在不設防，但那樣似乎很不民主。

「全體同意嗎？」蓋利爾叫道。

「贊成！」那些死維京人異口同聲大叫。他們站起來，把紙牌遊戲和各種編織作品扔到一旁，再一次拔出各自的劍。

16 希爾斯東宣洩他內在的牛性

傑克認定這是絕佳的機會，該給我來一堂訓練課。

他當然可以全憑一己之力投入戰鬥，不過他有個強烈的信念，認爲我應該學習用自己的力量揮舞他。總之，大概是覺得我有資格、也能勝任之類的。問題是，我非常討厭劍術，況且傑克老是在最糟糕的情況下決定訓練我。

「沒有什麼時機比現在更棒！」他喊道，然後在我手中變得很沉重，完全不幫忙。

「老兄，得了吧！」我一邊說，一邊躲開朝我的頭揮來的第一劍。「以後再練習，用人體模型之類的！」

「向左邊躲開！」傑克大喊：「另一邊才是左邊啦！先生，讓我顯得很厲害，思可菲儂劍正在看耶！」

我眞的好想死，目的是讓傑克在辣妹劍的面前顯得很難堪。但我不在瓦爾哈拉，一旦死了就永遠死了，因此死掉的計畫可能有點缺乏遠見。

殭屍紛紛擠過來。

這狹小的地方是我們唯一的優勢。每一個屍鬼都配備一把厚重的闊劍，需要大約一點五公尺寬的空間才能有效揮劍。在這個小房間裡，十二個死去的狂戰士全都拿著闊劍，圍著一群緊密互貼的防禦小組？我才不管你們組成會議有效人數的默契有多好，你們如果沒有砍倒自己的一些夥伴，要屠殺這幾個防禦的人恐怕沒那麼容易。

這場戰鬥變成一場很難對付的大混戰，充斥著堆擠、咒罵和殭屍口臭。莎米拉把長矛刺進艾維德的下巴，只見武器的光芒燒掉他的頭，就像一把火燒光了廁所衛生紙那麼簡單。另一個殭屍對準貝利茲恩的胸口刺去，但貝利茲的背心有鐵鍊盔甲內襯，劍刃一刺就彎了。貝利茲用包著領結的拳頭痛毆殭屍的腹部，結果……那畫面噁心死了，他的手打穿了殭屍的腹腔。

「超噁的！」貝利茲恩開始跌跌撞撞往後退，結果拉著殭屍一起動，把他甩來甩去像是動作笨拙的舞伴，順便把另一個屍鬼撞到旁邊去。

希爾斯東則是奪得「大混戰最佳進步獎」。他用力扔下一個盧恩石：

ᚢ

他渾身立刻裹著一團金光，然後開始變高，肌肉猛然增大，彷彿有人對他的衣服裡面充灌氣體。他的雙眼充血變紅，頭髮像通了靜電似的張牙舞爪。他抓起最靠近的一個殭屍，把他扔向房間的另一端，然後抓起另一個，靠在膝蓋上折斷成兩半。

你也猜得到，其他殭屍紛紛從這個瘋狂膨脹的精靈身邊退開。

「那個盧恩字母是什麼？」我揮舞傑克，不小心砍掉蓋利爾的棺材頂端，讓棺材有了一個天窗。

貝利茲把他的手從舞伴身上拔出來，只見那舞伴碎裂成好幾塊。「烏魯茲，」貝利茲說，「『牛』的盧恩字母。」

我默默把「烏魯茲」盧恩石加入我想要的耶誕禮物清單。

在此同時，莎米拉把她的敵人砍成兩半，再用一隻手快速轉動長矛，簡直像閃亮的死亡儀隊指揮棒。如果有殭屍拚命閃避、不想燒成一團火球，莎米拉就用她的斧頭上前對付。

傑克繼續喊著完全幫不上忙的忠告。「馬格努斯，擋掉！閃開！防禦模式奧米伽[42]！」

我相當確定根本沒有這種招數。我有少數幾次奮力砍中殭屍，傑克也將他大卸八塊，但我認爲這種招數一點都不吸引人，不足以幫傑克爭取到辣妹劍的約會機會。

蓋利爾的護衛顯然漸漸耗盡，他一發現這點便親自跳進戰局，用他的劍鞘向我猛攻，嘴裡大喊：「壞凡人！壞凡人！」

我奮力回擊，但傑克竟然抵抗我。他可能認爲打女生很不體貼吧，特別是這位女生還藏在劍鞘裡。傑克在這方面還滿老派的。

最後，蓋利爾是僅存唯一的屍鬼，他的護衛全部散落一地，成爲一大堆可怕的手臂、腿部、武器和編織用具。

蓋利爾朝他的棺材向後退，同時將思可菲儂劍緊緊攬在胸口。

「等等。程序問題。我提出動議，我們擱置進一步的所有戰鬥，直到……」

希爾斯東反駁蓋利爾的動議，方法是衝向那位王子，將他的頭撕扯下來。蓋利爾的身軀向前倒下，而我們這位「類固醇暴怒」的精靈用力踩扁他，再把剩餘的粉碎遺骸踢得四散各處，最後什麼都不剩，只剩下思可菲儂劍。

希爾斯東也開始踢那把劍。

「阻止他！」傑克大喊。

我抓住希爾斯的手臂，這絕對是我一整天所做的最勇敢舉動。他轉身面對我，雙眼燃燒著憤怒的光芒。

「他死了，」我用手語說：「你現在可以住手了。」

我似乎有很高的機會再次遭到斬首。

接著，希爾斯東眨眨眼。他血紅的雙眼變得清澈，肌肉開始縮小，頭髮也平貼回頭上。他癱倒在地，不過我和貝利茲恩都在旁邊及時扶著他。我們已經很習慣希爾斯東施展魔法後的昏迷模式。

莎米把她的長矛插進達格芬的屍體，讓他豎立在那裡，宛如巨型的螢光棒。她在墳墓裡踱步，低聲咒罵。「各位，我很抱歉。一切都那麼危險，一切都那麼辛苦，結果根本沒有巨鎚邁歐尼爾。」

「嘿，這很酷啊，」傑克說：「我們從思可菲儂劍的邪惡主人手中把她救出來！她一定非常感激。我們得把她帶在身邊！」

貝利茲恩拿著橘色手帕在希爾斯的臉上揮來揮去，試圖讓他甦醒。「帶著那把劍會是非常糟糕的主意。」

「爲什麼？」我問。「還有，希爾斯聽到它的名字爲何有那麼反常的行爲？你好像提到一塊石頭？」

---

42 攻擊模式歐米伽（Attack Pattern Omega）是《星際爭霸戰》（*Star Trek*）的一種星艦攻擊模式。傑克喊的「防禦模式歐米伽」可能是亂喊的。

貝利茲讓希爾斯的頭枕著他的大腿，彷彿要保護精靈，不讓他聽到我們的對話。「小子，不管是誰派我們來這裡……這絕對是陷阱。不過，屍鬼根本是這個空間最不危險的東西。有人希望我們讓這把劍掙脫束縛。」

有個熟悉的聲音說：「你說的完全正確。」

我的心臟被掐住。蓋利爾的棺材前方站了兩個人，那是我在九個世界中最不希望看到的人：蘭道夫舅舅和洛基。在他們後方，剛才被砍短的棺材背板已經變成閃閃發亮的門口，門的另一邊是蘭道夫的書房。

洛基那兩片疤痕累累的嘴唇扭曲成微笑。「馬格努斯，你找到嫁妝了，表現得眞棒。這把劍太完美了！」

17 蘭道夫舅舅登上淘氣名單第一名

莎米的反應最快。她一把抓起長矛，撲向她父親。

「親愛的，不行。」洛基彈彈手指。

在這電光火石的一刻，莎米的雙腳彎曲卡住，倒向旁邊的地板，躺著一動也不動，雙眼半閉。她的發光長矛也在石板上滾得老遠。

「莎米！」我撲向她，但是蘭道夫舅舅攔截我。

他的龐大身軀擋住了所有去路。他抓住我的肩膀，口氣惡臭難耐，混合了丁香和腐魚的氣味。

「馬格努斯，不要這樣。」他因爲驚慌而破音。「別讓情況變得更糟。」

「更糟？」我把他推開。

憤怒在我體內嗡嗡亂竄。傑克在我手中感覺很輕盈，隨時準備出擊。眼看莎米拉不省人事地躺在她父親的腳邊（噢，眾神哪，眞希望她只是不省人事而已），我好想揮劍猛砍我舅舅，也想對洛基那張臉用上完整的「烏魯茲」力量。

「給蘭道夫一個機會，」安娜貝斯的聲音在我的腦海深處低聲說著：「他是家人啊。」

我遲疑了一下……然後才注意到蘭道夫舅舅的狀況。

他的灰色西裝非常破爛，渾身沾滿煤灰，一副剛剛才爬過煙囪的樣子。而且他的臉……

有一道凹凸不平的紅棕色疤痕組織橫越他的鼻子、左臉頰和眉毛，看起來很可怕；那個燒傷的痕跡是一隻手的形狀，幾乎不可能痊癒。

感覺好像有個侏儒一拳打穿我的腹腔。我回想起那張家族照片，蘭道夫的臉頰出現洛基的標誌。我想到瓦爾哈拉戰場上的夢境，想起洛基利用蘭道夫當做管道，與我建立連結，那時我自己的臉上也出現灼燒的劇痛。洛基竟然對我舅舅烙印。

我定睛看著惡作劇天神。他仍穿著噁心的綠色正式西裝，就是我在戰場上看到的造型，而變形蟲圖案的領結歪斜成俏皮的角度。他的眼神閃閃發亮，心裡似乎想著：「繼續啊，殺了你舅舅，這樣一定很好玩。」

我決定不讓洛基享受這種樂趣。「你誘騙我們來到這裡，」我咆哮著說：「為什麼？你大可從棺材的魔法門口走過來！」

「噢，但我們不行！」洛基說：「要等你打開這條途徑才行。你一打開之後，嗯……你和蘭道夫就產生了連結。難道你沒發現嗎？」他的手指敲敲自己的側臉。「血緣的力量非常強大，我永遠可以透過他找到你。」

「除非我殺了你，」我說：「蘭道夫，讓開。」

洛基笑起來。「蘭道夫，你也聽到那男孩說的。站到旁邊去。」

我舅舅一副吞不下超大顆藥丸的樣子。「拜託，洛基，不要……」

「哇哦！」洛基挑挑眉毛。「聽起來你打算命令我！但那樣是不對的吧？那樣會違反我們的協議！」

「我們的協議」這句話讓蘭道夫皺起眉頭。他拖著腳移動到旁邊，臉上新疤痕周圍的肌肉陣陣抽搐。

透過眼角餘光，我看到貝利茲恩扶著希爾斯東站起來，於是暗自希望他們退後到安全的地方。我不希望其他人待在洛基的面前。

莎米依然一動也不動。

我的心臟怦怦撞擊肋骨。我向前跨出一步。「洛基，你對她做了什麼？」

天神低頭瞥了女兒一眼。「誰，莎米拉嗎？她很好，我只是讓她停止呼吸。」

「你說什麼？」

洛基揮揮手，作勢把我的憂慮撥開。「不是永久的，馬格努斯，我只是喜歡牢牢掌控我的孩子。當今有很多父母實在太懶散了，你不覺得嗎？」

「他控制住他們。」蘭道夫啞著嗓子說。

洛基對他射出惱怒的眼神。「蘭道夫，你是想提醒我，你自己是多麼稱職的父親嗎？噢，對耶，你的家人全都死了，如果要再見到他們，你唯一的希望就是我。」

蘭道夫整個人縮起來，面如槁灰。

洛基轉回來面對我。他的笑容宛如噁心的變形蟲圖案，沿著我的背脊往上爬。「馬格努斯，你懂吧，我的孩子擁有力量都要感激我。爲了交換這樣的力量，只要我有需求，他們就必須屈服於我的意志。這樣很公平吧。就像我說的，家族的血緣是很強的連結。你聽我的話是對的，把亞利思留在瓦爾哈拉，否則我就會有兩個孩子不省人事！」

他搓搓雙手。「那麼，你想不想知道更多事呢？莎米拉老是不願意變身，也許我應該強迫她爲了你變成貓。或是小袋鼠？她可以變成非常可愛的小袋鼠喔。」

噁心的變形蟲在我肚子裡猛烈翻攪，威脅著要吐出來。

我終於了解莎米拉爲什麼不願意變身了。

「每一次變身之後，」她曾對我說：「我都覺得父親的本質對我的掌控又更多了。」

難怪莎米很害怕洛基逼迫她與巨人結婚。難怪她很擔心亞利思．菲耶羅，因爲亞利思總是不假思索就變身。

「離她遠一點。」

其他天神也會像這樣控制他們的孩子嗎？弗雷能夠……？不，我不允許自己思考這種事。

洛基聳聳肩。「如你所願。我只要她失去行爲能力就好。蓋利爾一定對你說過，有女性在場時，思可菲儂劍不能拔出劍鞘。幸好昏迷的女性不算！蘭道夫，快點，拔劍是你的工作。」

蘭道夫舅舅舔舔嘴唇。「也許最好是……」他的聲音突然轉化成粗啞的尖叫聲。他彎下腰，臉頰的疤痕組織冒出裊裊煙霧。我的臉也跟著嚴重發燙。

「住手！」我大喊。

我舅舅大口喘氣。他站直身子，蒸氣依然從他的鼻子側邊冒出來。

洛基大笑。「小蘭，小蘭，小蘭啊，你看起來好可笑。好啦，我們以前也談過這點。你希望家人從赫爾海姆回來？我需要你預先支付代價，也就是帶著我的標誌，按照我的吩咐行事。真的沒有那麼困難。」他指著思可菲儂劍。「小子，去拿來。還有，馬格努斯，如果你企圖干預，我絕對可以讓莎米的昏迷狀態變成永久持續，不過我希望你不會插手。否則會讓接下來的婚禮變得很不方便。」

我好想把他從上到下劈成兩半，像赫爾那樣。（我是指他的女兒赫爾，她的左右兩半不一樣。）接著，我想要把他的兩半黏合起來，然後再一次劈成兩半。我不敢相信自己以前竟然認爲洛基很有魅力，而且口才很好。他竟然叫我舅舅「小蘭」，光是這一點就需要判他死刑。

但我不知道洛基對莎米控制到什麼程度。他眞的光靠一個意念就能讓她永遠僵住不動？我也擔心（只有一點點啦）蘭道夫會有什麼下場。這個白痴可能與洛基達成邪惡的交易，不過我能理解他爲何這麼做。我想起他的妻子，卡洛琳，她身在那艘沉沒的船上；奧珀莉手上拿著玩具船，艾瑪則是一邊尖叫、一邊緊緊握著她的盧恩石「繼承」，那象徵她永遠來不及長大實現的所有夢想。

在我左邊，希爾斯東和貝利茲恩慢慢向前走。希爾斯東已經恢復到能夠自己走路了。貝利茲的手中握著一把闊劍，那一定是從某個殭屍身上取來的。我伸出手，強烈要求他們留在後面。

蘭道夫拿起思可菲儂劍，慢慢把它從劍鞘拔出來，那是一把雙刃劍，以冷灰鑄鐵打造而成。沿著劍身的中央稜脊有盧恩字母微微發亮，散發出各式各樣的藍色調，從永凍土到靜脈血的藍色不一而足。

傑克渾身顫抖。「噢……噢，哇哦。」

「是呀，的確，」洛基說：「唉，假如我能揮劍，又不能擁有傳說中的夏日之劍，我會選擇思可菲儂劍。」

「這老兄或許很邪惡，」傑克低聲對我說：「不過他的品味很好。」

「可惜啊，」洛基繼續說：「以現在的狀態，我不算眞的身在此處。」

貝利茲嘀咕一聲。「我第一次同意他說的話。那把劍永遠都不該拔出來。」

洛基翻翻白眼。「貝利茲恩，弗蕾亞之子，說到魔法武器時，你這個侏儒好像在演戲。沒錯，我不能揮動思可菲儂劍，但雀斯家是古代北歐國王的後裔！他們是最適合的人選。」

我想起蘭道夫曾對我說過一些相關的事，包括雀斯家族如何從古代的瑞典王室承繼血統吧啦吧啦之類。不過很抱歉，如果我們有資格揮舞這些邪惡的劍，我可不會把這種事列在我的履歷表上。

「太危險。」希爾斯東的手語顯得無精打采又虛弱。他的眼神充滿恐懼。「死亡。預言。」

「原來這把劍有幾個怪癖，」洛基說：「我喜歡怪癖！女性在場時不能用，白天不能拔出來，而且只有貴族後裔能使用。」洛基輕推蘭道夫的手臂。「就連這傢伙也符合資格。此外，這把劍一旦拔出來，除非嚐過鮮血，否則不能放回劍鞘裡。」

傑克以金屬摩擦聲低聲說話：「那不公平。那樣太挑逗人了。」

「我知道，對吧？」洛基說：「這把劍還有最後一個小怪癖……希爾斯東，我的朋友，你想告訴他們嗎？還是應該由我來說？」

希爾斯東搖搖晃晃。他抓住貝利茲的肩膀，我不確定他是要支撐身子，或者只是要確定侏儒還在那裡。

貝利茲恩舉起手上的闊劍，那把劍幾乎和他的身高一樣高。「洛基，你不能這樣對待希爾斯。我不會讓你得逞。」

「我親愛的侏儒，我很感激你找到墳墓的入口！而且，我當然需要希爾斯東著手破解棺材周遭的魔法封印，你們各自的部分都做得很好，但我恐怕需要你們兩位再多付出一點點。你們也希望看到莎米拉開心結婚，對吧？」

「與巨人結婚？」貝利茲恩哼了一聲。「才不呢。」

「不過這有很好的理由啊！為了取回那把『他叫什麼名字』的巨鎚！那就表示我需要適當的嫁妝，而索列姆要求思可菲儂劍。這是非常合理的交易。重點在於，這把劍如果沒有石頭就不完整，他們兩個是一組的。」

「你是什麼意思？」我問：「什麼石頭？」

「思可菲儂石，用來將這把劍磨得銳利的磨刀石！」洛基用雙手拇指和其他手指圈成一個圓圈，約莫點心盤的大小。「差不多這麼大，藍色的，帶有灰色斑點。」他對希爾斯東眨眨眼。「聽起來很熟悉吧？」

希爾斯東的模樣好像脖子上的圍巾勒得他說不出話。

「希爾斯，」我說：「他到底在說什麼？」

我的精靈朋友沒有回答。

蘭道夫舅舅跌跌撞撞，現在他用雙手握起那把遭到詛咒的劍。鐵刃的色澤變暗了，劍刃的兩側有一絲絲冰寒蒸氣裊裊冒出。

「變得愈來愈重了，」蘭道夫喘著氣說：「而且更冰冷。」

「那麼，我們應該快一點。」洛基低頭看著莎米拉不省人事的身形。「蘭道夫，我們來餵飽這把飢餓的劍，好嗎？」

「門都沒有。」我舉起自己的劍。「蘭道夫，我不想傷害你，但是我會。」

我舅舅發出一陣低沉的哀鳴聲。「馬格努斯，你不懂。你不知道他到底在盤算什麼……」

「蘭道夫，」洛基咬牙切齒地說：「如果還想見到你的家人，那就攻擊吧！」

蘭道夫撲向前，用力刺出那把受詛咒的劍，而我完全搞錯他的攻擊目標。

太蠢了，馬格努斯。你蠢到無法原諒。

我只想著莎米無助地躺在洛基的腳邊，心想必須保護她。我沒想到那些預言，也沒想到洛基素來的行事風格，他連對自己女兒隨意一瞥都是詭計。

我向前攔阻舅舅的攻勢，但他從我的右側掠過。伴隨著駭人的吼叫聲，他將思可菲儂劍刺入貝利茲恩的腹部。

18 我需要學更多罵人的手語

我憤怒狂吼。

我向上揮砍，於是思可菲儂劍脫離蘭道夫的掌握，伴隨著，呃，你可能會想跳過這段不讀……幾根看起來像手指的粉紅色東西。

蘭道夫跌跌撞撞向後退，將拳頭壓在胸口。思可菲儂劍哐啷一聲掉在地上。

「喔。」貝利茲睜大雙眼。那把劍直接刺穿他的鐵鍊盔甲背心，鮮血從他的指尖滲出來。他腳步踉蹌。希爾斯東抓住他，把他從蘭道夫和洛基身邊拉開。

我繞著洛基身邊轉，再度舉起傑克的劍刃，朝向天神那張沾沾自喜的臉孔劈下去，但他的形體彷彿是投影的影像，只閃爍了一下。

「他揮空！他沒砍中！」洛基搖搖頭。「說真的，馬格努斯，我們都知道你傷不了我。我不算真的身在此處！更何況戰鬥不是你的強項。假如你需要發洩自己對某人的怒氣，儘管殺了蘭道夫吧，不過要快，我們還有很多事要談，而你的侏儒正在流血。」

我無法呼吸，感覺有人把純粹的恨意灌進我的喉嚨裡。我想砍死自己的舅舅，我想把這個墳墓的每一塊石頭拆卸殆盡。突然間，我終於能理解拉塔托斯克㊸的心情了，那隻松鼠只會

㊸ 拉塔托斯克（Ratatosk）是一隻刀槍不入的松鼠，參考《阿斯嘉末日1：夏日之劍》一七五頁註㊽。

訴說惡意的言語，意圖徹底毀滅他自己居住的那棵樹。

說實在並不容易，不過我終究按捺住自己的怒氣。救回貝利茲遠比復仇更加重要。

「傑克，」我說：「盯好這些臭爛屁。假如他們企圖傷害莎米，或者拿走思可菲儂劍，儘管開啟調理棒模式。」

「收到。」傑克說話的聲音比平常更低沉，可能要吸引思可菲儂劍的注意吧。「我會用生命保護辣妹劍！噢，還有莎米。」

我奔向貝利茲恩身旁。

「這就是了！」洛基開心說：「這就是我所認識、我所愛的馬格努斯．雀斯！總是想到別人，總是治療第一！」

我把雙手放在貝利茲恩的腹部，然後抬頭看著希爾斯東。「你有沒有哪一個盧恩石可以幫上忙？」

希爾斯搖搖頭。他自己的拉塔托斯克等級的恨意在眼裡憤怒燃燒。我看得出來，他急著想做點什麼，隨便什麼事都好，但他今天早上已經用過兩次盧恩石，再用一次很可能要了他的命。

貝利茲恩開始咳嗽，他的臉色看起來像油灰。「兩位，我……我很好。只是需要……一點時間。」

「貝利茲，撐住。」我再次召喚弗雷的力量，雙手像電毯的線圈一樣變熱，朝向貝利茲身體的每一個細胞傳送溫暖。我讓他的循環系統慢下來，減輕他的疼痛，但傷口本身拒絕接受治療。我感覺到它對抗我，繼續扯開組織和微血管，撕裂的速度遠比我修復的速度更快，以惡意的飢渴吞噬貝利茲恩。

我回想起希爾斯東說的預言：「貝利茲恩。血流不止。」這全是我的錯。我應該預先想到會有這種結果。我應該堅持讓貝利茲留在密米爾的安全處所，在那裡吃外送披薩。我應該聆聽後灣區那個愚蠢山羊刺客的忠告。

「你一定會好好的，」我說：「待在我身邊。」

貝利茲開始變得眼神渙散。「幫我拿……我背心口袋裡的針線包……如果有用的話。」

我想要尖叫。幸好傑克不在我手上，不然我可能會像凱羅忍[44]一樣大發雷霆。

我站起來，面對洛基和蘭道夫。我的表情一定相當駭人，蘭道夫見狀，一路向後退到殭屍的壁龕內，他受傷的手在地面留下一長條血跡。我說不定能幫他治好，但我一點都不想。

「洛基，你到底想要什麼？」我質問道：「我該怎麼幫貝利茲恩？」

天神伸展雙臂。「好高興你開口問。還眞巧，這兩個問題有同一個答案！」

「石頭，」貝利茲上氣不接下氣說：「他想要……那顆石頭。」

「完全正確！」洛基附和說：「馬格努斯，你懂了吧，思可菲儂劍造成的傷口絕對無法治癒，只會永遠一直流血……或者直到死亡爲止，看是哪個結果先發生。傷口癒合的唯一方法是用思可菲儂石，就是因爲這樣，它們兩者是非常重要的組合。」

希爾斯東突然爆出一連串咒罵的手語，令人刮目相看，簡直像是優美的表演藝術。就算你看不懂手語，他的手勢也比大肆喊叫更能表達內心的憤怒。

---

[44] 凱羅忍（Kylo Ren）是電影《星際大戰》（*Star Wars*）裡的一個大反派角色。

「我親愛的，」洛基說：「自從上一次與阿薩神族鬧得不可開交之後，還沒有人這樣辱罵我！我的精靈朋友，你有那樣的感受，我覺得很抱歉，不過你是唯一能拿到那個石頭的人。你絕對知道那是唯一的解決方法，最好趕快離開這裡回家去！」

「回家？」我的思緒像冰冷的糖漿幾乎無法流動。「你是說……亞爾夫海姆[45]？」

貝利茲恩呻吟一聲。「別讓希爾斯去。小子，那樣不值得。」

我盯著蘭道夫舅舅，他簡直把殭屍的壁龕當成自己的家。除了破爛西裝和疤痕臉孔，他的眼神也因爲疼痛和失血而呆滯；蘭道夫已經快要變成活死人了。

「洛基究竟是追求什麼？」我問他：「這一切到底與索爾之鎚有什麼關係？」

他的神情好淒涼，與我夢中所見的神情一模一樣，當時他在暴風雨肆虐的遊艇上以這種神情看著家人，嘴裡說「我會帶你們回家」。「馬格努斯，我……我好……」

「抱歉？」洛基幫忙回答。「沒錯，蘭道夫，你非常抱歉，我們都知道。不過，說眞的，馬格努斯，你看不出其中的關聯嗎？也許我該說得更清楚一點。有時候我都忘了你們凡人的反應有多慢。有個，巨人，有，一把，巨鎚。」

他說的每一個詞都搭配非常誇張的手語。「巨人，交還，巨鎚，得到，莎米拉。我們，在，婚禮，交換，禮物。巨鎚，交換，思可菲儂。」

「別說了！」我咆哮著說。

「那麼你懂了吧？」洛基甩甩手。「很好，因爲我的手指比劃得好累啊。嗯，我不能只給一半的嫁妝，對吧？索列姆絕對不會接受。我需要這把劍，再加上石頭。幸好你的朋友希爾斯東完全知道可以在哪裡找到石頭！」

「就是因為這樣，你才安排這一切？你為什麼……？」我指了指貝利茲，他躺在範圍愈來愈大的血泊裡。

「這叫做激勵吧，」洛基說：「如果只為了莎米拉的婚禮，我不確定你會不會幫我取得石頭，但若是為了救朋友，你一定會照辦。而且，我要提醒你，因為我提供這麼大的協助，你才能把那個『他叫什麼名字』的愚蠢巨鎚拿回來。這是雙贏的局面。除非，你也知道，你的侏儒死了。他們是這麼嬌小又可憐的生物啊。蘭道夫，給我過來！」

我舅舅搖搖晃晃走向洛基，活像一隻討拍的小狗。當下我沒有對舅舅感受到太多的愛，不過我也很厭惡洛基對待他的方式。我想起那個夢境，我與蘭道夫不得不建立起連結……結果感受到鋪天蓋地的悲痛，正是那樣的悲痛驅使蘭道夫做出這些事。

「蘭道夫，」我說：「你沒有一定要跟隨他。」

他瞥了我一眼，我立刻看出自己錯得多離譜。他刺殺貝利茲的那一刻，內心就有某個部分破掉了。如今，他已經深陷於這場邪惡交易；為了換回死去的妻女，他已經放棄太多，根本不可能想像其他途徑。

洛基指著思可菲儂劍。「那把劍，蘭道夫，拿著那把劍。」

傑克的盧恩文字放射出陣陣憤怒紫光。「朋友，你試試看啊，那麼你會失去更多手指。」

蘭道夫顯得猶豫；一般人聽到會說話的發亮利劍語出威脅，大概都有這種反應。

洛基自鳴得意的信心有點動搖。他的眼神變得黯淡，也噘起疤痕累累的嘴唇。我看出他

㊺ 亞爾夫海姆（Alfheim）是北歐神話的九個世界之一，意思是「精靈之國」。

多麼渴望擁有那把劍。他需要那把劍，眞正的原因一定非常重大，絕不只是婚禮禮物而已。

我伸腳踩住思可菲儂劍。「傑克說得對，這把劍哪裡都不會去。」

洛基脖子上的青筋看起來快要爆開了。我很怕他會殺了莎米拉，然後用侏儒、精靈和英靈戰士在牆壁上塗抹抽象線條。

但無論如何，我以惡狠狠的目光震懾他。我不了解他的計畫到底是什麼，不過漸漸明白他需要我們活著……至少現在是如此。

就在這一奈秒的轉瞬之間，天神重拾原本的沉著態度。

「很好，馬格努斯，」他語氣輕快地說：「你帶新娘去婚禮會場的時候，那把劍和石頭也要隨身攜帶喔。四天後。我會讓你知道地點在哪裡。而且，一定要穿上適當的正式西裝。蘭道夫，走吧。快點！」

我舅舅畏縮一下。

洛基笑起來。「噢，抱歉。」他扭動自己的無名指和小指。「太快了嗎？」

他抓住蘭道夫的衣袖。咻的一聲，那兩個人往回射進棺材門口，活像從高空的噴射機艙被吸出去。那個棺材在他們背後驟然內爆。

莎米扭動一下，然後猛然坐起，彷彿鬧鐘響了。她的穆斯林頭巾滑下來蓋住她的右眼，很像海盜的眼罩。「到底……到底怎麼了？」

我完全驚呆，無法開口解釋。我跪在貝利茲恩身旁，盡一切努力讓他保持穩定。我的雙手散發光芒，其中蘊含的弗雷力量足以產生核融合反應，然而一點用也沒有。我朋友的生命跡象涓滴流逝。

希爾斯的眼眶滿是淚水。他坐在貝利茲旁邊，圓點圍巾垂到血泊裡。每隔一陣子，他就做出V字形手勢猛敲額頭，意思是：「愚蠢。愚蠢。」

莎米的影子落在我們之間。「不！不，不，不。到底發生什麼事？」

希爾斯東又飛快比劃另一串激烈的手語：「早就告訴你！太危險！你害我們……」

「兄弟……」貝利茲恩虛弱地拉拉希爾斯東的手。「不是莎米……害的。不是你害的。都是……我出的主意。」

希爾斯東搖搖頭。「女武神太蠢。我也太蠢。一定有方法可以把你治好。」

他看著我，拚命希望出現奇蹟。

我好痛恨自己是治療師。弗雷弗個頭啦，我好希望自己是一名戰士。或者像亞利思·菲耶羅一樣可以變身，或者像希爾斯東可以施展盧恩咒語，或甚至像半生人那樣的狂戰士穿著內褲衝進戰場。看著朋友的性命維繫於我的能力，看著貝利茲恩眼中的光芒漸漸消逝，更知道我根本無計可施……這一切令人難以忍受。

「洛基不會讓我們有選擇的餘地，」我說：「我們必須找到思可菲儂石。」

希爾斯東咕噥一聲，顯得滿心挫折。「我會去找。為了貝利茲。可是沒時間了，至少得花一天。他會死掉。」

貝利茲恩想要說話，卻一個字也說不出來。他的頭往旁邊歪斜。

「不！」莎米哭著說：「不，他不能死。那個石頭在哪裡？我親自去拿！」

我掃視整個墳墓，發狂地拚命想辦法。我的視線盯著唯一的光源，就是莎米的長矛，它躺在塵埃裡。

光線。陽光。

這是我可以嘗試的最後一個奇蹟……其實很沒有說服力，只是很遜的奇蹟，不過我能做的只有這樣。

「我們需要更多時間，」我說：「所以我們要爭取更多時間。」我不確定貝利茲恩的神智是否清楚，但我捏捏他的肩膀。「兄弟，我們會把你救回來，我保證。」

我站起來，抬起臉望向圓頂天花板，想像太陽當空的樣子。我向父親提出請求，他是掌管溫暖與繁殖的天神，也是掌管生命的天神，能夠打穿土地，接觸到光線。

整個墳墓隆隆作響，塵埃宛如雨點一樣飛落。在我的正上方，圓頂天花板像蛋殼一樣破裂開來，一道宛如曲折峽谷般的陽光灑進黑暗，照亮了貝利茲恩的臉龐。

在我的注視下，九個世界內我最要好的朋友之一，變成了堅硬的岩石。

19 飛行員在祈禱，我該緊張嗎？

我從來沒有待過像普洛溫斯鎮機場這麼令人沮喪的地方。說句公道話，這可能是因爲同行的人的關係，包括變成石頭的侏儒、心碎的精靈、狂怒的女武神，以及一把怎麼樣都不肯閉嘴的劍。

莎米打電話到 Uber，叫了一輛車去清教徒紀念碑接我們。我好想知道她運送靈魂去瓦爾哈拉時，會不會用 Uber 當做備案。前往機場的路上，我擠在福特 Focus 掀背車的後座，忍不住一直哼著德國作曲家華格納寫的〈女武神的飛行〉曲調。

傑克在我旁邊霸占安全帶，不停問問題煩我。「我們可以再把思可菲儂劍拔出劍鞘嗎？只要一下子就好。我想打招呼。」

「傑克，不行。她不能在陽光下拔劍，有女性在場也不行。而且，假如我們眞的把她拔出來，她一定得殺個人才行。」

「對啦，不過除了這些以外，那樣不會很棒嗎？」他嘆口氣，劍刃上的盧恩字母全部亮起來。「她好棒啊。」

「拜託變回項鍊墜子模式。」

「你覺得她喜歡我嗎？我沒有說什麼蠢話，對吧？要老實說喔。」

我把幾句嚴苛的評語硬是吞下去。我們身處於這種困境並不是傑克害的。不過，最後終於說服他變回墜子時，我還是鬆了口氣。我告訴他，萬一稍晚我們得拔出思可菲儂劍，他現在最好睡個美容覺。

到達機場時，我幫忙希爾斯東奮力把花崗岩侏儒搬下車，莎米則逕自走入航廈。

機場本身沒什麼看頭，只搭建出單一個大空間，同時提供入境和出境之用，有幾張長椅讓人休息，安全檢查線以外只有兩條跑道供小飛機起降。

莎米沒有解釋我們爲何來這裡。我猜她運用自己的飛行員人脈，幫我們弄到一架包機飛回波士頓。光憑一己之力，她顯然無法讓我們四個人一起飛回去，而希爾斯東的狀況很差，不能再施展更多的盧恩魔法了。

希爾斯耗盡最後一點魔法能量，召喚出包裝氣泡膜和捆紮帶；他用的是看起來像「X」的盧恩字母，或許那是代表運輸材料的古代維京人符號吧，也說不定是代表「亞爾夫海姆快遞」的盧恩字母。希爾斯東實在太憤怒、太痛苦，我不敢問他這些問題，只能站在航廈外面等待莎米回來，希爾斯則小心翼翼地將他最要好的朋友打包好。

剛才等待 Uber 車子抵達時，我們達成一種停戰的共識。我、希爾斯和莎米全都像是剝掉外皮的高壓電線，因爲滿懷罪惡和憤怒而一觸即發，任誰只要碰觸到我們肯定沒命。不過我們都知道，那樣對貝利茲恩一點幫助也沒有。我們沒有討論這點，但大家默默形成共識，沒有大喊、尖叫，也沒有彼此互毆。此時此刻，我們的目標是要治好侏儒。

莎米終於從航廈走出來。她一定去過廁所，因爲雙手和臉都還溼溼的。

「塞斯納飛機在路上了。」她說。

「你的教練的飛機？」

她點頭。「我得不斷懇求。不過巴瑞眞的是好人，他了解這是緊急狀況。」

「他知道關於……？」我作勢指指周遭，淡淡地暗指九個世界、變成石頭的侏儒、不死戰士、邪惡天神，以及關於我們生活中所有其他亂七八糟的事。

「不知道，」莎米說：「而且我寧可繼續保持這樣。假如教練認爲我有幻覺和妄想，我就不能開飛機了。」

她朝希爾斯東的泡泡膜作品瞥一眼。「貝利茲恩沒有變化？他還沒開始……碎裂吧？」

感覺好像有隻蛞蝓鑽進我的喉嚨。「碎裂？拜託告訴我不會發生這種事。」

「希望不會。不過有時候……」莎米閉上雙眼，花了一秒鐘讓自己鎭定下來。「有時候過了幾天之後……」

我好像需要讓自己更有罪惡感似的。「等我們找到思可菲儂石……眞的有方法讓貝利茲解除石化狀態，對吧？」

我還沒有把朋友變成一大塊花崗岩之前，就應該先問這種問題吧，聽起來我好像是質問自己。不過，喂，當時我面臨很大的壓力啊。

「我……我希望是這樣。」莎米說。

這讓我整個感覺好太多了。

希爾斯東望向我們。他以微微憤怒的手語對莎米說：「飛機？你把我和馬格努斯扔下去。你別來。」

莎米看起來很心痛，不過她在臉旁邊舉起手，食指指向天空。「了解。」

希爾斯東回頭繼續打包我們的侏儒。

「給他一點時間，」我對莎米說：「不是你害的。」

莎米低頭看著路面。「希望我能相信這句話。」

我很想詢問洛基掌控她的事，對她說我心裡有多難過，也想保證我們會找到方法對抗她父親。然而我想，現在提起這些事好像太快了。她依然感受到赤裸裸的羞愧。

「希爾斯東說把我們扔下去是什麼意思？」我問。

「等我們到了空中再解釋。」莎米拿出手機查看時間。「現在是『晌禮』。距離飛機降落還有大約二十分鐘。馬格努斯，我可以借用你幫個忙嗎？」

我不知道「晌禮」是什麼意思，不過還是跟著她，走向車道圓環正中央的一小塊草地。

莎米拉在背包裡翻找東西，拿出一塊摺疊整齊的藍布，有點像尺寸超大的圍巾，然後把它鋪在草地上。我的第一個念頭是：我們要野餐嗎？

接著我才意識到她小心調整那塊布的方位，讓它朝向東南方。「這是祈禱用的跪毯？」

「對呀，」她說：「現在是正午的祈禱時間。你幫我站崗好嗎？」

「我……等一下。什麼？」我覺得她好像把剛出生的嬰兒遞給我，要求我幫忙照顧一下。我認識莎米這麼多個星期，從來沒看過她祈禱，還以爲她只是不常祈禱。如果我站在她的立場就會這樣做……宗教方面的事情盡可能愈少愈好。「這種時候你怎麼還會祈禱？」

她的笑聲毫無笑意。「眞正的問題應該這樣問：這種時候我怎麼可能不祈禱？不會很久，只要幫我站崗就好，以防萬一……我不知道，萬一有巨怪還是什麼發動攻擊的話。」

「我以前怎麼從沒看過你祈禱？」

莎米聳聳肩。「我每天都祈禱，按照要求，一天五次。通常我會溜去比較安靜的地方，不過如果去的地方比較遠，或者處境很危險，有時我會等到晚一點，確定安全時再祈禱。這樣是允許的。」

「就像我們在約頓海姆的時候？」

她點頭。「那是好例子。既然現在我們沒有危險，既然你在這裡，既然時間到了……你介意嗎？」

「呃……好。我是說，當然不介意。趕快吧。」

我曾經歷一些相當超現實的情境。我曾經趴在侏儒的酒吧吧檯上，曾經在宇宙之樹的枒間逃避巨型松鼠的追擊，曾經拉著窗簾垂降進入巨人的餐廳。但是，莎米拉·阿巴斯在機場停車場祈禱時幫忙站崗……這就是全新的經歷了。

莎米脫掉鞋子，徹底靜立在跪毯的底部，兩隻手在腹部合掌，雙眼半閉著，低聲喃喃傾訴。她不時將雙手放到耳邊，那是我們比劃手語「小心聆聽」的同樣手勢。然後她開始祈禱，用阿拉伯語輕聲吟誦曲調，聽起來像是吟唱著熟悉的詩句或情歌。莎米彎身鞠躬，直起身子，然後跪坐下來，再將額頭碰觸跪毯。

我不會說自己一直盯著她看。瞠目結舌感覺很不敬，不過我保持一段距離觀看，希望這樣能表達足夠的敬意。

我得承認自己有點著迷。而且可能有點羨慕。就算她剛才發生那麼多事，甚至遭到自己邪惡父親的控制而不省人事，但她似乎暫時顯得十分平靜。她正在營造自己小小的平靜空間。

我從來不曾祈禱，因爲我不相信有某個全能的天神。然而，我好希望自己能對某種事物產生莎米這種層級的信仰。

祈禱沒有花很長時間。莎米把跪毯摺好就站起來。「馬格努斯，謝謝。」

我聳聳肩，依然覺得自己像是闖入者。「現在有沒有比較好？」

她笑得有點不自然。「這又不是魔法。」

「對啦，不過……我們一天到晚看到魔法啊。像你這樣，相信有某種更強大的力量，超越我們對付的那些北歐天神，這樣不會很困難嗎？特別是……沒有惡意喔，那位『老大』又沒有插手幫忙？」

莎米把她的祈禱跪毯塞進袋子裡。「不介入，不干涉，不強迫……對我來說，那樣似乎更加寬容與慈悲，而且更加神聖，你不覺得嗎？」

我點頭。「說得好。」

我沒見過莎米哭泣，但她的眼角微微顯現粉紅色。我不禁好奇心想，她哭泣時是不是也像祈禱一樣，私底下走到某個安靜的地方，遠離人群，於是大家都沒發現？

她瞥了天空一眼。「更何況，誰說阿拉沒有出手幫忙？」她指著一架逐漸飛近的飛機，機身雪白閃亮。「我們去找巴瑞吧。」

大驚喜！我們不只得到一架飛機和一位飛行員，還附贈莎米的男朋友。

機艙門打開時，莎米正以小跑步穿越柏油碎石跑道。走下階梯的第一個人是阿米爾．法德蘭，他穿著白色的法德蘭炸豆泥球店T恤，外面披著棕色的皮外套，頭髮整齊往後梳，臉上架著金邊的太陽眼鏡，看起來很像「百年靈」手表廣告的飛行員帥哥。

莎米一看到他立刻放慢腳步，但是來不及躲起來。她回過頭，以驚慌的神情看我一眼，然後走過去見她的未婚夫。

我沒聽到他們對話的開頭部分，因爲太忙著幫希爾斯東把一座石頭侏儒使勁拉向飛機。莎米和阿米爾站在階梯底部，交換著惱怒的手勢和痛苦的表情。

我終於走到他們旁邊時，阿米爾像是練習演講一樣來回踱步。「我眞不該來這裡。我以爲你有危險啊，我以爲是攸關生死的大事。我……」他走到一半突然呆立不動。「馬格努斯？」

他瞪著我的神情，彷彿我才剛從空中掉下來，這樣說並不公允，畢竟我已經有好幾個小時沒有從空中掉下來了。

「嗨，老兄，」我說：「這一切全都有很好的理由。可以說，眞正的好理由。可以說，莎米做的事……完全沒有你可能以爲的壞事。因爲她沒有做壞事。」

莎米瞪了我一眼：你完全沒幫上忙。

阿米爾的目光飄向希爾斯東。「我也認得你。那是幾個月前，在美食廣場。莎米所謂的數學家教班……」他不可置信地搖搖頭。「所以，你就是莎米說的精靈？而馬格努斯……你已經……你已經死了。莎米說，她帶你的靈魂去瓦爾哈拉。而侏儒……」他望著我們用泡泡膜包住的貝利茲恩。「是一座雕像？」

「暫時是，」我說：「那也不是莎米害的。」

阿米爾爆出一陣你絕對不想聽到的瘋狂笑聲，那種笑聲顯示腦袋已經產生一些裂痕，再也無法撫平了。「我根本不曉得該從哪裡開始問。莎米，你還好嗎？你……惹上麻煩嗎？」

莎米拉的臉頰轉變成蔓越莓醬的豔紅色。「情況很……複雜。阿米爾，我很抱歉。我沒想到……」

「他會來這裡？」一個沒聽過的聲音說：「親愛的，他絕對不接受『不行』這個答案。」

機艙口站著一名瘦削的深色皮膚男子，他打扮入時，貝利茲恩看了會開心得流下淚來；他身穿紅褐色的緊身牛仔褲、淺綠色襯衫、雙排釦背心，搭配一雙尖頭皮靴。他的頸間掛著護貝的飛行員識別證，上面的名字寫著「巴瑞．賈霸」。

「我親愛的，」巴瑞說：「假如我們打算維持原本的飛行計畫，你們應該要登機囉。我們只需要添加油料就可以起飛了。至於你呢，莎米拉……」他挑挑一邊眉毛。我從沒見過這麼熱情的金色眼睛。「原諒我告訴阿米爾，不過你打電話來的時候，我擔心得要命。阿米爾是很重要的朋友，而無論你們兩人之間發生什麼樣的風波，我都期望你們能修復關係！一聽說你有麻煩，他就堅持要一起來。那麼……」巴瑞伸手摀住嘴巴，假裝講悄悄話：「我們就說我是你的監護人，可以嗎？好啦，所有人登機！」

巴瑞旋即轉身，消失在機艙裡。希爾斯東跟在後面，拖著貝利茲恩登上階梯。

阿米爾緊張地搓搓雙手。「莎米，我努力想要了解。真的喔。」

她低頭看著腰帶，可能這才發現自己仍然佩戴著戰斧。「我……我知道。」

「我什麼事都願意幫你做，」阿米爾說：「只是……千萬不要不跟我說話，好嗎？什麼事都告訴我。無論事情有多瘋狂，都要告訴我。」

她點頭。「你最好先登機。我得繞一圈檢查一下。」

阿米爾又瞥了我一眼，似乎努力想找出我的致命傷口在哪裡。然後他爬上階梯。

我轉身看著莎米。「他爲了你飛來這裡。他最大的顧慮就是你的安全。」

「我知道。」

「那樣眞的很好啊，莎米。」

「我不值得他那樣做。我對他不誠實。我只是……我不希望影響到自己生命中『正常』的那部分。」

「你生命中不正常的部分就站在這裡。」

她的肩膀向下垂。「很抱歉。我知道你努力想要幫忙。馬格努斯，你踏進我的生命裡，我不會改變這樣的決定。」

「嗯，那很好啊，」我說：「因爲以後還有一大堆更瘋狂的事。」

莎米點點頭。「說到這個，你最好去找個座位，把安全帶繫好。」

「爲什麼？巴瑞的飛行技術很差嗎？」

「噢，巴瑞是非常優秀的飛行員，但他沒有要幫你開飛機。開飛機的人是我，直接飛向亞爾夫海姆。」

20 碰到惡魔領地，依指示燈前進

巴瑞站在走道上招呼我們，兩隻手肘撐在走道兩側的椅背上。他的古龍水讓飛機聞起來像波士頓花市的氣味。「那麼，各位親愛的，你們以前搭乘過塞斯納的Citation XLS機型嗎？」

「呃，沒有，」我說：「我想我會記得很清楚。」

機艙不大，但全部是白色皮革搭配金邊，很像有翅膀的寶馬轎車。四個乘客座椅彼此面對面，形成像是會議區。我和希爾斯東坐在向前看的位置，阿米爾坐在我對面，變成石頭的貝利茲恩則綁在希爾斯對面的位置。

莎米在前方的駕駛座上，查看各種刻度盤和撥動式開關。我以爲所有飛機的駕駛員座艙都有一扇門與乘客區分隔開來，但是Citation沒有，從我坐的地方可以直直看到前方的擋風玻璃。我好想要求與阿米爾換位置，看著廁所應該比較不會神經緊張吧。

「嗯，」巴瑞說：「身爲這趟航程的副駕駛，我的任務是要對各位很快解說一下安全須知。主要出口是這裡。」他用指關節敲一敲我們剛才走進來的機艙門。「萬一碰到緊急狀況，萬一我和莎米沒辦法幫你們打開這道門，你們……應該要聽我的話，馬格努斯．雀斯。」

巴瑞的聲音變得非常低沉，而且音量增大三倍。阿米爾剛好坐在巴瑞的手肘下方，聽了這聲音差點跳到我腿上。

在駕駛艙裡，莎米慢慢轉過身來。「巴瑞？」

「我警告過你了。」巴瑞的新聲音失真扭曲，而且音調起伏波動。「不過你還是掉進洛基的陷阱。」

「他……他是怎麼搞的？」阿米爾問。「那不是巴瑞啊。」

「不是，」我表示同意，我的喉嚨簡直像殭屍狂戰士一樣乾燥。「那是我最喜歡的刺客。」

希爾斯東看起來比阿米爾更加困惑。他顯然聽不到巴瑞的聲音變化，不過能夠看出安全須知已經失控了。

「現在沒有選擇餘地了，」不是巴瑞的巴瑞說：「等你治好你的朋友，就到約頓海姆來找我。我會把打敗洛基計畫所需的資訊告訴你。」

我仔細端詳飛行員的臉。他的金色眼睛看起來目光茫然，但除此之外，我看不出他有任何改變。

「你是山羊殺手，」我說：「你也從宴會的樹枝上看著我。」

阿米爾的眼睛眨個不停。「山羊殺手？樹枝？」

「找到海姆達爾，」扭曲的聲音說：「他會幫你指引我的方向。帶另一個人來，亞利思・菲耶羅。如果要成功，她現在是你唯一的希望。而且涵蓋所有東西。還有問題嗎？」

巴瑞的聲音恢復正常。他露出滿足的笑容，好像認為駕機往返鱈角、幫助他的朋友、傳達超自然忍者的聲音，正是度過這一天最好方式。

我、阿米爾和希爾斯瘋狂搖頭。

「沒有問題，」我說：「連一個問題也沒有。」

我定睛看著莎米。她對我聳聳肩，搖一下頭，像是說：「對啦，我聽到了。我的副駕駛遭到短暫附身。不然你要我怎樣？」

「那好吧。」巴瑞拍拍貝利茲恩的花崗岩腦袋。「我們在駕駛艙，假如想要對我們說話，耳機放在你們旁邊的小盒子裡。飛到諾伍德紀念機場的航程非常短，休息一下，好好享受這趟飛行！」

我不會用「享受」這種字眼。

小小招供一下：不只因爲我從沒搭過 Citation XLS 機型，更因爲我從來沒搭過飛機。我的第一次可能不該搭乘這種八人座的塞斯納小飛機，甚至駕駛員是與我同年的女孩，她受訓上課根本只有幾個月的時間啊。

這不是莎米害的。我完全沒有經驗可供比較，不過起飛的過程似乎相當平順。至少沒有發生任何事故就起飛了。然而，我的指甲還是在椅子的扶手上留下永久的掐痕。每一次遇到亂流顛簸都把我嚇得半死，害我好想念老朋友史丹利，就是沿著峽谷俯衝而下的那匹八腿飛馬[46]。（嗯，只是幾乎要想念啦。）

阿米爾謝絕使用耳機，也許因爲他的腦袋已經無法負荷這些瘋狂的北歐資訊。他坐著，雙臂交叉，愁眉苦臉地凝視窗外，似乎很懷疑自己是否能再次降落於眞實的世界。

莎米的聲音在我的耳機裡劈啪響起。「我們到達飛行高度了。飛行時間剩下三十二分鐘。」

「在上面一切都好嗎？」我問。

「是啊……」連線嗶嗶作響。「都好。這個頻道沒有其他人，我們的『朋友』現在似乎很好。總之，不需要擔心，都在我的掌握之中。」

「誰，我嗎？擔心？」

從我的視線看去，巴瑞這時似乎很冷靜。他在副駕駛座顯得很放鬆，盯著他的iPad。我想要相信他一直盯著各種重要的飛行讀數，但我相當確定他正在玩「Candy Crush」遊戲。

「有什麼想法嗎？」我問莎米：「我是指山羊殺手的勸告？」

靜默。然後：「他說，我們應該去約頓海姆找他，所以他是巨人。那不見得表示他是壞人。我父親……」她停頓一下，可能想要把這字眼的酸意從嘴裡清除。「他有一大堆敵人。無論山羊殺手是誰，他都有某種魔法力量。普洛溫斯鎮的事情他說對了，我們眞該聽他的話。我應該早點聽他的話。」

「別這樣，」我說：「別怪你自己。」

阿米爾努力要看清我的臉。「抱歉，你說什麼？」

「不是說你，老兄。」我敲敲耳機的麥克風。「與莎米講話。」

阿米爾默默做出「啊」的嘴型。他回過頭，繼續練習望向窗外的淒涼眼神。

「阿米爾沒有在這個頻道上吧？」莎米問。

「沒有。」

「我把你們放下去之後，我會帶著思可菲儂劍去瓦爾哈拉妥善保管。我不能帶阿米爾進入旅館，不過……我打算讓他看看我的能力。讓他看看我過著什麼樣的生活。」

「正確的決定。莎米，他很堅強。他可以應付這些事。」

㊻參閱《阿斯嘉末日1：夏日之劍》第五十二章〈我得到叫史丹利的馬〉。

三秒鐘的靜電噪音。「希望你說得對。我也會把最新消息告訴十九樓的夥伴。」

「亞利思．菲耶羅怎麼辦？」

莎米回頭瞥了我一眼。看到她人在幾公尺之外，聲音卻直接出現在耳朵裡，感覺眞奇怪。「馬格努斯，帶她一起去不是好主意。你也看過洛基怎麼對待我。想像一下他……」

我能想像。可是我也覺得山羊殺手說得有道理。我們會需要亞利思．菲耶羅。她來到瓦爾哈拉絕對不是巧合。諾恩三女神[47]，或者一些其他古怪的預言天神，都已經把她與我們的命運交織在一起了。

「我認爲不應該低估她，」我說著，心裡回想起她與狼群交手，而且騎在激烈反抗的鱗蟲背上。「更何況我信任她。我是說，就像你可以信任某個砍你頭的人那麼信任。你知道要怎麼找到天神海姆達爾嗎？」

靜電噪音聽起來更加沉重且憤怒。「說來不幸，我知道，」莎米說：「準備好，我們差不多到達適當位置了。」

「降落在諾伍德機場嗎？我以爲你說我們要去亞爾夫海姆。」

「你們去，我不去。飛往諾伍德的航道剛好經過最理想的空投區域。」

「『空投』區域？」我眞心希望自己聽錯了。

「嘿，我得專心操控這架飛機。你問希爾斯東吧。」我的耳機陷入靜默。

希爾斯東正在與貝利茲恩進行互瞪比賽。侏儒的花崗石臉孔從泡泡膜厚繭裡面伸出來，凍結於即將死去的痛苦表情。希爾斯東看起來沒有比較高興，悲傷在他心裡不斷旋繞，這點幾乎就像他那條染血的圓點圍巾一樣醒目，很容易看出來。

「亞爾夫海姆，」我以手語說：「我們怎麼去那裡？」

「跳下去。」希爾斯對我說。

我的胃急速墜落。「跳下去？跳下飛機？」

希爾斯彷彿看穿我。他每次考慮該如何用手語解釋複雜的事情就會這樣……而且通常是我不會喜歡的事。

「亞爾夫海姆是空氣和光明的王國，」他以手語說：「進入的方式只有……」他做出自由墜落的手勢。

「這是噴射機，」我說：「我們不可能跳下去，會死人耶！」

「不會死，」希爾斯保證說：「而且，說跳下去不完全正確。只是……」他做出「噗」的熄滅手勢，完全沒有消除我的疑慮。「除非救回貝利茲恩，否則我們不能死。」

身為一個極少發出聲音的人，如果希爾斯東想要說話，他可以發出挑釁的叫喊聲。他剛剛對我發出行軍出發令：「噗」的一聲離開這架飛機，墜落到亞爾夫海姆，救回貝利茲恩。唯有完成這一切之後，我才能死。

阿米爾在座位上挪動身子。「馬格努斯？你看起來很緊張。」

「是啊。」我想要簡單解釋，不讓阿米爾慷慨大方的凡人腦袋增添更多裂痕。可是現在的情況沒那麼簡單了，無論是好是壞、正常或不正常，阿米爾已經完全參與莎米的生活。他一直很照顧我，我無家可歸時，他給我東西吃，也把我當成一個人看待，不像其他大多數人假

㊼ 諾恩三女神（Norns）是北歐神話的命運女神，由三姊妹組成，掌控人類和眾神的命運。

裝我不存在。而今天，只因爲聽說莎米惹上麻煩，他還不知道任何細節就跑來救我們。我不能欺騙他。

「看起來，我和希爾斯會『噗』的一聲消失。」我向他描述我的行軍出發令。

阿米爾看起來一臉茫然，我眞想好好擁抱這傢伙。

「直到上星期爲止，」他說：「我最大煩惱是要在哪裡拓展我們的炸豆泥球連鎖店據點，要在波士頓的牙買加平原社區還是栗樹山社區呢？而現在，我連自己飛越的是哪一個世界都搞不清楚了。」

我檢查一下，確認耳機的麥克風關掉了。「阿米爾，莎米一直以來完全沒變。她很勇敢。她很堅強。」

「我知道。」

「而且她徹底爲你瘋狂，」我說：「她的人生有這些詭異的事情，並不是她自己要的。她最關心的就是不能把你們兩人的未來搞砸了。你要相信這點。」

他像狗屋裡的小狗一樣垂頭喪氣。「馬格努斯，我……我盡量。只是太奇怪了。」

「是啊，」我說：「先提醒一下：以後還會更奇怪。」我開啟麥克風。「莎米？」

「我聽見整個對話了。」她大聲說。

「啊。」顯然我根本沒搞懂耳機該怎麼控制。「呃……」

「我以後再殺了你，」她說：「現在呢，你的出口快到了。」

「等一下。巴瑞不會發現我們就這樣不見了？」

「他是凡人，他的腦子會自己重新校正，畢竟在噴射機的飛行途中，一般人不會就這樣消失了。等我們在諾伍德機場落地時，他可能根本不記得你們曾經待過這裡。」

我好想告訴自己，我應該沒有這麼容易讓人忘記吧，不過心情實在太緊張，沒時間顧慮這種事。

在我旁邊，希爾斯解開安全帶。他拉下脖子上的圍巾，綁在貝利茲恩身上，當做臨時的牽繩。

「祝好運，」莎米對我說：「我們到米德加爾特再見，如果……你也知道啦。」

如果我們活著的話，我心想。如果我們能治好貝利茲恩的話。如果我們的運氣比過去兩天更好的話……等等之類的。

下一次心跳都還沒跳，塞斯納飛機突然消失了。我發現自己飄浮在半空中，耳機的插頭沒有插在任何東西上面。

然後我就往下墜落。

21 閒晃者會遭到開槍，逮捕後再開一槍

貝利茲恩曾對我說，侏儒絕不可能沒帶降落傘就出門。

現在我明白其中的智慧了。我和希爾斯東穿越寒冷的空氣筆直墜落，我一邊揮舞雙手、一邊尖叫，希爾斯則是把花崗岩貝利茲恩綁在背上，做出完美的懸崖跳水姿勢。希爾斯以鼓勵的眼神看了我一眼，像是要說：「別擔心，侏儒用泡泡膜包得很好。」

我唯一的反應是更加混亂的尖叫聲，因為不知道該怎麼用手語比劃：「超該死的啊啊啊啊啊！」

我們撞穿一團雲，然後一切都變了。墜落之勢慢下來，空氣也變得溫暖而香甜，增強的陽光刺痛我的眼睛。

我們撞上地面。嗯，算是吧。我的雙腳碰觸到剛割過的草地，然後反彈起來，感覺自己的體重好像只有十公斤。我像失重的太空人一樣飄過草地，最後終於重拾平衡感。

我在灼熱的陽光下瞇起眼睛，努力搞清楚四面八方的狀況，有廣大開闊的景致、高聳的樹木，遠處還有一棟大房子。萬物似乎都籠罩在火焰的光暈裡。無論轉往哪個方向，感覺都有一道聚光燈照射我的臉。

希爾斯東抓住我的手臂，把某種東西塞進我手裡，是一副暗色的太陽眼鏡。我戴上它，眼睛的刺痛感就消退了。

一次。

「謝謝，」我咕噥著說：「這裡一直這麼亮嗎？」

希爾斯東皺起眉頭。我的唇語一定是說得太含糊了，他沒辦法讀清楚。我用手語重新問

「永遠都這麼亮，」希爾斯贊同說：「你會習慣的。」

他環顧四周，似乎注意著是否有凶險。

我們降落在一個大莊園前方的草地上，周圍環繞著低矮的石牆；附近有一片維護良好的花圃，就像高爾夫球道那麼大，還有一些纖細的柳樹，看起來好像重力拉著它們快速抽高。房屋是都鐸式的大宅，搭配著鉛條花紋的玻璃窗和圓錐形的塔樓。

「誰住在這裡？」我用手語問希爾斯：「亞爾夫海姆的總統嗎？」

「只是一般家庭。梅克皮斯家。」他用手語比出他們的名字。

「他們一定是重要人物。」我用手語說。

希爾斯聳聳肩。「一般人。中產階級。」

我笑起來，隨後意識到他不是開玩笑。假如這是亞爾夫海姆的中產階級家庭，我可不想和金字塔頂端的富裕家庭分擔學校的午餐費。

「我們該走了，」希爾斯以手語說：「梅克皮斯家不喜歡我。」他重新調整貝利茲恩身上的圍巾牽繩；如今在亞爾夫海姆，貝利茲恩的重量可能沒有比一般的背包重多少。

我們一起向道路走去。

我得承認，這裡的重力比較輕，讓我覺得……嗯，自己變輕了。我一路蹦蹦跳跳，每一步都可跨越一公尺半左右。我必須努力克制自己才不至於跳太遠。現在我擁有英靈戰士的力

氣，一不小心就會發現自己跳過中產階級大宅的屋頂上方。

放眼望去，亞爾夫海姆就是像梅克皮斯家的莊園一片接著一片，每一片房地產至少有好幾公頃，所有草地點綴著花圃和林木造景。鋪設卵石的車道上有黑色豪華休旅車閃閃發亮，空氣中瀰漫著類似烘烤洛神花和嶄新鈔票的氣味。

莎米曾經說，飛向諾伍德機場的航道會讓我們經過最佳空投區域，現在看來確實有道理。就像尼德威阿爾[48]貌似波士頓南區，亞爾夫海姆也讓我聯想到波士頓西邊的豪華雅緻郊區，也許是衛斯理鎮吧，那裡有巨大的房屋和田園景致、曲折的道路、如畫一般的小溪，以及絕對安全、令人昏昏欲睡的氛圍……如果你適合那裡的話。

至於不好的一面，這裡的陽光好曝曬，凸顯出每一個不完美之處。由於陽光太過閃耀，花園裡只要有一片不該長出的葉子或枯萎的花朵就顯得很突出。我自己的衣物看起來比較髒，我也能看出手背的每一個毛孔和皮膚底下的每一條血管。

希爾斯東曾說，亞爾夫海姆是由空氣和光線構成，現在我也能理解了。整個地方似乎很不真實，感覺好像是用棉花糖絲快速組合起來，而且可能一潑水就溶解了。步行走過海綿般的地面，我覺得心神不寧且急躁難耐。超暗的太陽眼鏡也只能稍微減輕頭痛的感覺而已。

走過幾個路口後，我向希爾斯東比劃手語：「我們要去哪裡？」

他噘起嘴唇。「家。」

我抓住他的手臂，要他停下來。

「你家？」我用手語說：「你長大的地方？」

希爾斯東凝視著最靠近的雅緻花園圍牆。他並沒有像我一樣戴著太陽眼鏡，在燦爛的白晝日光下，他的雙眼宛如水晶的構造閃閃發亮。

「思可菲儂石在家裡，」他用手語說：「在……父親那裡。」

表達「父親」的手語是一隻打開的手掌，掌心朝外，拇指橫過額頭。那手勢讓我聯想到「輸家」（loser）的「L」。就我所知，用這個字來描述希爾斯的童年還滿貼切的。

以前有一次，我曾在約頓海姆對希爾斯施展治療的魔法，瞥見了他內心長存的痛苦。成長過程中，他曾遭受虐待和羞辱，多半是因爲他有聽障問題。後來他弟弟死了（細節我不得而知），而他父母將那件事怪罪給希爾斯。他不可能想要回到那樣的家。

我還記得貝利茲恩多麼強烈反對這個主意，甚至知道自己即將死去也一樣。「別讓希爾斯去。小子，不值得啊。」

然而我們來到這裡了。

「爲什麼？」我用手語說：「你父親（輸家）爲什麼會有思可菲儂石？」

希爾斯東沒有回答，而是朝我們的來時路點點頭。精靈世界的萬事萬物都好燦亮，我根本沒注意到有閃燈，最後才發現我們的正後方有黑色豪華轎車直駛而來，車頭的水箱罩有紅色和藍色的流水燈陣陣閃動。在擋風玻璃的後方，兩名身穿西裝的精靈對我們怒目而視。

亞爾夫海姆警察局跑來打招呼了。

「我們可以幫什麼忙？」第一個警察說。

---

48 尼德威阿爾（Nidavellir）是北歐神話的九個世界之一，意思是「矮人之鄉」。

我立刻知道有麻煩了。在我的經驗裡，假如警察眞心想要幫忙，絕不會說「我們可以幫什麼忙」。洩露內情的另一點：一號警察的手放在他的臀部側邊。

二號警察慢慢從乘客座那邊繞過來，看起來也準備引爆某種很能幫忙的致命武力。

兩個精靈的服裝都像是便衣偵探，穿著深色西裝和絲質領帶，識別證夾在腰帶上。他們的頭髮剃得很短，像希爾斯東一樣是金髮。兩人有同樣的淡色眼睛和怪異的冷靜表情。除此之外，他們看起來與我的朋友完全不像。兩名警察似乎比較高大、細瘦，也比較奇特。他們洩露出一股輕蔑的冷冽寒意，彷彿衣服袖子裡面裝了個人的空調裝置。

我發現還有另一件事也很奇怪：他們會說話。我與希爾斯東相處了那麼長的時間，溝通時即使雄辯滔滔也是完全靜默，因此聽到精靈講話眞的很刺耳。感覺就是很不對勁。

兩個警察都盯著希爾斯東，視線完全跳過我，彷彿我不存在。

「小伙子，我問你一個問題，」第一個警察說：「這裡有問題嗎？」

希爾斯東搖搖頭。他慢慢往後退，不過我抓住他的手臂。逃避只會讓情況變得更糟。

「我們很好，」我說：「謝謝兩位警官。」

那兩個偵探盯著我，彷彿覺得我來自另一個世界，關於這點，說句公道話，我還眞的是。

一號警察腰帶上的識別證寫著「太陽黑子」。他看起來一點都不像太陽黑子，不過，我猜我看起來也不太像「獵物」[49]。

二號警察的識別證上寫著「野花」。他有這樣的頭銜，我還希望他穿著夏威夷衫，或至少繫著花朵圖案的領帶，不過他的穿著就像自己的搭擋一樣無趣。

太陽黑子皺起鼻頭，彷彿我身上有屍妖古墓的氣味。「大顆呆，你在哪裡學會精靈語？口音好可怕。」

「大顆呆？」

野花對他的搭檔露出詭異的笑容。「我們來打賭，精靈語不是他的母語，你要賭什麼？我猜是非法的家事精靈。」

我想指出我是說英語的人類，而英語絕對是我的母語。也是我唯一會說的語言。精靈語和英語只是剛好一樣，就像希爾斯的精靈手語也和英語手語一模一樣。

我認爲這兩個警察恐怕不想聽也不在乎。就我聽來，他們說話的方式有點奇怪，有點像出身高貴的老派美國人口音，我在一九三〇年代的新聞影片和電影聽過這種口音。

「嘿，兩位，」我說：「我們只是散散步。」

「在這麼高級的社區啊，」太陽黑子說：「我猜你們不住這裡。這條路過去的梅克皮斯家打電話報案，說有人擅自闖入、到處閒晃。大顆呆，我們很嚴肅看待這種事。」

我得拚命按捺住怒氣。以前身爲無家可歸的人，我經常成爲執法人員粗魯對待的目標，我的深色皮膚朋友遭受的待遇更惡劣。因此，住在街頭的兩年期間，每每要應付「友善的」社區警官時，我在謹慎行事方面學習到全新的層次。

然而……我不喜歡人家稱我「大顆呆」，不管它眞正的意思是什麼。

「警官，」我說：「我們可能才走了五分鐘而已。我們要前往我朋友的家，這樣怎麼算是閒晃呢？」

㊾ 格努斯的姓氏「雀斯」（Chase）的字意是獵物、追逐。

希爾斯東對我比劃手語：「小心。」

太陽黑子皺起眉頭。「那是什麼？某種幫派暗號嗎？說精靈語。」

「他是聽障人士。」我說。

「聽障？」野花的臉因爲嫌惡而皺成一團。「什麼樣的精靈……」

「哇，夥伴。」太陽黑子吞嚥口水。他拉拉自己的領口，彷彿他的個人空調裝置停止運作了。「是那個……？一定是那個……你也知道，阿德曼先生的兒子。」

野花的表情從輕蔑轉變成恐懼，看了真是令人心滿意足，只不過恐懼的警察其實比討厭的警察更危險。

「希爾斯東先生？」野花問：「是你嗎？」

希爾斯東悶悶地點頭。

太陽黑子咒罵一聲。「好吧。你們兩個，上車。」

「哇，爲什麼？」我質問道。「如果要逮捕我們，我想知道罪名……」

「大顆呆，不是要逮捕你們啦，」太陽黑子咆哮說：「而是要帶你們去見阿德曼先生。」

「之後呢，」野花補充說：「你們就不再是我們的問題了。」

他的語氣聽起來好像我們不再是任何人的問題，因爲有人會把我們埋進某個維護良好的花圃。我最不想做的事就是上車，不過兩名警察的手指敲打著精靈武器，讓我們明白他們準備幫多大的忙。

我爬進巡邏車的後座。

22 希爾斯東的老爸是綁架母牛的外星人

我從沒搭過這麼棒的警車，我可是有不少搭警車的經驗啊。黑色皮革內裝散發出香草的氣息，樹脂玻璃隔板乾淨無瑕，座椅簡直像有按摩功能，在歷經一整天的艱苦閒晃後，我終於能夠好好放鬆一下。在亞爾夫海姆，他們顯然只爲最高級的罪犯提供服務。

經過一、兩公里的舒適車程後，我們離開主要道路，停在一道鐵門前，門上有漂亮的花體字寫著「A」。鐵門兩側都有三公尺高的石牆，牆頭有裝飾性的尖刺，不讓同一條街上的中上階層賤民有機會入侵。門柱頂端的保全攝影機轉來轉去監視我們。

大門打開了。我們開車進入希爾斯東家的莊園時，我的下巴差點闔不起來。我家的宅邸與這裡相比簡直讓人抬不起頭來。

前院遠比波士頓公園大多了，天鵝滑過湖面，湖邊柳樹搖曳。我們開過兩座不同的橋，跨越同一條蜿蜒的小溪，還經過四座各異其趣的花園，然後穿越第二道大門，最後才到達主屋，看起來像迪士尼睡美人城堡的後現代版本，白灰色的石板牆以奇怪的角度伸出，細長的高塔很像管風琴的音管，平板玻璃窗非常巨大，而且光亮的鋼質大門實在太大，可能得靠巨怪拉動鏈條才能打開。

希爾斯東拿著他的盧恩石袋子坐立不安，不時回頭看著轎車的後車廂，剛才警察把貝利茲恩塞進那裡。

兩名警官什麼話都沒說，最後將車子停在正門前。

「下車。」野花說。

希爾斯東一下車就走到巡邏車後面，伸手敲打後車廂。

「是，好啦。」太陽黑子打開車廂門。「但是我不懂你幹嘛這麼小心。我還眞沒看過這麼醜的侏儒花園裝飾品。」

希爾斯東輕輕抬出貝利茲恩，將花崗岩侏儒揹在肩膀上。

野花把我推向門口。「走啊，大顆呆。」

「喂！」我差點伸手拔下項鍊墜子，不過努力克制自己。這兩個警察現在至少認爲不能亂碰希爾斯東，但仍然覺得對我發號施令完全沒關係。「無論大顆呆是什麼意思，」我說：「我都不是。」

野花嗤之以鼻。「你也不照個鏡子，看看自己的模樣？」

我這才恍然大悟。精靈全都苗條纖瘦、優雅細緻、英俊帥氣，與精靈相比，我看起來一定既矮胖又笨拙，完全就像大顆呆。我有預感，這個詞也有心智遲緩的意思，因爲如果能夠從兩個層面羞辱一個人，何必只羞辱一個層面呢？

我好想把傑克拔出來，叫他唱幾首排行榜前四十名的熱門單曲，報復這兩個警官。我還沒動手，希爾斯東就抓住我的手臂，帶我爬上前門階梯。兩名警察跟在我們後面，與希爾斯東保持一定的距離，似乎很怕他的聽障毛病有傳染力。

我們走到階梯頂端時，巨大的鋼門靜靜打開，一名年輕女子急忙出來迎接。她幾乎像貝利茲恩一樣矮，不過如同精靈留著金髮，五官也很細緻。從她身上樸素的亞麻衣裙和白色罩帽看來，我猜她是家僕。

「希爾斯！」她的雙眼散發出興奮神采，但一看到我們的警察護衛，她隨即抑制自己的熱切之情。「我是說，希爾斯東先生。」

希爾斯眨眨眼，一副快要哭出來的樣子。他用手語說「哈囉／抱歉」，將兩個詞的手語融合成單獨一個手勢。

野花警官清清喉嚨。「英格，你的主人在家嗎？」

「喔……」英格一時語塞。她看著希爾斯東，然後回頭望著兩名警察。「是的，長官，不過……」

「去叫他。」太陽黑子厲聲說道。

英格轉身，飛奔進屋內。她匆匆離開時，我注意到她的裙子後面有個東西垂下來，是一條帶有棕色與白色的毛皮，末端散開，宛如皮帶的流蘇裝飾。接著，流蘇輕拂一下，我才意識到它是活的附肢。

「她有一條牛尾耶。」我脫口而出。

太陽黑子笑起來。「嗯，她是密林女妖[50]。她將尾巴藏起來是犯法的，我們得逮捕她，罪名是模仿眞正的精靈。」

警察以厭惡的眼神瞥了希爾斯東一眼，顯然他對「眞正精靈」的定義也不包括我的朋友。

---

[50] 密林女妖（hulder）是北歐神話中的女妖精，據說擁有一頭金色長髮，且總是戴著花冠。看起來與人類無異，唯一不同就是有一條牛尾巴，但經常藏起來，只要人類瞥見她的尾巴就將之殺害。

野花笑得開懷。「太陽黑子，我想，這小子以前從沒看過密林女妖。大顆呆，到底怎樣？無論你是從哪個世界爬出來，那裡都沒有馴養森林妖精吧？」

我沒有回答，不過我在心裡想像傑克對準警察的耳朵大唱席琳娜．戈梅茲的歌。這樣一想就覺得安慰多了。

我朝玄關裡面望去，有一排陽光普照的白石柱廊，頂上有玻璃天窗，但依然讓我覺得有幽閉恐怖感。英格被迫一直展露尾巴，我眞想知道她有什麼感受。展露她的身分會是自尊的來源嗎？還是覺得像一種懲罰，不斷提醒她是身分較低的人？我覺得眞正恐怖之處是把兩者融合在一起：讓我們看看你是誰，然後讓你覺得羞恥。剛才希爾斯把「哈囉／抱歉」的手語比劃成單獨一個字，其實有異曲同工之妙。

我還沒看到阿德曼先生就感覺到他的存在。空氣變得比較冷，而且帶點綠薄荷的氣味。希爾斯東的肩膀垮下來，彷彿這裡由米德加爾特的重力取而代之。他把貝利茲恩移到背部的正中央，活像要把它藏起來。希爾斯圍巾上的圓點好像會移動，接著我才意識到他正在發抖。

腳步聲在大理石地板上迴盪。

阿德曼先生出現了，他繞過一根柱子，邁開大步朝我們走來。

我們四人全部向後退，我、希爾斯，甚至兩名警察也是。阿德曼先生的身高幾乎有兩百一十公分，但是非常瘦，看起來很像羅斯威爾幽浮事件[51]中遭受奇怪醫學實驗的外星人。他的眼睛太大、手指太纖細，而且下巴太尖，我覺得他的臉形根本是完美的等腰三角形。

不過他的穿著比普通的幽浮外星人好多了。他的灰西裝與綠色高領毛衣形成完美搭配，使得他的脖子看起來更長。白金色的頭髮像希爾斯一樣怒髮衝冠。我從鼻子和嘴巴看出他們有一點家人的相似度，但阿德曼先生的表情更加豐富。他看起來很嚴厲、吹毛求疵、心懷不滿，很像某人剛吃了一頓異常昂貴的可怕餐點，正盤算要寫一篇只給一顆星的憤怒食評。

「嗯哼。」他的目光鑽進兒子的臉。「你回來了。至少你還滿有概念的，帶了弗雷之子一起回來。」

太陽黑子臉上沾沾自喜的微笑倏然消失。「抱歉，先生，你說誰？」

「這個小伙子。」阿德曼先生指著我。「馬格努斯．雀斯，弗雷之子，對吧？」

「我就是。」我本來有個衝動想接一句「先生」，但勉強吞回去。目前這位老兄還不配。別人發現我爸是弗雷時，常會表現出刮目相看的樣子，我實在不太習慣。他們的反應通常從「哇，眞抱歉」到「誰是弗雷？」乃至於歇斯底里大笑都有。

因此，我不打算說謊。警察的表情原本很輕蔑，這時轉變成「噢該死我們剛才對半人半神這麼不敬」，我很感激他轉變得這麼快。我無法理解，但是很欣賞。

「我們……我們不知道。」野花幫我撥掉襯衫上的一塊髒汙，活像這樣做可以讓情況好轉。「我們，呃……」

「警官，謝謝你們，」阿德曼先生插嘴說：「我從這裡接手。」

太陽黑子張口結舌看著我，一副想要道歉的樣子，或者可能想給我一張折價券，下次監禁時可以打五折。

51 羅斯威爾幽浮事件（Roswell UFO incident）發生於一九四七年美國新墨西哥州羅斯威爾市，當時有不明飛行物墜落，現場並發現幾具屍體，引發一陣幽浮研究熱潮。

「你聽到那個人說的了，」我說：「太陽黑子和野花警官，你們可以走了。而且別擔心，我會記得你們。」

他們向我鞠躬……是真正的鞠躬，然後急急忙忙回到他們的車上。

阿德曼先生仔細端詳希爾斯東，彷彿努力尋找看得見的缺陷。「你沒變，」他酸溜溜地說：「至少侏儒已經變成石頭，這是一大進展。」

希爾斯東咬著牙，以短促激烈的憤怒動作比劃手語：「他的名字是，貝，利，茲，恩。」

「住手，」阿德曼要求他。「你的手別再那樣揮來揮去，笑死人。進來。」他瞥了我一眼，眼神像零下的氣溫一樣冷。「我們得好好歡迎這位客人。」

23 他的另一輛車肯定是幽浮

我們跟著進入起居室，絕對沒有生命在此起居。光線從巨大的觀景窗灑進來，九公尺高的天花板閃閃發亮，拼貼著風起雲湧的銀色馬賽克圖案，而拋光的大理石地板閃耀著白光。沿著牆壁有充分照明的成排壁龕，展示著各式各樣的礦物、石頭和化石。整個房間四處都有更多的手工藝品放置在玻璃展示盒裡，安置於白色基座上。

就博物館的標準來說……對啦，空間很棒。至於我想不想待在這樣的空間裡……不了，謝謝。能坐的地方只有兩張木製長椅，位於一張鋼質咖啡桌的兩側。壁爐看起來冷冰冰，壁爐架上方有一張巨大的油畫，畫中的年輕男孩低頭對我微笑。他看起來不像希爾斯東。我猜那是希爾斯東死去的弟弟，安狄容。男孩的白西裝和容光煥發的臉龐讓他看起來像天使。我好想知道希爾斯東小時候是否曾經看起來這麼開心。恐怕不會。這個微笑的精靈男孩是房間裡唯一令人高興的事物，而微笑的精靈男孩已經死了，宛如其他手工藝品，凍結在時光裡。

我好想坐在地板上，不想坐長椅。但我決定嘗試得文雅一點。對我來說很難辦到，不過偶爾總得一試。

希爾斯東小心翼翼地把貝利茲恩放在地上，然後坐在我旁邊。

阿德曼先生坐在我們對面的長椅上，一副很不自在的樣子。

「英格，」他叫道：「飲料。」

密林女妖突然出現在附近的門口。「馬上就來，先生。」她又匆匆離開，她的母牛尾巴在裙子的皺摺間嗖嗖揮動。

阿德曼先生以輕蔑的眼神凝視著希爾斯東，但說不定這是他平常的「哇我好想你！」表情。「你的房間和你離開前一模一樣。我猜你會住下來？」

希爾斯東搖搖頭。「我們需要你幫忙。然後我們會離開。」

「兒子，用板子。」阿德曼先生作勢指著希爾斯旁邊的桌子邊緣，那裡有一小塊白板，有一條繩子連接一枝麥克筆。老精靈瞥了我一眼。「板子會激勵他的思考速度比說話更快……姑且稱之為手寫語。」

希爾斯東交叉雙臂，瞪著他父親。

他們其中一人出手殺死對方之前，我決定扮演翻譯員的角色。「阿德曼先生，我和希爾斯需要你幫忙。我們的朋友貝利茲恩……」

「已經變成石頭，」阿德曼先生說：「對，我看得出來。乾淨的流水能讓石化的侏儒恢復原狀。我不懂問題在哪裡。」

光是得到這個資訊，這趟造訪亞爾夫海姆的討厭旅程就已值回票價。感覺我肩膀上花崗岩侏儒的重量變輕了。可惜我們需要的幫助不只這樣而已。

「不過，」我說：「我是故意把貝利茲恩變成石頭。有一把劍刺傷他。思可菲儂劍。」

阿德曼先生的嘴巴抽搐一下。「思可菲儂。」

「對。那很好笑嗎？」

阿德曼露出完美的雪白牙齒。「你來這裡要我幫忙，治好這個侏儒，想要思可菲儂石。」

「對。你有嗎？」

「噢，當然有。」阿德曼先生指指附近一個展示座。玻璃展示盒底下躺了一塊圓盤狀的石頭，約莫點心盤大小，灰色的，帶有藍色斑點，與洛基的描述一模一樣。

「我從九個世界收集各種工藝品，」阿德曼先生說：「思可菲儂石是我最早的收藏品之一。它施加了特殊魔法，可以承受那把劍的魔法劍刃，需要時能把劍刃磨得鋒利。而且，當然啦，萬一有某個愚蠢的揮劍者砍傷自己，它也能立刻提供療癒效果。」

「那太棒了，」我說：「你怎麼用它治療傷口？」

阿德曼笑起來。「相當簡單。你拿著石頭碰觸傷口，傷口就癒合了。」

「那麼……我們可以借用嗎？」

「不行。」

爲何我不覺得驚訝？希爾斯東看我一眼，意思像是：「對呀，九個世界最棒的老爸。」

英格用托盤端了三個銀色酒杯回來。她先端給阿德曼先生，再把一個杯子放在我面前，然後對希爾斯東微笑，把酒杯端給他。他們的手指互相碰觸時，英格的耳朵變成亮紅色。她匆匆走回到……總之就是她需要待著的地方，你看不見她，但一喊她就聽得見。

我杯子裡的飲料看起來像熔融的黃金。自從早餐以後，我再沒有吃喝過東西，因此有點希望能得到精靈三明治和氣泡水。我心想，喝下去之前，不知道能否先詢問酒杯裡的東西以及它最有名的功效，就像在侏儒世界尼德威阿爾的時候一樣。有某種預感告訴我不行。侏儒會幫自己製作的每一件物品取個獨特又恰當的名字，但從目前所見的一切看來，精靈讓自己的周圍環繞著貴重的工藝品，對待它們卻像對待僕人一樣不大關心。我也不覺得他們會幫酒杯取名字。

我啜飲一口。毫無疑問，這是我所喝過最棒的東西，包含蜂蜜的香甜、巧克力的濃郁、冰川的沁涼，然而口味與它們很不一樣。它比三道菜的正餐更有飽足感，而且徹底解除口渴。它所帶來的震驚感受，瞬間讓瓦爾哈拉的蜜酒淪爲廉價品牌的能量飲料。

突然間，起居室瀰漫著萬花筒般的光線。我望著窗外修剪整齊的草地、宛如雕刻作品的灌木圍籬和花園裡的造型林木，好想脫下太陽眼鏡、打破窗戶跳出去，興高采烈地漫遊整個亞爾夫海姆，直到太陽灼瞎我的眼睛。

我意識到阿德曼先生正在觀察我，等著看我對精靈的蠢果汁有何反應。我眨眼好幾次，直到思緒恢復平靜。

「先生，」我這樣說，因爲文雅作風運作得很不錯。「你爲什麼不幫我們？我的意思是，石頭就在這裡啊。」

「我不會幫你們，」阿德曼先生說：「因爲對我沒有任何好處。」他啜飲他的飲料，還把小指頭舉高，秀出閃閃發亮的紫水晶戒指。「我的……兒子……希爾斯東，沒有資格得到我的協助。他離開好幾年了，音訊全無。」他停一下，然後爆出一陣笑聲。「音訊全無。嗯，他當然會這樣沒錯，不過你懂我的意思。」

我好想把酒杯塞進他那些完美的牙齒之間，不過努力克制衝動。「所以，希爾斯東離開了。那是罪過嗎？」

「應該是。」阿德曼沉下臉來。「他的離開殺了他母親。」

希爾斯東嗆到，酒杯掉在地上。有好一段時間，只有杯子在大理石地板上滾動的聲音。

「你不知道？」阿德曼先生問。「你當然不知道。你爲什麼會在乎呢？你離開之後，她心煩意亂又苦惱。你完全不曉得自己的消失讓我們有多丟臉。剛開始，有些謠言說你正在學習盧恩魔法，結交了密米爾和他的狐群狗黨，而且居然和一個侏儒變成朋友。嗯，有一天下午，你母親在村子裡過馬路，要從鄉村俱樂部回家。那天吃午餐時，她一直忍受朋友的惡毒批評，很怕自己的名聲就此毀掉。她沒有看清楚路況，結果一輛送貨卡車闖紅燈……」

阿德曼凝望著馬賽克天花板。有那麼一瞬間，我差點覺得他的情緒不只是憤怒，眼裡更流露出悲傷。接著，他的眼神變得冰冷，再度拒人於千里之外。「造成你弟弟的死好像還不夠糟糕。」

希爾斯東伸手撿起酒杯。他的手指簡直像是用黏土做的，前後試了三次才讓酒杯豎立在桌面上。點點滴滴的金色液體在他的手背留下痕跡。

「希爾斯。」我碰觸他的手臂。我用手語說：「我在這裡。」

我想不出還能說什麼。我想讓他知道他並不孤單，這個房間裡有一個人關心他。我想起幾個月前他給我看的盧恩石，那是佩斯羅，空杯子的記號，希爾斯最喜歡的符號。希爾斯東被他的童年時代掏空一切，他選擇用盧恩魔法和新家人塡滿自己的生命，包括我在內。我想對阿德曼先生大吼大叫，對他說，希爾斯東是比他自己的父母更加優秀的精靈。

然而，身爲弗雷之子，我學到一件事：我不可能幫朋友打他們自己要打的仗。最好的做法是待在朋友身邊，幫忙療癒他們的傷。

況且對著阿德曼先生大呼小叫，恐怕得不到我們需要的東西。沒錯，我可以召喚傑克，請他打破展示櫃，直接拿走石頭。但我敢打賭，阿德曼先生設置了一流的保全系統，那樣只會遭到亞爾夫海姆的特種武器與戰術部隊立刻殲滅，對於治好貝利茲恩沒有任何好處。假如石頭不是由擁有者無償給予，我根本不確定石頭能否發揮適當的功效。魔法物品總有一些詭異的規則，特別是取了「思可菲儂」這種怪名字的東西。

「阿德曼先生，」我努力讓聲音保持平穩。「你想要什麼？」

他挑挑一邊的白金色眉毛。「抱歉？」

「除了讓你兒子覺得很悲慘以外，」我補充說：「這一點你眞的很厲害。不過你剛才說，你幫助我們不會得到好處。那麼，什麼事情才値得你花費力氣？」

他露出淡淡的微笑。「啊，年輕人很懂得談交易。從你身上啊，馬格努斯·雀斯，我的要求並不多。華納神族是我們的祖先天神，你知道吧？弗雷本身就是我們的守護神和主宰。在他小時候，整個亞爾夫海姆送給他當做固齒禮物。」

「所以……他把你們咬一咬又吐出來？」

阿德曼先生的笑容消失了。「我的重點是，弗雷的兒子可以成爲我們家搬得上檯面的朋友。我只要求你住在我們家一段時間，也許舉辦一場小小的歡迎會……只邀請幾百位親近的朋友。你親自出席，我們兩人一起拍幾張照片提供給媒體。大概這樣的事。」

黃金飲料開始在我嘴裡留下苦韻。與阿德曼一起照相，聽起來幾乎像遭到鐵絲斬首一樣痛苦。「你擔心你的名聲，」我說：「你對自己的兒子感到羞恥，所以想要利用我提高你的江湖聲譽。」

阿德曼瞇起他的巨大外星人眼睛，兩眼差不多變成正常大小。「我沒聽過『江湖聲譽』這個詞，不過我相信我們理解彼此的話。」

「喔，我理解你的想法。」我瞥了希爾斯東一眼，想得到一點指引，但他看起來依舊目光茫然，滿臉悲戚。「那麼，阿德曼先生，我參加你那場小小的拍照趴，而你會給我們石頭？」

「嗯，這個嘛……」阿德曼從酒杯啜飲一大口飲料。「我也同樣對這個任性的兒子有點期待。他在這裡還有未完成的任務。他必須彌補，他必須付出贖罪賠償金。」

「什麼是『贖罪賠償金』？」我暗自祈禱這不會很殘忍。

「希爾斯東知道我的意思。」阿德曼盯著他的兒子。「一根毛都不能露出來，該做的都得做，好幾年前你就應該做完。你進行的期間，你的朋友會是我們家的客人。」

「等一下，」我說：「我們說的是多久的時間？我們有個很重要的地方要去，大概是，不到四天就要去。」

阿德曼先生又亮出他的雪白牙齒。「嗯，那麼，希爾斯東的動作最好快一點。」他站起來大喊。「英格！」

密林女妖匆匆跑來，雙手拿著抹布。

「幫我兒子和他的客人提供需要的東西，」阿德曼先生說：「他們會住在希爾斯東以前的房間。還有，馬格努斯．雀斯，你別想反抗我。在我的房子裡，按照我的規矩。如果企圖拿石頭，無論你是不是弗雷之子，絕對不會很順利。」

他把酒杯扔到地上，彷彿不願意讓希爾斯東灑出的痕跡顯得最醒目。

「清理乾淨。」他對英格厲聲說，然後宛如旋風般離開房間。

24 想呼吸就得多付三枚金幣

希爾斯東的房間？比較像是希爾斯東的隔離室吧。

英格先把潑灑出來的飲料清理乾淨（我們堅持要幫忙），然後帶我們從一道寬闊的樓梯爬到二樓，走廊沿路裝飾了豪華掛毯和更多的工藝品壁龕，最後到達一扇簡單的金屬門前。她用一把巨大的老式鑰匙打開門，不過一邊開鎖一邊皺眉頭，彷彿門板很燙的樣子。

「抱歉，」她對我們說：「這棟房子的門鎖全都是鐵製，對於像我這樣的妖精會覺得很不舒服。」

從她臉上冷汗直流的模樣看來，我覺得她的意思是「受到折磨」。我猜想，阿德曼先生不想讓英格打開太多門鎖，也說不定他根本不在乎英格是否覺得難受。

房間內部幾乎與我的瓦爾哈拉套房一樣大，但我的套房各方面都設計得符合我的需求，這個地方的設計則完全不符合希爾斯東的期望。這裡與我所看到房子的其他部分很不一樣，房裡沒有窗戶，頭頂的一排排日光燈照射出刺眼光線，整個氣氛像是廉價家具店。有個角落的地板放置一張雙人床墊，覆蓋著白色床單，沒有毯子，沒有枕頭，沒有棉被。左邊有一道門，我猜是通往浴室。右邊有個衣櫥，櫥櫃門開啟著，顯示裡面只有一套衣服，是一套白色西裝，大約符合希爾斯東的尺寸；但另一方面，那套衣服完全就是樓下安狄容畫像裡的西裝。

牆壁上裝有白板，是學校用的尺寸，上面用粗體字寫滿了待辦事項。

有些項目用黑筆書寫：

你自己洗衣服，一週兩次：得兩枚金幣

清掃地板，兩層樓都掃：得兩枚金幣

有價值的工作：得五枚金幣

其他項目以紅筆書寫：

每一餐：付三枚金幣

一小時的放假時間：付三枚金幣

犯下令人尷尬的錯誤：付十枚金幣

我數了一下，像這樣的項目也許有十幾條，外加數百句勵志小語，像是：千萬別忘記自己的責任；努力成爲有價值的人；常態是成功的關鍵。

感覺好像有一群高大的成人把我團團圍住，每個人都對我指指點點、不斷羞辱我，讓我覺得自己愈來愈渺小。而我只不過在這裡待了一分鐘，無法想像自己住在這裡的感受。

但即使是寫滿「十誡」的白板都不是最奇怪的事物。有一塊大型動物的毛茸茸藍色獸皮鋪蓋在地板上，牠的頭不見了，但四隻腳掌仍然附有利爪，彎曲的象牙色鉤刺肯定能做成完美的魚鉤，用來釣起大白鯊。地毯上撒滿了金幣，也許有兩、三百枚吧，全部閃閃發亮，宛如粗厚藍色毛皮海上的一座座島嶼。

希爾斯東把貝利茲恩輕輕放在床墊的床腳處。他的視線掃過那些白板，臉上蒙著一層焦慮的面具，彷彿在考試分數表上尋找自己的名字。

「希爾斯？」這個房間讓我太過震驚，害我說不出清楚連貫的問句，像是：「爲什麼會這樣？」或者「請問我可以踢飛你父親的牙齒嗎？」

他比劃著以前教過我的手語，那時我們住在街頭，他教我要怎麼避免警察來找碴。他交叉兩根手指，沿著另一隻手掌往下滑，像是正在寫罰單，意思是「規矩」。

過了好一會兒，我的雙手才想起該怎麼比手語。「你父母對你弄了這些？」

「規矩。」他又比劃一次。他的臉稍微轉開。我開始不禁心想，希爾斯東年紀較小的時候是否曾經多笑一點、多哭一點，表現出比較多的情緒？他學會掛著小心謹慎的表情，也許是爲了保護自己。

「可是爲什麼要標上價格？」我問。「那好像菜單……」

我盯著獸皮毯上閃閃發亮的金幣。「等一下，那些金幣是你的零用錢？還是……你的罰金？爲什麼把它們丟在毯子上？」

英格低著頭，靜靜站在門口。「那是野獸的獸皮，」她說，同時比劃著手語：「就是殺了他弟弟的那頭野獸。」

我的嘴裡嚐到鐵鏽的味道。「安狄容？」

英格點頭。她瞥了背後一眼，可能擔心主人不曉得會從哪裡冒出來。「事情發生的時候，安狄容七歲，希爾斯東八歲。」她說話的同時比劃手語，動作與希爾斯東一樣流暢，彷彿已經練習了許多年。「他們在房子後面的樹林裡玩耍，那裡有一座古井……」她遲疑一下，看看希爾斯東是否允許她透露更多內情。

希爾斯東渾身顫抖。

「安狄容很喜歡那口井，」他用手語說：「他以爲那口井可以實現願望。但是有個壞妖精……」

他比劃一個奇怪的手語組合，先用三根手指對著嘴巴，代表水（water）的W；然後向下指，代表一口井；接著比出V字形放在一隻眼睛上，是尿尿的手語。（我們以前在街上經常比這個手語。）全部組合起來，似乎是比劃那個壞妖精的名字「在井裡尿尿」。

我對英格皺起眉頭。「他剛才是說……？」

「對，」她確認說：「是那個妖精的名字。在古老語言裡，它叫做『布魯米基』。牠從井裡跑出來攻擊安狄容，透過的是……那樣的形體。一隻巨大的藍色怪獸，熊和狼的綜合體。」

老是藍色的狼，我討厭牠們。

「牠殺了安狄容。」我總結說。

在日光燈下，希爾斯東的臉看起來像貝利茲恩一樣變成石頭。「我正在玩一些石頭，」他用手語說：「我背對他們。我沒有聽到。我聽不到……」

他的手朝空中一抓。

「希爾斯，那不是你的錯。」英格說。

她看起來好年輕，有一雙清澈的藍眼睛，短胖的臉頰呈現淡淡的粉紅色，罩帽周圍露出金色鬈髮，但她說話的語氣像是看到攻擊場面的第一手訊息。

「你在那裡嗎？」我問。

她的臉變得更紅了。「不算是。當時我只是小女孩，但我的母親是阿德曼先生的僕人。

我……我記得希爾斯東哭著跑進屋子，用手語要求幫忙。他和阿德曼先生又衝出去，而接著，後來……阿德曼先生回來，抱著安狄容主人的身體。」

她的母牛尾巴輕輕甩動，拂過門柱。「阿德曼先生殺了布魯米基，卻要求希爾斯東……把那頭野獸的獸皮剝下來，全部由他自己一個人包辦，直到工作完成才准他進屋子。等到獸皮鞣製好、製作成地毯，他們就把它放進這裡。」

「眾神哪。」我在房間裡踱步。我想要擦掉白板上的一些字，但那是用擦不掉的麥克筆寫的。他們當然會用那種筆。

「那麼錢幣呢？」我問：「還有條列的項目？」

我沒想到自己的聲音變得這麼嚴厲，英格嚇得縮了一下。

「希爾斯東的贖罪賠償金，」她說：「償還他弟弟之死的血債。」

「蓋住地毯，」希爾斯東以機械化的手語說，彷彿引述他已聽過一百萬次的話語。「賺取金幣，直到完全蓋住地毯、看不見一根毛爲止。然後我就付清了。」

我看著那些價目表，加加減減構成希爾斯東的罪惡總帳。我凝視那些亮晶晶的金幣沉陷於廣大的藍色毛皮裡，想像著八歲的希爾斯東努力賺取足夠的金錢，即使只蓋住巨大地毯的最小一塊都高興。

我渾身發抖，但抖不掉內心的憤怒。「希爾斯，我以爲你父母毒打你之類的。這更糟。」

英格扭絞雙手。「噢，不，先生，毒打只用來對付管家。不過你說得對，希爾斯東先生接受的懲罰更加難熬。」

毒打。英格述說的語氣彷彿那只是生活中的倒霉事件而已，就像餅乾烤焦或水槽塞住一樣普通。

「我絕對要把這地方拆個精光，」我下定決心說：「我要把你父親扔到……」

希爾斯東定睛看著我，我的憤怒突然嚥回喉嚨裡。那不是我的使命，那不是我的過往，可是……

「希爾斯，我們不能玩他這種變態的小遊戲，」我說：「他要你賺夠這筆贖罪賠償金，然後才幫我們？那根本不可能啊！莎米預定四天後就要與巨人結婚，難道我們不能拿走石頭就好？趁著阿德曼發現之前溜到另一個世界去？」

希爾斯搖頭。「石頭必須是禮物，只有無償給予才能發揮功效。」

「而且有很多守衛，」英格補充說：「那些保全妖精……你不會想遇到他們的。」

這一切我早就料到了，但還是無法阻止自己咒罵個不停，到最後英格聽得耳朵都紅了。

「盧恩魔法呢？」我問：「你能不能召喚夠多的金幣把毛皮蓋住？」

「贖罪賠償金不能作弊，」希爾斯以手語說：「必須非常努力賺取或贏得金幣才行。」

「那要好幾年的時間吧！」

「也許不必，」英格喃喃說著，活像是對著藍色地毯說話。「有個方法。」

希爾斯轉頭看她。「怎麼做？」

英格焦慮地握緊雙手。這是「結婚」的手語，我不確定她有沒有意識到這點。「我……我不是有意要多嘴，不過有個『謹慎一哥』。」

希爾斯的雙手往上一攤，以這萬用的手勢表示：「你是開玩笑嗎？」他用手語說：「『謹慎一哥』只是傳說中的人物。」

「不，」英格說：「我知道他在哪裡。」

希爾斯滿臉驚訝地盯著她。「就算知道。不。太危險了。企圖搶劫他的每一個人到最後都死了。」

「不是每一個人，」英格說：「會很危險，但希爾斯，你辦得到。我知道你辦得到。」

「慢著，」我說：「誰是『謹慎一哥』？你們到底在講什麼？」

「有個……有個侏儒，」英格說：「住在亞爾夫海姆的唯一一個侏儒，除了……」她指指我們那位變成石頭的朋友。「『謹慎一哥』儲藏了大批黃金，多到足以蓋住這塊地毯。我可以告訴你們該怎麼找到他，如果你們不在乎死亡率相當高的話。」

25 希爾斯東比較像「希爾斯盜」。對吧？

對於即將逼近的死亡，你不該先大發議論，然後又說：「晚安！我們明天再談！」不過，英格堅持要等到明天早上再追蹤侏儒的下落。她指出我們需要休息。她幫我們多拿來一些衣物、食物和飲料，外加幾個枕頭，接著匆匆離開，也許要去清理潑灑的痕跡、打掃工藝品壁龕的灰塵，或者支付五枚金幣給阿德曼先生，作爲擔任他僕人的權利金。

希爾斯不想談那個侏儒殺手「謹慎一哥」，不想談他的金幣，也不願爲了死去的母親或活著的父親接受安慰。他很快吃完陰鬱的一餐，用手語說「需要睡覺」，然後立刻倒在床墊上。

爲了洩忿，我決心睡在地毯上。沒錯，這樣令人不寒而慄，但你幾時有機會躺在百分之百純正的「在井裡尿尿」毛皮上？

希爾斯東曾對我說，亞爾夫海姆的太陽永遠不西沉，只會下降到約莫地平線高度，然後再度往回升起，就像北極的夏天。我不禁心想，如果沒有夜晚，不知道會不會很難睡著？但我不用擔心，因爲希爾斯東的這個房間沒有窗戶，只要輕按燈光開關，我就陷入全然的黑暗。

經歷了漫長的一天，先是與民主政體的殭屍大戰一場，然後從一架飛機被扔出去，進入「菁英份子海姆」的富裕郊區。這隻邪惡動物的毛皮異常溫暖舒適，我還沒意識到這點，就已經飄進不是很平和的睡眠裡。

說眞的，不知道有沒有哪個北歐天神負責掌管夢境，如果有，我打算找到他家，拿一把戰斧，把他的智慧型數位床墊猛力劈開。

我接收到一堆令人不安的影像，全都看不出什麼道理。我看到蘭道夫舅舅的船隻在暴風雨中漸漸傾斜，也聽到駕駛室內不斷傳出他兩個女兒的尖叫聲。莎米和阿米爾（他們沒有理由出現在那裡吧）分別攀住甲板的左右兩側，拚命想碰到對方的手，最後有一道大浪打在他們身上，把他們沖進海裡。

夢境改變了。我看到亞利思．菲耶羅在她的瓦爾哈拉套房裡，把陶器扔到天井的另一邊去。洛基站在她的臥房裡，悠哉地對著鏡子調整自己的變形蟲圖案領結，只見陶器飛過他身旁，撞上牆壁砸得粉碎。

「亞利思，這個要求這麼簡單，」他說：「另一個選項就會讓人很不愉快。你以為你死了就沒什麼好損失了嗎？這樣想眞是大錯特錯。」

「滾出去！」亞利思尖聲叫道。

洛基轉過身，但他再也不是原本的「他」。天神變成一名年輕女子，有著紅色長髮和燦亮雙眼，綠寶石色澤的晚禮服突顯出她的身材。「親愛的，冷靜，冷靜啊，」她以愉快的語氣說：「要謹記你來自何處。」

這些話反覆迴盪，讓場景震動得四分五裂。

我發現自己身在洞穴裡，裡面有不斷冒出氣泡的硫磺池，還有粗壯的石筍。天神洛基只圍著一塊腰布，躺在三根石柱之間，兩隻手臂張開，兩隻腳則綁在一起，腳踝和兩手手腕都用亮晶晶的深色鈣化腸線緊緊捆綁在石柱上。一條巨大的綠色蟒蛇纏繞在他頭部上方的鐘乳石上，張開血盆大口，毒液不斷從尖牙滴進天神的眼睛裡。洛基的臉受到這般燒灼卻沒有尖叫，反倒大笑不已。「馬格努斯，時間很快就到了！」他叫道。「別忘了你的婚禮喜帖！」

又換了不同場景，約頓海姆的山腰處籠罩在暴風雪裡。天神索爾屹立於山巔，他的紅鬍子和蓬亂頭髮點綴著粒粒冰晶，眼神熾烈。他披著粗厚毛皮斗篷，獸皮衣也沾滿雪花，看起來很像用薑餅做的喜馬拉雅雪人。一千名巨人正要爬上山坡殺死索爾；這支肌肉強健的巨人大軍身披用石板製作而成的盔甲，長矛的尺寸更是直逼巨型紅杉。

索爾配戴著臂鎧，高舉他的巨鎚……正是那支巨大的邁歐尼爾。鎚頭是一塊厚厚的鐵板，形狀約像是壓扁的馬戲團帳篷，兩端較鈍而中間銳利，整塊金屬布滿漩渦狀的盧恩字母圖案。天神以雙手抓握邁歐尼爾，於是握把顯得又粗又短，簡直有點滑稽，活像是小孩子舉起比自己重很多的武器。巨人大軍看了又是大笑、又是嘲弄。

接著，索爾揮砍巨鎚。他腳下的山坡轟然炸開，巨人大軍遭到岩石和冰雪所構成的百萬噸巨大漩渦飛繞席捲，閃電也劈過他們的隊伍陣列之間，飢渴的能量烈焰將他們燃燒成灰。混亂情勢驟然平息。索爾低下頭，怒目瞪視山坡上屍橫遍野的千名敵人。然後他直直看著我。

「馬格努斯．雀斯，你認爲我用一把權杖就能達成這種目標嗎？」他怒吼說：「快，把，巨，鎚，拿，來！」

接著，不愧是索爾，他抬高右腿，放了個雷鳴般的超響屁。

隔天早上，希爾斯東把我搖醒。

我覺得整個晚上好像都在舉重練習凳上舉著邁歐尼爾，不過還是勉強跌跌撞撞去沖澡，然後穿上精靈的亞麻布和丹寧布衣。我必須把袖子和褲管捲個十六次，長度才比較剛好。

我不確定把貝利茲恩留下來到底好不好，但希爾斯東認爲，比起我們要去的地方，我們朋友留在這裡比較安全。我們把他放在床墊上，用蓋被小心裹好。接著，我們兩人躡手躡腳溜到屋外，謝天謝地沒有遇到阿德曼先生。

英格答應我們在莊園的後側邊緣碰面。她等待的地方是修剪整齊的草地與一排多瘤老樹和矮樹叢的交界處。太陽再次升起，將天空染成橘紅色。即使戴著太陽眼鏡，我的眼球仍舊覺得刺眼而疼痛。哼，蠢精靈世界的漂亮蠢太陽。

「我不能待太久，」英格憂心忡忡地說：「我向主人買了十分鐘的休息時間。」

這番話再一次讓我怒火中燒。我好想問問，要花費多大代價才能買下十分鐘的時間，讓我穿著釘鞋把阿德曼先生用力踩扁；不過我想，我不該浪費英格的寶貴時間問這種問題。

她指向森林。「安德瓦利的藏身處是在河流裡。跟著河水，往下游走到瀑布，他就住在瀑布底部的水池裡。」

「安德瓦利？」我問。

她心神不寧地點頭。「那是他的名字，就是『謹慎一哥』的古代語言。」

「而這個侏儒住在水底下？」

「以魚的形狀住在那裡。」英格說。

「喔，當然啦。」

希爾斯東以手語對英格說：「你怎麼知道這件事？」

「我……嗯，希爾斯東主人，密林女妖還是有一點大自然的魔法。我們不該用魔法，不過……上一次我待在森林裡的時候感受到侏儒的存在。阿德曼先生爲什麼會容忍他的莊園有這片荒野？就是因爲……你也知道，密林女妖需要附近有一座森林才能生存。而且他永遠都可以……在那裡雇用到更多幫手。」

她說「雇用」。我聽到的意思是「捕捉」。

十分鐘的釘鞋踩扁時間聽起來愈來愈棒了。

「所以這個侏儒……」我說：「他在亞爾夫海姆做什麼？陽光不會把他變成石頭嗎？」

英格的母牛尾巴輕輕揮動。「我聽到的傳言是這樣說的，安德瓦利超過一千歲了，他的魔法力量非常強大，陽光幾乎不會對他造成影響。而且，他待在水池裡最黑暗的深處。我……我想，他認爲躲在亞爾夫海姆很安全。以前曾經有人偷走他的黃金，包括侏儒、人類，甚至天神。不過，誰會來這裡尋找某個侏儒和他的寶藏呢？」

「英格，謝謝你。」希爾斯以手語說。

密林女妖臉紅了。「希爾斯主人，要小心。安德瓦利很狡猾，他的寶藏肯定用各式各樣的魔法隱藏起來，保護得很好。很抱歉，我只能告訴你該去哪裡找他，而不是如何打敗他。」

希爾斯東給英格一個擁抱。我好怕那可憐女孩的罩帽會像瓶塞一樣，砰的一聲飛出去。

「我……請你……祝你好運！」她急急忙忙跑掉了。

我轉身看著希爾斯東。「她是不是從小就愛上你啊？」

希爾斯先指著我，然後用手指在他的頭旁邊畫圈圈。「你瘋了。」

「老兄，不管怎麼說，」我說：「我只是很慶幸你沒有親她。她可能會昏過去。」

希爾斯東氣呼呼地哼了一聲。「走吧。要去搶劫侏儒了。」

26 以核子武器攻擊所有的魚

我曾經跋涉穿越約頓海姆的荒野，也曾住在波士頓的街頭。但不知爲何，阿德曼莊園後方未經開發的土地好像更加危險。

我朝後方瞥了一眼，依然能看到房屋的塔樓窺伺著樹林上方。我也聽得到遠處道路傳來車輛往來的聲響。太陽一如以往，興高采烈地閃爍照耀，不過在滿是樹瘤的樹木底下，陰暗顯得非常固執。樹根和岩石似乎決心要把我絆倒，上層枝椏的鳥兒和松鼠也以惡毒的眼神望著我。感覺這一小片大自然耗費雙倍的力氣維持原始狀態，不想轉變成喝下午茶的花園。

這些樹木似乎訴說著：「假如讓我發現你攜帶槌球遊戲的裝備，我會把木槌塞進你的嘴巴裡。」

我很欣賞這種態度，不過這害我們的跋涉過程有點緊張兮兮。

希爾斯東似乎知道自己要走去哪裡。一想到他和安狄容小時候在這片樹林裡玩耍，讓我對他們的勇氣有了新的體會。小心穿越幾大片多刺的樹叢後，我們進入一小塊空地，空地的正中央有個石堆。

「那是什麼？」我問。

希爾斯東的神情既緊繃又痛苦，彷彿依然奮力穿越荊棘。他以手語說：「那口井。」

這地方的憂鬱氛圍滲入我全身的毛孔。這裡就是他弟弟死去的地方。阿德曼先生一定把那口井填掉了，或者說不定他強迫希爾斯東先剝完惡獸的外皮，再把這口井填平。這項任務很可能讓希爾斯賺到幾枚金幣。

我握著拳，在胸口繞圈圈，手語的意思是「我很遺憾」。

希爾斯凝視著我，意思似乎是心情無法以三言兩語描述。他跪在石堆旁邊，撿起頂端一個扁扁的小石頭。那上面刻著暗紅色的盧恩字母：

ᛟ

歐特哈拉，繼承的意思。在我夢中，蘭道夫的女兒艾瑪同樣緊緊握著這個符號。此刻在現實生活中看到它，我整個人又開始有暈船的感覺。一想到蘭道夫臉上的傷疤，我的臉也灼燒起來。

我回想起洛基在屍妖古墓裡說過的話：「血緣的力量非常強大，我永遠可以透過他找到你。」在這一瞬間，我好想知道這顆盧恩石是不是洛基放上去的，當做要給我的訊息。不過，希爾斯東看到它似乎一點都不訝異。

我跪在他旁邊，以手語說：「那個爲什麼在這裡？」

希爾斯東指指自己。他將那個石頭小心翼翼放回石堆頂上。

「意思是家，」他以手語說：「或者重要的東西。」

「繼承？」

他考慮了一會兒，然後點頭。「幾年前我離開的時候把它放在這裡。我不會用這個盧恩石。這屬於他。」

我盯著那堆石頭。怪物攻擊他弟弟時，當時八歲的希爾斯東正在玩的石頭是否有一部分也在這裡？這個地方不只用來紀念安狄容，希爾斯東的一部分也在這裡死去了。

我不是魔法師，但一整套盧恩石少了某個符號，感覺就是不對勁。如果無法運用所有的字母，你怎麼可能精通一種語言呢？特別是宇宙通用的語言？

我很想鼓勵希爾斯東把盧恩石拿回來，安狄容一定也希望這樣。希爾斯現在有新的家人，也是優秀的魔法師。他的人生之杯已經重新斟滿。

然而，希爾斯東避開我的目光。如果耳朵聽不見，你不想注意別人眞的很簡單，只要別看他們就成了。他站起來，開始往前走，並作勢要我跟上。

過了幾分鐘後，我們發現一條河。它並不起眼，只是一條沼澤般的小溪，很像流經波士頓芬威綠帶的曲折小河。一團團蚊子盤旋於沼澤草地上方，地面感覺像溫暖的麵包布丁。我們穿越一叢叢濃密的有刺灌木，沿著溪流往下游走去，泥沼深達膝蓋。這位「千歲侏儒」安德瓦利選擇的退休住所還眞是優美可愛。

歷經昨晚的夢境後，我的神經依然陣陣抽痛。

我不斷想著洛基被綑縛在洞穴裡的情景，以及他出現在亞利思．菲耶羅的套房裡，說著「這個要求這麼簡單」。假如那個情景曾經眞實發生，洛基到底想要怎樣呢？

我也想起刺客，那位山羊殺手很喜歡擔任飛行教練。他曾叫我帶著亞利思去約頓海姆：「如果要成功，她現在是你唯一的希望。」那並不是很好的預兆。

從現在開始的三天後，巨人索列姆期待一場婚禮。他會要求新娘到場，同時以思可菲儂劍和思可菲儂石作爲嫁妝。也許我們會藉此交換取回索爾之鎚，避免巨人大軍從約頓海姆入侵波士頓。

我想著夢中見到的千名巨人，他們大踏步邁入戰場，向索爾提出挑戰。我一點都不急著面對那樣的武力，特別是還沒取回巨鎚，無法用巨鎚把整座山轟垮、把入侵的大軍炸成發燙碎片的時候。

我想，我和希爾斯目前的行動是有道理的：跋涉穿越亞爾夫海姆，想辦法向某個老侏儒取得黃金，於是我們能得到思可菲儂石，也就能治好貝利茲。可是……我總覺得洛基好像故意要害我們一直走上岔路，沒時間好好思考。他有點像籃球的控球後衛，不斷在我們面前揮舞雙手，害我們分心，沒辦法瞄準籃框好好投籃。這場婚禮的交易內容一定不只是取回索爾之鎚而已，洛基的計畫另有其他盤算。他吸收我舅舅蘭道夫肯定是爲了其他原因。除非我能找到機會好好釐清思緒，不讓一個接一個攸關生死的難題引領我前進……

「對，是啦。馬格努斯，你剛才這番話不就是描述自己的整個人生和來世嗎？」

我努力告訴自己，一切都會沒事的。可惜我的食道不相信這番話，不停在我的胸口和牙齒之間上下激盪。

我們發現的第一道瀑布是輕柔的涓涓細流，從一塊長滿青苔的岩架往下流。河流兩岸都是開闊延伸的青草地，而且河水清淺，連一條魚都躲不進去。草原實在太過平坦，無法隱藏一些有效的陷阱，像是有毒尖刺、地雷、引爆炸藥的觸動線，或者用投石器射出罹患狂犬病的齧齒類等等。只要是自尊自重的侏儒，絕對不會把寶藏埋藏在這種地方。於是我們繼續走。

第二道瀑布的可能性高多了。這裡的地勢比較崎嶇，兩岸巨石之間有很多滑溜的青苔和危險的縫隙。樹木的懸垂枝葉讓水域籠罩著陰影，也爲十字弓或斷頭利刃提供許多可能埋伏的地方。河流本身順著天然的岩階一層層往下流，最後墜落三公尺的高度，流瀉到直徑約莫彈簧床尺寸的水池裡。池水攪出大量的泡沫和波紋，沒辦法看清水面下的狀況，但從深藍色的池水看來，底下一定非常深。

「那下面有各種可能性，」我對希爾斯說：「我們該怎麼辦？」

希爾斯作勢指著我的項鍊墜子。「準備好。」

「呃，好。」我取下那顆盧恩石，召喚出傑克。

「嗨，兩位！」他說：「哇！我們在亞爾夫海姆！你有沒有幫我帶太陽眼鏡？」

「傑克，你沒有眼睛。」我提醒他。

「是啦，不過我戴太陽眼鏡看起來很帥！我們在幹嘛？」

我把基本資訊告訴他，希爾斯東則在他的盧恩石袋子裡翻找，努力思考該用哪一種路數的魔法來對付侏儒兼魚兒。

「安德瓦利？」傑克說：「噢，我聽過那傢伙。你們可以偷他的黃金，但是不能殺死他。那可能真的會招來厄運。」

「那到底是什麼意思？」

傑克劍不能聳肩，不過他會向右邊傾斜再斜向左邊，這樣最接近聳肩。「我不知道殺死他會發生什麼事，只知道那列在『萬萬不可』的清單上，清單上還包括打破鏡子、與弗蕾亞的大貓狹路相逢、在槲寄生樹下企圖親吻弗麗嘉等。小子，我有一次曾經犯了那樣的錯誤！」

我有種很可怕的預感，傑克準備要把那故事告訴我了。就在這時，希爾斯東拿著一顆盧恩石高舉到頭頂上。我只來得及認出那個符號：

ᚦ

蘇里薩茲，代表索爾的盧恩字母。

希爾斯東將它猛力扔進池子裡。

轟！水蒸氣覆蓋住我的太陽眼鏡。大氣以迅雷不及掩耳的速度變成純粹的蒸氣和臭氧，我的鼻竇簡直像汽車的安全氣囊一樣向外撐開。

我抹抹自己的眼鏡。原本是水池的地方，現在竟變成巨大的泥巴坑，深達九到十公尺。泥巴坑的底部有數十條驚慌的魚兒跳來跳去，魚鰓不斷拍動。

「哇，」我說：「瀑布到哪裡去……？」

我抬起頭。河流彎成一道弧形，宛如液態的彩虹，從我們頭頂上方繞過水池，墜入下游的河床。

「希爾斯，這是什麼鬼……？」

他轉身看我，我緊張得往後退一步。他的雙眼燃燒著怒火，而且表情更加駭人，比起之前用「烏魯茲」變成公牛精靈那次更不像希爾斯。

「呃，兄弟，只是要說……」我舉起雙手。「你用核子武器攻擊五十條無辜的魚耶。」

「牠們其中之一是侏儒。」他用手語說。

他跳進那個坑，兩腳的鞋子深陷泥巴裡。他在裡面涉足前進，每次從泥巴裡拔出腳都發出低沉的啵一聲，就這樣檢視每一條魚。而在我頭頂上，河流繼續彎成弧形轟隆飛越空中，在陽光照耀下閃閃發亮。

「傑克，」我說：「『蘇里薩茲』這個盧恩字母的作用是什麼？」

「那是代表索爾的盧恩字母啦，先生。索爾，先生，唸起來好順喔！」

「是啦，眞順。可是，呃，池水爲什麼會轉彎？希爾斯爲何做這麼奇怪的事？」

「喔！因爲『蘇里薩茲』是代表毀滅力量的盧恩字母，就像索爾一樣，把東西炸掉之類的。而且，你向它召喚魔法時，你自己也變得有一點……像索爾。」

像索爾。我還眞需要咧。這下子我很不想跳進那個坑洞了。假如希爾斯東開始像雷神一樣亂放屁，下面的空氣很快就會變成超級毒氣。

但另一方面，我無法眼睜睜看著那些魚遭受憤怒精靈的宰割。沒錯，牠們只是魚，不過一想到我們只是要揪出某個僞裝的精靈，卻要害那麼多魚死掉，我實在無法忍受。生命就是生命，我想這是弗雷很看重的事。而且等到希爾斯東脫離蘇里薩茲的影響，我認爲他也會覺得很不好受。

「傑克，留在這裡，」我說：「提高警覺。」

「那樣的話，戴著太陽眼鏡會比較容易也比較酷啦。」傑克抱怨說。

我沒理他，逕自跳進坑洞裡。

我跳下去，落在希爾斯旁邊，幸虧他沒有企圖殺了我。我環顧四周，但是沒有看到寶藏的半點跡象：沒有標示著「X」記號的地方，也沒有活板門，只有一堆拚命喘氣的魚。

「我們要怎樣才能找到安德瓦利？」我用手語說：「其他的魚需要水才能呼吸啊。」

「我們等待，」希爾斯用手語說：「除非變身，否則侏儒到最後會受不了。」

我不喜歡這個答案。我蹲下去，雙手伸進泥巴裡，透過黏液和淤泥傳送弗雷的力量。我知道這樣聽起來很詭異，不過我心想，假如我能夠透過碰觸而發揮療癒力量，憑直覺感受到某人體內有任何不對勁，說不定可以把我的感知能力再多延伸一點，很像你瞇起眼睛就能看得更遠一點，於是感受到周遭所有不一樣的生命形式。

結果多少發揮作用了。我的心智接觸到一條鱒魚，牠在幾公分之外跳來跳去，意識極度恐慌。我又找到一條鰻魚，牠鑽入泥巴裡，認眞考慮要咬希爾斯東的腳（我說服牠別這樣）。我碰觸到一些孔雀魚的小小心智，牠們的整個思考過程就只有：「哎唷！哎唷！哎唷！」接著，我察覺到某種不一樣的東西，是一隻石斑魚，牠的思考速度衝得有點太快，很像正在盤算脫逃計畫。

我運用英靈戰士的反射動作抓住牠。石斑魚大叫：「唉呀！」

「我猜你是安德瓦利囉？很高興見到你。」

「放開我！」那條魚奮力扭動。「我的寶藏沒有在這個池子裡！其實呢，我根本沒有寶藏！忘了我剛才說的！」

「希爾斯，我們離開這裡好嗎？」我提議說：「讓這個池子重新注滿水。」

希爾斯眼中的怒火驟然熄滅。他開始搖搖晃晃。

傑克在上方大喊：「呃，馬格努斯？你的動作可能要快一點。」

盧恩魔法漸漸消退，水弧開始瓦解，分散成一個個水滴。我用一隻手抓緊剛剛捕獲的石斑魚，另一隻手臂環繞希爾斯東的腰，用盡全身力氣直直往上跳。

各位，千萬別在家嘗試這一招。我是受過訓練的英靈戰士，經歷過痛苦的死亡而前往瓦爾哈拉，如今花費大半的時間與一把劍吵吵鬧鬧。我是合格的專業人士，可以從九公尺深的泥坑跳出去。而你呢，我希望你不要學。

我即時降落在河岸上，瀑布剛好就在這時轟然墜回池子裡，讓所有的小魚迎接一場超級溼的奇蹟，以後就有故事可以講給牠們的孫子聽。

石斑魚奮力想要掙脫。「你這個壞蛋，放開我！」

「反對，」我說：「安德瓦利，這是我朋友，夏日之劍傑克，他幾乎可以砍斷所有東西，唱起流行金曲就像精神錯亂的小天使，還可以把一條魚切成去骨的生魚片，速度比你的想像還要快。我準備請傑克同時進行剛才說的每一件事，除非你變回正常的模樣，放輕鬆慢慢變身，那麼我們就可以好好談一談。」

才不過眨兩下眼睛的工夫，我的手就沒有握著一條魚了，而是掐著此生所見最老邁、最瘦削的侏儒的喉嚨。他的模樣實在太噁心，因此我沒有放開手就證明我真的很有勇氣，足以一次又一次獲選進入瓦爾哈拉。

「恭喜，」侏儒以粗啞的聲音說：「你抓到我了。而現在你將會得到悲慘的溘然長逝！」

27 放開我，否則讓你成爲億萬富翁

喔喔，溘然長逝！

通常不會有人用「溘然長逝」威脅我。在九個世界裡，大部分人不會用這麼炫的詞語，多半只是說：「我要殺了你！」或者連說都懶得說，直接用鐵鍊盔甲包住拳頭招呼你。

我對安德瓦利的用詞眞是刮目相看，於是把他的喉嚨掐得更緊。

「哎唷！」侏儒不停扭動掙扎。他好滑溜，但是不重。即使以侏儒的標準來看，這位老兄的身材也很嬌小。他身穿魚皮做的束腰短袍，內褲基本上是用苔蘚做成的尿布，四肢完全覆蓋著黏泥，粗短的手臂不斷揮打我，但打起來沒有比泡綿球棒玩具更痛。而他的臉……嗯，想像一下你的拇指用溼答答的繃帶貼了太久，看起來整個皺巴巴、一片慘白，很噁心對吧？想像一下那是一張臉，還冒出散亂的銀白鬍子，睜著霉綠色的眼睛，然後你就得到安德瓦利的長相了。

「黃金在哪裡？」我質問道。「別逼我叫我的劍出來唱歌跳舞。」

安德瓦利扭動得更厲害。「你們這些笨蛋別想要我的黃金！拿到黃金的人有什麼下場，你們難道不曉得嗎？」

「他們變有錢？」我猜測說。

「不是！嗯，也是啦。不過在那之後，他們死掉！或者……至少很想死。他們一直受苦受難，而且周圍的每個人都跟著一起倒霉！」他扭絞著黏答答的手指，彷彿是說：「拜託，拜託，很危險！」

希爾斯東的身子微微向左側傾斜，不過仍奮力站穩。他以手語說：「有一個人偷黃金，沒有壞下場。」接著，他比出我最不喜歡的人名，他捏緊食指和姆指，放在頭的側邊，綜合了字母「L」和「惡魔」的手語，完完全全符合我朋友洛基。

「洛基曾經拿了你的黃金，」我轉述他的意思，「但是他有沒有死掉或受苦。」

「嗯，是啦，但他是洛基耶！」安德瓦利說：「在他之後，其他每一個拿了黃金的人，他們都發瘋了！他們過著很可怕的人生，背後留下一長串的屍體！你真的想要那樣嗎？你希望像法夫納一樣嗎？還是齊格菲[52]？或者是那些威力球樂透彩頭獎的得主？」

「誰？」

「噢，得了吧！你一定聽過那些故事。每一次我弄丟戒指，它就會在九個世界亂搞一陣子。有些笨蛋緊抓戒指不放，他們贏了樂透彩頭獎，變成百萬富翁，可是最後永遠都破產、離婚、生病、不開心，或者死掉。你真的想要那樣嗎？」

希爾斯以手語說：「魔法戒指，沒錯。那就是他財富的祕密。我們需要那戒指。」

「你提到一個戒指。」我說。

安德瓦利整個人呆掉。「我有嗎？沒啦，一定是口誤。沒什麼戒指。」

「傑克，」我說：「你覺得他的腳看起來怎樣？」

「真的很糟，先生。需要修腳趾。」

「上吧。」

傑克飛也似地展開行動。像這樣的劍還眞罕見，他可以移除結塊的池塘綠藻、刮掉老繭、修整扭曲的趾甲，讓侏儒的一雙腳變得閃亮又潔淨，卻不會（一）殺了上述侏儒；（二）砍到上述侏儒不斷揮動的雙腳；（三）砍到抓住上述侏儒的英靈戰士的雙腿……而且從頭到尾都唱著〈失了魂〉[53]。傑克眞的很特別。

「好啦！好啦！」安德瓦利尖叫說：「別再拷打了！我會把放置寶藏的地方指給你們看！就在那塊岩石底下！」

他發狂似地指著差不多每一樣東西，最後慢慢指向靠近瀑布邊緣的一塊大石頭。

「陷阱。」希爾斯東用手語說。

「安德瓦利，」我說：「假如我搬動那塊大石頭，我會突然遇到什麼樣的陷阱？」

「一個都沒有！」

「如果我用你的頭當做槓桿來移動大石頭，那會怎樣？」

「好啦，那是詭雷！爆炸魔法！觸動引線會拉動投石器！」

「我就知道，」我說：「你怎麼解除那些裝置？要全部解除喔。」

侏儒瞇起眼睛，一副很專注的樣子。至少我希望他眞的很專注。除此之外，他還把一個東西放進他的苔蘚尿布裡。

---

[52] 法夫納（Fafnir）是北歐神話中的侏儒，因為受到安德瓦利的詛咒而變成一條巨龍，最後被英雄齊格菲（Sigurd）所殺。

[53]〈失了魂〉（Can't Feel My Face）是加拿大男歌手威肯（The Weekend）的歌曲，曾登上告示牌排行榜冠軍。

「完成了，」他可憐兮兮比劃著說：「我把所有陷阱都解除了。」

我瞥了希爾斯東一眼。精靈伸出兩隻手，可能正在測試周遭的魔法，就像我剛才感應鰻魚和孔雀魚的方法。（嗯，每個人都有不同的才能。）

希爾斯點點頭。安全。

於是，我一邊抓著依然搖來晃去的安德瓦利，一邊走向大石頭，伸腳把它踢翻過去。（英靈戰士的力氣也是很棒的才能。）

石頭底下有個鋪著帆布的坑洞，裡面放滿了……哇喔。我通常不太看重金錢，根本就是不重視金錢；不過看到那麼大量的黃金，包括手鐲、項鍊、錢幣、匕首、戒指、杯子、大富翁代幣等，我的唾腺還是加速分泌口水。我不太確定最近的黃金價格大概是每兩多少錢，但是估計眼前的黃金大概價值一兆兆萬元，或者甚至一兆兆兆兆萬元。

傑克尖叫個不停。「喔，瞧瞧那些小匕首！它們超可愛！」

希爾斯東的眼神恢復原本的機警。他看到這所有的黃金，反應似乎與拿一杯咖啡在他鼻子底下晃來晃去差不多。

「太簡單，」他以手語說：「可能是圈套。」

「安德瓦利，」我說：「假如你名字的意思是『謹慎一哥』，爲什麼搶劫你這麼容易？」

「我就知道！」他嗚咽著說：「我才不謹慎！一天到晚有人搶劫我！我覺得這種名字根本是一種諷刺。我的母親是刻薄的女人。」

「所以這些財寶一直遭竊，但你又一直能拿回來？是因爲你提到的那個戒指嗎？」

「什麼戒指？那堆裡面有很多戒指，都拿去啊！」

「不，我是指擁有超級魔法的那個戒指。它在哪裡？」

「呃，可能在某一堆裡面吧。自己去找！」安德瓦利匆匆從自己的手指拔下一個戒指，讓它滑進尿布裡。他的雙手實在太髒了，假如他沒有企圖藏起來，我完全沒發現那個戒指。

「你剛才把它丟進褲子裡。」我說。

「沒有，我沒有！」

「傑克，我想，這個侏儒想要來個全套的巴西式蜜蠟除毛療程。」

「不！」安德瓦利哭喊著說：「好啦，對，魔法戒指在我的褲子裡。可是拜託別拿走，每次要把它拿回來都搞得很麻煩。我對你說過了，它受到詛咒，你不希望自己的下場像那些彩券得主一樣，對吧？」

我轉身看著希爾斯。「你覺得呢？」

「精靈先生，告訴他啊！」安德瓦利說：「你顯然是念過書的精靈，你懂盧恩魔法。我敢說，你聽過法夫納的故事，對吧？告訴你的朋友，這個戒指只會為你們帶來麻煩，沒有其他好處！」

希爾斯凝視遠方，彷彿讀著天上某塊白板書寫的事項，例如把詛咒戒指帶回家，扣除十枚金幣；偷取一兆兆萬黃金，得到十兆兆萬黃金。

他以手語說：「戒指受到詛咒，不過仍是寶藏的關鍵。沒有戒指，寶藏永遠不夠。永遠會短缺。」

我看著足以裝滿浴缸的黃金。「不知道耶，兄弟，看起來似乎足夠蓋住你的贖罪地毯。」

希爾斯搖搖頭。「不夠。戒指很危險，但我們必須拿走，以防萬一。假如沒有用到，可以拿回來歸還。」

我扭轉侏儒，讓他面對我。「安德瓦利，對不起你。」

傑克笑起來。「哇，這樣唸起來也很順！」

「精靈剛才說什麼？」安德瓦利追問。「我看不懂那些手勢啦！」他亂揮骯髒的雙手，不小心比劃出「猴子侍者鬆餅」的手語。

我對這個滑溜的老屁股漸漸失去耐性，不過盡全力幫忙翻譯希爾斯傳達的訊息。

安德瓦利的霉綠色眼睛變得陰鬱。他露出牙齒，看起來自從殭屍啟發了「五月花號公約」之後，他就沒有用牙線清潔過牙齒了。

「那麼，精靈先生，你是笨蛋，」他咆哮說：「戒指最後都會回到我這裡來，永遠都會。同時呢，戴戒指的人不管是誰，都會發生死亡和不幸。而且，別以爲它會解決你的問題。這不會是你最後一次必須回家，你只是把一場更危險的懲罰往後延遲而已。」

安德瓦利說話的語氣改變了，比起他從石斑魚變成侏儒，這樣的改變更讓我緊張。他不再哭泣，也不大叫，而是以冷酷決絕的語氣說那些話，很像執行絞刑的劊子手正在說明絞索的機械裝置。

希爾斯東看起來並不慌張。他臉上的神情與剛才在弟弟石堆旁邊一模一樣，彷彿重新經歷一場許久以前發生且無法改變的悲劇。

「戒指。」他以手語說。

他的手勢再明顯不過，連安德瓦利都能理解。

「好啦。」侏儒瞪著我。「人類，你也躲不過這戒指的詛咒。過不了多久，你們就會看出偷走禮物到底有什麼下場！」

我的手臂汗毛直豎。「你這話是什麼意思？」

他露出邪惡的笑容。「噢，沒事。一點事都沒有。」

安德瓦利像是跳狐步舞一樣扭動身子，只見戒指從他的尿布褲腳掉出來。「一枚魔法戒指，」他朗聲說：「附有完整的詛咒。」

「不行啊，」我說：「我沒辦法把它撿起來。」

「來了！」傑克向下撲去，讓劍刃的平面像鏟子一樣，把戒指從泥巴裡撈出來。

安德瓦利憂心忡忡看著我的劍，傑克像是玩拍板球，讓戒指從劍刃的一側彈到另一側。

「按照交易慣例嗎？」侏儒問。「你們饒我一命，而把我擁有的東西全部拿走？」

「慣例聽起來很棒，」我說：「坑洞裡的所有黃金呢？我們該怎麼搬運？」

安德瓦利嗤笑一聲。「太業餘了！鋪在坑裡的帆布就是巨大的魔法袋子，拉起繫帶不就成了！我得準備好，把存放的東西隨時拎了就跑，有幾次就是因爲這樣而免於遭到搶劫。」

希爾斯東在坑洞旁邊蹲下。果然沒錯，帆布的摺邊有個洞，有一圈繩索從裡面伸出來。希爾斯試拉看看，袋子立刻收緊，縮減成背包的大小。希爾斯把它拿起來給我看，價值一兆兆萬的黃金竟然變成超方便攜帶的尺寸。

「好啦，遵守你那部分的交易條件吧！」安德瓦利要求說。

我放開他。

「呼。」老侏儒摸摸自己的脖子。「業餘傢伙，好好享受你們的溘然長逝吧。希望你們受苦受難，中獎兩次樂透彩！」

可惡的詛咒聲還飄盪在空中，他就已經跳回池子裡，消失得無影無蹤。

「嘿，先生！」傑克叫道。「接住！」

「你膽敢……」

他將戒指拋向我，我出於反射立刻接住。「哎唷，超噁的。」

既然是魔法戒指，它落到我手中時，我其實略略期盼出現某種重大的「魔戒」時刻，例如出現冷酷陰沉的低吟、激烈飛旋的的灰色霧氣、一整排「戒靈」大跳非洲的瓦圖西舞之類。這些全都沒有發生，戒指只是端坐在那裡，看起來非常像一枚金戒指，只不過最近剛從一個千年老侏儒的苔蘚尿布裡掉出來。

我把戒指收進褲子口袋，然後仔細端詳手掌上殘留的黏膩小圈。「我再也不會覺得自己的手很乾淨了。」

希爾斯東將他的昂貴新背包揹上肩，活像是兆萬富翁耶誕老公公。他瞥了太陽一眼，這時太陽已經越過天頂了。我們跋涉穿越阿德曼先生的後院荒野竟然花了這麼久的時間，我都沒發現。

「我們該走了，」希爾斯以手語說：「父親會等著我們。」

28 現在訂購，你也會得到詛咒戒指！

父親正在等待，很好。他在起居室裡踱步，從銀色酒杯啜飲金色果汁，而英格站在附近待命，隨時提防果汁潑灑出來。

我們走進去時，阿德曼先生轉向我們，臉上蒙著冷酷的憤怒。「你們到底去……？」

他的等腰三角形下巴掉了下來。

我猜想，他沒料到我們會渾身是汗、沾滿青草和細枝，泥濘的鞋子也在他的白色大理石地板留下溼黏的足跡。他的表情眞是我此生得到最棒的大獎之一，與死後前往瓦爾哈拉相較毫不遜色。

希爾斯東突然將他的帆布背包放到地板上，發出隱約的哐噹聲。他以手語比劃「罰金」，手掌向上，然後用一根手指撥向他爸，彷彿彈給他一個錢幣。希爾斯的動作看起來頗有羞辱的意味，我喜歡。

阿德曼先生忘了自己不應該看得懂手語。他問：「罰金？可是怎麼……？」

「到樓上去，我們會展示給你看。」我瞥了阿德曼背後一眼，英格站在那裡瞪大雙眼，臉上慢慢漾起大大的微笑。「我們要蓋住一塊惡魔獸皮地毯。」

啊，大富翁的黃金代幣嘩啦啦灑落在獸皮地毯上，我向你保證，沒有什麼聲音比那更悅耳了。希爾斯東輕輕拉起帆布袋的蓋子，繞著地毯走，將財寶嘩啦啦傾倒在地毯上。阿德曼先生的臉色變得愈來愈蒼白。英格在門口跳上跳下，興奮得直拍手，卻沒注意到自己並沒有付錢給主人獲取這種特權。

等到最後一枚金幣也掉出來，希爾斯東向後退，扔下空空如也的袋子。他以手語說：「贖罪賠償金付清。」

阿德曼先生看得目瞪口呆。他沒有說「兒子，做得好！」，或者「噢，兒子，我變得更富有了！」，或者「你搶劫了精靈財政部嗎？」

他蹲下去，檢視成堆的金幣，一枚接一枚看，一把匕首接一把匕首仔細端詳。「還有狗和蒸氣火車的模型，」他指出，「為什麼？」

我咳了一聲。「我想，呃，以前的主人喜歡玩桌遊。純金的桌遊。」

「唔。」阿德曼繼續檢視，要確定整塊地毯完全蓋住。他的神情變得愈來愈乖戾。「你是用這片莊園去抵押才得到這些嗎？因為我可沒有允許你……」

「不，」我說：「你擁有後面庭院再過去的荒野，對吧？」

「對，那是他的！」英格說。主人瞪著她，她匆匆補上一句：「因為，啊，阿德曼先生是非常重要的人物。」

「聽著，先生，」我說：「希爾斯東顯然成功了，完全覆蓋住地毯。你就承認吧。」

「我自有評斷！」他厲聲說：「這完全關乎責任的問題，你們這些年輕人不懂。」

「你就是希望希爾斯東失敗，對吧？」

阿德曼沉下臉。「我預期他會失敗，這兩者是不一樣的。這個男孩得到懲罰，我還不能相信他有能力償還。」

我差點尖叫說：「希爾斯東已經付出他的整個人生了啊！」我好想把安德瓦利的寶藏直直灌進阿德曼的喉嚨，看看是否能說服他相信自己兒子的能力。

希爾斯東用手指撥撥我的手臂。他以手語說：「冷靜。戒指準備好。」

我努力調整呼吸。我實在不懂，希爾斯怎麼能夠忍受他父親的羞辱？沒錯，他有過無數經驗，但這個老精靈實在令人難以忍受。我很慶幸傑克已經恢復墜子的形式，因爲我恐怕會命令他幫阿德曼先生提供全套的巴西式芳療。

在我的牛仔褲口袋，安德瓦利的戒指顯得好輕，幾乎感覺不到它的存在。每隔幾秒鐘，我就必須忍住想要檢查的衝動。我心裡明白，這是我對阿德曼先生感到火大的原因之一。我希望他開口說出「罪過已經償還了」，也不希望希爾斯東一語中的，眞的需要用到戒指。

我有點想要留下戒指。不，等等，那是不對的。我希望把戒指還給安德瓦利，才不必對付詛咒。我對這東西的想法漸漸陷入混亂，彷彿我的腦袋裡滿是河中淤泥。

「啊哈！」阿德曼先生洋洋得意地大叫。他指著地毯頂端，那裡是脖子的頸背處，是皮毛最厚的地方。單獨一根藍色的獸毛從寶藏裡冒出來，活像是頑強的雜草。

「喔，得了吧，」我說：「那只要稍微調整一下就行了。」

我移動寶物，把那根獸毛遮蓋住。但是才剛放好，另一根獸毛又從我移動黃金的地點冒出來，簡直像同一根蠢藍毛跟著我的動作到處跑，故意唱反調。

「這不是問題，」我堅持說：「我來拔出我的劍。或者，如果你有一把剪刀的話……」

「罪過沒有償還！」阿德曼先生堅定地說：「除非你現在把最後一根獸毛蓋住，用更多的黃金蓋住，否則我要對你索取費用，因爲害我很失望，而且浪費我的時間。差不多需要……

這些財寶的一半。」

希爾斯東轉身看我，他臉上毫無驚訝的神色，只有陰鬱的順從表情。「戒指。」

一波殺氣騰騰的憤恨怒氣席捲了我。我不想讓出那枚戒指。然而，我隨即環顧房間周遭的一塊塊白板，望著那所有的規矩和價目表，望著阿德曼先生預期希爾斯東無法符合的所有期望。安德瓦利戒指的詛咒相當強大，它對我竊竊私語，叫我要留下它，以便得到邪惡的財富。可是我又有一股衝動，想要看到希爾斯東脫離父親的掌控，想要與貝利茲恩團聚，然後離開這間惡毒的屋子……那樣的衝動更加強大。

我拿出最後一件祕密寶藏。

阿德曼先生那雙外星人眼睛燃起了飢渴的眼神。「非常好，把它放在那堆寶物上。」

「父親，」希爾斯東以手語說：「警告，戒指遭到詛咒。」

「我不會聽你的手部動作！」

「你知道他說的意思。」我把戒指舉高。「不管誰擁有它，這東西會腐蝕那個人。它會毀了你。見鬼了，我只擁有這東西幾分鐘，它就已經開始擾亂我的心思。你要拿就拿地毯上已有的黃金吧，而且宣布罪過已經償還。表現一點寬恕，而我們會把戒指還給原先的主人。」

阿德曼先生笑得很殘酷。「寬恕？寬恕能讓我買到什麼？會讓安狄容回到我的身邊嗎？」

就我個人來說，我真想一拳打在這老傢伙的臉上，但希爾斯東走向他父親。他看起來真的很擔心。「法夫納的詛咒，」他用手語說：「不要碰。」

安德瓦利曾提起這個名字，聽來隱約覺得熟悉，可是我想不起來。也許法夫納是某個威力球樂透彩頭獎的得主？

希爾斯東示意「拜託」，他的一隻手平貼胸口，然後繞個圓圈。這讓我感受到「拜託」只是比較隨意、比較不生氣的「抱歉」之意。

這兩個精靈彼此凝視，中間隔著大堆黃金。我幾乎可以感受到亞爾夫海姆在世界之樹的枝枒間激烈搖晃。儘管面臨阿德曼的種種對待，希爾斯東依然想要幫助他的父親，他正在盡最後的努力，想把父親從洞裡拉出來，那個洞恐怕比安德瓦利的泥坑還要深。

「不，」阿德曼先生下定決心。「支付懲罰賠償金，否則留下來還債……你們兩人一起。」

希爾斯東低下頭，顯得滿心挫折。他對我搖搖頭，示意放棄那枚戒指。

「首先是思可菲儂石，」我說：「讓我瞧瞧你那一邊的交易籌碼。」

阿德曼咕噥一聲。「英格，把思可菲儂石從櫃子裡拿出來。安全密碼是『葛莉塔』。」

希爾斯東的身子畏縮一下。我猜葛莉塔是他母親的名字。

密林女妖匆匆離開。

這段時間情勢緊繃，我、希爾斯東和阿德曼圍繞地毯站著，互相凝視。沒有人提議要玩大富翁，也沒有人大喊「喔耶！」再跳入黃金堆（不過我承認有點想）。

最後，英格回來了，雙手捧著一塊藍灰色磨刀石。她行個屈膝禮，將石頭交給阿德曼。

阿德曼取過石頭，把它遞給兒子。「希爾斯東，應你的請求，我將它無償交給你。讓它爲你發揮力量。」他對我怒目而視。「好了，戒指。」

我沒有理由拖延，不過還是覺得很爲難。我深呼吸一口氣，然後跪下，把安德瓦利的戒指加入寶藏中，蓋住最後一塊毛皮。

「交易完成。」我說。

「是嗎？」阿德曼的目光盯著寶藏。「對了，對了，只剩下一件事。馬格努斯．雀斯，你答應我要在媒體上曝光。我已經安排今天晚上舉辦一場小型派對。英格！」

密林女妖嚇得跳起來。「是的，先生！正進行準備工作。所有四百位賓客都已回覆。」

「四百位？」我問：「你怎麼有時間搞定這些事？你怎麼知道我們會成功？」

「哈！」阿德曼先生的眼中流露瘋狂神采，讓我的神經無法冷靜下來。「我不知道你們會成功，反正我也不在乎。馬格努斯，你留在這裡的時候，我打算每天晚上都安排派對，最好你永遠留下來。不過既然你們這麼快就付清賠償金，今天晚上一定要舉行。至於怎麼進行，我可是『阿德曼之屋』的阿德曼啊，沒有人敢拒絕我的邀請！」

在他背後，英格發狂似的對我點頭，而且作勢劃過自己的脖子。

「那麼現在呢……」阿德曼先生從黃金堆上拿起那枚詛咒戒指，將它套到指頭上，然後舉得高高的，活像是剛訂婚的新人讚嘆著戒指。「太好了，配上我的正式服裝會很漂亮。希爾斯東，我期待你和你的客人來參加……希爾斯東，你跑去哪裡了？」

希爾斯顯然受夠他父親了。他一隻手拿著思可菲儂石，拉著圍巾牽繩讓貝利茲恩豎立起來，然後使勁把他搬進浴室。

過了一會兒，我聽到蓮蓬頭灑水的聲音。「我，呃，該去幫他們。」我說。

「什麼？」阿德曼厲聲說：「是啦，很好。好漂亮的戒指啊。英格，要確定我們這幾位小壞蛋的穿著很適合派對，再幫我送一些工具過來處理這些黃金，我得把每一件寶物都秤重，然後清點數量。還要擦亮！擦亮之後看起來會很棒。還有，你去……」

我也不想把英格留在房間裡與「瘋狂戒指先生」獨處，不過看著阿德曼撫弄他的財富實在令人作嘔。我連忙跑去浴室找我的朋友。

比起你的泡泡浴裡有個天神的頭顱，只有一件事更令人不安，是哪一件？就是你的淋浴間有個血流不止的花崗岩侏儒。

希爾斯在蓮蓬頭底下撐住貝利茲恩的身子。流水從貝利茲的頭頂像瀑布一樣往下流，他的形體開始軟化，冰冷的灰白臉色漸漸加深，變成溫暖的紅褐血肉色澤。鮮血從他腹部的傷口流出來，在洩水頭周圍不斷旋轉。只見他的膝蓋一軟，我趕緊衝進淋浴間扶著他。

希爾斯東笨手笨腳地拿出思可菲儂石，壓在噴血的傷口上，貝利茲倒抽一口氣，血流立刻就止住了。

「我沒救了！」貝利茲以沙啞的聲音說：「別擔心我，你這個瘋瘋癲癲的精靈！只要……」

他吐出嘴裡的一口水。「爲什麼在下雨？」

希爾斯東猛力抱住他，把貝利茲的臉緊緊壓進他胸口。

「喂！」貝利茲抱怨說：「這裡不能呼吸！」

當然啦，希爾斯聽不到他說話，似乎也不在意。他緊緊抱著侏儒前後搖晃。

「哎唷，兄弟。」貝利茲虛弱地拍拍他。「好啦，好啦。」他抬頭看著我，透過眼神，無言地問了好幾千個問題，包括：我們三個爲什麼一起淋浴？我爲什麼沒死？爲什麼你聞起來像池塘裡的臭水藻？我的精靈到底有什麼毛病？

等我們確定他全身不再是石頭後，希爾斯關掉水龍頭。貝利茲實在太虛弱而無法移動，於是我們扶著他，讓他在淋浴間裡坐好。

英格帶著一疊毛巾和一些乾淨衣物衝進浴室。希爾斯的臥室傳來潑灑錢幣的聲音，活像是十幾台吃角子老虎機器同時吐錢，還不時穿插瘋狂的笑聲。

「你們可能會想在這裡待一下子，」英格警告我們，同時緊張兮兮瞥了自己背後一眼。「外面有一點……鬧哄哄的。」然後她就離開了，出去的時候把門帶上。

我們盡可能把自己清洗乾淨。我多拿一條腰帶，把思可菲儂石綁住，然後繫在腰際，用襯衫蓋住，讓它不會太明顯，以免阿德曼先生突然想要拿回去。

貝利茲恩的傷口癒合得很好，只留下一道白色小疤痕，不過他哀嘆自己的西裝所遭受的破壞，那把劍刺穿背心，留下大量血跡。「再多的檸檬汁都沒辦法去除這些血跡，」他說：「纖維一旦變成花崗岩又變回來，嗯，就再也無法去除汙點了。」

我懶得向他指出，至少他還活著啊。我知道他飽受驚嚇，爲了平復心情，只能把注意力放在自己熟悉且能掌控的事物上，像是他的一身行頭。

我們一起坐在浴室地板上。貝利茲恩用他的針線包把幾條浴巾縫在一起，針對亞爾夫海姆的太陽提供額外的保護；我和希爾斯東則輪流爲他補充後來發生的事。

貝利茲恩不可置信地搖搖頭。「你們爲我做了這麼多事？你們兩個瘋子眞不是普通的白痴，這樣會害自己沒命的！而且希爾斯，你讓自己聽命於你父親？我絕對不願意要求你這樣做。你發誓絕對不回來這裡，那有很重大的原因啊！」

「我也發誓要保護你，」希爾斯以手語說：「你遭到刺殺是我的錯。還有莎米拉的錯。」

「不准那樣說，」貝利茲說：「那不是你或她的錯。你騙不過預言。那種致命傷口一定會發生，但現在你治好它了，所以我們不必再擔心！更何況如果眞的想怪罪誰，就怪笨蛋蘭道夫吧。」他瞥我一眼。「小子，沒有惡意喔，但我有強烈慾望，想讓你舅舅死得很慘。」

「不覺得有惡意，」我說：「我都想幫你了。」

然而，我回想起蘭道夫刺殺貝利茲恩時發出的駭人尖叫，以及他跟著洛基的模樣很像受虐的狗。我很想要痛恨我舅舅，卻也忍不住替他感到難過。如今遇到阿德曼先生，我也漸漸能夠理解，無論你的家人有多壞，永遠都有更壞的例子。

希爾斯終於用手語幫貝利茲恩補充完最新訊息，解釋我們如何搶劫安德瓦利，而他的威脅方法是祝我們對中好幾次樂透彩頭獎。

「居然去面對那個侏儒，你們兩個眞是瘋了，」貝利茲恩說：「他在尼德威阿爾的名聲超差的，甚至比小伊特里更狡猾也更貪婪！」

「我們可以不要提到那個人嗎？」我懇求說。之前的一月，那個老精靈向貝利茲提出手工藝比賽的挑戰，我到現在想起來還會作惡夢。只要還活著，我一點都不想再見到裝有火箭推進器的老婆婆拐杖。

貝利茲恩對希爾斯皺起眉頭。「而你說，你父親現在戴上那枚戒指？」

希爾斯東點點頭。「我努力警告他了。」

「好吧，但還是……那東西會讓擁有者的心智被蒙蔽，變得六親不認。看看赫瑞德瑪、法夫納、雷金[54]，加上所有樂透彩頭獎得主的例子……嗯，那枚戒指摧毀過的名單無窮無盡。」

「那些人是誰？」我問。「就是你提到的那些人。」

[54] 赫瑞德瑪（Hreidmar）是北歐神話中侏儒世界的國王，法夫納和雷金（Regin）是他的兒子。

貝利茲恩拿起他的浴巾作品，這是用毛巾布做的穆斯林罩袍，眼洞部位用膠帶黏著太陽眼鏡。「小子，那是很冗長、很悲劇的故事啊，死人無數。重點在於我們必須說服阿德曼先生放棄那枚戒指，免得一切太遲。我們得在他的派對待上一陣子，對吧？那就有機會了。也許他心情好，可以對他講道理。」

希爾斯東咕噥一聲。「我父親？很懷疑。」

「對啊，」我說：「而且，如果他不願意講道理呢？」

「那我們趕快逃，」貝利茲說：「而且我們會希望阿德曼沒有……」

就在這時，英格從隔壁房間叫道：「希爾斯東先生？」

她的語氣瀕臨崩潰。

我們踏著蹣跚的步伐走出浴室，發現希爾斯的臥房已經遭到徹底拆毀。床墊不見了，白板也已經移除，只在稍微不那麼白的牆壁留下亮白色的痕跡。大堆寶藏和藍色毛皮毯都已消失，彷彿從來不曾發生贖罪賠償金這回事。

英格站在門口，頭上的罩帽有點歪。她的臉頰紅通通的，而且焦急地拉扯尾巴末端的鬃毛。「希爾斯主人，客人都抵達了，派對已經開始。你父親要請你過去，但是……」

希爾斯以手語說：「怎麼了？」

英格努力想說明，但是一句話都說不出口。她聳聳肩，一臉無助的樣子，似乎無法描述她眼中阿德曼先生在社交場合的恐怖狀況。「那……那可能最好由你自己親眼看看。」

29 水妖，水妖

阿德曼很懂得浪擲千金舉辦派對，也很懂得在派對「浪擲千金」。

我們站在樓梯的最頂端，呆呆望著樓下的起居室，裡面擠滿了打扮入時的精靈，他們身穿優雅的白色、金色和銀色服飾，傍晚的陽光透過窗戶流瀉進來，他們的淡色眼睛、金髮和昂貴珠寶在陽光下閃閃發亮。數十名密林女妖僕人穿梭於群眾之間，供應飲料和開胃點心。原本用來展示工藝品和礦物的所有櫃子和壁龕裡，現在有成堆的安德瓦利寶物熠熠發光，整個房間看起來像是龍捲風肆虐過後的珠寶倉庫。

而在壁爐架上方，有一塊金色布條掛在安狄容畫像底下，上面用紅字寫著：「歡迎弗雷之子，馬格努斯・雀斯，阿德曼之屋贊助！」下面還有一排小字：「希爾斯東被帶回來」。不是「回來」，而是「被帶回來」。感覺好像是精靈的法警逮捕他，用鍊子把他拖回家。

阿德曼自己以兩倍的步行速度周旋於群眾之間，對他的客人拋擲金幣、拿著珠寶向他們搭訕，嘴裡喃喃說著：「你相信有這麼多寶藏嗎？太驚人了，對吧？你喜不喜歡黃金噗噗火車？我能介紹你欣賞七首嗎？」

他身穿白色的正式西裝，搭配瘋狂眼神和燦爛笑容，看起來很像在「大謀殺之屋」餐廳負責帶位的惡魔經理。他對賓客拋擲寶物，而大家的笑容都很緊張。等他走過去，他們互相竊竊私語，也許討論著多快可以逃離派對而不會顯得無禮。阿德曼在房間裡四處穿梭，不斷發送各種黃金飾品，而群眾紛紛避開他，宛如小貓忙著躲避失控的掃地機器人。

英格在我們背後喃喃說著：「哎唷，他愈來愈糟了。」

希爾斯東以手語說：「戒指對他產生影響。」

我點頭，不過我很想知道阿德曼先生的精神狀況究竟緊繃到何種程度。數十年來，他一直活在怨恨中，將安狄容之死怪罪給希爾斯東。而現在，突然間，希爾斯東從罪過之中掙脫出來了。安德瓦利的戒指剛好適時卡位，用一連串瘋狂行為塡補他內心的空虛。

貝利茲恩戴著手套的雙手抓住樓梯。「這可不妙。」

他穿著浴巾罩袍，保護自己不受亞爾夫海姆光線的傷害。他剛才對我們說明過，平常戴的遮陽帽網和防曬油可能不夠，因爲他剛從石頭變回來，身體還很虛弱。但這身裝束有點怪的，看起來很像漫畫《阿達一族》伊特表哥的縮小版。

「啊哈！」阿德曼先生看到他們站在樓梯上，這下子笑得更誇張了。「看哪，我兒子和他的同伴！侏儒……至少我猜那些毛巾底下是那個侏儒，還有馬格努斯．雀斯，弗雷之子！」

群眾轉過來，抬頭看著我們，不少人的嘴裡冒出「喔」和「啊」。我向來不喜歡成爲眾人注目的焦點，在學校的時候很討厭，後來在瓦爾哈拉也一樣。我更討厭這些迷人的精靈對我拋媚眼，彷彿我是剛剛開放銷售的美味巧克力噴泉。

「是的，是的！」阿德曼先生狂熱地喋喋不休。「我的朋友，你們看見這所有寶物嗎？這全都比不上馬格努斯．雀斯！我兒子終於做了好事，他把弗雷的一個兒子帶來給我，作爲他贖罪賠償金的一部分。而現在，馬格努斯．雀斯這男孩將會是我家永久的訪客！我們將在吧檯那邊開始排隊拍照……」

「等一下，」我說：「阿德曼，交易條件不是那樣說的。這場派對結束之後，我們不會留下來。」

希爾斯東以手語說：「父親，戒指。危險。拔下來。」

群眾出現一陣騷動，大家都焦躁不安，不曉得該怎麼解讀眼前的狀況。

阿德曼的笑容消失了。他瞇起眼睛。「我兒子要求我拔掉這枚新戒指。」他舉起手，搖搖手指頭，讓黃金環圈受到光線照耀。「哎呀，他爲什麼這樣要求呢？而且，馬格努斯．雀斯爲什麼威脅要離開……除非這些壞蛋正準備偷走我的寶物？」

貝利茲恩冷笑一聲。「你這個又瘋又笨的精靈，這些寶物是他們拿來給你的耶，幹嘛要再把它偷走？」

「所以你承認了！」阿德曼拍拍手，只見起居室所有的門猛然關上，房間周圍的地板噴出十幾道水柱，形成模模糊糊的人形，很像用水球做成的動物……只不過少了氣球。

貝利茲恩大叫：「那些是保全的水妖。」

「什麼？」我問。

「就是水中的妖精，」他說：「壞消息。」

希爾斯東抓住英格的手臂，然後以手語說：「你還有家人在樹林裡嗎？」

「是……是的。」她說。

「那就快走，」他說：「我解除你在我們家的勤務。不要回來。還有，打電話報警。」

英格看起來大吃一驚，而且很傷心，不過她隨即瞥了樓下那些水妖精一眼，它們把眾人團團圍住。

她在希爾斯東的臉頰輕吻一下。「我……我愛你。」

她消失了，只留下一陣帶有衣物洗潔劑氣味的輕煙。

貝利茲恩挑高了眉毛。「我錯過什麼事嗎？」

希爾斯東對他射出惱怒的眼神，但沒有時間解釋。

樓下的起居室有個老精靈大喊：「阿德曼，這樣是什麼意思？」

「市長大人，意思嗎？」阿德曼的笑容很強烈，顯然不是完全正常。「你們為什麼全都來這裡，我現在懂了。你們打算來偷我的金銀財寶，不過我逮到你們這些黃金小偷了！保全水妖，制服這些竊賊！沒有人可以活著離開這裡！」

禮儀小提示：假如你想要離開某個派對，正在尋找適當的時機，這時候聽到主人大喊「沒有人可以活著離開這裡」，這就是你需要的信號。

所有精靈驚聲尖叫，紛紛跑向出口，但是玻璃門迅速關上。保全水妖穿梭於群眾間，它們不斷變身，從類似動物變成類似人類，再變成結結實實的波浪，將精靈賓客一個接一個團團裹住，讓他們昏倒在地板上，變成優雅的溼溼一團。在此同時，阿德曼繞著房間又笑又跳，從倒下的賓客身上取回他的黃金飾品。

「我們必須立刻離開這裡。」貝利茲恩說。

「不過我們得幫助這些精靈。」我說。

說真的，除了希爾斯東，我對自己見過的精靈並不是太關心，我可能還比較喜歡安德瓦利池子裡的孔雀魚。然而，一想到把四百個人留在這裡，任憑阿德曼先生和他的液體水妖惡棍隨意擺布，我還是無法忍受。我拉下項鍊墜子，召喚出傑克。

「嘿，各位！」傑克說：「怎麼了……啊，水妖？你們是開玩笑嗎？這些傢伙根本沒辦法砍啊。」

「反正看你可以做什麼都好！」我大吼。

「太遲了，」希爾斯東以手語說：「小提琴！」

我不確定有沒有看錯他比劃的最後一個手語。接著我望向樓下，有一半的水妖以人形站立在房間周圍，正從……嗯，它們本身的液體裡面，拿出實體的小提琴和琴弓。那裡絕對不是存放弦樂器的好場所，但眾家水妖依舊舉起木製的小提琴，放到它們水汪汪的下巴處。

「耳朵！」貝利茲警告說。

我連忙將雙手壓緊耳朵，剛好趕上水妖開始拉奏，不過只有一點點用。它們拉奏的輓歌好悲傷、好刺耳，害我的膝蓋直發抖，眼裡充滿淚水。整個房間有更多精靈大哭後倒下，只有阿德曼先生除外，他似乎沒受到影響，繼續咯咯發笑、蹦蹦跳跳，不時對準那些ＶＩＰ賓客的臉龐一腳踢去。

貝利茲恩裹著他的毛巾布罩袍，以悶悶的聲音大叫：「趕快阻止，否則我們過沒幾分鐘就會心碎而死！」

我認爲他這番話不只是比喻而已。

謝天謝地，希爾斯東沒有受到影響。

他彈彈手指吸引注意，然後指著傑克：「劍。砍小提琴。」

「你聽到他說的了。」我對傑克說。

「不，我沒聽到！」傑克抱怨說。

「殺了那些小提琴！」

「喔。那會很有趣喔。」

傑克飛過去展開行動。

同一時間，希爾斯東掏出一顆盧恩石，從樓梯頂端扔出石頭。它在空中炸開，在眾多精靈的頭頂上形成巨大發亮的H字形：

ᚺ

屋外的天空變暗了，雨水重重敲打玻璃窗，蓋過小提琴的聲音。

「跟我來。」希爾斯東下令。

他爬下樓梯，這時暴風雨逐漸增強，巨大的冰雹重擊窗戶、打破玻璃，讓整棟房子爲之搖撼。我伸手壓著腰際，確保思可菲儂石安全無虞，然後跑過去追上希爾斯。

傑克從一個水妖飛向另一個，剁爛它們的小提琴，狠狠砸碎每一位非常有天分的水妖音樂家的希望與夢想。那些水精靈對傑克發動猛攻，但是對那把劍不太有殺傷力，不像傑克對它們的破壞力那麼大。傑克繼續拖住它們，讓我們有足夠的時間走下樓梯。

希爾斯東停下來，高舉雙臂。只聽見驚人的「轟！」一聲，房子的每一扇窗戶和玻璃門全部震碎。冰雹席捲而入，對精靈、密林女妖和水妖一視同仁造成重擊。

「趕快走！」我對群眾大叫：「快點！」

「笨蛋！」阿德曼大叫：「你是我的！你不能逃走！」

我們盡力把每個人都趕到院子裡。到了外面，感覺像是奔跑穿越一堆亂飛的棒球，簡直像颶風一樣猛烈，但這樣總比死在水妖小提琴家手上好多了。貝利茲恩眞是有概念，全身包裹著浴巾，眞希望我也能像他一樣。

精靈四散奔逃。水妖在後面追趕我們，但冰雹打在它們身上造成行動遲緩，而且產生冰冷的泡沫，最後看起來很像從重量杯流出來的雪泥。

我們越過草坪，朝向荒野跑去，跑到一半時聽見警笛聲。我用眼角餘光瞄到警車和救護車開進主車道，警示燈閃個不停。

我們頭頂上的烏雲漸漸散開，冰雹也平息了。希爾斯東顯得搖搖晃晃，我連忙抓住他。我幾乎以爲一定可以跑到樹林，但就在這時，背後有個聲音大喊：「不要動！」

五十公尺以外，我們的老朋友，野花和太陽黑子警官，他們已拔出配槍，正準備對我們開槍，罪名是閒晃、非法闖入，或者未經許可逃走。

「傑克！」我大喊。

我的劍急速飛向那兩名警察，割斷他們的工具腰帶，他們的褲子立刻掉到腳踝處。我發現精靈應該從沒穿過短褲，他們的雙腿又細瘦又蒼白，一點都不美觀也不優雅。

趁著他們試圖恢復自己的尊嚴時，我們衝進樹林。希爾斯東幾乎氣力放盡，我們奔跑時，他倚在我身上，不過我對於扶著他已經很有經驗。這時傑克飛到我旁邊。

「好好玩喔！」他高聲說：「但恐怕只能拖慢他們的速度。我感應到前面有一個好地方可以割開。」

「割開？」我問。

「他是指世界之間的邊界！」貝利茲恩說：「我不曉得你怎麼想，不過對我來說，另外八個世界的隨便哪一個都比現在更好！」

我們跌跌撞撞跑進古井所在的那個空地。

希爾斯東虛弱地搖搖頭。他用一隻手比劃手語，指著各個不同方向。「隨便哪裡都好，但不要這裡。」

貝利茲恩轉身看我。「這是什麼地方？」

「就是希爾斯的弟弟……你也知道。」

貝利茲恩似乎在他的毛巾堆裡縮得好小。「喔。」

「各位，這是最好的地點，」傑克很堅定地說：「這裡有個世界之間的入口，非常細，剛好位在石堆的正上方。我可以……」

我們背後傳來一陣槍響。每個人都畏縮身子，除了希爾斯東。有個東西嗡嗡飛過我的耳朵旁邊，很像惱人的昆蟲。

「傑克，上！」我喊道。

他飛向石堆，劍刃劃破空氣，開啟一道裂口，通往全然的黑暗。

「我喜歡黑暗，」貝利茲恩說：「快點！」

我們拖著希爾斯東，一起走向「在井裡尿尿」的老巢穴，然後跳進了各個世界之間的空間裡。

30 彩虹之上有亂七八糟事繼續進行

我們墜落到一些階梯上，結結實實地撞上去，三人躺成一堆，喘不過氣而且昏頭轉向。我們似乎在一道緊急逃生梯上，有裸露的磚牆、工廠的綠色欄杆、滅火器，以及發亮的「出口」警示燈。在我們的頭頂上方，最近的金屬門以印刷字體標示「六樓」。

我發瘋似地拍拍腰際，幸好思可菲儂石仍然緊緊綁在原處，毫髮無損。傑克已經回到墜子的形式，舒舒服服在項鍊上休息，而他與水妖大戰一場所耗費的能量，全都從我的靈魂吸取出去。我的骨頭感覺好沉重，視線眼花撩亂。光是劈爛小提琴和割斷警官的褲子腰帶，誰想到要花費這麼多力氣？

希爾斯東的模樣也沒好到哪裡去。他緊緊抓住欄杆，拉著自己站起來，但雙腿似乎有點不聽使喚。我差點以爲他喝醉了，不過我從沒看他喝過比尼德威阿爾的「低卡胡椒軍官汽水」味道更強烈的東西。

貝利茲恩脫掉他的浴巾罩袍。「我們在米德加爾特，」他朗聲說：「我不管到哪裡都認得這種氣味。」

對我來說，樓梯間聞起來只有溼答答的精靈、侏儒和馬格努斯的氣味，不過我接受貝利茲的看法。

希爾斯站不太穩，一團紅色汙跡沾染著他的襯衫。

「兄弟！」貝利茲衝到他身邊。「怎麼了？」

「哇，希爾斯。」我扶著他坐下，仔細檢視傷口。「槍傷。我們友善的精靈警官送給他的臨別禮物。」

貝利茲脫掉自己的法蘭克·辛納屈帽子，一拳打穿它。「拜託一下，我們可不可以有二十四小時不要有人得到致命的傷口啊？」

「放輕鬆，」我說：「只是擦過他的肋骨。把他扶穩。」

我用手語對希爾斯說：「不太糟。我可以治好。」

我伸手壓向傷口。熱氣從希爾斯東的側邊散發出去。他猛力吸了一口氣，然後漸漸呼吸得比較順暢了。他皮膚的開口癒合起來。

直到移開手之後，我才意識到自己竟然那麼擔心，全身抖個不停。自從貝利茲恩遇刺之後，我一直還沒試用自己的治療力量，我大概很怕那些力量再也不能發揮作用。

「看吧？」我努力擠出自信的微笑，雖然看起來可能很像中風。「整個好多了。」

「謝謝。」希爾斯以手語說。

「你還是比我所想的虛弱一點，」我說：「我們在這裡休息一下。今天晚上，你需要好好吃一頓飯、喝大量流質，然後睡覺。」

「雀斯醫師說話了。」貝利茲對精靈沉下臉。「而且絕不能再撞上流彈，聽見我說的沒？」

希爾斯的嘴角牽動一下。「我聽不見。我是聾子。」

「幽默，」我指出。「這是好兆頭。」

我們並肩而坐，享受著沒有受傷、遭到追捕或擔驚受怕的新奇時光。

嗯，好啦，我還是覺得擔驚受怕，不過三項裡面只有一項也不差。我先前在亞爾夫海姆將近三十小時的所有爛事，現在開始慢慢沉澱。我好想說服自己，我們已經把那個瘋狂的地方永遠拋諸腦後，再也沒有動輒開槍的警察、修剪整齊的莊園或刺眼的陽光。而且再也沒有阿德曼先生了。然而，我忘不了安德瓦利曾對我們說過：我很快就會體驗到偷取禮物的代價，而且希爾斯東命中注定要再次回家。

「你只是把一場更危險的懲罰往後延遲而已。」

盧恩石「歐特哈拉」還擱在安狄容過世地點的石堆頂上。我有種預感，無論希爾斯東想不想去，總有一天都必須取回他缺失的那個宇宙字母。

我看著希爾斯拍拍襯衫，他想把衣服上的血跡拍乾。等到他終於迎上我的目光，我用手語說：「你爸的事，我很難過。」

他略略點頭，也稍微聳肩。

「法夫納的詛咒，」我說：「我可以問……？」

貝利茲恩清清喉嚨。「也許我們該等到他恢復力氣再說。」

「沒關係。」希爾斯以手語說。

他倚著牆壁支撐身子，才能用雙手表達手語。「法夫納是侏儒。安德瓦利的戒指逼他發瘋。他殺了自己父親，拿走黃金，在一個洞穴裡守護那些財寶。最後他變成一隻巨龍。」

我嚥下口水。「戒指有這種能耐？」

貝利茲恩拉拉自己的鬍子。「小子，戒指激發出最惡劣的人性。也許阿德曼先生的內心沒有那麼邪惡。也許他只會……一直是很不快樂的精靈，而且贏了樂透彩頭獎。」

我回想起希爾斯的父親一邊踢賓客、一邊咯咯發笑，而且放任他的水妖攻擊群眾，自己則到處手舞足蹈。無論阿德曼的內心究竟如何，我都不太相信會是毛茸茸的可愛貓咪。

我望著樓梯頂端，那裡有一塊告示牌寫著「通往屋頂」。

「我們該去找莎米，」我說：「也該找天神海姆達爾55聊聊，請他指引一下要去約頓海姆的哪個地方……」

「啊，小子，」貝利茲恩眨了一下眼睛。「我覺得希爾斯可能需要多一點安靜的時間，然後再與莎米拉碰面、出發去打巨人。我也需要休息一下。」

「也是。」一想起我們的待辦事項，感覺實在很不好。太多人要碰面，太多危險的世界要造訪。找到索爾之鎚的時限只剩下三天了。到目前為止，我們找到一把辣妹劍和一顆藍色石頭，很勉強才沒讓自己送命，還逼使希爾斯東的父親犯罪又發瘋。都算是不出所料吧。

「你們想去瓦爾哈拉過夜嗎？」我問。

貝利茲恩嘀咕一聲。「那些領主不喜歡凡人與光榮的死人混在一起。你去吧，我會帶希爾斯去尼德威阿爾，在我住的地方休息一下。他的日曬機全都設置好了。」

「可是……你們要怎麼去那裡？」

貝利茲聳聳肩。「我以前說過了，米德加爾特的地底下有一大堆入口通往侏儒世界，這棟建築的地下室可能就有一個。如果沒有，只要找到最近的下水道就行了。」

「對啦，」希爾斯以手語說：「我們好愛下水道。」

「你別開始講風涼話，」貝利茲說：「小子，我們明天早上在老地方碰面如何？」

回憶起舊日的美好時光，我忍不住微笑起來；那時我、希爾斯和貝利茲到處閒晃，心裡想著下一餐不知從哪裡來、何時又會遭遇搶劫等等。舊日的美好時光眞的很爛，不過與新近的瘋狂日子比起來，以前爛歸爛，卻沒現在這麼複雜。

「那就老地方見。」我抱抱他們兩人。我不想讓希爾斯或貝利茲離開，但他們兩人的狀況都很差，今晚禁不起更多危險，我也不確定屋頂上會出現什麼狀況。我從腰帶解開思可菲儂石，將它交給貝利茲。「小心收好。保護它的安全。」

「我們一定會，」貝利茲保證說：「還有，小子……謝啦。」

他們互相挽著手臂，跌跌撞撞走下樓梯，倚靠著彼此支撐身子。「別再踩到我的腳趾頭啦，」貝利茲嘀咕說：「你是不是變胖了？不對，左腳先走，你這個蠢精靈。這樣才對。」

我爬到樓梯頂上，心裡好奇自己到底在米德加爾特的何處。

穿梭於不同世界有個事實很討厭：無論想不想去，你冒出的地方經常是必須去的地方。

我認識的四個人已經站在屋頂上，雖然完全不曉得爲何會這樣。莎米和阿米爾站在一個巨大的發光廣告牌下，正壓低聲音在吵架。然後我才發現，那不只是隨便某個廣告牌而已。聳立在我們頭頂上的是知名的波士頓「雪鐵戈」廣告招牌[56]，十八公尺高的正方形LED燈光讓屋頂刷上白色、橘色和藍色。

還有人坐在屋頂邊緣，顯得很無聊的樣子，他們是半生人．岡德森和亞利思．菲耶羅。

---

[55] 海姆達爾（Heimdall）是北歐神話掌管警戒的天神，也是阿斯嘉的門戶「彩虹橋」的看守者。

[56] 這是雪鐵戈石油公司（CITGO）的廣告招牌，豎立於芬威球場附近，是波士頓的著名地標。

莎米和阿米爾忙著吵架，沒注意到我，不過半生人點頭表示歡迎。他似乎沒有很驚訝。

我走向我的英靈戰士夥伴。「呃……怎麼了？」

亞利思跳過屋頂的一片沙礫。「喔，太好玩了。莎米拉想帶阿米爾來看雪鐵戈的廣告招牌，好像與彩虹有關。她需要一位男性親戚當監護人。」

我眨眨眼。「所以你……？」

亞利思對我做個很誇張的「隨時聽候差遣」的鞠躬動作。「我是她的男性親戚。」

我一度產生現實驟然翻轉的暈眩感，然後才意識到，沒錯，對耶，亞利思．菲耶羅現在是「他」。除了他剛才告訴我以外，我不確定自己怎麼會知道。他的服裝並沒有顯露性別的特點，穿著平常的粉紅色高筒球鞋，搭配合身的綠色牛仔褲和粉紅色長袖T恤。真要說的話，他的頭髮似乎有點長，依然染成綠色，髮根是黑色，而現在梳成旁分，而且有大波浪。

「我的代名詞要用『他』和『他的』，」亞利思堅定地說：「而且你可以不用再看呆了。」

「我沒有……」我克制自己。爭論這點沒有意義。「半生人，你在這裡幹嘛？」

狂戰士笑起來。他穿著波士頓棕熊冰球隊的T恤，搭配牛仔褲，可能是為了融入凡人之中，不過他的戰斧斜揹在背上，這樣有點洩露身分吧。「喔，我嗎？我負責監護這位監護人。而我的性別沒有改變，多謝你問起喔。」

亞利思打了他一掌，那一定會贏得瑪洛莉．基恩的讚賞。

「哎唷！」半生人抱怨說：「就阿魯來說，你打人的力道很大喔。」

「關於這名詞，我是怎麼對你說的？」亞利思說：「我自己會決定是男性、不是男性、女性或不是女性。別逼我再殺你一次。」

半生人翻個白眼。「你只殺過我一次，而且那次根本不公平。我午餐時間再找你算帳。」

「隨便你。」

我瞪著他們兩人，突然領悟到過去一天半以來，他們已經變成朋友了……透過互噴垃圾話、殺死對方等等十九樓樓友之間維繫感情的方法。

亞利思從他的腰帶鉤環取下勒繩。「那麼，馬格努斯，你想辦法治好你的侏儒了嗎？」

「呃，對啊。你聽說了那件事？」

「莎米幫我們補充資訊。」他把勒繩繞到手上，開始玩起綳繩遊戲，過程中居然沒切斷自己的手指。

莎米將訊息分享給亞利思聽，我不知道這算不算好兆頭。也許他們已經開始信任彼此，也說不定莎米不顧一切想要阻止洛基，結果無暇顧及原本的謹慎風格。我想要問亞利思，關於我夢到洛基在他的套房裡，向他提出「簡單的請求」，而他拿花盆扔向洛基。我判斷現在也許不是詢問的好時機，特別是菲耶羅的勒繩這麼靠近我脖子的時候。

亞利思用下巴指指莎米和阿米爾。「你應該過去那邊。他們一直在等你。」

那對快樂的情侶還在吵架……莎米舉高雙手的手掌，做出懇求的手勢，阿米爾則是用力拉扯頭髮，彷彿很想把自己的腦袋拉出來。

我對半生人皺起眉頭。「他們怎麼知道我會在這裡？連我自己都不知道啊。」

「奧丁的渡鴉，」半生人說著，彷彿這是完全合乎邏輯的解釋。「不管怎樣，你就過去打斷他們吧，那樣爭辯根本討論不出結果，而且我好無聊。」

半生人對無聊的定義是「我現在沒有半個人可以殺，也沒有半個人用有趣的方法死給我看」，因此我不急著解除他的無聊。但無論如何，我走向莎米和阿米爾。

眞開心，莎米拉沒用她的斧頭把我劈成兩半。她看到我甚至顯得鬆一口氣。「馬格努斯，很好。」廣告招牌的燈光滑過她身上，讓她的穆斯林頭巾變成樹皮顏色。「貝利茲恩還好嗎？」

「他好多了。」我對她說明事發經過，不過她似乎有點分心，眼神不時飄回阿米爾身上，他仍舊企圖把腦袋拉出來。

「所以，」我結束說明，「你們幾位來這上面幹嘛？」

阿米爾爆出一陣笑聲。「喔，你也知道，就平常那樣啊。」

這可憐的傢伙，聽起來不像有人對他施了一整袋盧恩石的咒語。我瞥了他的雙手一眼，想確認他沒有戴上什麼新的詛咒戒指。

莎米雙手合十，豎立在她的嘴巴前面。我希望她今天沒有打算駕駛飛機，因爲她看起來累壞了。「馬格努斯……自從你離開以後，我和阿米爾一直斷斷續續討論。我帶他來這裡，是想讓他看看證據。」

「什麼事的證據？」我問。

阿米爾雙手一攤。「顯然是眾神啊！有九個世界！證明我們的整個人生都是大謊言！」

「阿米爾，我們的人生並不是大謊言。」莎米的聲音微微發抖。「只是……比你原本所想的更複雜。」

他搖搖頭，他的頭髮現在亂翹一通，很像憤怒的雞冠。「莎米，經營餐廳很複雜，取悅我爸和我的祖父母和你的外祖父母也很複雜。我只想和你在一起的時候，發現還要等兩年才能結婚，那也很複雜。不過這個呢？女武神？眾神？英靈……我甚至說不出完整的名詞！」

莎米拉可能已經臉紅了。由於燈光的關係，我實在看不出來。

「我也想和你在一起。」她的語氣很平靜，不過充滿說服力。「而且我努力表現給你看。」

身處於他們的對話之中，我覺得自己活像穿游泳短褲的精靈一樣尷尬。我也覺得有罪惡感，因爲我一直鼓勵莎米對阿米爾坦承相告。我曾對她說，他很堅強，足以面對眞相。我不希望結果證明我是錯的。

我直覺想要退開，讓他們獨處，不過我有種感覺，莎米和阿米爾之所以能夠像這樣公開在一起，是因爲他們有三位監護人。我永遠無法理解現代這種已經訂婚的青少年。

「莎米，」我說：「如果只想給他看看詭異事物的證據，就讓你的火焰長矛噴火吧。繞著屋頂飛也可以，反正你可以做一百萬種事……」

「那些事全都不該讓凡人看到，」她痛苦地說：「馬格努斯，這根本自相矛盾。照理說，我不該對凡人顯現我的力量，所以如果故意嘗試，我就沒辦法發揮力量。我如果說：『喂，看我這樣飛！』突然間我就不能飛了。」

「那樣根本沒道理啊。」我說。

「謝謝你這樣說。」阿米爾附和說。

莎米懊惱得直跺腳。「馬格努斯，你試試看啊，讓阿米爾看看你是英靈戰士。跳到廣告招牌頂上。」

我抬頭瞥了一眼。十八公尺高……有點難耶，但是辦得到。然而光是這樣考慮，我的肌肉就開始發抖，力氣也消失殆盡。我猜如果嘗試看看，大概只能跳個十八公分高吧，讓自己看起來像笨蛋，無疑也對半生人和亞利思非常有娛樂效果。

「我懂你的意思了，」我承認。「不過我和希爾斯東突然從飛機消失呢？」我轉身看著阿米爾。「你注意到了，對吧？」

阿米爾看起來很迷惘。「我……我想是吧。莎米一直提醒我那件事，但是感覺愈來愈模糊。你們眞的在那班飛機上嗎？」

莎米嘆口氣。「他的心智努力要把那件事抵銷掉。阿米爾的變通性比巴瑞好，我們才剛降落，巴瑞就忘了你們幾個人。不過還是……」

我迎上莎米的目光，終於明白她爲何這麼憂慮。她向阿米爾說明自己的生活，要做的不只是誠實而已，其實更要嘗試改造她男友的心智。假如成功，或許能夠開啟他的感知能力，他就能像我們一樣看見九個世界。萬一失敗了……最好的情況是阿米爾最終忘了這一切，他的心智會掩蓋掉曾經發生的所有事物；而最糟的情況呢？這些經驗會留下永久的傷痕，他可能再也無法完全復原。但無論哪一種結果，他怎麼可能再用同樣的眼光看待莎米拉？他可能永遠都會抱持無止盡的懷疑，覺得有些事怪怪的、不太對勁。

「好，」我說：「那麼，你爲什麼帶他來這裡？」

「因爲，」莎米開口說，一副今天晚上已經解釋過二十次的模樣。「對凡人來說，最容易看到的超自然事物是彩虹橋。反正我們必須找到海姆達爾，對吧？我想，假如我可以教阿米爾看到彩虹橋，也許就能永久擴充他的感官。」

「彩虹橋，」我說：「通往阿斯嘉的彩虹橋。」

「對。」

我抬頭看著雪鐵戈招牌，上頭廣告的是汽油，這是美國新英格蘭地區最巨大的發光廣告招牌，俯瞰著肯莫爾廣場約有一世紀之久。「你是要告訴我……」

「這裡是波士頓最明亮的定點，」莎米說：「彩虹橋不是每一次都固定在這裡，不過大多數時候……」

「兩位，」阿米爾插嘴說：「說眞的，你們沒有一定要向我提出證明。我只是……我會相信你們說的話！」他發出一陣神經兮兮的笑聲。「我愛你，莎米。我相信你。我可能會緊張到崩潰，但是沒關係！眞的沒關係。我們去做點別的事吧！」

我了解阿米爾爲什麼想走開。我見識過一些瘋狂事物，像是會說話的劍、喜歡編織的殭屍、世界上最富裕的淡水石斑魚等。然而就算是我，要相信雪鐵戈廣告招牌竟然是通往阿斯嘉的大門也很困難。

「兄弟，聽著，」我抓住他的肩膀。我認爲身體接觸是我最大的優勢，莎米拉不能碰觸他，直到他們結婚才可以，但若要說服某個朋友，最有用的方法就是搖晃他的身子，把概念搖進他的腦袋裡。「你得試試看，好嗎？我知道你是穆斯林，你不相信有很多天神。」

「他們不是天神，」莎米自告奮勇說：「他們只是很有力量的實體。」

「無論如何，」我說：「兄弟，我是無神論者，我什麼都不相信。可是……這件事是眞實的。有點亂七八糟，不過是眞的。」

阿米爾咬著唇。「我……我不知道，馬格努斯，這讓我非常不安。」

「我知道，兄弟。」我看得出來他很努力聆聽，但感覺比較像是我對他大吼，他卻戴著隔絕噪音的耳機。「我也覺得很不安。我得知的一些事情……」我停下來。我心想，現在把我表姊安娜貝斯和希臘眾神牽扯進來，時機恐怕不太對。我不想給阿米爾一顆動脈瘤。

「注意聽我說，」我命令道：「看著我的眼睛。你辦得到嗎？」

一連串的汗珠從他的側臉汨汨滑落。他像是費盡全力舉起一百多公斤重的東西，奮力迎上我的視線。

「好，那麼仔細聽，」我說：「跟著我說一次：我們會一起抬頭看。」

「我們會……會一起抬頭看。」

「我們會看到一座彩虹橋。」我說。

「我們會……」他的聲音很沙啞。「看到一座彩虹橋。」

「而且我們的腦袋不會爆掉。」

「……不會爆掉。」

「一，二，三。」

我們抬頭看。

然後，該死……真的在那裡。

觀看世界的角度似乎改變了，因此我們是以四十五度角看著雪鐵戈廣告招牌，而不是直角。有一條燃燒的彩色薄片從招牌頂端延伸出去，沿著弧線通往夜空。

「阿米爾，」我說：「你有沒有看到這個？」

「我不相信。」他喃喃說著，從語氣聽來，他顯然看見了。

「感謝阿拉，」莎米說，我從沒看過她笑得這麼燦爛，「最慈悲、最憐憫的真主啊。」

接著，天上傳來一個聲音，聽起來很尖厲，而且一點都不神聖：「嘿，各位！上來吧！」

31 海姆達爾幾乎找了每一個人自拍

阿米爾差點就採取英靈戰士的行動。要不是我拉住他，他恐怕會嚇得往上跳高十八公尺。

「那是什麼？」他追問道。

莎米拉眉開眼笑。「你聽見他說的話嗎？那太棒了！剛才是海姆達爾邀請我們上去。」

「上去，就像……眞的上去？」阿米爾從廣告招牌旁邊退開。「那樣怎麼會很棒？」

半生人和亞利思走到我們旁邊。

「瞧瞧那個。」亞利思看到宇宙之橋跨越天空，語氣聽起來沒有特別驚嘆。「安全嗎？」

半生人歪著頭。「可能吧，如果海姆達爾邀請他們。否則他們一踏上彩虹就燒成灰。」

「什麼？」阿米爾大吼。

「我們才不會燒掉。」莎米怒目瞪著半生人。「我們一定沒事。」

「我去，」亞利思朗聲說：「你們兩個瘋狂小子還需要一個護衛，才不至於做出不可靠的事情。」

「不可靠？」阿米爾的語調又提高了半個八度音。「像是從燃燒的彩虹爬進天空嗎？」

「沒事，老兄，」我說，但我知道，過去幾個月來，我對「沒事」的定義愈來愈寬鬆了。

半生人交叉雙臂。「你們都去玩吧，我要待在這裡。」

「爲什麼？」亞利思問：「怕了嗎？」

狂戰士笑起來。「我以前見過海姆達爾。這種榮幸我只需要一次就好。」

我不喜歡聽到這種話。「爲什麼？他是什麼樣的人？」

「你看了就知道。」半生人露出詭異的笑容。「我會回去瓦爾哈拉跟你們碰面。盡情探索跨維度的空間吧！」

莎米笑開懷。「阿米爾，我等不及要讓你看看了，走吧！」

她走向雪鐵戈招牌，然後幻化成一抹彩色光。

「莎米？」阿米爾大叫。

「噢，酷喔！」亞利思向前跳，他也不見了。

我拍拍阿米爾的肩膀。「他們沒事。老兄，堅強一點。以前我無家可歸時，你給我好多盤炸豆泥球。現在我要報答你了。我要讓你見識一下九個世界！」

阿米爾深吸一口氣。他眞的很棒，既沒有崩潰、整個人縮成一顆球，也沒有大哭；如果發現空中傳來粗啞的聲音，邀請你踏上他們的彩虹，你會有上述所有的反應也只是剛好而已。

「馬格努斯？」他說。

「怎樣？」

「以後提醒我，再也不要給你炸豆泥球了。」

我們一起走進橘色的光暈裡。

這裡什麼都看不到。只有四名青少年走在一條核子彩虹上。

我們周圍環繞著光芒，模糊且高熱。我們並非走在光滑結實的表面上，感覺比較像是跋涉穿越及腰的麥田……假如麥子是由高度放射性的光線所構成的話。

我不知何時弄丟了亞爾夫海姆的太陽眼鏡，但也懷疑太陽眼鏡在這裡根本沒用。這種光線的強度完全不一樣，各種色彩讓我的眼睛彷彿兩顆心臟不斷地跳動，熱源似乎在距離皮膚一公釐處激烈旋轉。而在我們的腳下，彩虹橋產生低沉的隆隆聲響，很像錄下爆炸聲響後無限輪迴播放。我想，半生人·岡德森說得很對，如果沒有海姆達爾的允許，我們一踏上彩虹橋的那一瞬間就會蒸發殆盡。

在我們背後，波士頓的城市景觀變得模糊難辨。天空轉變成黑色，滿天星斗，很像我和媽媽以前健行時常看到的景象。回憶哽在喉嚨隱隱作痛。我想著營火和烤棉花糖的氣味，我和媽媽輪流講故事，還亂掰新的星座，像是捲心餅座、袋熊座等，然後嘲笑自己好蠢。

我們走了好久，我開始懷疑彩虹另一端是否根本沒東西。忘了一桶桶的黃金和小妖精，忘了阿斯嘉，說不定那全是捉弄人的惡作劇。海姆達爾可能會讓彩虹橋突然消失，讓我們飄浮在虛空之中。「你說對了，」他那粗啞的嗓音會這樣嚷嚷：「我們根本不存在。笑！」

黑暗漸漸變得灰白，地平線升起另一座城市的天際線，有閃閃發亮的高牆和金色大門，而它們的後方出現了天神宮殿的尖塔和圓頂。我以前只看過阿斯嘉一次，是從內部看到的，從瓦爾哈拉的一扇窗戶望出去。而現在從遠方遙望，感覺更加震撼。我不禁想像自己是巨人入侵大軍的一員，沿著這座橋大步前行。我相當確信自己看到那座浩大的堡壘時，一定會像洩了氣的皮球喪失希望。

而且，屹立在我們正前方的橋上，叉開雙腿穩穩站著的人，是一名身材高大的戰士，佩戴一把巨大的劍。

在我的想像中，天神應該很溫和、沉著，就像電影明星那一型。眞實的海姆達爾則有點令人失望，他穿著加了襯墊的布料束腰外衣搭配毛料緊身褲，全都是米色，因此他是根據彩虹橋挑選這顏色。我明白這是僞裝，是融入彩虹的最佳方法。他有一頭淡金色頭髮，毛毛躁躁很像公羊毛，臉上笑意盈盈，皮膚是很深的褐色，可能是數千年來一直站在放射性橋上的結果。我希望他未來沒有計畫要生小孩。

整體來說，他看似呆呆傻傻的傢伙，你在校車上不會想坐在這種人旁邊，只有兩方面例外：他的劍沒有劍鞘，幾乎像他一樣高大；另外，他的左肩掛著一支巨大彎曲的公羊角。巨劍和羊角看起來很有氣勢，不過它們都太巨大了，彼此不斷撞來撞去。我有種感覺，假如海姆達爾殺了你，只會是因爲他笨手笨腳、不小心絆倒所造成的結果。

我們走近時，他熱情地揮手，結果巨劍和羊角彼此碰撞，發出「哐啷，咚，哐啷，咚」的聲音。「各位，你們好嗎？」

我們四人停下腳步。莎米彎身鞠躬。「海姆達爾陛下。」

亞利思看著她，意思像是說；「陛下？」

至於阿米爾，他在我旁邊捏著自己的鼻梁。「我不敢相信自己看到了什麼。」

海姆達爾挑挑濃密的眉毛，他的虹膜是純淨的雪花石膏色澤。「喔，那你看到什麼？」他望向我們背後的虛空。「你是指辛辛那提帶槍的那傢伙嗎？不，他沒事，只是要去靶場。難道你指的是穆斯貝爾海姆[57]那個火巨人？他正往這裡來……不，等一下。他絆倒了！太可笑了！眞希望我能上傳這段短片。」

我試著依循海姆達爾的視線望去，但是什麼都沒有看到，只有空曠的空間和星辰。「你到底……」

「我的視力眞的很棒，」天神解釋：「我可以查看九個世界的狀況。而且聽力也很棒！剛才聽你們幾個人在屋頂討論事情，從這麼遠都聽得到。所以我才決定丟一條彩虹給你們。」

莎米拉嚥下口水。「你，呃，聽到我們的討論？」

海姆達爾笑起來。「全部一清二楚。你們兩個實在太可愛了。其實，等一下談正事之前，我可以和你們一起自拍嗎？」

阿米爾說：「呃……」

「太棒了！」海姆達爾笨手笨腳拿起他的羊角和巨劍。

「你需要幫忙嗎？」我問。

「不，不，我沒問題。」

亞利思．菲耶羅悄悄溜到我旁邊。「況且，這實在一點都不好玩啊。」

「亞利思，我可以聽到你說的話喔，」天神警告說：「我可以聽到八百公里以外玉米生長的聲音，也可以聽到霜巨人在他們的約頓海姆堡壘打嗝的聲音。我絕對可以聽到你說的話。但是別擔心，我一天到晚自拍。那就來瞧瞧……」

他拿著巨大的公羊角亂轉一通，好像要尋找某個按鈕。在此同時，那把巨劍在他的臂彎裡呈現很危險的角度，將近兩公尺長的劍刃斜斜指向我們。我眞想知道傑克對這把劍有什麼看法，那究竟是個辣妹？還是職業美式足球後衛？說不定兩者都是。

57 穆斯貝爾海姆（Muspelheim）是北歐神話的九個世界之一，意思是「火焰之國」。

「啊哈！」海姆達爾一定是找到正確按鈕了。他的羊角驟然縮小，變成我所見過最巨大的智慧型手機，螢幕尺寸大概有正方形的西西里披薩那麼大，手機殼是用閃亮的山羊角做成。

「你的羊角是一支手機？」阿米爾問。

「我想，嚴格來說是平板手機，」海姆達爾說：「不過也沒錯，這是『加拉爾』[58]，世界末日的號角兼平板手機！我吹這寶貝一聲，眾神就知道阿斯嘉有麻煩了，他們會趕緊跑來。如果我吹兩聲，寶貝，那是諸神的黃昏！」海姆達爾一想到他負責發出摧毀九個世界最後戰役開打的信號，似乎就快樂得不得了。「大多數時候，我只用它來拍照、發簡訊什麼的。」

「那樣一點都不會引發恐慌。」亞利思說。

海姆達爾笑起來。「你可不知道喔。有一次，我不小心按錯了世界末日鍵吧？超糗的。我得發簡訊給通訊錄上的每一個人，像是『錯誤警報！』。不過很多天神還是跑來了。後來我幫他們做了ＧＩＦ檔，就是他們衝上彩虹橋卻發現根本沒開戰。超爆笑！」

阿米爾不斷眨眼，也許是因爲海姆達爾講的話太感人了。「你負責管理世界末日。你眞的是一個……一個……」

「一個阿薩天神？」海姆達爾說：「是啊，我是奧丁的兒子！但是話說回來，阿米爾，我認爲莎米拉說得對。」他靠過來，以免八百公里以外玉米田的人們聽到他說的話。「坦白說，我也不會把我們這些人視爲『天神』。我的意思是說，如果你看過索爾在地板上昏過去，或者奧丁穿著他的浴袍對著弗麗嘉大呼小叫，只因爲她用了他的牙刷……實在很難在我家人身上看到神性啊。就像我的那些媽媽經常說……」

「那些媽媽？不只一個媽媽？」阿米爾問。

「對呀，我是九個母親生的。」

「怎麼會……」

「不要問，很可怕。母親節的時候超痛苦，要打九通不同的電話、買九束花。我小時候還得想辦法準備九份床邊早餐……噢，天哪！總之，我們來自拍吧。」

他對莎米和阿米爾左摟右抱。他們兩個人目瞪口呆，因為有個滿臉笑容的天神擠在他們中間。海姆達爾把平板手機拿遠，但是他的手臂不夠長。

我清清喉嚨。「你確定不需要我……？」

「不用，不用！除了我以外，沒有人拿得動這支超大的平板手機『加拉爾』。不過沒問題！各位，暫停一下下。」海姆達爾向後退一步，又開始笨手笨腳地摸索他的手機和巨劍，顯然企圖要把它們連接在一起。經過一番笨拙的操作（而且可能按錯好幾次世界末日鍵），他終於得意地舉起劍，現在平板手機掛在劍尖。「登愣！我有史以來最棒的發明！」

「你發明了自拍棒啊，」亞利思說：「我還想知道這東西要歸咎於誰。」

「其實呢，這是自拍劍，」海姆達爾把他的臉擠到莎米和阿米爾之間。「來，說『陳年起司』！」加拉爾閃爍一下。

海姆達爾又費了好一番工夫才把手機從劍尖取下，然後檢視拍攝成果。「完美！」他自豪地讓我們看照片，彷彿三秒鐘前拍照時我們都不在場。

「有沒有人曾經說你很瘋？」亞利思問。

---

58 加拉爾（Gjallarhorn）的字意是喊叫或警告。

「瘋才好玩！」海姆達爾說：「來嘛，來看看其他一些照片。」

他叫我們四個人圍著平板手機，開始滑他的照片串流，不過我一直分心，因爲海姆達爾的氣味聞起來很像溼答答的綿羊。

他給我們看的一張照片是壯麗的印度泰姬瑪哈陵，海姆達爾的大臉從前景浮現出來。接著是瓦爾哈拉的宴會廳，看起來模糊不清，因爲完全對焦在海姆達爾的鼻子上，把後面整個遮住了。接下來是美國總統發表國情咨文的照片，配上亂入的海姆達爾。

照片涵蓋了全部九個世界，全部是自拍照。

「哇哦，」我說：「這些眞是……風格好一致啊。」

「我不喜觀這張照片裡我穿的襯衫。」他給我們看一張照片，精靈警察正用警棍毆打密林女妖，而海姆達爾在前景笑得咧開嘴，身穿藍色條紋 polo 衫。「不過呢，噢，我在阿斯嘉這裡的某個地方拍到這張驚人照片，我裝出氣呼呼的表情，假裝吃掉奧丁的宮殿！」

「海姆達爾，」莎米拉插嘴說：「這些眞的很有趣，不過我們很希望你能幫忙。」

「唔？喔，你想要拍我們五個人的全體合照嗎？也許用阿斯嘉當背景？當然好！」

「其實，」莎米說：「我們正在找索爾的巨鎚。」

所有的興奮之情都從海姆達爾的雪花石膏眼睛消退了。「喔，別又來了。我早就對索爾說過，我什麼都看不到啦。他每天都打電話給我、傳簡訊給我、主動寄他的山羊照片給我。『看得認眞一點！看得認眞一點！我告訴你喔，到處都找不到。親眼好好瞧一瞧。』」

他又滑過更多張照片。「沒有巨鎚。沒有巨鎚。有我和碧昂絲的合照，但是沒有巨鎚。唔，我可能該把大頭貼換成那張。」

「你知道嗎？」亞利思伸伸懶腰。「我打算在這裡躺下來，不要殺任何討厭的人，好嗎？」他仰躺在彩虹橋上，張開雙臂，在光線中悠閒地揮動兩隻手臂，扮成彩虹天使。

「呃，對啦，」我說：「海姆達爾，我知道那很煩，不過你覺得有沒有可能幫我們再看一下？我們認爲邁歐尼爾藏在地底下，所以……」

「嗯，那就說得通啦！如果是堅硬的岩石，我只能看穿，大概，最多一、兩公里吧。如果比那樣還深……」

「對了，」莎米插嘴說：「重點是我們知道大概是誰拿走巨鎚。是個叫索列姆的巨人。」

「索列姆！」海姆達爾一臉不悅，活像那是他絕對不願意紆尊降貴一起自拍的對象。「那個又討厭、又醜陋……」

「他想要與莎米結婚。」阿米爾說。

「但他不會稱心如意。」莎米說。

海姆達爾倚著他的劍。「嗯，好吧。這眞是兩難的困境。我輕而易舉就能把索列姆的所在位置告訴你們，可是他不會笨到把巨鎚藏在他的堡壘裡。」

「我們也知道。」我判斷海姆達爾的注意力應該快到極限了，不過還是對他說明洛基的惡毒婚禮計畫、思可菲儂劍和石頭、期限是短短的三天後，以及山羊殺手，他可能站在我們這邊，也可能不是，總之他叫我們找到海姆達爾，請求指引方向。每隔一陣子，我都隨便亂加一句「自拍」，以便維持天神的興趣。

「唔，」海姆達爾說：「既然這樣，我很樂意再一次掃掃看九個世界，找到山羊殺手這個人。我再把自拍劍架設起來。」

「說不定，」阿米爾建議說：「你只要用眼睛看就好，不必用到你的手機？」

海姆達爾瞪著我們的凡人朋友。阿米爾說出我們每個人內心的想法，以他第一次造訪北歐外太空來說，這實在是相當英勇的舉動。但我很怕海姆達爾可能決定用他的劍採取別的舉動，而不只是拍攝廣角自拍照而已。

幸好海姆達爾只是拍拍阿米爾的肩膀。「沒關係，阿米爾，我知道你對九個世界等等之類還是一頭霧水。不過，你說的話恐怕完全沒道理喔。」

「海姆達爾，拜託，」莎米說：「我知道這似乎……很奇怪，但對你來說，直接望向九個世界說不定會產生很新鮮的觀點。」

天神看起來不太相信。「當然有其他方法可以找到你們的山羊殺手，也許我可以吹響加拉爾號角，把眾神召集到上面這裡來。我們可以問他們有沒有看到……」

「不！」我們全部同時尖叫。亞利思稍晚一點點加入，他仍然躺著扮演光之天使，也許可以替他的「不」加上一點生動多彩的形容詞吧。

「唔。」海姆達爾沉下臉。「嗯，這是極度不正統的做法。但那個大塊頭巨人醜死了，我不想見到他介入像你們兩個這麼可愛的情侶之間。」海姆達爾在我和莎米之間搖搖手指。

「呃，其實是那兩人。」我更正說，指著阿米爾。

亞利思躺在彩虹裡面哼了一聲。

「對喔，當然。」海姆達爾說：「抱歉。你們本人和相機ＡＰＰ裡面的模樣差好多。你說的新鮮觀點也許很有道理！我們來瞧瞧能在九個世界找到什麼新鮮事！」

32 哥吉拉傳送重要訊息給我

海姆達爾凝視著遠方，隨即踉蹌後退。「我的九個媽呀！」

亞利思．菲耶羅坐起來，突然顯得很有興趣的樣子。「那是什麼？」

「呃……」海姆達爾的臉頰變成像他頭髮一樣的綿羊色。「巨人。大批的巨人。他們……他們似乎集結在米德加爾特的邊界。」

在有美國總統的場合，海姆達爾都忙著亂入自拍了，我眞好奇他到底還錯過哪些危險情勢。看到這傢伙的德性以及失去巨鎚的索爾，阿斯嘉若要保持安全，無疑要仰賴一些毫無準備、訓練不足的人，就像……嗯，我們。

莎米努力讓聲音平穩冷靜。「海姆達爾陛下，我們知道那些巨人的事。他們懷疑索爾之鎚不見了。除非我們能趕快把它找回來……」

「對。」海姆達爾舔舔嘴唇。「我……我想，你們確實說過類似的事。」他把手掌放在耳朵旁邊凝神諦聽。「他們正在談論……一場婚禮。索列姆的婚禮。其中一名巨人首領……他抱怨個不停，因爲他們得等到婚禮結束才能入侵。索列姆顯然向他們保證儀式之後會有好消息，會讓他們比較容易入侵。」

「與洛基結盟嗎？」我猜測說，不過感覺有點不太對勁。一定不只是這樣。

「還有，」海姆達爾繼續說：「索列姆曾說……沒錯，直到婚禮之後，他自己的武力才會參加入侵的行列。他警告其他軍隊，若沒有他的力量就開啟戰爭，那種行為太魯莽。我……我認為那些巨人並未把索列姆看在眼裡，但從我偷聽到的狀況，他們是對他妹妹有所顧忌。」

我想起自己的夢境：那個女巨人的聲音好粗啞，而且把我的泡菜罐揮打到吧檯下面去。

「海姆達爾，」我問：「你看得到索列姆嗎？他在做什麼？」

天神瞇起眼睛，望向虛空的更深處。「有了，他在這裡，剛好在我視線的邊緣，位於岩層下方大約一點五公里的地方。坐在他那個可怕的堡壘裡。他為什麼想把自己住的洞穴裝潢成酒吧的樣子，我實在不懂。噢，他真的好醜！我對於要和他結婚的人寄予無限的同情。」

「太好了，」莎米喃喃說著：「他在幹嘛？」

「喝酒，」海姆達爾說：「現在他打嗝。喔又喝酒了。他的妹妹索列恩嘉……哎唷，她講話的聲音簡直像木槳刮過冰面！她臭罵索列姆是笨蛋。大意是說他的婚禮是個愚蠢的主意，等新娘一到，他們應該立刻殺了她！」

海姆達爾停下來，也許想起莎米拉正是他們談論的可憐女孩。「呃……抱歉。不過就我看來，巨鎚根本不在那裡。這沒什麼好意外的，那些大地巨人，他們大可把東西埋在……」

「讓我猜猜看，」我說：「埋在地底下？」

「完全正確！」海姆達爾似乎對於我這麼了解大地巨人感到很驚奇。「他們隨時可以取回埋藏的物品，只要把東西召喚回手裡就行了。我想，索列姆會等到婚禮結束後才行動。一旦得到新娘和嫁妝，他就會召喚巨鎚……假如他願意履行那部分的交易條件。」

阿米爾看起來快吐了，比我跳下塞斯納飛機的嘔吐感更嚴重。「莎米，你不能做這種事！太危險了。」

「我不會啦。」她握緊拳頭。「海姆達爾陛下，你是神聖婚姻之床的守護神，對吧？古老的故事都說，你穿梭於人世間，對夫婦提出忠告，祝福他們的子女，而且創造各種不同的維京人社會階級？」

「我有嗎？」海姆達爾對自己的手機瞥了一眼，彷彿想要查詢這項資訊。「唔，我想，對吧。當然啦！」

「那麼，傾聽我神聖的誓言吧，」莎米說：「我對彩虹橋和所有九個世界發誓，除了阿米爾．法德蘭這個男子，我絕對不會與任何人結婚。」（幸好她指著正確方向，沒有牽連到我，否則就囧了。）「我甚至不會假裝與那個巨人索列姆結婚。那種事絕對不會發生。」

亞利思．菲耶羅站起來，噘著嘴，面露不悅的神色。「呃……莎米？」

我猜亞利思與我想著同樣的事：萬一洛基控制住莎米的行動，她可能就無法遵守這樣的誓言了。

莎米對亞利思露出警告的眼神。出乎意料之外，亞利思閉上嘴巴。

「我已經發了誓，」莎米朗聲說：「如果眞主意欲，我會堅守自己的誓言，與阿米爾．法德蘭結婚，依照古蘭經和先知穆罕默德的教誨，願平安歸於他。」

聽到莎米許下沉重的穆斯林神聖誓言，我不曉得彩虹橋會不會因而倒塌，但似乎沒有發生異狀；只有阿米爾例外，他看起來好像遭到一支平板手機狠狠打中眉心。

「願……願平安歸於他。」他結結巴巴地說。

海姆達爾吸吸鼻子。「也太甜蜜了吧。」一滴宛如植物汁液的潔白眼淚滑落他的臉頰。「我希望你們瘋狂相愛的兩人能夠成功。我衷心祝福。我希望……」他歪著頭，聆聽宇宙遠處的喃喃聲響。「沒有，我沒有列名在你與索列姆的婚禮賓客名單上，該死。」

莎米看著我，意思像是：剛才那幾分鐘只存在於我自己的想像嗎？「海姆達爾陛下，你的意思是……我剛才發誓的婚禮不會實現嗎？」

「不，」他堅定地說：「我確定那會很美好，但即將成爲你小姑的索列恩嘉，她一次又一次碎唸著『不要阿薩神族，不要華納神族』。他們顯然以最高等級的保全措施篩選賓客。」

「他們不想讓索爾闖進去，」亞利思猜測說：「然後偷回他的巨鎚。」

「那樣就說得通了。」海姆達爾的視線盯著地平線。「重點是，他們的這個地下堡壘酒吧……我看出它的奧妙了。只有一種方法可以進去，而入口通道不斷改變，每天都在不同地方開啟。有時出現在某一道瀑布後面，或者某個米德加爾特的洞穴裡，或者某棵樹的樹根底下。即使索爾想要規畫一場攻擊行動，他也不曉得某一天該從哪裡著手。」他皺起眉頭。「索列姆和索列恩嘉還在討論賓客名單，只有家人和巨人受邀參加，而且……蘭道夫是誰？」

我覺得好像有人把彩虹橋的溫度控制器調高了。我的臉熱熱癢癢的，彷彿臉頰又形成一個掌狀的灼燒痕跡。

「蘭道夫是我的舅舅，」我說：「你看得到他嗎？」

海姆達爾搖頭。「在約頓海姆沒看到，不過索列姆和索列恩嘉看到他在名單上好像非常生氣。索列姆說『洛基很堅持』，索列恩嘉就亂丟瓶子。」海米達爾瞇起眼睛。「抱歉，我得移開視線。沒有用照相鏡頭看，每一種東西感覺都好立體！」

阿米爾憂心忡忡看著我。「馬格努斯，你有個舅舅參與這整件事？」

我不想討論這件事。殭屍古墓裡的情景一直在我腦海裡反覆播放：蘭道夫一邊尖聲狂叫，一邊舉起思可菲儂劍，刺入貝利茲的腹部。

幸虧亞利思・菲耶羅轉移話題。

「嘿，自拍陛下，」他說：「那個山羊殺手怎麼樣？他是我們現在得立刻找到的人。」

「啊，對喔。」海姆達爾把他的劍刃舉高到眼睛上方，像是拿著遮陽板，過程中差點把我的頭砍掉。「你說有個人影身穿黑衣、戴著金屬頭盔，而且面罩很像怒吼的狼？」

「就是他。」我說。

「我沒有看到他，不過有件事很奇怪。我知道自己說不用相機，但是……啊，我不確定該怎麼描述。」他舉起平板手機拍了一張照片。「你們有什麼看法？」

我們四個人聚集在螢幕周圍。

很難判斷規模，畢竟照片是從跨維度空間拍的，不過可以看到峭壁頂端有一座貌似倉庫的巨大建築，有一些閃爍的霓虹燈字樣橫跨屋頂上方，幾乎像雪鐵戈廣告招牌一樣醒目：厄特加爾保齡球館。

在那後面有個更巨大也更令人吃驚的東西，是個充氣的哥吉拉，很像你會在汽車展示中心看到的銷售廣告。哥吉拉的手上拿著一個告示牌，上面寫著：

嗨，馬格努斯。

來玩嘛！

有消息給你。帶你的朋友來！

打敗索列姆的唯一方法＋好玩的保齡球。

愛你的大男孩

我脫口說了幾句北歐粗話，眞想把那支世界末日平板手機扔下彩虹橋。

「大男孩，」我說：「我早該知道才對。」

「這很不妙，」莎米喃喃說著：「他以前就對你說過，總有一天你會需要他出手幫忙。不過，假如他眞的是我們唯一的希望，我們就死定了。」

「爲什麼？」阿米爾問。

「對啊，」亞利思疑惑問道：「這個會透過充氣哥吉拉傳遞訊息的『大男孩』是誰？」

「我認識這位！」海姆達爾興高采烈地說：「他是有史以來最危險、力量最強大的巨人魔法師！他的本名是厄特加爾的洛基[59]。」

33 炸豆泥球休息時間？好的，謝謝你

另一個維京人專業小提醒：如果海姆達爾提議在某處把你放下去，千萬要說：「不！」海姆達爾說要把我們送回米德加爾特，結果是讓腳底下的彩虹橋消散掉，還眞的把我們「放」下去，穿越無垠的空間。等到大家終於不再尖叫（也可能又只有我尖叫；不要問），我們發現自己身在查爾斯街和波爾斯頓街的交叉路口，站在作家愛倫坡的雕像前。在這一刻，我絕對有一顆「洩密的心」⑥⓪，脈搏跳得好快，即使透過磚牆都聽得到那個笨蛋心跳聲。

大夥兒全都累癱，不過也餓壞了，而且因爲從彩虹墜落後腎上腺素激增，耳裡嗡嗡作響。最重要的是，我們距離轉運大樓美食街只有一個街口，法德蘭家在那裡開了一間餐廳。

「你們也知道……」阿米爾彎曲一下自己的手指，彷彿要確定所有手指都還健在。「我可以幫大家弄點晚餐。」

---

⑤⑨ 厄特加爾（Utgard）的字意是「外域」，是約頓海姆的一個國度。厄特加爾的洛基是約頓海姆最有力量的魔法師。

⑥⓪《洩密的心》（*Telltale Heart*）是美國作家愛倫坡（Edgar Allan Poe, 1809-1849）創作的短篇小說，描述有精神疾病的主人翁殺了老人埋在地板下，警察前來巡查，他不承認殺人，卻因為聽到地板下傳出愈來愈響亮的心跳聲，最後受不了而自首。

「老兄，不必那麼客氣啦。」考慮到我有多愛吃他家的炸豆泥球，感覺自己這麼說好高尚喔。（我也知道，他曾要我提醒他，再也不要給我吃炸豆泥球了，但我暗自認定他只是暫時發瘋才會那樣要求。）

阿米爾搖搖頭。「不，我……我想弄。」

我了解他的意思。這傢伙的世界才剛變得分崩離析，他需要做點熟悉的事來穩定心緒。他渴望得到炸鷹嘴豆肉餅的撫慰，而且坦白說，我有什麼資格和他爭辯呢？

轉運大樓已經打烊，不過阿米爾有鑰匙。他帶我們進去，打開法德蘭炸豆泥球店，到廚房準備東西，讓我們好好吃一頓很晚的晚餐和超早的早餐。

在此同時，我、亞利思和莎米在黑暗的美食街找一張桌子坐下來，聆聽鍋子和炸籠的哐噹聲在廣大空間裡迴盪，宛如金屬鳥的鳴叫聲。

莎米看起來目光茫然。她弄倒一罐鹽，在白色鹽粒上寫字，無論寫的是北歐文或阿拉伯文，我都看不懂。

亞利思抬起他的玫瑰色高筒球鞋，跨放在對面椅子上。他玩著自己的拇指，兩隻不同顏色的眼睛環顧整個空間。「所以，那個魔法師巨人……」

「厄特加爾的洛基。」我說。

北歐世界的很多人都曾警告我，名字本身就有力量。除非不得已，否則最好不要隨便說出某人的名字。至於我，倒希望把名字用到爛，讓它變得像二手舊衣。那似乎是把名字力量榨到乾的最佳方法。

「他不是我最喜歡的巨人，」我瞥了周圍地板一眼，想要確定附近沒有會說話的鴿子。

「幾個月前，他就是在這裡現身，騙走我的炸豆泥球，然後變成一隻大鷹，拖著我從波士頓的一片片屋頂上方飛過去。」

亞利思的手指在桌面叩叩敲打。「而現在，他希望你去拜訪他的保齡球館。」

「你知道眞正糟糕的地方是什麼嗎？這是我這個星期所碰到最不瘋狂的事。」

亞利思哼了一聲。「那麼，他爲什麼叫洛基？」他看著莎米。「他們之間有關係嗎？」

莎米搖搖頭。「他名字的意思是『外域的洛基』。和我們的爸爸……沒有關聯。」

自從下午那場「偉大的阿德曼災難」之後，「爸爸」這個詞又一次在對話中引發非常負面的感受。看著亞利思和莎米坐在彼此的對面，我無法想像還有其他人的差異會比他們兩人更大。然而，他們臉上竟然掛著同樣的表情，顯得酸溜溜又無可奈何，與他們的詐欺天神老爸一模一樣。

「從好的一面來看，」我說：「厄特加爾的洛基並沒有因爲我是另一個洛基的狂熱粉絲而攻擊我。我看不出他們兩人有可能攜手合作。」

「他們都是巨人。」亞利思指出。

「巨人就像人類一樣彼此打來打去，」莎米說：「而且，從海姆達爾給我們的訊息看來，要從索列姆手上拿回巨鎚沒那麼簡單。只要有勸告，我們都需要參考。厄特加爾的洛基是個詭計多端的人，如果想要找到方法阻礙老爸的計畫，他可能是正確的諮詢人選。」

「用洛基對抗洛基。」我說。

亞利思用手指撥順他的一頭蓬亂綠髮。「我才不管你的巨人朋友到底有多狡猾又多聰明，到頭來我們都得去那個婚禮，把巨鎚拿回來。那就表示我們得自己面對洛基。」

「我們？」我問。

「我要和你們一起去，」亞利思說：「顯然是這樣。」

我想起自己的夢境，洛基在亞利思的公寓裡說：「這個要求這麼簡單。」婚禮上有兩個洛基的孩子，而洛基只要最輕微地亂想一下就能控制他們兩人……我對快樂場合的定義絕對不是這樣啊。

莎米拉在鹽堆裡畫著另一個圖案。「亞利思，我不能要求你去。」

「你沒有要求我，」亞利思說：「是我自己說的。你帶我進入來世，而我有機會讓這件事變得有意義。你明知道我們得怎麼做才行。」

莎米搖搖頭。「我……我還是覺得這不是好主意。」

亞利思兩手一攤。「你和我眞的有血緣關係嗎？你那種不顧一切的衝勁跑哪兒去了？這當然不是好主意，但這是唯一的方法。」

「什麼主意？」我問：「什麼方法？」

我顯然錯過他們之間的一番對話，不過兩人看起來都不太想幫我補充資訊。就在這時，阿米爾端著食物回來。他放下一大盤堆得高高的土耳其烤羊肉、蔬菜鑲肉、炸豆泥球、炸碎肉丸和其他天堂等級的美味食物，而我記得自己先做什麼才對。

「先生，你，」我說：「眞是超厲害的。」

他差點笑出來。他正準備坐在莎米旁邊，但亞利思彈彈手指。「喔哦，熱戀的男孩，監護人說不行。」

阿米爾一臉羞愧的樣子。他移到我和亞利思之間的位子上。

我們狼吞虎嚥起來。（事實上，最狼吞虎嚥的人就是我。）

阿米爾咬了三角形口袋麵包的一角。「感覺好像不太可能……食物的味道吃起來一樣，油炸溫度一樣，我的鑰匙也能打開同樣的鎖。可是……整個宇宙還是改變了。」

「不是每一件事都會改變。」莎米向他保證。

阿米爾的神情有點感傷，彷彿回想起童年的美好經驗，卻無法重溫美夢。

「莎米，幸好是這樣，」他說：「我也確實了解你說的關於北歐神祇的意思。他們不是天神。不管是誰，如果會用劍和山羊角拍那麼多自拍照……」他搖搖頭。「阿拉可能有九十九個名字，但海姆達爾不是其中之一。」

亞利思笑起來。「我喜歡這傢伙。」

阿米爾眨眨眼，對這番恭維顯然不知所措。「那麼……現在怎麼樣？你們都已經跨過彩虹橋了，要怎麼樣才能更上一層樓？」

莎米對他露出慘淡的微笑。「嗯，今天晚上我得找吉德和碧碧談一談，好好解釋我爲何在外面待到這麼晚。」

阿米爾點頭。「那你……嘗試帶他們去看九個世界，就像你帶我去看？」

「不行啦，」亞利思說：「他們太老了，腦筋不太能變通。」

「喂，」我說：「不需要這麼沒禮貌吧。」

「只是實話實說。」亞利思嚼食一塊羊肉。「年紀愈大，你就愈難接受這世界的運作方式與你想的不一樣。阿米爾努力看穿所有的迷霧和僞裝，而且沒有發瘋，這眞是奇蹟。」他的目光停留在我身上好一會兒，不需要看這麼久吧。

「是啊，」阿米爾咕噥說著：「我沒有發瘋，感覺非常幸運。」

「不過亞利思說得對，」莎米說：「我今天早上與外祖父母談話時，發現他們與洛基的對話已經從記憶中慢慢消失了。他們知道應該對我發脾氣，也記得我們兩人曾經吵架，但是其中的細節……」她用手指做了「噗」的熄滅手勢。

阿米爾搓搓下巴。「我爸也一樣。他只問起我和你的意見不同後來解決了沒。我猜想……我們大可亂掰一個地方，說明今天晚上去了哪裡，對吧？隨便什麼世俗的藉口都可以，反正那樣比事實更容易接受。」

亞利思用手肘頂他。「熱戀的男孩，別亂出主意，我還是你的監護人喔。」

「不是啦！我只是說……我絕對不會……」

「放輕鬆，」亞利思說：「我是逗你的。」

「喔。」阿米爾似乎無法放輕鬆。「那麼今天晚上以後呢？接下來怎麼辦？」

「我們去約頓海姆，」莎米說：「我們要去質問一個巨人。」

「你們要移動到另一個世界去。」阿米爾驚訝地搖搖頭。「你知道嗎？我和巴瑞安排那些飛行課程時，我……我以爲自己幫你開拓眼界。」他憂愁地笑笑。「笨死了我。」

「阿米爾，那是最體貼的禮物啊……」

「沒關係，我不是抱怨，只是……」他急促地吐了一口氣。「我可以怎麼做才能幫到你？」

莎米將一隻手平放在桌面上，手指頭全部伸向阿米爾，彷彿是隔空牽手。「只要信任我就好。相信我對你做的承諾。」

「我會，」他說：「不過一定還有別的事可以幫忙吧。現在，既然我可以看到這一切……」

他拿著一支塑膠叉子朝天花板揮一揮。「我想要支持你。」

「你有啊，」莎米向他保證。「你已經接受我是女武神，沒有逃走也沒有尖叫。你根本不知道那是多麼大的支持。拜託，爲了我，你只要保護自己的安全就好，直到我們回來爲止。當我的靠山。」

「樂意之至。雖然……」他對莎米露出像小綿羊一樣的羞怯微笑，聞起來簡直像海姆達爾。「我還沒有眞正見過你變成女武神的模樣。你覺得……？」

莎米站起來。「亞利思、馬格努斯，我們明天早上碰面？」

「公園裡的雕像，」我說：「在那裡見面。」

她點頭。「阿米爾，從現在開始再過兩天，這一切就會結束了。我保證。」她騰空飛起，變成一道金色閃光，消失得無影無蹤。

塑膠叉子從阿米爾的手上掉落。「是眞的，」他說：「我不敢相信。」

亞利思笑起來。「嗯，時間很晚了。阿米爾，兄弟，你還可以再幫我們一個忙。」

「當然好，只管開口。」

「拿個打包袋，把這些炸豆泥球全部打包起來如何？」

34 我們造訪我最喜歡的陵墓

隔天早上，我在瓦爾哈拉自己床上醒來，沒有恢復疲勞，也完全沒有準備好蓄勢待發。我拿了一個行李袋，打包露營用品和炸豆泥球剩菜，然後到走廊對面找湯傑。他把思可菲儂劍交給我，也保證隨時待命，以備我需要騎兵隊援軍的不時之需，或者幫忙攻進敵人的防禦工事。接著，我在大廳與亞利思．菲耶羅碰面，一起出發去米德加爾特。

我們和其他人會面之前，亞利思同意我的要求，先去一個地方停留一下。我其實並不想去，但覺得有必要闖進蘭道夫的後灣大宅，查看我那位殺氣騰騰且忘恩負義的舅舅。因爲，你也知道，家人就是要這樣。

假如眞的找到他，我不曉得自己會有什麼反應。也許會找出方法讓他脫離洛基的箝制。也許我會用一整袋炸碎肉丸砸向他的臉，不過那樣會浪費掉好吃的炸碎肉丸。

結果蘭道夫和我的剩菜都很幸運，他不在家。我一如往常撬開後門（蘭道夫從沒學到教訓換掉門鎖），然後我和亞利思在整棟大宅內晃蕩，偷走蘭道夫存放的各種巧克力（因爲那是必需品），取笑他那些太過講究的窗簾布幔和小擺飾，最後走進老人的辦公室。

自從我上一次離開後，這裡沒有變化。地圖攤開放在桌面上，巨大的維京人墓碑豎立在角落，上面雕刻的狼圖案依舊對我怒吼著。中世紀的武器和裝飾小物排列在櫃子裡，同時擺了很多皮革封面的書，以及蘭道夫在斯堪地那維亞挖掘古物的照片。

在我頸間的項鍊上，傑克墜子緊張地嗡嗡叫。我以前從沒帶他來過蘭道夫的房子，猜想他不喜歡這地方吧。或者他也可能只是太興奮，因爲思可菲儂劍綁在我背上。

我轉身看著亞利思。「嘿，你今天是女生嗎？」

這問題突然脫口而出，我都還沒有機會細想這問題是不是很奇怪、很魯莽，或者會不會害我被砍頭。

亞利思笑起來，幸好是我期盼的高興發笑，而不是想殺人的可怕笑意。「你爲什麼問？」

「因爲思可菲儂劍。有女性在場時不把拔劍。它不能拔出來時，我比較喜歡它。」

「啊。等等。」亞利思的臉皺縮成一團，變成極度憂愁的樣子。「好了！現在我是女生。」

我的表情一定超誇張的。

亞利思爆笑出聲。「我開玩笑啦。沒錯，我今天是女生，是『她』。」

「可是你剛才不是……」

「靠意志力改變性別？不，馬格努斯，不是那樣運作的。」她的手指滑過蘭道夫的書桌，裝了彩色玻璃的氣窗將五彩繽紛的光線投射到她臉上。

「那麼，我可不可以問……？」我茫然地揮揮手，不曉得該用什麼樣的字眼。

「那到底是怎麼運作的嗎？」她笑得很詭異。「只要你不求我扮演每一種流性人給你看就好。我可不是使者、老師或樣板小孩。我只是……」她模仿我的揮手動作。「我自己。盡我最大的力量做自己。」

聽起來很公平。至少比她一拳擊倒我、勒殺我脖子或變身成獵豹撕咬我要好太多了。「不過你是變身人，」我說：「你不能乾脆……你也知道，變成你想要的樣子？」

她的黑眼睛抽動一下，彷彿我戳中她的痛處。

「還眞諷刺啊。」她拿起一把拆信刀，在彩色玻璃光線中轉動翻看。「我確實可以變成自己想要的任何東西或任何人。可是我眞正的性別呢？不行。我不能靠意志力改變，那眞的是流動的，就這方面來說，我不能控制它。大多數時候，我認同女性，但有時候覺得完全是男性。拜託別問我怎麼知道哪一天是哪種性別。」

這個嘛，坦白說，正是我想問的下一個問題。「那麼，你爲什麼不稱自己是『他們』？那樣就不必來回轉換代名詞，比較不會混淆，不是嗎？」

「對誰來說比較不會混淆？你嗎？」

我的嘴巴一定是張得很大，因爲她對我翻了個白眼，意思像是說：「你這笨蛋。」我眞希望海姆達爾沒有錄下這段對話，把它上傳到社群網站。

「聽好了，有些人傾向用『他們』，」亞利思說：「那些人是非二元性別或位於性別光譜中間等等。如果他們希望你用『他們』，你就應該照辦。但對我個人來說，我不希望一直用同樣的代名詞，因爲那樣就不是我了。我常常改變，這還滿重要的。我是『她』的時候，我就是『她』。等到我是『他』的時候，我就是『他』。我不是『他們』。懂了嗎？」

「如果我說『不懂』，你會打我嗎？」

「不會。」

「那就不懂。不是很懂。」

她聳聳肩。「你不必懂，只要，你也知道，稍微尊重就好。」

「對一個隨身攜帶超銳利鋼索的女孩嗎？沒問題。」

她一定是喜歡這個答案，她對我露出的笑容完全沒有混淆的成分，也讓整個辦公室變得溫暖，溫度提高五度。

我清清喉嚨。「總之，我們不妨動手找找看，有沒有東西可以說明我舅舅到底怎麼了。」我開始查看書架，一副很清楚自己有什麼目的似的。我沒有找到任何祕密訊息，或者能夠打開隱藏空間的開關。「史酷比」卡通的解謎過程看起來都很簡單啊。

亞利思仔細翻找蘭道夫書桌的抽屜。「所以，你以前住在這個大陵墓裡？」

「幸虧沒有。我和我媽在波士頓的奧斯頓區有一間公寓……她還沒過世的時候。後來我就住在街上了。」

「不過你的家族很有錢。」

「蘭道夫確實是。」我拿起他與卡洛琳、奧珀莉和艾瑪合照的一張老照片。實在太痛苦而不忍卒睹。我把它翻面。「你是要問，我為何沒有來跟他一起住，反而變成無家可歸？」

亞利思冷笑一聲。「眾神哪，才不是。我絕對不會問那種問題。」

她的語氣變得冷酷，活像她也認識某些富裕的混蛋親戚。

「你的出身……也是像這樣的地方嗎？」我問。

亞利思關上書桌抽屜。「我的家族擁有很多東西，只不過沒有最重要的東西……例如兒子和繼承人之類的。或者，你也知道，感情。」

我努力想像亞利思住在像這樣的大宅裡，或者身處於亞爾夫海姆那種阿德曼先生的優雅派對。「你們家的人知道你是洛基的孩子嗎？」

「喔，洛基肯定會讓他們知道。我的凡人父母都怪他害我變成這樣，變成流性人。他們說他害我壞掉了，把一些想法放進我的腦子裡，吧啦吧啦之類的。」

「而你的父母並沒有……輕輕鬆鬆原諒洛基，就像莎米的外祖父母那樣？」

「我也希望能夠那樣。洛基確保他們牢牢記住，他……他永久打開他們的眼界，我想你可以這樣說。就像你對阿米爾做的那樣，只不過我爸的動機並不單純。」

「我沒有對阿米爾做什麼啊。」

亞利思走到我旁邊，交叉雙臂。她今天穿著粉紅色和綠色的法蘭絨襯衫，搭配平常的藍色牛仔褲，健行靴是實用款而顯得乏味，不過鞋帶顯現粉紅色的金屬光澤。

她兩隻眼睛顏色不同，似乎把我的思緒拉向不同兩邊。「你眞心相信自己沒做什麼？」她問：「你抓住阿米爾肩膀的時候呢？那時你的雙手開始發亮？」

「我……發亮？」我完全不記得自己當時召喚弗雷的力量，甚至沒有出現阿米爾需要治療的念頭啊。

「馬格努斯，你救了他，」亞利思說：「就連我都看得出來。他有可能在緊繃狀態下徹底崩潰，而你讓他的心智產生延伸的彈性，不至於斷掉。他的心智能夠維持完整，唯一的理由就是因爲你。」

我覺得自己好像回到彩虹橋上，超熱的繽紛色彩灼燒我全身。看到亞利思的讚許眼神，再想到自己可能無意中治好了阿米爾的心智，我不曉得該怎麼辦才好。

她打了我胸口一拳，力道只有稍微會痛。「我們結束這回合如何？我在這地方開始覺得窒息了。」

「好啊。好啊，當然好。」

我也覺得呼吸困難，但不是因爲房子的關係。亞利思剛才那麼稱讚我……我心裡好像發出某種喀啦一聲。我很清楚她讓我聯想到誰（她的無窮精力，她的嬌小身形和蓬亂髮型，她的法蘭絨襯衫和牛仔褲和健行靴，她毫不在乎別人看她的眼光，甚至她的笑聲），在很罕見的情況下她會笑。太奇怪了，她竟然讓我聯想到我媽媽。

我決心不要執著於這念頭。要不然，我很快就會比山羊奧提斯更常對自己進行精神分析。

我最後一次掃視書架，視線停留在唯一沒有蘭道夫的裝框照片，拍的是野外一道冰凍的瀑布，層層冰柱掛在灰色峭壁的岩架上。那有可能是任何地方的漂亮大自然照片，但是看起來很熟悉。照片的色彩比其他照片更鮮明，總覺得這張照片是最近拍的。我拿起照片，書架上放置相框的地方並沒有灰塵，而且還有另一件東西……一張綠色的婚禮喜帖。

亞利思仔細端詳照片。「我知道這個地方。」

「新娘面紗瀑布，」我說：「新罕布夏州。我曾去那裡健行。」

「一樣。」

換成不同的情境，我們可能會來上一段健行經驗交流。這也是她和我媽另一個奇異的相似處，可能正因爲如此，亞利思的旅館套房與我的房間很像，正中央都有開放的天井。

但在這當下，我的思緒卻朝另一個方向奔馳。我記得海姆達爾曾提起索列姆的堡壘，說它的入口不斷變換位置，因此不可能預測結婚當天的入口會位於哪裡。「有時候出現在某一道瀑布後面。」他這麼說。

我匆匆掃過結婚喜帖，這與莎米丟掉的那張一模一樣。「時間」那一欄現在寫著「兩天後」，換句話說就是後天。「地點」那一欄依舊寫著「我們會再與您聯絡」。

新娘面紗瀑布的照片可能只是隨便一張照片，地點的名稱也可能只是巧合。或者說不定蘭道夫舅舅沒有完全遭到洛基的控制，也許他幫我留下類似「史酷比」卡通的解謎線索。

「那是莎米的結婚喜帖，」亞利思說：「你認為有某種訊息隱藏在這張照片背後嗎？」

「可能什麼也沒有，」我說：「不過也有可能是某些婚禮終結者的好入口。」

35 我們有個微小的問題

會面地點：波士頓大眾花園的喬治．華盛頓雕像。希爾斯東、貝利茲恩和莎米拉都已經等在那裡，還有另一位老朋友，他剛好是一匹八條腿的馬。

「史丹利！」我說。

駿馬嘶嘶叫，用鼻子緊挨著我。他朝著喬治．華盛頓雕像的坐騎點點頭，彷彿要說：「你相信有這種老兄嗎？他實在沒那麼好。他的馬只有四條腿。」

我第一次遇到史丹利時，我們一起從約頓海姆的一道峭壁向下俯衝，前往一座巨人的堡壘。我很高興又見到這匹馬，但是有種不好的預感，覺得我們即將參加電影續集的演出，片名是《峭壁俯衝2：大男孩的崛起》。

我拍拍史丹利的口鼻，眞希望有紅蘿蔔給他吃，但我身上只有巧克力和炸碎肉丸，而我想，這兩種東西對八腿馬來說都不好吃吧。

「你召喚他來的嗎？」我問希爾斯東：「你的意識怎麼還很清醒？」

第一次使用代表交通工具的盧恩石「埃瓦茲」之後，希爾斯立刻倒下，整整一個半小時咯咯傻笑說著「洗衣機」。

希爾斯聳聳肩，不過我察覺到他的神情帶有一絲驕傲。花了一整晚躺進日曬機之後，他今天看起來好多了。他的黑色牛仔褲和夾克都乾淨如新，脖子上也戴著熟悉的條紋糖果圖案圍巾。

「現在簡單多了，」他用手語說：「我可以施用兩個盧恩石，也許連續三次吧，然後才會倒下。」

「哇哦。」

「他說什麼？」亞利思問。

我翻譯給她聽。

「只能兩次或三次？」亞利思問。「我的意思是，沒有惡意喔，不過聽起來沒有很多次。」

「很厲害了啦，」我說：「使用一顆盧恩石，感覺相當於你曾做過最困難的訓練。想像一下連續一小時不斷衝刺吧。」

「是喔，那我真的沒辦法，所以……」

貝利茲恩清清喉嚨。「啊，馬格努斯，你這位朋友是誰？」

「抱歉。這位是亞利思．菲耶羅。貝利茲恩、希爾斯東，亞利思是我們最新報到的英靈戰士。」

貝利茲恩戴著遮陽帽，很難透過薄紗網看清他的表情。然而，我相當確定他並沒有樂得眉開眼笑。

「你是另一個洛基的孩子。」他說。

「是啊，」亞利思說：「我保證不會殺你。」

對亞利思來說，這是相當大的讓步，但希爾斯和貝利茲恩似乎不曉得如何看待這番話。

莎米拉對我露出皮笑肉不笑的表情。

「怎樣？」我質問道。

「沒事。」她穿著學校制服，我覺得這也太樂觀了吧，感覺像是「我會咻的一聲衝去約頓海姆，然後及時趕回來上第三節的政治學」。「你們兩個跑去哪裡？你們不是從瓦爾哈拉的方向來。」

我解釋剛才繞去蘭道夫家，而照片和喜帖目前都在我的背包裡。

莎米皺起眉頭。「你認爲這道瀑布是進入索列姆堡壘的入口？」

「也許是，」我說：「不然至少這是後天的事，若事先得知這項資訊，我們或許用得上。」

「怎麼用？」希爾斯以手語說。

「呃，我還不確定。」

貝利茲恩咕噥一聲。「我覺得不可能。大地巨人可以操控堅固的岩石，比侏儒更厲害。他們絕對可以把自己的大門移來移去。而且，」他一臉嫌惡地搖搖頭。「他們的堡壘幾乎不可能攻破。鑽開地道、爆破、天神力量轟炸等，全都發揮不了作用。相信我，侏工團都試過了。」

「豬公？」我問。

他看著我，活像我是個笨蛋。「侏儒工兵團啦，不然還會是什麼意思？總之，要對付大地巨人，你非得從大門進去不可。但就算你舅舅知道婚禮當天的大門在哪裡，他爲什麼會透露這項訊息？這個人可是拿劍刺我肚子的人啊。」

我不需要他提醒這件事。每次閉上眼睛，我都會重溫那番景象。我也無法給他恰當的答案，但這時亞利思插嘴。「我們不是該出發了？」

莎米點頭。「你說得對。史丹利受到召喚只會等幾分鐘，他比較希望乘客不要超過三人，所以我想我會帶著希爾斯東飛。馬格努斯，你、亞利思和貝利茲搭乘我們的馬朋友如何？」

貝利茲恩穿著海軍藍色的三件式西裝扭來扭去，看起來很不自在。也許他想到在馬背上會與亞利思彼此碰撞，感覺很不對勁吧。

「沒問題，」希爾斯東用手語對他說：「注意安全。」

「唔。好吧。」貝利茲瞥了我一眼。「不過我要求坐最前面。這樣算是要求拿獵槍坐在馬背上的前座嗎[61]？」

史丹利嘶嘶叫，蹬踏幾下。我想，他不喜歡聽到「獵槍」和「馬」用在同一個句子裡吧。

我把思可菲儂劍交給莎米，貝利茲則給她思可菲儂石。我們認為，既然那是所謂的「嫁妝」，她應該有權帶著它們。由於施了魔法的關係，她無法拔出那把劍，不過如果有需要，至少可以用那顆石頭敲破別人的腦袋。

史丹利允許我們爬上馬背，貝利茲恩先上，亞利思坐中間，我殿後；或者我喜歡這樣想：後座是萬一急速爬升就會掉下去摔死的位置。

如果抓緊亞利思，我很怕她會割斷我的頭，或者變成巨型蜥蜴狠狠咬我之類的。不過她抓住我的雙手手腕，拉著兩隻手去環抱她的腰。「我沒那麼脆弱，而且我沒有傳染病。」

「我什麼都沒說……」

「閉嘴。」

「那就閉嘴。」

她身上有陶土的氣味，如同她套房的陶藝工作室。她的頸背裸露處也有一個小小刺青，是兩條纏繞蛇形的洛基圖案，我之前一直沒注意到。等我意識到自己看見什麼，我的胃彷彿率先從懸崖向下急墜，但我沒有太多時間細細咀嚼那個刺青圖案的意義。

莎米說：「到約頓海姆見。」她抓住希爾斯東的手臂，閃過一道金光，兩個人就消失了。

史丹利可沒有這麼低調。他朝阿靈頓街狂奔而去，跳過公園的圍籬，然後直直衝向泰姬陵酒店。就在即將撞上牆壁的前一刻，史丹利騰空而起，酒店的大理石門面瞬間幻化成一團霧氣，而史丹利來個三百六十度的翻滾，直直穿越，不知怎的沒讓我們摔下去。他的馬蹄再度接觸到地面時，我們高速穿越一道滿是密林的深谷，兩側的大山若隱若現。

松樹的樹梢覆蓋白雪，拔高到我們頭頂上方高處，低垂的暗灰色雲層看起來很沉重。我呼出的氣體都變成霧氣。

我才剛有機會心想「嘿，我們到約頓海姆了」，這時貝利茲恩突然大喊：「壓！」

接下來的一毫秒示範了我的思考速度可以比眞正的反應速度快多少。首先，我以爲貝利茲眞的看到一隻鴨子，他很喜歡鴨子。接著我才意識到他是叫我把頭壓低，這很難辦到，因爲你是馬背上一整排三個人的最後一人。

然後，我看到大型樹枝直接懸垂在我們的路徑上，也意識到史丹利打算全速衝刺，從樹枝下面飛過去。即使樹枝掛了恰當的「限高」標誌，史丹利也看不懂。

啪！

我發現自己背朝下地躺在雪地上。在我頭頂上方，松樹樹枝以模模糊糊的飽和色彩搖來

61 以前美國西部治安不佳，馬車駕駛座的旁邊都要有人拿著獵槍（shotgun），負責提防周遭可能出現的危險情況，後來便把「shotgun」戲稱為副駕駛座。因此，貝利茲的意思是指搶坐馬背上的副駕駛座。

晃去。牙齒好痛。

我費力地坐起身。等到視線漸漸清晰，發現亞利思位於幾公尺外，全身縮成一團，在一堆松針上面低聲呻吟。貝利茲恩則在附近搖搖晃晃尋找他的遮陽帽。幸好約頓海姆的光線沒有那麼強，不足以讓侏儒變得僵硬，否則他現在早就變成石頭了。

至於我們勇敢無畏的坐騎，史丹利，他不見了。樹枝下方有一條蹄印延伸到樹林裡，直到我看不見的地方。也許他接受召喚的時間已經結束，於是消失不見。也說不定他跑得實在太高興，完全沒發現他把我們扔在後面有三十幾公里。

貝利茲恩從雪堆裡拎起他的遮陽帽。「大笨馬。這樣很粗魯耶！」

我扶著亞利思站起來。她的額頭割出之字形的傷口，看起來好慘，很像彎彎曲曲的紅唇。

「你流血了，」我說：「我可以治好。」

她撥開我的手。「怪醫豪斯，我沒事，不過多謝你的診斷。」她搖搖晃晃地轉身，審視眼前的森林。「我們在哪裡？」

「更重要的是，」貝利茲說：「另外兩個人在哪裡？」

到處都沒看見莎米和希爾斯東的蹤跡。我只希望莎米比史丹利更善於避開障礙物。

我氣呼呼地看著剛才撞上的樹枝，心想是否該叫傑克把它砍斷，以免下一組可憐的笨蛋又穿越這裡。但樹枝的結構有點怪怪的，不像普通的樹皮紋路，而是由一條條彼此交叉的灰色纖維構成，末端沒有漸漸變細，反倒向下彎曲垂向地面，在雪地上曲折延伸。那不是樹枝，反而……比較像巨大的纜繩。纜繩的頂端吊掛在樹木深處，高聳入雲。

「這是什麼東西？」我問。「這不是樹。」

我們左方有個黑暗朦朧的形體，我原本以爲是一座山，這時卻開始移動且隆隆作響。我發現那不是山，就像膀胱絞痛那樣確定。我畢生所見最高大的巨人就坐在我們旁邊。

「確實不是！」他的聲音轟隆作響。「那是我的鞋帶！」

我怎麼可能沒注意到那麼龐大的巨人？嗯，假如你不曉得自己看到的是什麼，他就只是大到無法理解罷了。他的健行靴是山麓丘陵，彎曲的膝蓋是山峰，暗灰色的保齡球衣與天空融合在一起，而蓬鬆的白鬍子看起來很像雪白的雲朵。就算巨人坐著，他那雙閃閃發亮的眼睛依然又高又遠，根本就像飛船或月亮。

「哈囉，小不點兒！」巨人的聲音好低沉，足以把柔軟的東西震成液體，例如就像我的眼球。「你們應該看清楚自己的去向！」

他縮起自己的右腳，我們剛才撞上的樹枝兼鞋帶呼溜滑過松樹之間，將灌叢連根拔起、扯斷樹枝，也把樹林間的動物嚇得四散奔逃。一隻頂著十二根尖角分枝的雄鹿不知從哪裡跳出來，差點從貝利茲恩的身上踩過去。

巨人俯身向前，遮擋住灰撲撲的天光。他著手綁鞋帶，嘴裡哼著歌，將一條巨大的繩索繞過另一條，只見鞋帶猛力揮打，將整片森林毀損殆盡。

等到巨人打好雙重結，大地終於不再搖撼。

亞利思大喊：「你是誰？而且爲什麼你沒聽過魔鬼氈束線帶？」

我不曉得她哪來的勇氣，居然敢這樣說話。也許因爲頭殼撞傷才這樣講吧。至於我，我正在考量傑克的力量是否足以殺死這麼大的巨人。就算傑克眞能往上飛到巨人的鼻子高處，我也擔心他的劍刃造成的傷害只會像製造噴嚏。我們可不希望他打噴嚏。

巨人直起身子笑起來。他在那麼高的平流層裡，我好想知道他的耳朵有沒有因為壓力大而啵啵作響。「呵，呵！綠頭髮的小傢伙很有種！我的名字叫小微！」

這時我看到了，他的名字「小微」繡在保齡球衣上，活像是遙遠的「好萊塢」文字招牌。

「還真的很微小。」我說。

我認為他不可能聽到我說話的聲音，就像我不可能聽到螞蟻吵架一樣，但是他笑起來，而且點點頭。「對，很微小。其他巨人都喜歡取笑我，因為與厄特加爾的洛基宮殿裡的大多數人比起來，我真的很小一隻。」

貝利茲恩拍掉他藍色外套上面的細小樹枝。「這一定是幻覺，」他對我們咕噥說著：「他不可能眞的那麼巨大。」

亞利思摸摸自己流血的額頭。「這個就不是幻覺。那條鞋帶的感覺有夠眞實。」

巨人伸展身子。「嗯，我正在睡午覺，你們把我叫醒眞是太好了，我想我該走了！」

「等等，」我大喊：「你說你是從厄特加爾的洛基宮殿來的？」

「唔？喔，對，厄特加爾保齡球館！你們也要去那裡嗎？」

「呃，對呀！」我說：「我們需要見那位國王！」

我好希望小微能把我們捧起來，順路載我們一程。你因為鞋帶撞到旅客而肇事逃逸，那麼讓他們搭個便車也只是剛好而已。

小微咯咯笑。「我不曉得你們到了厄特加爾保齡球館會有什麼遭遇。我們有點忙，明天準備舉辦保齡球錦標賽。如果連我們的鞋帶都繞不過去，你們可能一不小心就被踩扁了。」

「我們絕對沒問題！」亞利思說。又來了，我根本鼓不起這麼大的勇氣。「宮殿在哪裡？」

「就在那邊。」小微揮手指著左邊，結果引發一道新的低氣壓鋒面。「輕輕鬆鬆走兩分鐘就到了。」

我努力解讀巨人說的這句話。我想，那表示宮殿大概位於一百億公里以外吧。

「也許，你不能讓我們搭個便車吧？」我努力讓語氣聽起來不會太可憐。

「嗯，這個嘛，」小微說：「我根本沒有虧欠你們，對吧？你們必須努力跨越堡壘的門檻，主張客人的特權，那我們就必須好好招待你們。」

「又來了。」貝利茲恩咕噥著說。

我回想上一次來約頓海姆的時候，我們怎麼主張客人的權利。如果你進入一間屋子，主張你是客人，那麼主人就不該殺你。上次這樣嘗試的時候，主人企圖把我們像蟲子一樣壓得扁扁的，最後我們當然是殺了一整家子的巨人，不過是用最有禮貌的方法解決整件事。

「況且，」小微繼續說：「如果不能自己到達厄特加爾保齡球館，你們真的不應該去！大部分的巨人可不像我這麼好相處。小不點兒，你們得小心一點，我那些體型更大的親戚可能會把你們視為入侵者，或者白蟻，或者其他東西！說眞的，我寧可躲遠一點。」

我突然恐慌起來，想像莎米和希爾斯東飛進保齡球館，遭到全世界最巨大的捕蚊拍逮住。

「我們非到那裡不可！」我大吼：「我們和兩個朋友約好在那裡碰面。」

「嗯。」小微舉起前臂，顯露出貓王的刺青，簡直像羅斯摩爾山的雕像那麼巨大。巨人抓抓鬍子，一根白鬍鬚旋轉落下，活像一架阿帕契直昇機掉下來墜毀在附近，激起一大團白雪構成的蕈狀雲。「那麼，這樣好了，你們帶著我的保齡球袋，每個人就會知道你們是朋友。幫我這個小忙，我會向厄特加爾的洛基擔保你們。想辦法跟上！不過如果真的落後很多，也一定要在明天早上到達堡壘，到時候錦標賽就開打了！」

他站起來，轉身離去。我剛好來得及欣賞他那散亂的灰色鬢髻，並看到上衣背後所繡的巨大黃色字樣：小微的火雞保齡球手[62]。那是他所屬隊伍的名字，或者可能是他的公司？我想像著體型像大教堂那麼驚人的火雞，心裡知道牠們永遠都會出現在我的惡夢裡。

接著，只消跨個兩步，小微就消失於地平線上。

我看著自己的朋友。「我們剛才害自己惹上什麼麻煩嗎？」

「嗯，有好消息，」貝利茲恩說：「我找到袋子了。也有壞消息……我找到袋子了。」

他指著附近一座山，陡峭的深色山壁拔高一百五十公尺，山頂是一片寬廣的高原。不過那當然不是山。那是棕色皮革材質的保齡球袋。

36 以極端的流行時尚解決問題

在這種關頭，大多數人會癱倒在地，直接放棄希望。我說的大多數人是指我啦。

我坐在雪地裡，抬頭凝視著「保齡球袋山」的高聳峭壁。棕色皮革以黑色字體壓印著「小微的火雞保齡球手」字樣，看起來好黯淡，簡直像胡亂寫幾個字。

「沒辦法了。」我說。

亞利思的額頭不再流血，但傷口周圍的皮膚變得像她的頭髮一樣綠，那可不是好跡象。

「馬格，我討厭附和你的意見，不過對啦，不可能辦到。」

「拜託別叫我馬格，」我說：「就連叫『豆城』[63]都比較好。」

亞利思一副牢牢記住後者那項資訊的樣子。「我敢說，那個袋子裡面有顆保齡球，想不想賭一下？可能像航空母艦一樣重喔。」

「那很重要嗎？」我問。「就算是空的，袋子也大到搬不動吧。」

---

[62] 火雞保齡球手（Turkey bowler）是指球員打保齡球連續三次全倒。相傳中世紀農民以保齡球當做農閒遊戲，當時要打到連續三次全倒很不容易，於是拿火雞當做獎品。

[63] 波士頓有很多暱稱，「豆城」（Beantown）是其一，因為殖民時代的波士頓人很喜歡吃燉豆。參《阿斯嘉末日1：夏日之劍》一三七頁註[56]。

只有貝利茲恩沒有顯得很挫敗。他在袋子底部繞圈踱步，手指撫過皮革，喃喃自語，彷彿在腦袋裡跑一些計算式。

「這一定是幻覺，」他說：「保齡球袋子不可能這麼大，巨人也沒有那麼大。」

「他們就是號稱巨人啊，」我指出。「如果希爾斯東在這裡，也許他可以施展一點盧恩魔法，不過……」

「小子，幫我個忙，」貝利茲說：「我正在努力解決問題。這是一種時尚配件，它是一個『袋子』，這是我的專業。」

我好想批評一番。保齡球袋與時尚的距離，就像波士頓與中國的距離一樣遠吧。我實在不懂，無論一個侏儒多有才華，碰到像大山一樣的這種問題，怎麼可能透過區區幾種款式的聰明選擇就能解決呢？但我不想表現出很強的負面能量。

「你有什麼想法？」我問。

「嗯，我們沒辦法徹底消除幻覺，」貝利茲喃喃說著：「我們必須用手邊的方法試看看，而不是硬碰硬。我想知道……」

他附耳到皮革上作勢聆聽，然後嘴角漾起大大的微笑。

「呃，貝利茲？」我說：「每次你笑成那樣，我都覺得很緊張。」

「這個袋子一直沒有完成。它沒有名字。」

「名字，」亞利思說：「就像：『嗨，袋子，我名叫亞利思，你叫什麼名字？』」

貝利茲點點頭。「完全正確。侏儒一定會幫自己製作的物品取名字。直到有了名字，物品才算是製作完成。」

「對啦，不過，貝利茲，」我說：「這是巨人的袋子，不是侏儒的袋子。」

「啊，但有可能是，你還不懂嗎？我可以讓它製作完成。」

我和亞利思都瞪著他。他嘆口氣。「是這樣的，我和希爾斯東待在安全處所時，我很無聊，便開始思考新計畫，其中一個……嗯，你們知道代表希爾斯東個人的盧恩字母吧？佩斯羅？」

「空杯子，」我說：「對呀，我記得。」

「那是什麼？」亞利思問。

我在地上畫出那個盧恩符號：

ᛈ

「它代表的是等待斟滿的杯子，」我說：「或者一個人原本被掏空，等待某件事讓他的人生變得有意義。」

亞利思皺起眉頭。「眾神哪，那樣的心情也太消沉了。」

「重點是，」貝利茲說：「我一直思考一種『佩斯羅袋』，就是永遠裝不滿的袋子，永遠都覺得又空又輕。最重要的是，你想要多大的尺寸，它就是那麼大。」

我看著保齡球袋山。它的側邊聳立得那麼高，連鳥類要沿著它盤旋而上都覺得很挫折。也說不定鳥類只會讚嘆這袋子的精緻做工吧。

「貝利茲，」我說：「我很欣賞你的樂觀態度，但我得指出，這袋子幾乎像南塔克特島[64]

---

[64] 南塔克特島（Nantucket）位於美國麻薩諸塞州東南方海中，面積約二百七十平方公里。

那麼大吧。」

「對，對，它不是很理想。我原本想做出一個原型。不過假如我完成這個保齡球袋，方法是幫它取名字、在皮革上縫一點很有格調的刺繡、給它一個指令，說不定就可以傳導它的魔法。」他輕拍自己的口袋，找到他的縫補工具組。「唔，我需要比較好的工具。」

「是啊，」亞利思說：「袋子的皮革恐怕有一點五公尺那麼厚吧。」

「啊，」貝利茲說：「不過我們擁有全世界最棒的縫針！」

「傑克。」我猜測說。

貝利茲的眼神閃閃發亮。自從上次製作出鎖鏈盔甲腰帶之後，我還沒看過他這麼興奮。

「另外，我需要一些魔法材料，」他說：「你們兩個傢伙必須參與。我需要用特殊的細絲編織成線，細絲要有力量、韌性，而且帶有魔法的成長性質。例如，弗雷之子的頭髮！」

我覺得他好像用鞋帶對我打臉。「你到底在說什麼啊？」

亞利思笑了。「我喜歡這計畫。他需要好好剪頭髮。這像什麼？一九九三年流行的長髮？」

「住手啦。」我抗議說。

「而且……」貝利茲仔細端詳亞利思。「這個袋子需要改變大小，表示我需要用變身人的鮮血幫絲線染色。」

亞利思的笑容消失了。「我們說的鮮血是多少？」

「只要一點點。」

她遲疑一下，也許盤算著是否應該抽出勒繩，用侏儒和英靈戰士的鮮血取代。

最後，她嘆口氣，捲起法蘭絨襯衫袖子。「好吧，侏儒，我們來做個魔法保齡球袋。」

37 用營火烘烤碎肉棉花糖

沒有其他事比這個更厲害了吧：在陰鬱的約頓海姆森林裡紮營，而且你的朋友把盧恩字母縫到巨大的保齡球袋上面！

「一整天？」亞利思聽到貝利茲估計他的完成時間，忍不住抱怨。自從遭到巨人的鞋帶撂倒，又用刀子割出傷口、讓她的鮮血滴進保溫瓶蓋之後，她的脾氣有點不太好。「侏儒，我們來這裡是有任務的！」

「我知道。」貝利茲平靜地說，彷彿正在對尼德威阿爾的幼稚園班級發表談話。「我也知道，我們徹底流落在巨人領域的正中央，而莎米和希爾斯東下落不明，這對我來說眞的很要命。不過若要找到他們，而且獲得我們需要的資訊，最佳策略是到達厄特加爾洛基的宮殿。而要達到這樣的目的又不會死掉，最好的方法是對這個袋子施加魔法。所以，除非你想出更快的方法，沒錯，我要花一整天才能辦到。可能也得徹夜加班。」

亞利思沉下臉，但挑戰貝利茲恩的邏輯就像挑戰他的時尚品味一樣沒意義。「那麼，我們到底該怎麼做？」

「給我食物和飲水，」貝利茲說：「隨時提高警覺，特別是晚上的時候，免得巨怪把我吞掉。祈求這段期間莎米和希爾斯會冒出來。還有，馬格努斯，你的劍借我用。」

我召喚傑克，他很樂意幫忙。

「喔，縫紉？」他很興奮，劍刃上的盧恩字母閃耀著光芒。「這讓我想起公元八八六年的冰島縫紉大賽！我和弗雷毀了那場比賽。很多戰士都哭著跑回家，因爲我們害他們覺得自己的縫紉和織補技術太爛了，丟臉丟到家。」

我決定還是不要發問比較好。對於自己的父親參加縫紉比賽的勝利經過，我覺得愈不知道就愈好。

傑克和貝利茲忙著討論策略時，我和亞利思動手紮營。她也帶了裝備，因此過沒多久，我們便整理出很棒的平坦營地，搭起兩頂三角形帳篷，並用石頭圈出一個火坑。

「你一定常常露營。」我指出。

她聳聳肩，同時擺放細枝當做引火物。「我熱愛戶外活動。我在布魯克萊恩村[65]有自己的陶藝工作室，我和那裡的一些年輕人經常去山上，只是想逃離。」

最後的「逃離」二字，顯然飽含了她的很多心情。

「陶藝工作室？」我問。

她沉下臉，似乎努力想察覺這話是否有諷刺意味。也許她常得應付別人的笨問題，例如：「喔，你會做陶？好厲害！我小時候很喜歡玩彩色黏土喔！」

「對我來說，工作室是唯一始終不變的地方，」她說：「家裡情況不好的時候，他們讓我住在那裡。」

她從背包拿出一盒火柴。從火柴盒拿出幾根火柴時，手指動作似乎有點笨拙。額頭的傷口已經變成深綠色調，但她仍然拒絕接受我的治療。

「關於陶土，」她說：「陶土可以變成任何形狀，我來決定每塊陶土變成什麼樣子最好。

我只算是……聆聽每一塊陶土的願望吧。我知道這種話聽起來很蠢。」

「你訴說這番話的對象擁有一把會說話的劍耶。」

她哼了一聲。「也是啦，不過……」火柴從她的手中滑落下來。她猛然坐下，臉色突然變得很蒼白。

「哇。」我急忙跑到她身旁。「你一定要讓我治療頭上的傷口啦。只有眾神才知道小微的鞋帶有什麼細菌，而且你捐血給貝利茲的手工藝品計畫也很傷。」

「不，我不要……」她的聲音顫抖。「我袋子裡有急救包。我只要……」

「急救包救不了你。你要說什麼？」

亞利思摸摸額頭，忍不住皺起眉頭。「沒什麼。」

「你剛才說『我不要……』」

「就是這樣！」她厲聲說：「你一直刺探我的事！莎米拉告訴我，你治療別人時……就像那個精靈，希爾斯東，你進入他們的腦袋，看見很多事。我不要那樣！」

我轉開頭，雙手變得麻木。在火堆裡，亞利思堆起的金字塔形引火物倒下來，她的火柴也散落成類似盧恩字母的樣式，但就算眞的代表某種意義，我也看不出來。

我想起半生人．岡德森曾對我說過狼群的事：在狼群裡，每一匹狼都急欲突破極限。牠們不斷挑戰自己在階級中的地位，就是可以在哪裡睡覺、有新鮮獵物時可以吃多少等等。牠們持續挑戰，直到爲首的那匹狼厲聲怒吼，提醒牠們莫忘自己的地位。我一直沒意識到自己

---

⑥⑤ 布魯克萊恩村（Brookline Village）位於波士頓的西南邊。

有逼迫的意思，不過倒是迎來最高等級的怒吼。

「我……其實不太能控制治療時發生的狀況。」沒想到我還說得出話。「治療希爾斯時，我必須用上很大的力量，他差點就死了。至於你，如果只是治療額頭受到感染的割傷，我覺得不會感受到太多你的事。總之，我盡量不要感受。但如果你不接受一點治療……」

她盯著手臂上的繃帶，剛才貝利茲恩從那裡取血。

「好。好，好啦。不過……只能碰額頭，不准進入腦袋。」

我觸摸她的眉毛，她因爲發燒而渾身發燙。我召喚弗雷的力量，亞利思吐出一口氣，她的傷口立刻癒合，皮膚也降溫，臉色終於恢復正常。

我的雙手幾乎完全沒有發亮。似乎因爲身在野外，周圍受到大自然的環繞，治療也變得比較容易。

「我沒有感受到什麼事，」我向亞利思保證。「你還是一個謎樣人物，包裹在大大的問號裡，而整個人包裹在法蘭絨襯衫裡。」

她呼出一口氣，發出的聲音介於笑聲和鬆懈的嘆氣聲之間。「馬格努斯，謝了。好吧，也許我們終於可以點燃火堆？」

她沒有叫我馬格或豆城。我選擇把這看成是提議和解的意思。

我們燃起一大團營火後，努力找出重新加熱法德蘭的炸豆泥球的最佳方式，結果學到重要的一課：你不可能用羊肉和鷹嘴豆肉餅做出棉花糖點心。我們主要是吃蘭道夫舅舅家裡拿來的巧克力。

貝利茲拿出他的旅行用摺疊式紡錘，花了大半個早上搓出魔法絲繩。（他的縫紉工具組當然帶了這種紡錘，為什麼不會？）在此同時，傑克在保齡球袋的側邊飛上飛下，依照貝利茲要求的縫紉樣式穿刺出孔洞。

我和亞利思持續警戒，但是沒發生什麼事。莎米和希爾斯東沒有現身，也沒有巨人遮住太陽，或者用他們沒綁緊的鞋帶摧毀森林。我們目擊到的最危險事件是一隻紅松鼠，牠爬到營火正上方的樹枝上；牠可能不會帶來什麼威脅，不過既然見識過拉塔托斯克，我就絕不能冒險。我一直盯著牠，直到牠跳往另一棵樹為止。

到了下午，情況更令人興奮了。我們弄了些午餐餵食貝利茲後，他和傑克著手進行真正的縫紉工作。貝利茲不知怎麼弄的（呃，也許用魔法？），竟然用我的頭髮、亞利思．菲耶羅的鮮血和他自己背心的線，紡出一整團閃閃發亮的紅線。貝利茲把其中一端綁在傑克的劍柄的圓頭上，然後傑克在袋子側邊前後飛動，像海豚一樣潛入皮革又鑽出來，留下一條熠熠發亮的縫線。看著傑克，我不禁回想起以前如何綑綁住巨狼芬里爾……那是我非常不想回顧的一段記憶。

貝利茲恩指揮著來來去去的方向。「傑克，你的左邊！那個針腳往下！好，給我倒縫一針！末端那裡從後腦勺打個洞！」

亞利思小口咬著她的巧克力棒。「後腦勺打洞？」

「完全聽不懂。」我坦白說。

也許是受到縫紉表演的啟發，亞利思從皮帶鉤環取下她的勒繩，讓鐵線滑過鞋底，把結冰的泥巴通通刮掉。

「為什麼用那種武器？」我問。「不然你也可以再一次叫我閉嘴。」

亞利思咧嘴一笑。「沒關係。這本來是我做陶用的切土器。」

「切土器。就像你用來切斷陶板的鐵線。」

「這全是你自己想出來的嗎？」

「哈，哈。我是猜想，大部分的切土器都沒有戰鬥用途吧？」

「算是沒有。我的……」她遲疑一下。「有一天，洛基到工作室找我。他想讓我刮目相看，秀一下多麼爲我著想，於是教我一招魔法，用來製造魔法武器。我不想讓他稱心如意、覺得幫到我，就把他的咒語應用在我心目中最愚蠢、最無害的東西上面，沒想到一條附帶楯接把手的鐵絲居然可以變成武器。」

「可是……」

亞利思指著附近一塊大石頭，那是一塊表面粗糙的花崗岩，約莫鋼琴大小。她握住一端的把手，甩出手中的勒繩，就像甩鞭子一樣。鐵絲一邊飛出去一邊延長，只見遠端繞過大石頭，牢牢卡住。亞利思使勁往回拉，結果大石頭的上下半部彼此滑開，伴隨著刺耳的聲響，彷彿把陶瓷餅乾罐的蓋子滑移開來。

鐵絲飛回亞利思手中。

「相當厲害。」我努力不讓自己的眼珠從眼窩裡跳出去。「不過它可以做炸薯條嗎？」

亞利思喃喃碎唸著蠢小子之類的，我很確定那和我一點關係也沒有。

下午的光線很快就變暗了。貝利茲和傑克繼續製作「約頓海姆縫紉大賽」的參賽作品。影子愈來愈長，氣溫急速下降。我會注意到這一點，是因爲貝利茲不久之前對我的頭髮亂剪一通，結果脖子露出來覺得好冷。眞慶幸附近沒有鏡子，也就不會看到貝利茲在我頭上動的可怕手腳。

亞利思又拿一根樹枝扔進火堆。「你可以問喔。」

我扭動身子。「抱歉，你說什麼？」

「你想問我關於洛基的事，」亞利思提示說：「我爲什麼把他的標誌放在陶器上，還有我爲什麼有刺青。你想知道我是不是幫他賣命。」

那些問題一直潛伏在我的腦海深處，但我不懂，亞利思怎麼可能知道？我開始懷疑剛才的接觸治療有某種後座力。也許亞利思因而有機會窺伺我的內心。

「我想，那讓我很擔心吧，」我坦白說：「你表現得很討厭洛基……」

「對啊。」

「那爲什麼要放他的標誌？」

亞利思的兩隻手抱著頸背處。「那個圖案，兩條彼此纏繞的蛇嗎？那通常稱爲『烏爾內斯蛇』，名稱來自挪威的地名。總之，那不見得是洛基的標誌。」她的手指交握，扭來扭去。「那兩尾蛇意味著改變和彈性，靈活多變。很多人開始用這兩條蛇代表洛基，而洛基也覺得挺好的。但我認爲……洛基憑什麼接收那個很酷的標誌？我很喜歡它，就讓它變成我的標誌。他再也不能獨自擁有這個代表改變的標誌，就像他也不能擁有我。至於別人怎麼想，管他去死赫爾海姆。」

我望著火焰又吞噬掉另一塊木頭，火堆跳出一團橘色火花。我想起夢境中亞利思的套房，洛基變成一名紅髮女性。我想起亞利思談到洛基是她父親時，語氣略顯遲疑。

「你就像那匹八腳馬。」我終於明白了。

亞利思皺起眉頭。「史丹利？」

「不，是最初的那匹八腳馬。他叫什麼名字？斯雷普尼爾[66]。瑪洛莉．基恩對我說過那個故事，關於洛基變成漂亮的母馬，於是能誘惑巨人的駿馬。然後……洛基懷孕了，他……她生下斯雷普尼爾。」我瞥了亞利思一眼，非常注意此刻放在她大腿上的勒繩。「洛基不是你的父親，對吧？他是你媽。」

亞利思只是瞅著我。

我心想：「這下可好，鐵絲要來了。再見了，四肢！再見了，腦袋！」

結果她發出刺耳的笑聲，嚇了我一大跳。「我想，那個髮型讓你的腦力變更好了。」

我想要拍拍被砍得亂七八糟的髮綹，但努力忍住這股衝動。「那麼，我說對了嗎？」

「對。」她拉拉自己閃閃發亮的粉紅色鞋帶。「我真希望親眼見到我爸得知這件事的表情。根據我的猜測，洛基變身成我爸喜歡的某種女人。我爸已經結婚了，但那從來沒有阻止他，他向來勇於得到自己想要的。他與這名性感的紅髮女郎有了風流韻事。九個月後，洛基出現在我爸家門前，帶了一個小嬰兒當禮物。

我試著想像洛基以平常的瀟灑模樣現身，也許穿著綠色的正式西裝，走到郊區某棟高級房屋的門前，按下門鈴。「嗨，我是曾經和你有一夜情的女士。這是我們的孩子。」

「你的凡人媽媽有什麼反應呢？」我問。「我的意思是說，你爸爸的妻子……我是說，你的繼母……」

「嗯，很困惑吧？」亞利思又丟一根樹枝到火裡。「我的繼母很不高興。成長過程中，父母雙方都很怨恨我，覺得我很丟臉。然後洛基來了，他好幾次任意現身，想要『養育』我。」

「臭小子。」我說。

「今天是女生。」亞利思更正說。

「不，我是說……」我突然住嘴，發現她是在逗我。「後來怎麼樣？你什麼時候終於離家出走？」

「兩年前，差不多吧。至於後來怎麼樣？發生很多事。」

這一次，我察覺到她的語氣帶有警告意味。我沒有獲准詢問更多細節。

然而……亞利思變成無家可歸的時間，大約就是我媽過世的同一段時間，也是我最終流落街頭的時候。這樣的巧合讓我坐立難安。

我趁著臨陣退縮之前脫口說出：「洛基是不是要求你跟我們來？」

她定睛看著我。「你這話是什麼意思？」

我對她訴說那個夢境：她對自己父親（母親）扔擲陶器，而洛基說：「要求這麼簡單。」

這時天色已全暗，但我不確定何時變暗。在火光中，亞利思的臉似乎不斷變動、跳躍。我努力告訴自己，那不是她內心的洛基那部分顯露出來，只是改變、彈性。她脖子上那兩條扭曲的蛇全然無辜。

「你搞錯了，」亞利思說：「他叫我不要來。」

一種奇怪的跳動聲充斥我的耳朵。我意識到那是我自己的心跳聲。「洛基爲什麼對你那樣說？而且……你和莎米昨天晚上談了什麼事，是某種計畫嗎？」

---

66 斯雷普尼爾（Sleipnir）是奧丁的駿馬，只有奧丁可以召喚他。他是洛基的孩子。

她把勒繩纏繞在自己手上。「馬格努斯，也許你到最後會找出答案。附帶一提，假如你膽敢再一次從夢中刺探我……」

「兩位！」貝利茲恩從保齡球袋山那邊大喊。「過來瞧瞧！」

38 你絕對猜不到貝利茲恩的密碼

傑克在他的手工藝品旁邊飛旋盤繞，非常得意。

如果沒有雙手，你可以做出手工藝品嗎？

袋子的側邊縫進好幾排新的字樣，都是閃閃發光的紅色盧恩字母。

「那是什麼意思？」亞利思問。

「喔，一些技術性的盧恩字母。」貝利茲的眼神洋溢著滿意的光采。「魔法的基本要點、條款和細則、終端使用者合約等。不過最底下那行，它說：『空皮，此袋的製成者為貝利茲恩，弗蕾亞之子。傑克協作。』」

「那是我寫的！」傑克滿心驕傲地說：「我協作！」

「兄弟，做得好，」我說：「那麼……有用嗎？」

「我們正準備確認！」貝利茲恩熱切地搓搓雙手。「我準備唸出祕密指令，然後這個袋子要不是縮小成方便攜帶的尺寸，不然就是……嗯，我很確定它會縮小。」

「倒帶回到『不然就是』那一句，」亞利思說：「還有什麼其他可能的結果？」

貝利茲恩聳聳肩。「這個嘛……這袋子有非常渺茫的機會可能膨脹開來，蓋住整個大陸的大部分地區。不，不會，我確定做得很正確。傑克完全按照我的指示，非常小心地用倒縫法呈現這些盧恩字母。」

「我應該用了倒縫法吧？」傑克散發出燦爛黃光。「只是開玩笑啦。對，我用倒縫法。」

我可沒這麼有信心。但從另一方面看來，假如袋子膨脹成整個大陸那麼巨大，我肯定活不了太久，就沒什麼好擔心了。

「好吧，」我說：「密碼是什麼？」

「不要！」貝利茲恩尖聲大叫。

保齡球袋爲之顫抖，整座森林也跟著搖撼。袋子坍縮的速度超級快，即使這樣的變化早在意料之中，我依然差點吐出來。那座皮革山消失了，有個正常大小的保齡球袋端坐在貝利茲恩的腳邊。

「好耶！」貝利茲提起那個袋子，瞧瞧裡面。「裡面有一顆保齡球，不過袋子感覺空蕩蕩的。傑克，我們辦到了！」

他們兩人互相擊掌慶賀，或者應該說「擊指慶賀」，畢竟傑克的劍刃沒有五根手指，不能擊掌。

「慢著，」亞利思說：「我是要說……整個都太棒了。但你眞的有設定密碼嗎？」

「不要！」貝利茲把保齡球袋扔進樹林裡，活像是扔擲手榴彈。瞬時它又長大變回一座山的大小，造成一波壓毀樹木和嚇壞動物的浪潮。我幾乎要對那些不可信賴的松鼠感到抱歉了。

「我趕時間啊！」貝利茲恩氣呼呼地說：「可以晚一點再重新設定密……那個指令，但那要耗費更多的線和更多時間。目前，拜託你們千萬別說……你也知道，『那個詞』，好嗎？」

他接著說出「那個詞」，於是袋子縮回小小的尺寸。

「老兄，你太厲害了，」我說：「還有，嘿，傑克，縫得好！」

「多謝啊，先生！我也很愛你那個狗啃的髮型。你看起來再也不像『超脫樂團』那傢伙了，比較像，我也不知道……約翰．林登[67]？還是金髮的瓊．傑特[68]？」

亞利思爆笑出聲。「你怎麼連那些人都知道？湯傑告訴我，你在河流底下待了一千年。」

「對呀，不過我一直很好學！」

亞利思吃吃竊笑。「還『瓊．傑特』咧。」

「你們兩個都閉嘴啦，」我咕噥著說：「有誰準備去打保齡球？」

沒人準備要去打保齡球。

貝利茲恩爬進一頂三角小帳篷，累得立刻癱倒。接著我犯了錯，讓傑克回到項鍊墜子形式，結果我也累得癱倒，感覺好像花了一整天攀爬岩壁。

亞利思答應繼續警戒。至少我覺得她是這樣說。她大可宣布「我會邀請洛基進入營地，趁你們睡覺時把你們殺光光！哈哈哈哈！」，反正我會不省人事。

我沒有作什麼夢，只見到海豚在一片皮革之海快樂地跳來跳去。

我醒來時，天空漸漸從全黑變成炭灰色。我堅持叫亞利思閉眼休息幾小時。等到三人全都醒來、吃過東西並收好營地，天空掛著一層厚厚髒髒的灰雲。

差不多浪費了二十四小時。莎米拉和希爾斯東依然行蹤成謎。我嘗試想像他們安全待在

---

[67] 約翰．林登（Johnny Rotten）是一九七〇年代英國龐克搖滾樂團「性手槍」（Sex Pistols）的主唱。

[68] 瓊．傑特（Joan Jett）是美國女歌手、搖滾吉他手和詞曲創作者。

厄特加爾的洛基家中的火堆旁，彼此述說奇妙經歷，也吃得飽飽的。然而，我眞正想到的是一大群巨人圍繞在火堆旁，彼此述說前一晚吃掉美味凡人的奇妙經歷。

「別再想了。」我對自己的腦袋說。

「而且，婚禮是明天。」我的腦袋說。

「滾出我的腦袋啦。」

我的腦袋拒絕滾出我的腦袋。眞是不會替人著想的腦袋。

我們跋涉穿越深谷，努力跟隨小微指示的方向。你會想，只要跟隨他的腳印不就得了，但他的腳印很難與天然的山谷和峽谷區分開來。

經過大約一小時後，終於看到我們的目的地。遠方有一道巨大的峭壁，上面聳立著四四方方的倉庫型建築。充氣的哥吉拉不見了（那種東西的每日租金一定高得嚇人），不過「厄特加爾保齡球館」的霓虹燈招牌依然閃爍，先是一次亮起一個字，然後全部亮起，接著周圍開始一閃一閃，就是因爲這樣，你絕對不會錯過約頓海姆最高聳峭壁上唯一的霓虹燈招牌。

我們沿著蜿蜒的小徑努力往上爬，這種路最適合體型很大的驢子，但嬌小的凡人實在不太適合。冷風把我們吹得東倒西歪。我的腳痛死了。幸虧貝利茲恩做出那個魔法保齡球袋，因爲要是得拖著完整大小的袋子爬上峭壁，不僅不可能辦到，而且也不好玩。

等我們終於爬上山頂，這才發現厄特加爾保齡球館究竟有多巨大。建築物本身幾乎可以容納大半個波士頓市中心，雙扇大門裝設了紫紅色軟墊，點綴著滿滿的黃銅平頭釘，而且兩片門板都像一般的三房公寓一樣大。髒兮兮的窗戶閃爍著霓虹燈廣告，包括約頓果果汁、濃淡艾爾啤酒和祕釀蜜酒。外面的杜椿上拴著巨型的騎乘動物，包括馬、山羊、犛牛，以及，沒錯，驢子，每一隻的體型都差不多有吉力馬札羅山[69]那麼大。

「不需要害怕，」貝利茲喃喃自語：「這就像侏儒酒吧一樣，只是……比較大一點。」

「所以，我們該怎麼辦？」亞利思問：「直接發動正面攻擊？」

「哈，哈，」我說：「莎米和希爾斯東有可能在裡面，所以我們要按照規矩來。走進去，要求客人的權利，嘗試談判。」

「而如果那樣行不通，」貝利茲說：「我們再見機行事。」

亞利思是最能改變、最有彈性的人，她說：「我討厭這種計畫。」然後她對我皺起眉頭。「還有，你欠我一杯飲料，因爲你夢到我。」

她大步走向門口。

貝利茲恩挑挑眉毛。「我會想開口問嗎？」

「不，」我說：「你眞的不想。」

穿越大門沒有碰到問題。我們直直走過去，連稍微彎一下腰都不必。

裡面是我所見過最巨大、最擁擠的保齡球館。

往左邊望去，宛如自由女神像那麼大的二、三十名巨人排列在吧檯邊，他們坐的高腳凳活像宏偉的高樓公寓。巨人全都穿著霓虹色彩的保齡球衫，一定是從迪斯可時代的救世軍慈善組織偷來的。他們的腰際掛著各式各樣的刀子、斧頭和釘棍。他們笑鬧著、彼此互虧，朝對方扔擲喝蜜酒的馬克杯，每個杯子的容量都能灌溉加州農作物足足一年之久。

[69] 吉力馬札羅山（Mount Kilimanjaro）是非洲最高峰，高度將近五千九百公尺。

早上這個時候喝蜜酒好像早了一點，但是就我所知，這些傢伙恐怕自從一九九九年就開派對直到現在。不管怎麼說，頭頂上擴音器狂轟猛炸的就是當時的歌曲。

我們的右邊則豎立著一排遊戲機台，有更多巨人在那裡玩彈珠遊戲，還有「超大小精靈小姐」遊戲機。而在房間後面，大約像是，噢，波士頓到新罕布夏州那麼遠的地方，還有更多巨人聚集在保齡球道上，大概四、五人一組，身穿螢光漆色彩的比賽服裝，腳踩麂皮保齡球鞋。後側牆上掛了一條橫幅旗幟，上面寫著：「厄特加爾保齡球終極錦標賽！歡迎各位『厄保終賽』的參賽者！」

有個巨人擲出一顆球，它沿著球道滾動時雷聲大作，地板為之震動，震得我跳上跳下，活像是上了發條的公仔玩具。

我環顧四周，尋找身穿灰色「火雞保齡球手」上衣的小微，但是沒看到他。小微應該很容易看到才對，不過從我們位於地板上的「有利」位置來看，實在有太多巨大形影擋住視線。

接著，群眾移動開來。有個巨人從房間的另一端直視著我，與小微比起來，我更不想看到這個巨人。他坐在高台的一張高皮椅上，俯瞰著球道，彷彿是裁判或司儀。他的保齡球衫用鷹羽製作而成，寬鬆長褲是棕色的聚脂纖維材質，一雙鐵鞋則像是用二次世界大戰驅逐艦的回收材料做的。他的前臂扣著一個領主的黃金環圈，點綴著很多血石髓。

他的臉孔稜角分明，十分英俊，顯得有點殘酷。一頭炭黑色直髮垂到肩膀上，眼神閃爍著歡欣與惡意。他絕對會登上「約頓海姆十大最有魅力凶手」名單。他的身高大概比我上次看到時長高了二十七公尺以上，不過我認得他。

「大男孩。」我說。

周圍喧喧嚷嚷，我不確定他怎麼聽得到我的細小聲音，但他心領意會地點頭。

「馬格努斯．雀斯！」他大喊：「很高興你辦到了！」

音樂消失了。吧檯那邊的巨人全都轉過來看我們。大男孩高舉拳頭，彷彿要給我一支麥克風。他的手指間緊緊夾著兩個很像漫畫《大英雄》或電影《特種部隊》的人形，他們是莎米拉和希爾斯東。

39 艾維斯離開了保齡球袋

「我們主張客人的權利！」我大喊：「厄特加爾的洛基，放開我們的朋友！」考慮到我們面對一個全副武裝、穿著邋遢的自由女神像大會，我覺得自己相當勇敢。

巨人群眾哄堂大笑。

吧檯那邊有人大喊：「你說什麼？大聲一點！」

「我說……」

酒保把一九九九年流行金曲的音量重新開大，壓過我的聲音。巨人開心得亂吼亂叫。

我對貝利茲皺起眉頭。「你對我說過，泰勒絲的歌是侏儒的音樂……這表示『王子』[70]的歌是巨人的音樂？」

「啊？」貝利茲恩的視線緊盯著希爾斯東，他仍然困在厄特加爾洛基的拳頭裡，拚命掙扎。「不，小子。這只表示巨人對音樂的品味很不錯。你認爲傑克能不能砍掉巨人的手，把我們的朋友放出來？」

「趕在厄特加爾的洛基把他們壓扁之前嗎？不太可能。」

亞利思將她的勒繩繞在手上，但我看不出來那有什麼用處，除非她想要幫巨人好好清潔牙齒。「有什麼計畫？」

「我正在想。」

最後，厄特加爾的洛基伸出一根手指，在喉嚨做出「割斷」的手勢。（不是我最喜歡的手勢。）音樂又消音了，所有巨人安靜下來。

「馬格努斯．雀斯，我們一直在等你！」厄特加爾的洛基笑起來。「至於你的朋友，他們不是俘虜。我把他們舉高，只是要讓他們瞧瞧你來了！我很確定他們非常高興！」

莎米看起來一點都不高興。她扭動肩膀，拚命想要掙脫。她的表情顯示想要殺了每一個身穿保齡球衫的人，也許還包括幾個沒穿的人。

至於希爾斯，我很清楚他有多麼痛恨自己的雙手被夾住。他無法溝通，無法施展魔法。他眼中的冷酷狂怒讓我聯想到他的父親，阿德曼先生，我不太樂意看到這樣的相似性。

「立刻把他們放下來，」我說：「如果他們真的不是俘虜的話。」

「如你所願！」厄特加爾的洛基把莎米和希爾斯放到桌子上，他們站在那裡，與巨人的蜜酒杯一樣高。「等待你們到達期間，我們讓他們過得相當舒適。小微提到你們會帶來他的保齡球袋，而且最晚不會超過今天早上。我都開始覺得你們到不了！」

聽到他那種強調的語氣，你會覺得這簡直像是交換人質的場合，不禁有種心寒沉重的感受。我真想知道，萬一我們沒有帶著袋子出現，不曉得莎米和希爾斯東會有什麼下場。我們害他們等這麼久，困在這裡二十四小時，而且可能很擔心我們是否還活著。

「我們帶了袋子！」我說：「別擔心。」

---

70 王子（Prince）本名普林斯．羅傑斯．尼爾森（Prince Rogers Nelson, 1958-2016），是美國流行樂歌手、詞曲作家。

我用手肘輕推貝利茲恩。

「對呀！」貝利茲向前踏出一步，舉起他手中的創作品。「瞧瞧『空皮』，很快就會在保齡球袋界大出風頭，它是由弗蕾亞之子貝利茲恩製作完成！而且傑克協作！」

我們的老朋友小微使勁推走群眾，開出一條路。他的灰色上衣有斑駁的蜜酒汙漬，花白的髮髻已經鬆開。正如同他曾經提醒我們，他與這空間的其他巨人比起來還眞的很微小。

「你對我的袋子做了什麼事？」他大叫：「你用洗衣機的一般行程洗嗎？變得超微小！」

「就像你一樣！」另一個巨人嘲笑著說。

「雨果，閉嘴啦！」小微喊道。

「別害怕！」貝利茲恩保證說，他的聲音正是示範「害怕」的語氣。「我可以把這袋子變回正常大小！不過，首先，我要求你的國王保證我們擁有客人的權利……包括我們三人，還有桌子上的兩位朋友。」

厄特加爾的洛基呵呵笑。「嗯，小微，看來他們完成你要求的事。他們帶來你的袋子。」

小微指著他的全新超小手提袋，一副無可奈何的樣子。「可是……」

「小微……」國王說，語氣變得很強硬。

小微盯著我們，他現在的眼神看起來沒那麼隨和了。

「好啦，」他咬牙切齒地說：「他們履行了自己協議的那部分。我以最小最小的程度……擔任他們的保證人。」

「那就好！」厄特加爾的洛基眉開眼笑地說：「在我的保齡球館，你們全體成爲正式的客人！」他拉起莎米和希爾斯，把他們放到地板上。謝天謝地，思可菲儂劍和石頭都還綁在莎米的背上。

國王轉而對巨人群眾發表談話。「我的朋友，假如以現在的體型款待這些客人，爲了不去踩到他們，我們的眼睛就會很疲勞。我們必須用鑷子夾食物給他們，然後用眼藥水瓶幫他們的超小水杯裝滿飲料。那樣一點都不好玩！我們把這場派對縮小幾個等級，好嗎？」

巨人紛紛咕噥出聲、喃喃自語，但似乎沒人急著想反駁國王的提議。厄特加爾的洛基彈一下手指，房間突然開始旋轉，我整個人暈頭轉向，腸胃劇烈翻攪。

保齡球館從超級巨大縮減成只是有點大。這下子巨人的平均身高大約是二百公分，我不再需要伸長脖子才看得到他們，一抬頭也不會看到他們又大又深的鼻孔了。

莎米拉和希爾斯東急忙跑過來找我們。

「你好嗎？」貝利茲以手語對希爾斯說。

「你們去哪裡？」希爾斯問。

莎米拉對我露出很淒厲的「我等一下會殺了你」微笑。「我以爲你們死了。還有，你的頭髮是怎樣？」

「說來話長。」我對她說。

「對啦，抱歉我們來晚了，」亞利思說。她的道歉遠比今天到目前爲止的任何一件事更嚇到我。「我們錯過什麼事？」

莎米盯著她的眼神像是說：「如果我告訴你，你一定不會相信。」

我無法想像她的故事會比我們的更不可思議，但彼此還來不及交換筆記，小微就以蹣跚的步伐走向貝利茲恩。巨人抓起他的保齡球袋，現在的尺寸剛好符合他的身材。

他打開袋子，隨即鬆了一口氣。「謝天謝地！艾維斯！」

他拿出自己的保齡球，仔細檢視有沒有損傷。保齡球的表面有噴槍畫作，那是一九七〇年代的「貓王」艾維斯．普里斯萊，身穿綴滿白色萊茵石的連身褲裝。「噢，寶貝，他們有沒有傷到你？」小微親吻那顆球，然後擁進懷裡。他怒目瞪視貝利茲恩。「小侏儒，你沒有傷到艾維斯，算你運氣好。」

「我才沒有興趣傷害艾維斯。」貝利茲恩猛力抓起小微手上的袋子，現在袋子是空的。「不過我要保留『空皮』當做安全的保證！等我們毫髮無傷離開這裡，你才能拿回去。假如你要什麼詭計，我應該先警告你，袋子如果要改變大小，只能用一句指令辦到，而你光靠自己是絕對猜不到的！」

「什麼？」小微尖聲說：「是『艾維斯』嗎？」

「不是。」

「還是『優雅園』[71]？」

「不是。」

「朋友，朋友！」厄特加爾的洛基張開雙臂走向我們。「今天是錦標賽的日子！我們有特別貴賓！別吵架了，大家一起吃吃喝喝然後大戰一場！開始放音樂！幫每個人倒飲料！」

〈小紅跑車〉[72]透過擴音器狂轟猛炸。大多數的巨人一哄而散，回到原本進行的牛飲蜜酒、打保齡球，或者「沒那麼巨大小精靈小姐」遊戲機前面。有些巨人，特別是像小微一樣身穿灰色上衣的巨人，看起來很想殺掉我們的樣子，不管我們有沒有客人的權利；但我不是很在意，畢竟我們還有「世界末日」這個選項。假如碰到最糟的狀況，我們可以大喊「密碼」，引發侏儒精緻刺繡皮革的大山崩，摧毀整座建築物。

厄特加爾的洛基拍拍小微的背。「好了！去喝一杯約頓果果汁吧！」

小微緊緊抱著艾維斯，走向吧檯，不時回頭惡狠狠瞪著我們。

「厄特加爾的洛基，」我說：「我們需要資訊……」

「你這白痴，現在不是時候。」他保持笑容，但語氣極度凶惡。「表現得高興一點，看起來像是我們才剛彼此取笑一番。」

「什麼？」

「這個好笑！」巨人國王大喊。「哈，哈，哈！」

我的朋友也都努力表現得入戲一點。「對呀，哈，哈！」莎米說。貝利茲恩爆出一陣侏儒式的捧腹大笑，很像那麼一回事。「太可笑了！」亞利思也自告奮勇說。

「哈，哈。」希爾斯以手語說。

厄特加爾的洛基繼續對我滿臉堆笑，但眼神宛如匕首般銳利。「除了我，這裡的巨人全都不想幫你們，」他壓低聲音說：「如果不能證明自己的價值，你們絕對沒辦法活著離開這間保齡球館。」

「什麼？」貝利茲恩輕聲說：「你保證客人的權利，你是國王啊！」

「我剛才運用最後的每一絲影響力和個人信用努力幫你們！否則你們不可能活這麼久！」

---

71 優雅園（Graceland）是貓王的故居，位於美國曼菲斯市。

72〈小紅跑車〉（Little Red Corvette）是美國歌手「王子」的名曲。

「幫我們？」我說：「方法是殺了我們的山羊？」

「而且滲透到瓦爾哈拉？」莎米補上一句。「而且掌控一位無辜的飛行教練？」

「那些全都是要勸阻你們這些笨拙無能的凡人，不讓你們掉進洛基的陷阱。而到目前爲止，你們無論如何都想辦法掉進去了。」他轉過頭，對著旁觀的巨人大吼：「這些小不點凡人太會吹牛了！不過你們永遠打不倒巨人！」

他再度壓低聲音。「在這裡，不是每一個人都認爲必須阻止洛基。爲了阻撓洛基，我會把需要知道的事情全都告訴你們，不過你們必須假裝合作。假如你們不能證明自己的價值，贏得我這些追隨者的信任，我會遭到推翻，而這些蠢蛋的其中一人將會成爲新任國王。然後，我們就全都死定了。」

亞利思環顧四周，彷彿想要決定等一下先勒死哪個蠢蛋。「喂，羽毛陛下，你大可用簡訊或打電話在幾天前把這重要資訊傳給我們。爲什麼要用斗篷加七首外加充氣哥吉拉那一大堆招數啊？」

厄特加爾的洛基對她皺起眉頭。「洛基的孩子，我不能發簡訊給你，原因有幾個。首先也是最重要的原因，你父親有好幾種方法會發現我們之間的聯繫。你同不同意？」

亞利思的臉冒出點點紅斑，不過她什麼話也沒說。

「好啦，」國王繼續說：「好好吃一頓。我會幫你們帶位。」

「而吃完之後呢？」我問：「我們要怎麼證明自己的價值？」

厄特加爾的洛基射出一種眼神，絕對是我不喜歡的眼神。「你們要展現令人驚訝的英勇行爲，逗我們開心。你們要在比賽中打敗我們。至死方休。」

40 這完全是小比利應得的

保齡球館的冠軍早餐：花生、微溫的熱狗，以及不新鮮的玉米片淋上橘色的黏糊東西，看起來一點都不像乳酪。蜜酒平淡無味，喝起來很像「纖而樂」代糖的味道。往正面想，餐點份量眞的是巨人等級。自從昨天之後，我除了炸豆泥球剩菜和巧克力就沒吃什麼東西，於是鼓起勇氣設法呑下去。

巨人組成一個個隊伍，成群坐在每一條保齡球道上，彼此扔擲食物、互虧說笑，並吹噓自己轟倒球瓶的神奇絕技。

莎米、希爾斯東、貝利茲、亞利思和我一起坐在環形塑膠椅凳上，從食物中挑揀勉強可吃的部分，同時緊張兮兮地環顧周遭群眾。

厄特加爾的洛基堅持要我們把普通鞋子換成保齡球鞋……全部都尺寸太大，而且顏色是螢光橘和螢光粉紅。貝利茲恩看到他要穿的鞋子時，我以爲他馬上就要陷入過敏性休克。不過亞利思似乎很喜歡。至少我們不必穿一模一樣的隊服。

吃東西的時候，我們把樹林裡發生的事情告訴莎米和希爾斯。

莎米一臉嫌惡地搖搖頭。「馬格努斯，你老是分配到簡單的事情。」

我吃著花生差點嗆到。「簡單？」

「我和希爾斯在這裡待了一整天，要很努力才能活下去。我們有六次差點死掉。」

希爾斯舉起七根手指頭。

「噢，對喔，」莎米說：「還有廁所那件事。」

貝利茲恩把雙腳藏在椅凳底下，無疑不想讓人看到他的可笑鞋子。「巨人沒有給你們客人的權利嗎？」

「我們一開始也是這樣要求，」莎米說：「但那些像大山一樣的巨人，他們拚命想扭曲你說的話，用仁慈的態度殺了你。」

「就像我們在一月碰到的那對姊妹，」我說：「她們提議把我們的椅子舉到桌子的高度，然後趁機舉到天花板上，想把我們用力壓扁。」

莎米點頭。「昨天我索取了一杯飲料吧？酒保卻丟給我一整杯啤酒。首先，我是穆斯林，我不喝含酒精的飲料。其次，杯子邊緣好滑，我根本拿不起來。要不是希爾斯用了盧恩魔法讓杯子爆裂……」

「我們說的每一件事都要小心，」希爾斯以手語說：「我要求一個地方睡覺……」他的身子顫抖一下。「差點在保齡球回送機裡壓扁死掉。」

莎米幫亞利思翻譯意思。

「哎唷。」亞利思皺起眉頭。「難怪你們兩個看起來這麼淒慘。沒有惡意。」

「那還不是最慘的，」莎米說：「想要拜託希爾斯東幫忙站崗，讓我祈禱一下？不可能。而且，巨人一直提出挑戰，要我們展現精湛技巧。」

「幻覺，」希爾斯以手語說，他的兩隻手掌同時對著我們畫圈圈，以表現兩種變動的影像。「這裡所有東西都和表面看起來不一樣。」

「是啊。」貝利茲嚴肅點頭。「小微和他的保齡球袋也一樣。厄特加爾的洛基這夥人很會施展幻術，臭名遠播。」

我環顧四周，很想知道這些巨人的眞實體型究竟有多大，一旦除去魔法的眞實模樣又是如何。也許這些醜不啦嘰的保齡球衫根本是幻像，目的是讓我們失去判斷力。「那麼，我們要怎麼判斷哪些是幻覺，哪些又是眞實的？」

「最重要的是……」亞利思拿起一塊沾有橘色黏糊物的溼爛玉米片。「我可以假裝這其實是『安娜的墨西哥小餐館』[73]的墨西哥捲餅嗎？」

「我們得提高警覺，」莎米警告說：「昨天晚上，我們提出要求的措辭非常謹愼，他們終於給了睡袋，不過還是得『證明我們的力量』，自己把睡袋攤開。我們奮戰了大概一小時，睡袋一動也不動。厄特加爾的洛基終於坦白說，那睡袋是用捲曲的鈦金屬薄片做成的。巨人狠狠地嘲笑了一番。」

我搖搖頭。「那怎麼會好笑？」

希爾斯以手語說：「說說關於貓的事。」

「嗯，」莎米表示同意。「然後有一隻貓。我們吃晚餐前要去『幫個小忙』，抱起厄特加爾的洛基養的貓，把牠放到外面去。」

我瞥了周遭一眼，但是沒看到貓。

「牠在這附近的某個地方。」莎米向我保證。「只不過我們搬不動牠，因爲那隻貓其實是

---

[73] 安娜的墨西哥小餐館（Anna's Taqueria）是波士頓知名的連鎖餐館。

六千公斤重的普通非洲象。我們本來不知道，後來巨人才說破……那是我們努力了好幾個小時、連晚餐都錯過之後。他們超愛羞辱客人，讓客人覺得自己既虛弱又渺小。」

「眞的有用。」貝利茲喃喃說著。

我想像自己奮力搬動一頭大象，但沒發現那是大象。這種事我通常會發現吧。

「像那樣的事情，我們該怎麼對抗？」我問：「我們要參加一堆比賽，讓他們刮目相看？抱歉，如果是鈦金屬睡袋和普通非洲象，我恐怕連一點辦法也沒有。」

坐在桌子對面的莎米向前傾。「無論你認爲發生什麼事，只要記住那是花招就行了。思考方式要突破傳統，做些意想不到的事。打破陳規。」

「喔，」亞利思說：「那豈不是像我人生的每一天。」

「所以你的經驗應該派得上用場，」莎米說：「而且，厄特加爾的洛基不是說他努力想幫忙？我連半個字都不相信……」

「哈囉，客人！」

就一個身穿羽毛保齡球衫的大塊頭來說，巨人國王的行跡還眞鬼祟。厄特加爾的洛基倚著桌子後面的欄杆，低頭看著我們，手上拿了一根裹粉炸熱狗。「我們只有約一分鐘的時間。然後遊戲就得開始了。」

「遊戲，」莎米說：「像是我們從昨天開始玩的遊戲嗎？」

厄特加爾洛基的眼睛很符合他的鷹羽上衣。他有著猛禽的犀利眼神，宛如隨時要俯衝而下，抓住某隻齧齒類，甚至是矮小的人類，準備當晚餐吃。「好啦，莎米拉，你一定得了解。我邀請你們來這裡，我的臣民已經很不高興了，你們一定得好好運動一下，提供娛樂，表演厲害的大秀，證明你們的價值。別期待我會在比賽中表現出什麼仁慈之舉，假如我顯現出放水的舉動，那些屬下會出其不意攻擊我。」

「原來，你也沒什麼國王的氣勢嘛。」我指出。

厄特加爾的洛基輕蔑地冷笑一聲。爲了表現給他的追隨者看，他大吼：「渺小的凡人，你們就只會吃東西嗎？我們連剛會走路的小孩吃的乳酪玉米片都比你們多！」他用高貴的裹粉炸熱狗權杖指著我，然後壓低音量。「馬格努斯．雀斯，你對於領導根本一無所知。王權需要鋼鐵和蜜酒、恐懼和慷慨的巧妙組合。像我這麼善於施展魔法，卻不能只是把我的意志強加在手下的巨人身上。他們的人數永遠比我多，我每天都必須贏得他們的尊敬。而現在，你們也一樣。」

亞利思向後傾，遠離國王。「如果對你來說這麼危險，爲什麼要幫我們取回邁歐尼爾？」

「我根本一點都不關心索爾之鎚！阿薩神族老是太依賴巨鎚引發的恐懼。沒錯，那是很強大的武器，但等到諸神的黃昏來臨，索爾會寡不敵眾，天神終究會死去。巨鎚只是虛張聲勢而已，只是壓倒性武力的一種幻像。而且，請相信偉大魔法師的話……」巨人嘻嘻笑。「即使是最好的幻像也有極限。我眞正關心的並不是巨鎚。我想阻止的是洛基的詭計。」

貝利茲恩抓抓自己的鬍子。「讓莎米和索列姆結婚嗎？你害怕那樣的結盟關係？」

厄特加爾的洛基又進入表演模式，爲他的觀眾大吼大叫：「哼！這些是約頓海姆最強大的裹粉炸熱狗！其他東西完全比不上！」他狠狠咬一口，然後把吃完的權杖扔到背後去。「貝利茲恩，弗蕾亞之子，用用腦袋吧。我當然很怕這樣的結盟關係。那個醜蟾蜍索列姆，還有他妹妹索列恩嘉，他們超想帶領約頓海姆發動戰爭。如果能和洛基締結聯姻，又握有索爾之鎚，索列姆就能成為所有領主的共主。」

莎米瞇起眼睛。「握有索爾之鎚？你的意思是說，即使我完成這場婚禮，索列姆也不會歸還邁歐尼爾？我是不會完成啦。」

「喔，雙方會交換結婚禮物！但也許不是你想像的方式。」厄特加爾的洛基伸長了手，輕觸思可菲儂劍的劍柄圓球，那把劍仍掛在莎米的背上。「來來來，我的朋友。我提供解答之前，你們必須先了解問題本身。你們真的沒有看出洛基的目的嗎？」

有個巨人從房間的另一頭大吼：「國王陛下，比賽到底怎麼樣？你為什麼和那些凡人眉來眼去？」

更多巨人訕笑著，對我們亂吹口哨。

厄特加爾的洛基高高站起，對他的追隨者露出大大的微笑，彷彿那全是很棒的笑料。「好的，當然！各位女士和巨人先生，我們開始大玩特玩吧！」他低下頭，斜眼瞧著我們。「諸位貴客，你們要用什麼驚人的技巧讓我們刮目相看呢？」

所有巨人都轉身看著我們，顯然急著想聽聽我們會選擇哪一種超囧的失敗舉動。我最大的本領就是逃之夭夭和吃炸豆泥球，不過好好吃了一大堆熱狗和化學原料乳酪玉米餅後，我擔心連上述兩項都拿不到金牌了。

「別害羞！」厄特加爾的洛基張開雙臂。「誰先來？我們想見識一下，你們到底稱霸凡人界的哪些領域！喝酒喝得比我們多嗎？跑得比我們快？摔角贏過我們？」

莎米拉站起來。我默默在心裡禱告，感謝勇敢無畏的女武神。即使以前還是普通的凡人學生時，我就超討厭身先士卒。老師總是保證說，自告奮勇打頭陣的題目比較簡單，或者可以多拿幾分。不，謝了，不值得因爲這樣而增加焦慮感。

莎米深吸一口氣，然後面對群眾。「我擅長用斧頭，」她說：「誰要向我挑戰扔斧頭？」

巨人歡聲雷動，而且拚命喝倒采。

「嗯，好了！」厄特加爾的洛基看起來興高采烈。「莎米拉．阿巴斯，你那把斧頭實在非常小，不過我敢說，你的丟擲技巧一定很好。唔。一般來說，我會指名『劈顱俠比約恩』，他是我們的擲斧頭冠軍，但我不希望你覺得敗得太慘。換成『小比利』與你一較高下如何？」

球道的遠端有一小群巨人，其中一名鬈髮的巨人小孩站出來。他看起來約莫十歲，矮胖的肚子塞在《威利在哪裡？》[74]的那種條紋上衣裡，黃色的吊帶拉住他的男學生短褲。他有嚴重的鬥雞眼，走向我們的時候一直撞到桌子、絆到保齡球袋，惹得其他巨人呵呵大笑。

「比利才剛開始學習扔斧頭，」厄特加爾的洛基說：「但他應該可以和你好好比劃。」

莎米拉咬緊牙關。「好。目標是什麼？」

厄特加爾的洛基彈彈手指，一號和三號球道的遠端地板各打開一條縫隙，彈出兩個扁平的木製人形，上頭都畫了唯妙唯肖的索爾畫像，包括他的狂野紅髮和飄揚鬍鬚，而臉孔皺縮成一團，一副正在放屁的樣子。

「每個人投擲三次！」厄特加爾的洛基朗聲說：「莎米拉，你願意先開始嗎？」

「喔，不，」她說：「小孩優先。」

---

[74]《威利在哪裡？》（*Where's Waldo*）是著名的英國繪本，主角是身穿條紋衣的威利，讀者要在人山人海的細緻繪圖中找出威利。

小比利搖搖晃晃走向邊線。他旁邊有另一個巨人放下一綑皮革，打開來露出三把戰斧，每一把幾乎像比利的體型那麼大。

比利奮力舉起第一把斧頭，瞇起眼睛對準遠處的目標。

我還有時間心想：「也許莎米不會有問題。也許厄特加爾的洛基終究會對她放水。」接著小比利突然展開行動，他的斧頭一把接一把射出，速度快到我幾乎跟不上他的動作。等他射完，一把斧頭嵌入索爾的額頭，另一把射中他的胸口，而第三把插在天神的巨大褲襠上。

巨人歡聲雷動。

「不錯！」厄特加爾的洛基說：「好，我們來看看，莎米拉，女武神的驕傲，是否能打敗鬥雞眼的十歲小子！」

亞利思在我旁邊喃喃說著：「她完蛋了。」

「我們要插手嗎？」貝利茲恩憂心忡忡地說：「莎米叫我們要想想突破傳統的做法。」

我想起她的建議：做些意想不到的事。

我伸手抓住項鍊墜子。我不曉得是否該從座位上跳起來，召喚出傑克，然後來上一段〈愛從未如此美妙〉的二重唱，分散大家的注意力。結果希爾斯東沒讓我做出蠢事，他舉起手指示意：稍等。

莎米仔細端詳她的對手小比利，再凝視他射入目標的那些斧頭。接著，她似乎得到結論了。她走向邊線，舉起手上的斧頭。

整個空間陷入恭敬的靜默。也說不定這些主人只是深吸一口氣，等到莎米失手時，他們就可以順勢爆笑。

莎米以流暢的動作轉過身，將她的斧頭直直射向小比利。全場的巨人倒抽一口氣。

小比利瞪著從自己額頭冒出來的斧頭，鬥雞眼變得更嚴重了。他向後倒在地板上。

所有巨人憤怒狂吼，有些人甚至站起來，拔出自己的武器。

「慢著！」厄特加爾的洛基吼道。他凝視著莎米。「女武神，請解釋！你剛才做出那種舉動，我們爲何不該殺你？」

「因爲，」莎米說：「要贏得這場比賽，那是唯一的方法。」

考慮到剛才的舉動，再考慮現在準備要把她碎屍萬段的巨人人數，她的語氣顯得異常冷靜。她指著小比利的屍體。「這不是巨人小孩！」

她以電視劇偵探的權威語氣朗聲說出，但我可以看到一串汗珠沿著她的穆斯林頭巾邊緣往下滴。我幾乎能聽見她內心的想法：「拜託讓我猜對。拜託讓我猜對！」

巨人群眾瞪著小比利的屍體。他看起來依然像死人，像是穿得很醜的巨人小孩。我心裡很清楚，這幫暴徒隨時會對莎米拉發動襲擊，而我們全都得四散逃命。

然後，慢慢地，巨人男孩的形體開始改變。

他的肌肉乾枯皺縮，最後看起來很像蓋利爾王子的屍鬼。他那宛如皮革的嘴唇蜷縮到牙齒上方，黃色的薄膜覆蓋著眼睛，手上指甲也伸長變成骯髒的鐮刀狀。「小殭屍比利」掙扎著站起來，再把他額頭的斧頭拔出來。

他對莎米斷聲威嚇。一波純然的恐懼席捲整個空間。有些巨人手上的飲料掉到地上，其他人則跪地哭泣。我的腸子自動糾結成一團老奶奶打的死結。

「對……對吧，」莎米朗聲說，她的音量變小好多。「你們都看到了，這不是小比利。這是『恐懼』，它的攻擊速度極快，而且永遠正中目標。征服『恐懼』的唯一方法就是迎頭痛擊，我就是這樣做。因此我贏得這場比賽。」

「恐懼」扔掉莎米的斧頭，一臉嫌惡的樣子。他發出最後的恐怖嘶嘶聲，然後幻化成一縷白煙，不見了。

一陣合唱般的放鬆嘆息傳遍整個空間。好幾個巨人衝向廁所，可能快要吐了，或者得去更換內褲。

我對貝利茲恩輕聲說：「見鬼了，莎米怎麼知道？那東西怎麼可能是『恐懼』？」

貝利茲恩的眼神看起來有點嫉妒。「我……我猜她以前見識過『恐懼』。我聽過一些謠言這樣說，巨人和很多次要的神祇建立好交情，像是『憤怒』、『飢餓』、『疾病』等。據說，『老年』經常來厄特加爾終極錦標賽打保齡球，只是技術不太好。不過我從沒想過會親眼見到『恐懼』……」

亞利思渾身發抖。希爾斯東看起來很嚴肅，但是不驚訝。我心想，在過去二十四小時的嚴峻考驗期間，他和莎米可能還見過其他次要神祇吧。

眞高興是由莎米打頭陣而不是我。運氣好的話，我可能會單挑「幸福」，那就可以用我的劍不斷打他，直到他不再微笑爲止。

厄特加爾的洛基轉身看著莎米，眼神流露出些微的讚賞神采。「那麼，莎米拉・阿巴斯，我想我們不會殺你了，畢竟你採取了必勝的行動。這一回合你獲勝！」

莎米的肩膀垮下來，鬆了一口氣。「所以，我們已經證明自己的能力？比賽結束了？」

「喔，還沒！」國王睜大眼睛。「其他四位貴客呢？我們得瞧瞧他們是否像你一樣厲害！」

41 疑惑時，變成咬人的昆蟲吧

我開始討厭厄特加爾保齡球終極錦標賽了。

希爾斯東下一個上場。他作勢指著遊戲機台，透過我的翻譯，他要挑戰得分最高的巨人，由參賽者任選一種遊戲。雨果所屬的「巨人干擾器隊」指定一個名叫凱爾的傢伙，他大步走向滾球遊戲機台，得到很完美的一千分。巨人為他歡呼時，希爾斯東則走向「警網雙雄」彈珠台，拿一枚紅金幣放入投幣孔。

「等一下！」雨果抗議說：「那根本不是同一個遊戲！」

「不必一樣啊，」我說：「希爾斯說『參賽者任選一種遊戲』，並沒有限定哪一種。你的隊員選擇滾球遊戲，希爾斯選擇彈珠遊戲。」

巨人轟隆抱怨，但最後聲音漸低。

貝利茲恩笑著看我。「小子，你眞是令人驚喜啊。希爾斯是魔法師。」

「我知道。」

「不，我是說『彈珠台上的魔法師』[75]。」

希爾斯東射出第一顆球。我沒看到他施展任何魔法，但很快就打破凱爾的分數……這個

---

[75] 「彈珠台上的魔法師」（pinball wizard）典故出自英國搖滾樂團「誰」（The Who）的歌曲。

嘛，當然很不公平，畢竟彈珠台的得分遠高於一千分。即使已經超過五億分，希爾斯還玩個不停。他輕推機台，然後用很大的力道猛踩踏板，我懷疑他心裡是不是想著父親，還有他行爲良好時父親給他的所有金幣。在這台遊戲機上，希爾斯很快就成爲虛擬的億萬富翁。

「夠了！」厄特加爾的洛基大吼，同時拔掉遊戲機的插頭。「你已經證明自己的技巧了！我想大家都同意，這個耳聾的精靈玩起彈珠台確實很厲害。下一個是誰？」

貝利茲恩向巨人挑戰徹底易容術，他保證讓任何一個巨人變得比較瀟灑時髦。他們全體一致選擇名叫「葛魯姆」的巨人，他顯然一直睡在吧檯底下，全身沾滿了那裡的塵垢和棉絮……而且過去四十年來都這樣。我很確定他是掌管「不衛生」的次要神祇。

貝利茲恩沒有嚇到。他迅速抽出縫紉工具，開始動手。他去保齡球館紀念品店找來一些零碎材料，花了好幾個小時拼湊出新衣服，然後帶葛魯姆去浴室做個適當的ＳＰＡ療程。他們出來時，葛魯姆的眉毛上了蠟，鬍子和頭髮修剪得比絕大多數的時髦花美男更整齊，而身上穿著閃亮的金色保齡球衫，正面還繡著「葛魯姆」字樣，另外配上銀色褲子和搭配的保齡球鞋。巨人小姐全都心醉神迷，巨人先生忙著離他遠一點，震懾於他的巨星魅力；至於葛魯姆，他則是爬回吧檯底下，開始打呼。

「我沒辦法改變他的壞習慣！」貝利茲說：「不過你們都看到他的模樣了。我到底有沒有挑戰成功？」

現場響起不少喃喃交談聲，但是沒有人敢質疑。即使用魔法提升醜陋程度，顯然也比不上侏儒等級的時尚設計。

厄特加爾的洛基向我靠過來，低聲說：「你們表現得非常好！我得讓最後這項挑戰看起來非常困難，所以你死掉的機會很高。那樣應該可以鞏固我臣民的敬意。」

「等一下，你說什麼？」

這位樂於幫忙的國王對群眾舉起雙手。「各位女士和巨人先生！沒錯，我們這些客人還滿有趣的，但千萬別害怕！我們即將復仇！還有兩位客人，就像命中注定，這是玩雙人保齡球挑戰賽的完美數字。既然保齡球是我們今天聚在這裡的原因，就讓最後兩位賓客對抗我們衛冕冠軍的選手，來自小微的『火雞保齡球手隊』！」

巨人興奮得大呼小叫。小微望向我，做出用手指劃過喉嚨的動作；這動作我實在看得很膩了。

「優勝者會得到標準的獎品，」厄特加爾的洛基朗聲說：「當然啦，就是輸家的頭顱！」

我瞥了亞利思．菲耶羅一眼，突然意識到我們現在組成一隊。

「我想，現在告訴你的時機不大對，」亞利思說：「我從來沒打過保齡球。」

比賽對手來自小微所屬的「火雞保齡球手隊」，他們是一對兄弟，名字很歡樂，叫「哈哥」和「柏拉哥」。他們兩人很難區分，除了是同卵雙胞胎以外，他們穿著相同的灰色上衣，更戴著美式足球頭盔，後者可能是怕有人會丟斧頭砸中他們的臉吧。在我看來，兩人唯一的差別是他們的保齡球。哈哥的保齡球用噴漆罐畫上歌手王子的臉。（也許吧檯的音樂播放清單是他提供的。）他的兄弟柏拉哥則有一顆紅色保齡球，上面有科特．柯本[76]的臉。柏拉哥

---

[76] 科特．柯本（Kurt Cobain, 1967-1994）是美國歌手，超脫樂團（Nirvana）主唱，於二十七歲自殺身亡。

不斷來回張望，先看看我，再看看保齡球，似乎要想像我沒有這頭狗啃髮型的模樣。

「好啦，我的朋友！」厄特加爾的洛基朗聲說：「我們要玩的是三個計分格的小型比賽！」

亞利思靠向我。「什麼是計分格？」

「噓，」我對她說。事實上，我正在努力回想保齡球的規則，我已經好幾年沒打了。瓦爾哈拉旅館有一條球道，但既然英靈戰士幾乎每一件事都是拚到死爲止，我也就沒有急著想去玩玩看。

「非常簡單的比賽！」厄特加爾的洛基繼續說：「得到最高分的隊伍就贏了。第一隊請出列：渺小凡人隊！」

我和亞利思走向回球機時，沒有人熱烈歡呼。

「你有什麼想法？」亞利思輕聲說。

「基本上，」我說：「你應該讓球沿著球道滾動，然後撞倒球瓶。」

她盯著我，淡色那一眼的明亮程度大概是暗色那一眼的兩倍，生氣程度也是。「那種事連我也知道。不過，我們應該打破規矩，對吧？這裡的幻覺是什麼？你認爲哈哥和柏拉哥是次要神祇嗎？」

我回頭瞥了莎米、貝利茲和希爾斯一眼，他們被迫只能在欄杆後面當觀眾。他們表情所傳達的訊息，我都已經知道了：我們有嚴重的大麻煩。

我伸手握住項鍊墜子，心想：「嘿，傑克，有什麼建議嗎？」

傑克發出昏昏欲睡的嗡嗡聲，他處於墜子形式的時候經常這樣。「沒有。」

「多謝，」我心想。「雨果有這把魔劍助他一臂之力。」

「渺小凡人隊！」厄特加爾的洛基叫道。「有沒有問題？你們想要棄權嗎？」

「不！」我說：「不，我們很好。」

我深吸一口氣。「好，亞利思，我們有三個計分格的機會。呃，意思就是三個回合。先看第一格打得如何，也許會給我們一些靈感。仔細看我怎麼打。」

我從沒想到自己有一天會說出這種話。保齡球並不是我的超級強項之一，不過我還是走向球道，捧著絨毛骰子樣式[77]的粉紅色保齡球。（嗯，因爲只有這顆球符合我的手指大小。）我努力回想以前工藝課的根特老師提供的指點，當時我們在「幸運一擊保齡球館」舉辦中學的迎新活動。我走到邊線，瞄準目標，然後用盡英靈戰士的全力打出去。

球滾動得很慢，一副不大想動的樣子，最後停在球道的半路上。

巨人邊吼邊笑。

我拿起球，往回走，覺得臉好燙。我走過亞利思身邊時，她咕噥說：「謝啦，眞是非常有教育意義。」

我回到座位上。在欄杆後面，莎米的表情很嚴峻，希爾斯東以手語比劃出最有幫助的建議：「打好一點啊。」貝利茲則是滿面笑容，對我豎起兩手的大拇指，讓我不禁懷疑他根本不懂保齡球的規則。

亞利思走向邊線。她用老奶奶的丟法，將保齡球從兩腿之間抬起來，扔向球道。那顆深藍色的保齡球彈跳一次、兩次，然後比我的球滾了遠一點，最後掉進邊溝裡。

---

[77] 美國人喜歡在汽車後照鏡掛上兩顆填充絨毛玩具骰子，求取好運。

巨人群眾爆出更大的笑聲。幾個人彼此擊掌，打賭的人交換金幣。

「輪到火雞保齡球手隊！」厄特加爾的洛基喊道。

哈哥走到隔壁球道站定位時，周遭爆出轟隆的鼓掌聲。

「稍等，」我說：「他們應該和我們用同一條球道吧？」

小微推開群眾走來，他雙眼圓睜，帶著嘲弄般的無辜眼神。「噢，可是國王完全沒提到這回事啊！他只說『得到最高分的隊伍就贏了』。男孩們，開始吧！」

哈哥扔出「王子球」，它以閃電般的速度沿著正中央直直滾去、撞上球瓶，發出像是馬林巴琴爆炸的聲音。

巨人歡聲雷動，彼此擊拳慶賀。哈哥轉過身，頭盔的面罩後面隱藏著大大的笑容。他輕拍一下柏拉哥的肩膀，彼此交談幾句。

「我得搞清楚他們說什麼，」亞利思說：「我會回來。」

「可是……」

「我要尿尿！」亞利思大喊。

聽到這樣的干擾，有些巨人皺起眉頭，但通常只要有人在群眾之間大喊「我要尿尿」，大家都會讓他們去尿尿。其他的選項都不優。

亞利思的身影消失在巨人小女孩的廁所裡。在此同時，柏拉哥走向球道。他舉起自己的「科特・柯本球」滾向球道，只見柯本的臉閃現又閃出，好像反覆說著「哈囉，哈囉，哈囉」，直到撞上球瓶，以十足的搖滾精神讓它們飛向四方。

「又一次全倒！」小微大喊。

周圍全是歡呼聲和牛飲蜜酒的咕嚕聲，只有我和我的朋友除外。

柏拉哥和哈哥在回球機旁邊會合，朝我的方向望過來，一臉竊笑。群眾繼續慶賀和重開賭盤時，亞利思從廁所回來。

「我已經尿完了！」她朗聲說。

她匆匆跑來，抓住我的手臂。「我剛才聽到哈哥和柏拉哥的對話。」她悄聲說。

「怎麼聽？」

「竊聽啊。我變成馬蠅就可以竊聽。」

「喔。」我瞥了莎米一眼，她的眉頭皺得好深。「我對馬蠅之類的東西很熟悉。」

「他們的球道是正常的保齡球道，」亞利思報告說：「但我們的……不知道。我聽到哈哥說：『祝他們好運，撞倒白山。』」

「白山，」我複述一次，「新罕布夏州那個？」

亞利思聳聳肩。「除非他們在約頓海姆也有白山。不管怎樣，那些都不是保齡球瓶。」

我對我們的球道末端瞇起眼睛，但球瓶看起來還是像球瓶，不是高山。但另一方面，小比利看起來也不像「恐懼」……直到最後才現出原形。

我搖搖頭。「這怎麼可能……？」

「沒有頭緒，」亞利思說：「不過，假如我們的保齡球是滾向另一個世界的一片山區……」

「那就絕對到不了球道末端，也不可能撞倒半個球瓶。我們該怎麼破解這種魔法？」

「快點啊，渺小的凡人！」小微喊道。「別再拖了！」

旁邊有一大群巨人對著你吼叫實在很難思考。「我……我也不知道，」我對亞利思說：

「我需要多一點時間。現在，我能想到最好的方法是破壞他們的球道。」

這樣很衝動，我也承認。不過我衝到邊線，使盡全力，把我的粉紅骰子保齡球從頭頂上扔出去，直直扔向哈哥和柏拉哥的球道。保齡球以極大的力道落下，撞破硬木地板，再向後反彈到群眾之間，掉在一名觀眾身上，他像嚇壞的雞一樣呱呱亂叫。

「喔喔喔喔！」觀眾紛紛大喊。

「那是怎樣？」小微吼道。「你打破尤斯提斯的腦袋！」

厄特加爾的洛基沉下臉，從他的王座站起來。「凡人，小微說得對。你不能打別人的球道。只要選定一條球道，你就得留在那條球道上。」

「沒人這樣說啊。」我抗議說。

「嗯，我現在就這樣說！繼續打完這個計分格！」

觀眾席上有個巨人把骰子保齡球滾回來給我。

我看著亞利思，但是無法給她任何建議。如果你的目標是某座遙遠的山脈，怎麼可能打得到呢？

亞利思低聲喃喃自語。她要就定位時，突然變身成實體大小的灰熊，以後腳搖搖擺擺往前走，兩隻前爪緊緊抱住保齡球。她走到邊線，撲下來以四隻腳站立，同時以將近一百五十公斤重的十足力道甩出保齡球。保齡球幾乎要碰到第一支球瓶，然後就停下來了。

巨人群眾響起一陣鬆口氣的呼聲。

「現在輪到我們了！」小微熱切地搓手。「男孩們，上吧！」

「可是，老闆！」哈哥說：「我們的球道有個大洞。」

「那就換一條球道啊。」小微說。

「喔，不行，」我說：「你也聽到國王說的話：『只要選定一條球道，你就得留在那條球道上。』」

小微怒目而視，連他手臂上的貓王刺青都顯得很憤怒。「那好吧！哈哥，柏拉哥，盡力就好。你們的領先分數已經立於不敗之地！」

哈哥和柏拉哥看起來很不高興，不過還是打第二個計分格。他們努力避開球道上的大洞，但是兩人都打成洗溝球，沒有增添分數。

「沒關係啦！」小微向他們保證。他對我和亞利思輕蔑地冷笑一下。「在森林裡，我好想把你們兩個踩扁，但現在我很慶幸當時沒踩。除非你們在最後一個計分格打得很完美，否則連緊咬他們的分數都無法。凡人，來看看你們有什麼能耐吧，我等不及要砍掉你們的頭！」

42 只是大發光也行得通

有些人喜歡喝能量飲料。至於我？我覺得，面臨即將被砍頭的威脅還比較能提神。

我驚慌失措，回頭看著我的朋友。希爾斯東比劃著手語：「弗，雷。」

「對啦，希爾斯，」我心想，「他是我父親。」

但那對我有什麼幫助，我想不透。又不是說夏日之神即將從一道榮耀的光輝中現身，幫我把白山撞個全倒。他是掌管戶外的天神，才不會被困在保齡球館裡面抑鬱死去……

這時突然冒出一個點子，宛如楓糖漿涓滴流過我的腦袋。戶外。白山。弗雷的力量。桑馬布蘭德，弗雷的劍，它可以開闢出不同世界之間的通道。還有厄特加爾的洛基先前講過的話：即使是最好的幻像也極限。

「渺小的凡人！」厄特加爾的洛基叫道。「你們要棄權嗎？」

「不！」我大喊。「等一下。」

「你要去尿尿嗎？」

「不！我只是……要遭到殘酷砍頭之前，我必須與隊友討論一下。」

厄特加爾的洛基聳聳肩。「似乎很公道。進行吧。」

亞利思靠過來。「拜託告訴我，你想到點子了。」

「你說以前去過新娘面紗瀑布。你常去白山露營嗎？」

「對啊，沒錯。」

「那些保齡球瓶有沒有可能其實就在白山？」

她皺起眉頭。「不。我不相信誰有那麼大的力量，足以把整座山用意念傳送到保齡球館的球道上。」

「我同意。我的理論是……那些球瓶只是保齡球瓶。巨人不能把整座山脈搬進保齡球館，但他們可以把我們的保齡球傳送到球館外面。在我們球道的正中央，一定有某種介於不同世界之間的入口，受到幻覺隱藏起來之類的，但它可以把我們的保齡球傳送到新罕布夏州。」

亞利思盯著球道末端。「嗯，如果眞是這樣，我的球爲什麼又從回球機跑出來？」

「我不知道！也許他們送回來的是一模一樣的球，所以你沒發現。」

亞利思咬牙切齒。「那些騙人的臭爛屁。那我們要怎麼對付？」

「你很熟悉白山，」我說：「我也是。我要你沿著球道看過去，專心想像那些山。如果我們同時想像，說不定就能看見那個入口。而然後，說不定啦，我可以消除它。」

「你的意思是改變我們的認知？」亞利思問：「有點像……你對阿米爾做的心靈治療？」

「我猜是吧……」眞希望我對自己的計畫能有更多自信。聽著亞利思的描述，我簡直像是新時代的靈修導師。「不過，聽好，如果我握著你的手，效果會比較好。而且……你也知道，我可能會感受到你人生的一些事，我不敢保證不會。」

我看得出她很猶豫，權衡著各種選項。

「所以，如果不是失去我的腦袋，就是你進入我的腦袋裡，」她嘀咕著說：「好難選擇。」

她抓住我的手。「我們上。」

我仔細端詳球道末端，想像有個入口介於我們和球瓶之間，那是一扇窗，看出去就是白山。還記得以前那些週末，我和媽媽一起開車出門有多興奮，也記得她第一次指著地平線上的山脈說：「馬格努斯，你看，我們愈來愈近了！」

我動用弗雷的力量。暖意透過我的身體散發出去。我與亞利思．菲耶羅互握的手開始冒出蒸氣，一道燦爛的金光環繞我們周圍，就像仲夏的陽光驅散霧氣，也消滅黑影。

透過眼角餘光，我看到巨人紛紛瞇起眼睛，伸手遮擋自己的臉。「住手！」小微大叫。「你要害我們瞎掉了！」

我繼續專注盯著保齡球瓶。光線變得愈來愈亮，亞利思．菲耶羅的一些想法隨意拂過我心頭：她與狼群的命運對決；一個身穿網球裝的黑髮男子聳立在她面前，尖叫著說她應該滾出去，再也不要回來；一群青少年圍繞在約莫十歲的亞利思周圍，一邊踢她，一邊罵她怪咖，只見她蜷縮成一顆球狀，奮力保護自己，因爲太驚慌、太害怕而無法變身。憤怒燒灼著我的胸口。我搞不清楚那究竟是我的情緒還是亞利思的情緒，但我們都已經受夠了幻覺和僞裝。

「那裡。」亞利思說。

球道的正中央出現一道閃閃發亮的裂縫，很像傑克在不同世界之間砍出的縫隙。另一方面，遠處也出現華盛頓山覆雪的大理石山頭。接著，入口燃燒起來，我們周圍的金光也漸漸消退，留下一條普通的球道，末端排列著保齡球瓶，如同原本看起來的模樣。

亞利思把手抽走，匆匆抹掉一滴眼淚。「我們辦到了嗎？」

我不曉得該說什麼。

「渺小的凡人！」厄特加爾的洛基插嘴說：「那是什麼？你們彼此討論的時候，老是要製造這麼刺眼的光線嗎？」

「抱歉！」我對群眾大喊。「我們現在準備好了！」

至少我衷心希望自己準備好了。也許我們已經成功燒掉幻像，也把入口關掉了。或者，說不定厄特加爾的洛基只是讓我自以爲已經驅散他的詭計，可能幻像裡面還有其他幻像。最後我下定決心，如果我的腦袋待在脖子上的時間只剩最後幾分鐘，實在沒必要徒增它的負擔。

我舉起手上的保齡球，走向邊線，將那顆愚蠢的粉紅絨毛骰子保齡球沿球道中央滾去。

我得告訴你，球瓶倒下的聲音眞是我一整天聽到最美妙的事物了。（抱歉，王子，你的歌以些微差距得到第二名。）

貝利茲恩尖叫說：「全倒！」

莎米拉和希爾斯東彼此擁抱，他們平常可不會想做這種事。

亞利思瞪大雙眼。「眞的有用？眞的有用耶！」

我對她眉開眼笑。「好啦，現在只要把你的球瓶全部撞倒，我們就打成平手。你要不要變身成什麼……」

「喔，別擔心。」她的邪惡微笑絕對百分之百遺傳自她母親，洛基。「我可以搞定。」

她膨脹成超巨大的體型，手臂變形成粗壯的前腳，皮膚轉變成皺巴巴的灰色表皮，鼻子伸長成六公尺長的象鼻。

亞利思現在是一頭普通非洲象，但房間後面有個困惑的巨人尖叫說：「她是一隻貓！」

亞利思用象鼻捲起保齡球，轟隆衝向邊線猛力投球，她以全身重量用力踩踏，整座球館爲之搖晃。結果，不只她的保齡球撞倒球瓶，蹬踏的力道也把十二個球道的球瓶全部震倒，因此就我所知，亞利思成爲史上光憑一球就得到十二次全倒、完全比賽三百分的第一頭大象。

我興奮得跳上跳下猛拍手，活像剛得到一匹小馬的五歲小女孩。（我不是叫你們別批評嗎？）莎米、希爾斯和貝利茲衝過來，五個人抱成一團，而巨人群眾以怨恨的眼神看著我們。

哈哥和柏拉哥用力摔掉他們的美式足球頭盔。

「我們沒辦法打敗那樣的分數！」哈哥哭著說：「把我們的頭拿去吧！」

「那些凡人是詐騙集團！」小微抱怨說：「一開始，他們縮小我的袋子，羞辱艾維斯！而現在，他們又侮辱火雞保齡球手！」

巨人開始朝我們步步進逼。

「等等！」厄特加爾的洛基高舉兩隻手臂。「這還是我的保齡球館……呃，坦白說，雖然不太公平，但這些參賽者已經贏了。」他轉身對著我們。「你們獲得標準的獎賞。你們想要砍下哈哥和柏拉哥的頭嗎？」

我和亞利思彼此對看一眼，兩人心照不宣，覺得砍掉的頭顱與我們旅館房間的裝潢風格完全不搭。

「厄特加爾的洛基，」我說：「我們只想要你答應提供的訊息。」

國王面對群眾。他兩手一攤，一副「你能怎麼辦呢？」的模樣。「我的朋友，你們得承認，這些凡人很有勇氣。不管我們多努力羞辱他們，他們卻反過來羞辱我們。看到這種有能力羞辱對手的人，我們山巨人不是最尊敬了嗎？」

其他巨人喃喃自語，心不甘情不願地表示同意。

「我希望幫助他們！」厄特加爾的洛基朗聲說：「我相信他們已經證明自己的價值。你們會給我多少時間？」

我實在不懂這問題的意思，但巨人們彼此低聲討論。小微向前走一步。「我說五分鐘。大家贊成嗎？」

「贊成！」群眾大喊。

厄特加爾的洛基彎身鞠躬。「非常公道。來吧，我的客人，我們到外面談一談。」

他帶領我們經過吧檯往大門走時，我說：「呃，五分鐘後會怎樣？」

「唔？」厄特加爾的洛基露出微笑。「喔，然後，我的臣民就可以自由追殺你們。畢竟你們確實羞辱了他們。」

43 你說的「幫助」並非你以爲的意思

厄特加爾的洛基護送我們繞到保齡球館後面。他帶我們走下冰封小徑，進入一片廣闊的森林，而我像連珠砲一樣問他問題，像是：「追我們？殺我們？什麼跟什麼啊？」他只是拍拍我的肩膀笑一笑，彷彿我們彼此正在分享笑話。

「你們全都表現得很好！」我們走路時他說：「通常我們只有無聊的客人，像是索爾。我對他說：『索爾，喝這杯蜜酒吧。』他只是一直喝一直喝！他甚至沒想到那個蜜酒杯與海洋相連，根本沒辦法喝乾。」

「你怎麼能讓蜜酒杯和海洋相連啊？」莎米問。「等一下，別管那個了。我們有更重要的問題。」

「五分鐘？」我又追問一次。

巨人突然猛拍我的背，好像要強行除去什麼東西……也許是我的喉嚨或心臟吧。「啊，馬格努斯！我得坦白招供，你丟第一個計分格的時候，我好緊張。然後第二個計分格……嗯，光靠蠻力永遠都沒用，但那次嘗試不錯。亞利思，你的球差點打到曼徹斯特[78]南邊九十三號州際公路的塔可鐘速食店去了。」

「謝啦，」亞利思說：「我就是想打到那裡去。」

「不過，你們兩個打破了幻像！」厄特加爾的洛基眉開眼笑。「那是第一流的思考。而且當然啦，精靈打彈珠台的技術、侏儒的穿搭技巧、莎米用斧頭砍中『恐懼』的臉……太棒了，簡直是萬能！以後能在諸神的黃昏屠殺你們四位眞的很榮幸。」

貝利茲恩哼了一聲。「互相互相啦。好了，我想你欠我們一些資訊。」

「對，當然。」厄特加爾的洛基開始改變形狀。突然間，山羊殺手就站在我們面前，他穿戴了黑色毛皮、沾染煤灰的鐵鍊盔甲和鋼鐵頭盔，遮住臉的護面具是一隻獰笑的狼。

「你可以把面罩拿走嗎？」我問：「拜託？」

厄特加爾的洛基翻起面罩。在那底下，他的臉看起來和以前一模一樣，深色眼睛閃耀著凶狠的神采。「我的朋友，告訴我，你們有沒有搞清楚洛基眞正的目的？」

希爾斯東把兩手掌心互碰，一起握拳，然後拉開，彷彿撕開一張紙，意思是：毀滅。

厄特加爾的洛基笑了笑。「連我也看得懂這手語的意思。對，我的彈珠台魔法師，洛基想要毀滅他的敵人。不過，那不是他此時此刻關注的重點。」他轉向莎米和亞利思。「你們兩人是他的孩子。你們一定知道。」

莎米拉和亞利思互相交換不安的眼神，兩人有一段只有兄弟姊妹之間才有的沉默對話：「你知道嗎？不，我以爲你知道！我不知道；我以爲你知道！」

「他引導你們去屍妖的古墓，」厄特加爾的洛基提示說：「儘管我做了最大的努力，你們還是去了。然後呢？」

「那裡沒有巨鎚，」貝利茲恩說：「只有一把劍。一把我非常痛恨的劍。」

78 曼徹斯特（Manchester）是美國新罕布夏州的城市，距離白山約一百三十公里。

「完全正確……」巨人等我們把各塊拼圖逐漸歸位。每次老師這樣搞，我都超級討厭。我好想尖叫：「我不喜歡拼圖啦！」

然而，我看出他到底想要講什麼了。我猜想，這個想法其實在我內心成形已久，但我的潛意識一直努力壓抑它。我想起以前看過洛基躺在他的洞穴裡，用自己死去兒子的堅固腸子綁在岩柱上。我想起有巨蟒將毒液滴到他臉上，以及洛基曾經誓言：「馬格努斯，快了！」

「洛基想要自由。」我說。

厄特加爾的洛基仰頭大笑。「優勝者出爐了！當然啦，馬格努斯，洛基渴望自由已經有一千年之久。」

莎米拉舉起手掌，將那樣的想法推拒在外。「不，那不可能發生。」

「可是，」厄特加爾的洛基說：「綁在你背上的，正是能夠釋放他的厲害武器……思可菲儂劍！」

我的項鍊開始讓我窒息，墜子沿著鎖骨拉扯，彷彿企圖靠近莎米。傑克一定是聽到「思可菲儂」就醒過來。我把他往回扯，動作看起來可能很像上衣裡面有跳蚤。

「從頭到尾都與索爾之鎚無關，」我終於明白了。「洛基追求的是那把劍。」

厄特加爾的洛基聳聳肩。「嗯，巨鎚的竊賊是很好的催化劑。我想，洛基在索列姆的耳朵旁邊碎碎唸，給他這個點子，畢竟索列姆的祖父曾經偷過索爾之鎚，而結局不太好。索列姆和他妹妹一輩子都很渴望對雷神報仇。」

「索列姆的祖父？」我想起喜帖上的字樣：索列姆，索列姆之子索列姆之子。

厄特加爾的洛基揮開我的問題。「等你看到索爾可以自己問他，我敢說你們很快就會見到面。重點是，洛基建議索列姆去偷竊巨鎚，然後設計一個情境，讓你們這樣的一群優秀戰士別無選擇，非得取回巨鎚不可。而在過程中，你可能會把洛基真正想要的東西拿去給他。」

「等一下。」亞利思的兩手手掌微彎，彷彿與轉輪上的一團黏土努力搏鬥。「我們正要把劍交給索列姆。那怎麼可能……？」

「嫁妝。」莎米突然顯得心煩意亂。「喔，我真是大笨蛋。」

貝利茲沉下臉。「呃……坦白說，我是侏儒，我不懂你們那些家族傳統，不過，嫁妝不是你要給新郎的東西嗎？」

莎米搖搖頭。「我一直忙著否定這場婚禮真的會發生，忙著把它逐出我的腦海，也就沒有想到……沒有想到古代北歐人的婚禮傳統。」

「那也是巨人的傳統。」厄特加爾的洛基附和說。

希爾斯東哼了一聲，像是把令人不快的東西從鼻子噴出去。他比劃一個詞：夢得？

「對，夢得，」莎米說：「古代北歐語的『嫁妝』。那不是給新郎，而是給新娘的父親。」

我們在樹林中央停下腳步。在我們背後，厄特加爾保齡球館幾乎看不見了，它的霓虹燈招牌以紅色和金色光線照耀著樹幹。

「你的意思是這整段時間以來，」我說：「我們帶著思可菲儂劍和思可菲儂石，等於是幫洛基到處跑腿、收集禮物？」

巨人國王笑起來。「這樣說還滿有趣的，只不過，事實是洛基想要掙脫束縛，以便殺死每一個人。」

莎米倚著最靠近的一棵樹。「而那把巨鎚……那是早上的禮物？」

「完全正確！」巨人表示贊同。

亞利思歪著頭。「什麼是『裡霧』？」

希爾斯東以手語說：「新郎給新娘的禮物。要等婚禮……」他的手指有點比不下去。「完整結束之後才會給。宿醉的隔天早上。」

「我要吐了。」莎米拉說。

我把希爾斯比劃的手語翻譯給亞利思聽。

「所以，巨鎚會交到你手上……」亞利思指著莎米。「只是個假設，如果你是新娘的話。你不會啦。不過要等到婚禮那晚過後，而且……對耶，我也要吐了。」

「喔，比那更糟！」巨人說這話的語氣好像太高興了點。「早上的禮物是要給新娘的，但要託付給新郎的家族負責管理。因此，即使你完成婚禮，也取回索爾之鎚……」

「它還是放在索列姆那裡，」我說：「巨人不只透過婚姻締結盟約，同時也取得巨鎚。」

「而洛基得到思可菲儂劍。」莎米很艱難地呑口水。「不，這還是說不通，洛基不能以肉身參加婚禮，最好的情況只能傳送分身來參加。他的肉體依然困在囚禁他的洞穴裡。」

「而那個洞穴不可能找到，」貝利茲恩說：「不可能到達。」

厄特加爾的洛基對我們露出詭異的微笑。「就像林格維島⑲嗎？」

厄特加爾的洛基不幸說到重點，讓我也好想加入莎米對著樹木嘔吐的行列。囚禁巨狼芬里爾的地方原本應該嚴格保密，只有眾神知道，但那並沒有阻止我們一月的時候在那裡召開小型集會。

「還有那把劍，」貝利茲恩繼續說：「爲什麼是思可菲儂？爲什麼不是桑馬布蘭德，或者其他的魔法武器？」

「我不是完全確定，」厄特加爾的洛基坦承說：「我也不確定洛基要怎麼讓這把劍到達他眞正的藏身地點或使用它。不過，我聽說洛基的束縛綁得相當緊，很難弄斷；用的是以鋼鐵強化的腸子，強韌、黏膩，而且具有腐蝕性，會使任何劍變鈍，即使最鋒利的劍也一樣。你也許可以用桑馬布蘭德砍斷一條束帶，但接下來那把劍就沒有用處了。」

傑克墜子很不高興地嗡嗡響。

「兄弟，冷靜，」我心想：「沒有人要叫你去砍斷鋼鐵強化的腸子。」

「思可菲儂應該也一樣……」貝利茲恩咒罵一聲。「說得也是！那把劍有一塊魔法磨刀石。只要有需要，它可以一次又一次反覆磨利。就是因爲這樣，洛基才會同時需要劍和石頭。」

巨人國王慢慢鼓掌。「啊，我只幫了小忙，你們就把線索都湊在一起了。做得太好了！」貝利茲和希爾斯面面相覷，意思像是說：「哼，我們把它湊在一起，難道不能再把它拆開嗎？」

「那麼，我們找其他方法去拿回巨鎚。」我說。

巨人竊笑。「祝好運。它埋在地底下十幾公里深的某個地方，連索爾自己都拿不到。唯一的方法就是說服索列姆把它拿出來。」

---

79 林格維（Lyngvi）的字面意思是「遍生石南花的小島」，芬里爾就是被眾神綁在這裡。這座島只會在每一年的第一個月圓日浮出水面。

助』的事。」

亞利思交叉雙臂。「巨人，我聽你說了很多壞消息，到現在還沒聽你說出半件算是『有幫

「知識永遠是有幫助的！」厄特加爾的洛基說：「不過就我看來，有兩個選項可以阻撓洛基。第一個選項：我殺了你們所有人，拿走思可菲儂劍，避免它落入洛基之手。」

莎米的手悄悄移向她的斧頭。「我不喜歡一號選項。」

巨人聳聳肩。「嗯，這個選項很簡單、很有效，而且比較不會出錯。那樣一來，你們沒辦法拿回巨鎚，但就像我說的，那件事我根本不在乎。我眞正在乎的是要繼續囚禁洛基。假如他脫困，他會立刻啟動諸神的黃昏，別的不說，像我就還沒準備好。我們保齡球館要在星期五舉辦仕女之夜，世界末日會徹底搞砸那個活動。」

「假如你想殺我們，」我說：「早就動手了吧？」

厄特加爾的洛基笑起來。「我知道！我一直如坐針氈啊！可是呢，我的小朋友，還有一個選項，風險比較高，付出的代價也比較大。我正等著看你們有沒有能力順利完成。看過比賽中的表現之後，我認爲你們辦得到。」

「那所有的挑戰，」莎米說：「你是要測試我們，看看我們是否值得繼續活下去？」

希爾斯東比劃了幾個手語，我覺得不要翻譯較好，但厄特加爾的洛基可能都看在眼裡。

「好啦，好啦，彈珠台魔法師，」巨人說：「不需要那麼暴躁。假如我讓你們去和洛基玩他自訂的遊戲，也順利打敗他，那麼我就得到同樣的回報，那個傲慢的惡作劇天神也因爲有我幫忙而遭受羞辱，那該有多滿足啊。我提過，我們山巨人最愛羞辱自己的敵人了。」

「而因爲策畫這番羞辱，」亞利思說：「你也得到追隨者的敬意。」

厄特加爾的洛基謙虛地鞠躬。「在這過程中，你們可能取回索爾之鎚，但也可能辦不到。老實說我不在乎。我的意見是索爾之鎚根本沒什麼價值，只不過是一件微不足道的阿斯嘉工藝品，你們大可對索爾說這是我的意見。」

「我不會說，」我說：「即使我知道那代表什麼意義。」

「讓我引以爲傲吧！」厄特加爾的洛基說：「找到方法，改變洛基的遊戲規則，就像你們今天在我們活動上的精彩表現。你們一定可以想出好計畫。」

「這就是二號選項？」亞利思追問：「自己想辦法？你只幫忙到這個程度？」

厄特加爾的洛基用雙手猛拍自己胸口。「我好傷心。我給你們那麼多的幫忙！更何況我們的五分鐘到了。」

「轟」的一聲巨響在樹林裡反覆迴盪，聽起來是甩開酒吧門板的聲音，隨之而來的是憤怒巨人的狂吼聲。

「好啦，小不點，快走吧！」厄特加爾的洛基催促說：「去找索爾，把你們的體悟告訴他。萬一我的臣民抓到你們……嗯，我擔心他們可是『一號選項』的狂熱粉絲啊！」

44 我們很榮幸獲得盧恩石和折價券

曾經有女武神追殺我，曾經有武裝精靈追殺我，曾經有侏儒駕駛坦克車追殺我。而現在，我的運氣好，有一大群巨人帶著巨型保齡球追殺我。

每回碰到這種情況，我都很樂意退出那個世界，逃離大群憤怒暴徒的追殺。

「快跑！」貝利茲喊道，彷彿我們從沒想過這件事。

我們五個人飛奔穿越森林，跳過倒木和纏結的樹根。在我們背後，那些巨人好像每跑一步就變得更巨大，這一刻他們有三百六十公分高，下一刻竟然爆增成六百公分。

我覺得自己好像遭到巨浪追殺。他們的影子籠罩我們，我深深覺得沒希望了。

貝利茲恩幫我們爭取到幾秒鐘。他咒罵一聲，把「空皮」袋子扔向我們背後，然後大喊：「密碼！」巨人暴徒赫然發現前進的路徑上出現一座「保齡球袋山」，擋住了去路，不過他們立刻長高，足以從上面跨過去。要不了多久，我們就會被踩扁，即使出動傑克都沒辦法對付那麼多人。

希爾斯東一個箭步衝向前，瘋狂作勢比著：「快點！」他指著一棵枝條纖細的樹木，一叢叢剛成熟的紅色莓果掛在綠色枝葉間，樹下的地面則散落著白色花瓣。周遭盡是巨大的約頓海姆松樹，那棵樹確實顯得很突出，但我不明白希爾斯為何急著死在那個特定地點？

接著，樹幹打開了，很像一扇門。一位女士走出來大喊：「我的英雄，到這裡來！」

她擁有細緻的精靈外貌和紅金色長髮，雍容、溫暖、光輝耀眼。她穿著一襲橘紅色的連身裙，肩膀部位佩戴著綠色和銀色的別針。

我的第一個念頭：這是陷阱。基於過去與「世界之樹」尤克特拉希爾的交手經驗，我對於跳進樹上的開口產生有益健康的恐懼感。第二個念頭：這位女士看起來很像我的表姊安娜貝斯描述過的木精靈，但不曉得木精靈在約頓海姆這裡要幹嘛。

莎米沒有遲疑。她跟在希爾斯東後面衝過去，只見紅金色女子伸出一隻手，大叫：「快點，快點！」

對我來說，那似乎也是再明顯不過的忠告。

頭頂上的天空變得像午夜一樣暗。我抬起頭，看見一片宛如帆船大小的巨人保齡球鞋底，正準備把我們踩得扁扁的。紅金女士把希爾斯拉進樹木裡面，莎米接著跳進去，然後是亞利思。貝利茲因為步伐較小而拚命跑，於是我抓著他一起跳進去。就在巨人靴子踩下的那一刻，整個世界驟然熄滅，陷入絕對靜默的黑暗。

我眨眨眼，似乎沒死。貝利茲恩掙扎著鑽出我的手臂底下，於是我推測他也沒死。

突然間，一道耀眼的光線閃瞎我的眼。貝利茲驚慌地嘀咕一聲。我扶著他站起來，而他匆匆忙忙戴上遮陽帽。等到他把自己安全包好，我才開始審視周遭狀況。

我們站在一個廣大的房間裡，肯定不是保齡球館。頭頂上方有個九邊形的玻璃角錐體，讓日光照進來。房間的周圍都是落地窗，於是能從閣樓的視角俯瞰阿斯嘉的樓房屋頂。我看出遠方有瓦爾哈拉的大圓頂，那是用十萬片黃金盾牌錘打而成，看起來很像全世界最絢麗的犰狳外殼。

我們身處的空間似乎是室內的天井。周圍環繞著九棵樹，每一棵都像我們從約頓海姆穿越過來的樹木。正中央有個凸起的高台，它的前方有個爐床，無煙的火焰劈啪作響，似乎燒得興高采烈。而高台上有一張白色木椅，雕工非常精緻。

紅金髮色的女子爬上台階，端坐在王座上。

周遭一切就像她的秀髮，優雅、流暢、燦亮。看著她一身衣裙擺動的模樣，我不禁聯想到溫暖夏日微風中搖曳的紅色罌粟花田。

「各位英雄，歡迎。」女神說。（喔，對了，此處有雷喔！到了這時候，我相當確定她是女神。）

希爾斯東匆匆向前，跪在王座底部。我從沒看過他這麼敬畏的樣子，自從……嗯，眞的沒有，即使是面對奧丁本尊都沒有這樣。

他的手指比劃出：「希芙。」

「是的，我親愛的希爾斯東，」女神說：「我是希芙。」

貝利茲連忙衝到希爾斯身旁，同樣跪下。我實在不太常下跪，但還是向女士彎腰鞠躬，過程中努力不要跌倒。亞利思和莎米則只是站著，一副不太高興的樣子。

「親愛的女士，」莎米的語氣顯然很不情願，「你爲何帶我們到阿斯嘉來？」

希芙的精緻鼻子微微皺起。「莎米拉．阿巴斯，女武神。而這位是亞利思．菲耶羅，是……新來的英靈戰士。」就連太陽黑子和野花警官也會讚賞她的厭惡表情吧。「我救了你們的性命，這樣不值得感激嗎？」

貝利茲清清喉嚨。「親愛的女士，莎米的意思只是……」

「我可以代表自己發言。」莎米說：「是的，我很感激你的救援，但時機也太巧了吧。你一直在監視我們嗎？」

女神目光閃爍，很像水底下的錢幣。「莎米拉，我當然一直監視著你們。但除非你們獲得資訊，能夠幫助我丈夫，否則我顯然不能出手。」

我環顧四周。「你的丈夫……是索爾？」

我無法想像雷神竟然住在這麼乾淨漂亮的宮殿裡，而且天花板和窗戶的玻璃都沒打破。希芙似乎很文靜、優雅，很不可能在公開場合放屁或打嗝。

「是的，馬格努斯．雀斯。」希芙伸展雙臂。「歡迎來到我們的家，畢爾斯喀尼爾[80]，字意是『明亮溝』，著名的閃電宮！」

我們周圍傳來神聖的合唱聲「啊啊啊啊啊啊啊！」，旋即消失，如同剛出現的時候一樣突然。

貝利茲恩扶著希爾斯東站起來。我不懂天神的禮儀，但我猜一旦神聖合唱聲響起，你就獲准站起來。

「阿斯嘉最雄偉的宅邸！」貝利茲恩讚嘆著說：「我曾聽過這座宮殿的諸多故事，而且有個很棒的名字，畢爾斯喀尼爾！」

又響起一陣合唱聲：「啊啊啊啊啊啊啊！」

---

[80] 畢爾斯喀尼爾（Bilskirnir）是北歐神話中索爾位於阿斯嘉的宮殿，又稱「閃電宮」，其妻子希芙和孩子便住在此。這裡也是眾神的國度中最大的宮殿，擁有五百四十個房間。

「明亮溝？」亞利思沒等到天使合唱消失就急著發問。「你們家隔壁鄰居是屁股溝[81]？」

希芙皺起眉頭。「我不喜歡這一隻。可能要把它送回約頓海姆。」

「敢再叫一次『它』，」亞利思咆哮著說：「你試試看。」

我伸出手臂擋在她面前，活像欄杆似的，不過我也知道，這樣是冒著遭到切土器截肢的風險。「嗯，希芙，那麼，也許你可以說明一下，我們爲什麼在這裡？」

希芙的視線落在我身上。「是的，弗雷之子，當然好。我一直很喜歡弗雷，他滿帥的。」她撥撥自己的頭髮。我莫名有種感覺，希芙講起「帥」的語氣像是「可能讓我丈夫很嫉妒」。

「如我所說，」她繼續說：「我是索爾的妻子。說來悲哀，這是大部分人對我的認知，但我也是掌管大地的女神。所以，要追蹤你們在九個世界之間的行動，只要你們穿越森林，或者踩踏青草和苔蘚，對我來說再簡單不過了。」

「苔蘚？」我說。

「沒錯，親愛的。甚至有一種苔蘚叫『希芙之髮』[82]，就是以我高貴的金黃色秀髮爲名。」

她一副自鳴得意的樣子。不過，如果有一種苔蘚以我命名，我不太確定自己會不會這麼興奮。

希爾斯指著天井周圍的樹，以手語比劃說：「花，楸。」

希芙整張臉都亮起來了。「希爾斯東，你懂得很多喔！花楸確實是我的神聖樹木。我可以從一棵樹穿越到另一棵樹，以這種方式跨越九個世界，這也是把你們帶來我宮殿的方法。很多的祝福都來自花楸。你們知不知道，我兒子烏勒爾就是用花楸的木材製造出第一把弓和第一副滑雪屐？我好以他爲榮。」

「喔，也對。」我想起先前在約頓海姆與一頭山羊的對話。（沒想到我竟然說出這種句子，感覺好沮喪。）「奧提斯提過烏勒爾的事。我不知道他是索爾的兒子。」

希芙伸出一隻手指放在嘴唇上。「事實上，烏勒爾是我和第一任丈夫生的兒子。索爾對這件事有點敏感。」這種狀況似乎讓她很樂。「但是說到花楸樹，我有個禮物要給我們的精靈魔法師！」

她從優雅連身裙的袖子裡取出一個皮革袋子。

希爾斯差點跌倒。他以狂亂的動作比劃了一些手勢，都沒有什麼真正的意義，不過似乎能傳達一個意涵：「哎呀！」

貝利茲恩抓住他的手臂，讓他冷靜下來。「親愛的女士，那是……那是一袋盧恩石吧？」

希芙笑起來。「完全正確，穿著體面的侏儒朋友。把盧恩字母寫在木頭上，它所攜帶的力量與寫在石頭上很不一樣。它們充滿生命，充滿靈活度。它們的魔法比較寬厚，也比較有可塑性。而且，製作盧恩石最好的木材就是花楸樹。」

她示意希爾斯走上前去，將皮革袋子塞進他顫抖的雙手。

「未來奮鬥時，你會需要用到這些，」希芙對他說：「但要注意，有個盧恩字母不在其中，與你的另外那套一模一樣。如果缺少任何一個字母，整個魔法語言就會變弱。總有一

---

81 畢爾斯喀尼爾在古代北歐語的字面意思是明亮的溝隙（bright crack），讓亞利思聯想到股溝（plumber's crack）。

82 希芙之髮（sif's hair）一般是指黃金髮蘚（*Polytrichum aureum*）的俗名。

天，你必須取回那個符號，以便達到完整的潛力。到了那時，你要再來見我。」

我回想起希爾斯東留在他弟弟石堆上代表「繼承」的盧恩字母。假如希芙眞能透過樹木跳躍，也能以苔蘚進行心電感應通訊，我就不懂了，她爲何不直接拿個新的「歐特哈拉」交給希爾斯東呢？然而，我並不是「與眾神之父學習盧恩魔法：一個週末密集授課」的結業生。

希爾斯東低下頭表示感激。他從高台旁退開，捧著他全新的力量小袋，彷彿它是襁褓中的嬰兒。

莎米動了一下，抓住她的斧頭。她瞅著希芙，彷彿女神可能是「小比利」僞裝而成。「希芙女士，那眞是太好心了。不過你要說明爲何帶我們來這裡吧？」

「爲了幫助我的丈夫！」希芙說：「我認爲，你們已經取得必要的資訊，知道如何尋找和取回他的巨鎚了吧？」

我瞥了朋友一眼，心想不知道有沒有人會使出外交手段，回答「算是吧，有點吧，不完全是」。

希芙嘆口氣，透露出些微的輕蔑之意。「喔，是啊，我懂了。首先，你們要先討論關於報酬的問題。」

「嗯，」我說：「那其實不是……」

「等一下。」希芙以手指梳順長髮，動作很像使用織布機。略帶紅色的金黃髮絡落到她的腿上，開始自動編織成某種形狀，很像3D列印機噴出純金。

我轉頭看莎米，低聲說：「她像格林童話的長髮姑娘那樣嗎？」

莎米挑挑眉毛。「不然你以爲童話故事是打哪兒來的？」

過沒一會兒，希芙的髮型整體看起來沒有減少，女神卻拿著一個小小的金盃。她驕傲地舉高金盃。「你們每一個人都得到一個！」

金盃頂上有個縮小版的巨鎚邁歐尼爾，是黃金打造的複製品。而金盃的底座刻著「英勇取回索爾巨鎚獎」。此外還有更小的文字，我得瞇起眼睛才看得清楚：「持獎者有資格獲得等值前菜買一送一的優惠，限定參與活動的阿斯嘉餐廳。」

貝利茲恩尖叫一聲。「太驚人了！做工超棒！這怎麼……？」

希芙笑起來，顯然很開心。「嗯，自從洛基對我玩弄可怕的把戲之後，我原本的頭髮替換成純金的魔法頭髮……」她瞥了亞利思和莎米一眼，笑容顯得有點酸意。「不過有個好處，我可以把多出來的頭髮編織成無數的純金物品。我負責支付報酬給家臣，包括像你們這樣的英雄，用的就是這樣的代幣。索爾好貼心，他太欣賞我的能力，稱呼我是他的『獎盃妻子』。」

我眨眨眼。「哇喔。」

「我就說吧！」希芙還真的臉紅了。「總之，等你們完成任務，每個人都會得到獎盃。」

貝利茲恩伸手想碰那個樣品，眼神極度渴望。「送一道免費前菜，在……參與活動的任何一家餐廳？」我好怕他會開心到哭出來。

「是的，親愛的，」女神說：「好吧，你們打算怎麼取回巨鎚？」

亞利思咳嗽一聲。「呃，事實上……」

「沒關係，別告訴我！」希芙舉起一隻手，彷彿想要遮住亞利思的臉。「我寧可不聽細節，你們只要幫忙就好了。」

「只要幫忙就好了。」亞利思說。

「對。好吧，第一個任務會很棘手。無論你們得到什麼樣的消息，都需要告知我丈夫。電梯就在那裡，你們會找到他，在他的……他是怎麼說的？他的『男人窩』。不過要小心喔，他的心情一直非常非常糟。」

莎米的手指不斷敲打斧頭柄。「難道你就不能幫我們通報一下嗎？」

希芙的笑容變得僵硬。「唉，不，我不行。快去吧。還有，盡量別惹得索爾氣到殺人。我可沒時間雇用另一群英雄。」

45 從沒看過這麼嚇人的辮子

「希芙爛死了。」電梯門一關上，亞利思便喃喃說著。

「也許現在不是說這種話的時機，」我建議說：「此刻我們在她的電梯裡啊。」

「假如傳說是真的，」貝利茲補充說：「這棟宅邸有六百多層樓。我寧可不要一路掉到地下室。」

「隨便，」亞利思咕噥著說：「還有，『明亮溝』是哪門子的名字啊？」

頭頂上的擴音器傳來兩秒鐘的神聖極樂合唱。

「那是一種隱喻語！」貝利茲恩說：「你也知道，就像『血河』之於思可菲儂劍那東東。明亮溝嘛……」

「啊啊啊啊啊啊啊！」

「……只是『閃電』的一種詩意描述，畢竟索爾是雷神等等之類的。」

「嗯哼，」亞利思說：「明亮溝才沒有什麼詩意。」

「啊啊啊啊啊啊啊！」

自從拿到新的盧恩袋後，希爾斯東一直比平常更沉默寡言。他倚著電梯一角，拉著皮革小袋的抽繩。我想吸引他的注意，問問他好不好，但他沒有迎上我的目光。

至於莎米，她的手指繼續敲打斧頭邊緣，彷彿預期很快就會用到它。

「你也不喜歡希芙。」我指出。

莎米聳聳肩。「爲什麼應該喜歡？她是很愛慕虛榮的女神。我很少同意我父親的惡作劇，不過割掉希芙原本的金髮……我可以理解。他那樣做是有道理的。她關心自己的外表勝過其他一切。至於用她的貴金屬新頭髮編織東西的能力，還有當個獎盃妻子那整件事？我敢說，那也是我爸的伎倆，是他的搞笑路數。希芙和索爾實在太蠢而看不出來。」

希爾斯東顯然注意到了。他把盧恩袋塞進口袋，以手語說：「希芙很聰明又善良，她是掌管生長的女神。你……」他指著莎米，然後用兩隻手做兩個ＯＫ手勢，再將一隻手晃過另一隻手，很像撕開一張紙，那是「不公平」的手勢。

「精靈，怎樣？」亞利思說：「我大概猜到你的意思，可是如果你幫希芙說話，我就要說，我站在莎米拉這一邊。」

「謝謝你。」莎米說。

希爾斯東沉下臉，交叉雙臂，這是失聰人士表達「我現在根本不想跟你講話」的意思。

貝利茲咕噥一聲。「嗯，在索爾自己的房子裡講索爾妻子的壞話，我覺得你們眞是瘋子，更何況我們就要見到……」

叮。

電梯門打開了。

「該死的男人窩。」我說。

我們步出電梯，進入某種很像車庫的區域。索爾的戰車懸掛在一座液壓升降機上，輪子都不見了，看似一具破損的傳動軸從底盤垂下來。牆上有一塊用來插上木釘的洞洞板，上面排列著數十支扳手、鋸子、螺絲起子和橡皮鎚。我差點考慮拿起其中一把橡皮鎚，扯開嗓子大喊：「我找到你的巨鎚了！」但我想這種笑話恐怕不太受歡迎。

經過車庫區後，地下室開展成徹徹底底的男人窩。鐘乳石從上方高處的天花板垂下來，空間裡瀰漫著類似尼德威阿爾的亮光。男人窩的後半部是 IMAX 劇院，有兩幅全尺寸的螢幕，底部還有一整排較小的電漿螢幕，因此索爾可以看兩部影片，同時掌握十幾場不同體育賽事的動態。因爲，你也知道，紓壓嘛。劇院的椅子是用皮革和毛皮打造的活動式躺椅，搭配了飲料桌，用麋鹿角製作而成。

我們左手邊是雙排式廚房，總共有五台不鏽鋼的 Sub-Zero 名牌頂級冰箱、一台烤箱、三台微波爐、一整排高檔攪拌機，以及一個屠宰地點，那恐怕是他的山羊最不喜歡的地方。而在一條短走廊的末端，有個山羊頭的剝製標本指出廁所方向，牠的左右兩側角上掛了一塊牌子：

女武神 ⟶

⟵ 狂戰士

洞穴的右半邊大部分擺了遊戲機台；歷經厄特加爾保齡球館之後，這絕對是我最不想看到的東西。幸好這裡沒有保齡球道。根據洞穴正中央占據尊貴位置的超大桌子看來，索爾是桌上型冰球遊戲的愛好者。

這地方實在太巨大了，我根本沒看到索爾，最後他從「熱舞革命」遊戲機後面邁開大步走出來。他看起來陷入沉思，一邊踱步一邊喃喃自語，同時拿著兩塊桌上型冰球遊戲的板子彼此拍打，彷彿準備要電擊某人的心臟解除纖維性顫動。他的背後跟著兩隻山羊，奧提斯和馬文，但牠們的羊蹄沒有很靈活。索爾每次轉身都會撞到兩隻山羊，總得把牠們用力推開。

「巨鎚呀，」他滿腹牢騷地說：「愚蠢，愚蠢的巨鎚。巨鎚呀。」

最後，他終於注意到我們。「啊哈！」

他宛如旋風般衝過來，雙眼布滿血絲，眼神暴怒，整張臉像他的濃密鬍子一樣紅。他的戰鬥盔甲是由破破爛爛的「金屬製品」樂團[83]T恤和運動短褲所構成，露出一雙毛茸茸的蒼白雙腿。他的一雙光腳非常可怕，亟需男士美甲服務。不知什麼原因，他向來亂蓬蓬的鮮紅色頭髮竟然綁成辮子，不過這副模樣出現在索爾身上比較是嚇死人而非有趣，簡直像要讓我們知道：「我可以梳成六歲小女孩的髮型，但還是可以殺了你！」

「有什麼消息？」他追問。

「嗨，索爾，」我說著，語氣所含的男子氣概直逼他的辮子。「呃，桑馬布蘭德有點事情要告訴你。」

我拔下項鍊墜子，召喚出傑克。躲在一把會說話的魔法劍背後，我這樣很懦弱嗎？我寧可認為這是一種聰明的策略。假如索爾用桌上型曲棍球的推板猛砸我的臉，我就沒辦法幫他的忙了。

「嗨，索爾！」傑克興高采烈地發光。「嗨，兩隻山羊！喔，桌上型曲棍球！打雷男，好可愛的推板，酷喔！」

索爾用一個推板搔搔鬍子。有個刺青橫跨他的指關節，以藍色字體刺著他兒子「摩迪」

的名字。我真希望自己沒有仔細看過那名字。

「對呀，對呀，哈囉，桑馬布蘭德，」索爾咕噥著說：「不過我的巨鎚在哪裡？邁歐尼爾在哪裡？」

「喔。」傑克發出稍微黯淡一點的橘光。他不能瞪人，不過靠近我這一側的劍刃肯定變銳利了。「那麼……先講好消息。我們知道誰擁有巨鎚，也知道他藏放在哪裡。」

「超棒的！」

傑克往後飄飛個幾公分。「不過有一些壞消息……」

奧提斯對他的兄弟馬文嘆口氣。「我有種預感，我們快要被殺了。」

「住口！」馬文厲聲說：「別給老闆出這種點子！」

「偷巨鎚的人是名叫索列姆的巨人，」傑克繼續說：「他把巨鎚埋在地底下十幾公里深的地方。」

「一點都不棒！」索爾用力擊打他的曲棍球推板。整個空間雷聲大作，電漿螢幕紛紛倒塌，微波爐劈啪閃爍，兩隻山羊也前後跌跌撞撞，看起來就像站在船隻的甲板上。

「我討厭索列姆！」天神怒吼道：「我討厭大地巨人！」

「我們也一樣！」傑克表示同意。「而接下來，馬格努斯要把我們取回巨鎚的高明策略告訴你！」

傑克一溜煙飛到我背後，抱持著偉大的聰明策略在那裡飛繞盤旋。奧提斯和馬文從他們

---

83 金屬製品樂團（Metallica）是一九八〇年代走紅的美國重金屬搖滾樂團。

主人的身邊往後退，躲到「熱舞革命」遊戲機後面去。

至少亞利思、莎米、貝利茲和希爾斯沒有躲起來，不過亞利思對我使了個眼色，意思像是：「嘿，他是『你的』雷神喔。」

於是，我把整個故事的來龍去脈告訴索爾：我們如何遭到誘騙而進入屍妖的古墓、取得思可菲儂劍，然後趕去亞爾夫海姆取得思可菲儂石，再爬上彩虹橋與海姆達爾合拍自拍照，後來爲了向厄特加爾的洛基打聽消息而跑去打保齡球。我說明索列姆要求與洛基締結聯姻。

每隔一陣子我都得停下來，看著索爾橫衝直撞、亂丟各種動力工具和猛捶牆壁來消化這些訊息。

他需要很多時間才能好好消化。

等我終於說完，索爾大聲宣布他經過審愼思考的結論：「我們得殺了他們所有人！」

貝利茲舉起一隻手。「啊，索爾先生，即使我們能夠讓你靠近索列姆，殺了他也沒有好處。他是唯一知道巨鎚正確地點的人。」

「那麼，我們對他嚴刑拷打，逼供出資訊，然後殺了他！然後我會自己取回巨鎚！」

亞利思喃喃說著：「好傢伙。」

「先生，」莎米說：「即使我們那樣做……其實嚴刑拷打不是非常有效率，或者，你也知道，不是很道德，即使索列姆把巨鎚的確切地點告訴你，你要怎麼把它從地底下十幾公里的地方拿回來？」

「我會劈開大地！用我的巨鎚！」

我們等待索爾的腦袋自己轉過來。

「喔，」天神說：「我看出問題了。可惡！跟我來！」

他大步走進車庫，把曲棍球推板扔到旁邊，開始翻找各種工具。「要鑽開十幾公里深的堅硬岩石，這裡一定有某種東西可以辦到。」

他考慮了手持電鑽、捲尺、開瓶器，還有那根鐵杖，我們去拿的時候差點命喪於吉拉德[84]的堡壘。他把所有工具全部丟到地上。

「什麼都沒有！」他以厭惡的語氣說：「沒用的垃圾！」

「也許你可以用自己的頭，」希爾斯東以手語說：「那非常硬。」

「喔，精靈先生，別想要安慰我，」索爾說：「沒希望了，對吧？你得『擁有』巨鎚才能『取得』巨鎚。而這個……」他拿起一把橡皮鎚，嘆了口氣。「這個不會有用。我毀了！所有巨人很快就會知道我沒辦法自衛。他們會入侵米德加爾特，摧毀電視工業，而我再也沒辦法看到心愛的節目了！」

「可能有個方法可以拿到巨鎚。」我都還沒意識到自己在說什麼，這些話就脫口而出。

索爾眼睛一亮。「你有大炸彈？」

「呃，不是。但索列姆期待明天會和某人結婚，對吧？我們可以假裝順他的意，然後……」

「別提了，」索爾咆哮著說：「我知道你的建議是什麼。門都沒有！以前索列姆的祖父偷走我的巨鎚，他對我的羞辱已經夠多了！那種事我不會再做一次！」

「什麼事？」我問。

---

[84] 吉拉德（Geirrod）是北歐神話的一名霜巨人。

「穿上婚紗啊！」索爾說：「假扮成巨人的新娘弗蕾亞，因爲她拒絕與索列姆結婚。自私的女人！我遭到貶抑、羞辱，而且……你到底在笑什麼？」

最後這一句是針對亞利思，她很快換上嚴肅的表情。

「沒什麼，」她說：「只是……你穿上婚紗。」

傑克在我肩膀後面一邊盤旋一邊低聲說：「他看起來，超，驚，人。」

索爾嘀咕一聲。「當然啦，那全是洛基的主意。結果有用。我潛入婚禮，拿回我的巨鎚，殺了巨人……嗯，除了那些小孩子以外，索列姆三世和索列恩嘉。但我回到阿斯嘉時，洛基講那個故事講了太多次，害我變成笑柄。這麼多年來，沒有人把我當一回事！」索爾皺起眉頭，似乎突然想通這一點，那一定是很痛苦的經驗。「你們知道嗎，我敢打賭，那從頭到尾都是洛基的詭計。我敢打賭，他安排了偷竊行動和解決方法，目的是讓我看起來遜斃了！」

「那眞是糟糕，」亞利思說：「你的婚紗是什麼樣子？」

「喔，是白色的，有高高的蕾絲刺繡領口，還有很可愛的荷葉邊……」索爾的鬍子噴出電火花。「那，不，重，要！」

「總之，」我插嘴說：「這個索列姆……索列姆三世或什麼的，他料到你會再試一次這種伎倆，所以準備了恰當的安全預防措施，所有天神一走進大門都會引起注意。我們需要另一位新娘。」

「嗯，那眞是鬆了一口氣！」他對莎米拉笑開懷。「女孩，我眞的很感激你挺身而出！你不像弗蕾亞那麼自私，我眞的很高興。我欠你一個禮物。我會請希芙送你一個獎盃。還是你比較想要微波熱餡餅？我的冷凍庫有一些……」

「不，索爾陛下，」莎米說：「我不會爲了你而跑去和巨人結婚。」

索爾微微皺眉。「對啦……你只是假裝和他結婚。然後，等他拿出巨鎚……」

「我連假裝都不會。」莎米說。

「假裝的人，是我。」亞利思說。

46 新娘兼刺客來了

亞利思眞的很懂得如何吸引我們的注意。希爾斯和貝利茲張大嘴巴看著她。傑克倒抽一口氣，發出燦亮的黃光。索爾則是緊皺眉頭，活像亂跳的電纜一樣冒出火花。就連兩隻山羊都小跑步出來，想要仔細瞧瞧這個瘋女孩。

「怎樣？」亞利思質問道。「我和莎米討論過了。她對阿米爾發過誓，連和這巨人假結婚都不會，對吧？這種裝模作樣對我來說一點都不麻煩。我會打扮好、唸出誓言、殺了我的新丈夫，等等之類的。我和莎米的身材很接近，也都是洛基的孩子。她可以假裝成我的伴娘。這是我們最好的計策。」

我瞪著莎米。「這就是你和亞利思一直在討論的事？」

莎米拉的手指撥弄著腰帶上的鑰匙。「亞利思認爲她可以抵抗洛基……不至於發生我在普洛溫斯鎮的狀況。」

這是她頭一次這麼公開談論那次事件。我記得洛基彈彈手指，莎米就倒下去癱成一團，肺裡的空氣全部呼出去。莎米是女武神，她擁有最強大的意志力和紀律，我從沒見過其他人像她這麼厲害。假如連她都無法抵抗洛基的控制……

「亞利思，你確定嗎？」我努力不讓語氣帶有一丁點的質疑。「我是說，你以前曾經嘗試抵抗洛基嗎？」

亞利思的神情很冷酷。「那到底是什麼意思啊？」

「不，」我匆匆地說：「我只是……」

「更重要的是，」索爾插嘴說：「嚴格來說，你根本不是女孩！你是阿魯！」

空氣瞬間凝結，很像雷鳴之前的片刻。我不確定哪一件事比較令我害怕，究竟是索爾攻擊亞利思，還是亞利思攻擊索爾？看著亞利思的眼神，我不禁想到，我們是否應該把她放在約頓海姆的邊界嚇退巨人，而不只是用來煩惱索爾和他的巨鎚。

「我是洛基的孩子，」她以平穩的語氣說：「那是索列姆期待的重點。我就像洛基一樣是流性人，而我是女性的時候就是女性，絕對可以穿戴蕾絲刺繡婚紗，也比你好看太多！」

索爾氣得七竅生煙。「喂，沒必要這樣說吧。」

「除此之外，」亞利思：「我不會讓洛基控制我。我從來沒讓他得手，以後永遠都不會。我也沒看到哪個人自願去執行這趟自殺新娘任務。」

「自殺新娘，」傑克說：「嘿，聽起來好搭！」

奧提斯噠噠地小跑步向前，嘆氣說：「嗯，如果你需要有人自願去死，我想我可以。我一直都超愛婚禮……」

「閉嘴，你這呆瓜！」馬文說：「你是山羊耶！」

索爾拿起他的鐵杖，若有所思地倚著它，手指輕輕敲打，結果鐵杖表面閃過各種不同的影像，有足球比賽、家庭購物電視網、影集《夢幻島》等等。

「嗯，」最後他開口說：「我還是不能信任阿魯去執行這種任務……」

「流性人。」亞利思糾正他的話。

「流性……隨便怎麼說，」索爾更正說法。「但我想，從各方面來看，你最不會有損失。」

亞利思齜牙咧嘴。「我現在終於了解洛基爲何那麼愛你。」

「各位，」我說：「我們還有其他問題要討論，而時間所剩不多。索列姆期待他的新娘明天會現身。」

亞利思交叉雙臂。「那就決定了，我和那個大塊頭醜八怪結婚。」

「對啦，你和他結婚，」希爾斯東以手語說：「過著很多年幸福快樂的生活，生一堆很棒的小孩。」

亞利思瞇起眼睛。「看得出來我得去學手語。而現在呢，我猜你是這樣說：『是的，亞利思。謝謝你，亞利思，你好勇敢，好有英雄氣概喔。』」

「很接近囉。」希爾斯以手語說。

我還是很不喜歡亞利思去當誘餌新娘的點子，不過看來最好繼續推動事情前進。要讓這群人保持專注，就像駕駛一輛沒有山羊拉車、傳動軸也壞掉的戰車一樣困難。

「那麼，總之，」我說：「我們得假設不能偷渡索爾進去參加婚禮。」

「而且他無論如何不能破門而入，闖進大地巨人的巢穴。」貝利茲補充說。

索爾很不以爲然，哼了一聲。「相信我，我早就試過了。那些愚蠢的巨人埋在太深的岩石裡，密度也太大。」

「你是密度方面的專家？」亞利思猜測說。

我以眼神示意她閉嘴。「所以我們得從大門進去。我想，他們直到最後一刻才會告訴我們大門在哪裡，以免遭到伏擊，或者出現討厭的不速之客。」

「喜帖上怎麼說？」莎米問。

我把喜帖拿出來給大家看。時間那一欄現在寫著：「明天早上！」位置那行仍寫著：「我們會再與您聯絡。」

「沒關係，」我說：「我想，我可能知道大門會出現在哪裡。」

我向索爾說明新娘面紗瀑布的照片。

雷神並沒有顯露出狂喜的樣子。「所以，有可能是你弄錯了，那照片只是隨便擺一擺而已；不過你也可能說對了。而你選擇相信那位叛徒舅舅傳達的資訊？」

「嗯……對啦。但假如那真的是入口……」

「我可以偵察一番，」索爾說：「我可以派一小組天神就定位，暗中偵察，準備對付婚禮上所有鬼鬼祟祟的祕密行動。」

「一小組天神聽起來超威的。」我附和說。

「要看是哪些天神啦。」貝利茲喃喃說道。

「我們也有一些英靈戰士隨時待命，」莎米提議說：「很厲害的戰士，很值得信賴。」

她說「很值得信賴」的語氣，彷彿覺得索爾以前可能從沒聽過這種說法。

「唔。」索爾捲著自己的辮子。「我覺得這樣行得通。而等到索列姆召喚巨鎚……」

「『假如』他召喚巨鎚，」亞利思說：「他用那把巨鎚當做，呃，宿醉隔天早上的禮物。」

索爾一臉驚恐。「無論如何，他一定得在婚禮上召喚巨鎚啊！新娘有權堅持這一點，我的巨鎚永遠都當做祝福婚禮的象徵。假如索列姆真的擁有巨鎚，如果你要求，他一定得拿出來用。而等到他拿出來，我們就衝進去，殺了每一個人！」

「除了我們以外。」希爾斯東說。

「精靈先生，完全正確！那會是一場光榮的浴血奮戰！」

「索爾陛下，」莎米說：「你怎麼知道何時該衝進去？」

「很簡單。」他轉過身，拍拍馬文和奧提斯的頭。「你們要搭乘我的戰車進入婚禮會場，這是天神和女神的慣例。只要稍微專注一點，我的兩隻山羊看到和聽到的情形，我都可以看到和聽到。」

「對，」奧提斯說：「那會讓我覺得眼球後面有刺刺的感覺。」

「安靜啦，」馬文說：「沒人想聽你說眼球後面刺刺的。」

「等到巨鎚現身，」索爾露出邪惡的笑容，「我們衝進去，包括天神和英靈戰士。我們屠殺所有巨人，然後一切就搞定了。我覺得心情已經好多了！」

「耶！」傑克大聲歡呼，而且發出哐啷一聲，與索爾的權杖互相擊掌……或者該說互相擊劍杖。

莎米拉舉起食指，意思像是「等一下」。「還有另一件事。洛基想要思可菲儂劍，這樣他才能砍斷束縛。我們該怎麼確保他拿不到劍？」

「那絕對不可能發生！」索爾說：「洛基接受懲罰的地點是在完全不同的地方，很久以前就由眾神緊緊封閉起來。洛基的束縛遠比巨狼芬里爾更加嚴密。」

「而我們都知道那樣的束縛有多嚴密。」希爾斯以手語說。

「精靈說起話來好睿智，」索爾表示同意。「沒什麼好擔心的。洛基不可能活生生親自參加婚禮。即使索列姆握有思可菲儂劍，他也沒有時間找到洛基或釋放他，因爲我們早就一擁而上，殺掉那個大笨蛋！」

索爾用力揮舞鐵杖，表演他的忍者招數，結果左邊辮子鬆了開來，平添嚇人的效果。我的體內升起一股寒意。「我對這個計畫不是很清楚，總覺得還遺漏某個重要部分。」

「我的巨鎚啦！」索爾說：「但我們很快就會把它拿回來。精靈先生和侏儒先生，你們何不回到瓦爾哈拉通知英靈戰士？」

「先生，我們會……」貝利茲調整一下他的遮陽帽。「不過，嚴格來說我們沒有獲准進入瓦爾哈拉，你也知道，如果我們沒死的話。」

「我可以修正一下！」

「別殺我們！」貝利茲大叫。

結果索爾只是仔細翻找他的工作台，最後找到一塊長五公分、寬十公分的木頭，末端連著一把鑰匙。木頭的側邊烙印一排字，寫著「索爾的特許通行證」。

「這可以讓你們進入瓦爾哈拉，」他保證說：「不過要記得歸還。我要修好這輛戰車，這樣我們的阿魯性別新娘明天就可以使用它。然後我會召集我的突擊隊，先去偵察新娘面紗瀑布這個地點。」

「那我們其他人呢？」我勉強問。

「今天晚上，你和洛基的兩個孩子是我們的貴賓！」索爾朗聲說：「去樓上找希芙吧，她會安頓你們。到了早上，你們即將駕駛戰車奔向一場光榮的婚姻大屠殺！」

「喔，」奧提斯嘆口氣說：「我真的超愛婚禮。」

47 我準備去惡臭小鎮大戰

大屠殺前夕的夜晚，你可能認爲我會輾轉反側。

不。我睡得像岩石巨人一樣。

希芙給我們每人一間客房，位於閃電宮的較高樓層。我的床是用花楸木做的，搭配金絲織成的床單。我倒在床上就一動也不動，直到隔天早上聽見鬧鐘聲，那是小小的黃金邁歐尼爾獎盃，不間斷地唱著神聖的合唱「啊啊啊啊啊啊啊啊！啊啊啊啊啊啊啊啊！啊啊啊啊啊啊啊啊！」，直到我將它從床頭桌一把抓起、扔向牆壁爲止。我得承認，用這種方式醒來眞的好滿足。

感覺莎米和亞利思都沒有睡得很好。我在希芙的天井遇見她們時，兩人看起來都睡眼惺忪。亞利思的腿上有個盤子，裡面的東西原本是甜甜圈，她已經把它們撕成一塊塊，排列成皺眉蹙額的臉孔。她的手指黏了一堆糖粉。

莎米則是拿著一杯咖啡湊近嘴唇，彷彿很喜歡咖啡的香氣，但是不記得該怎麼喝。思可菲儂劍掛在她的背上。

她抬起頭看著我，問：「哪裡？」

剛開始我聽不懂問題，接著才意識到，她是問我知不知道今天要去哪裡。

我胡亂摸索口袋，找出婚禮的喜帖。

「時間」那一欄現在寫著：今天！早上十點。你興不興奮？

「地點」的欄位則寫著：前進新罕布夏州的曼徹斯特市南邊，到達九十三號州際公路的塔可鐘餐廳。在那裡等待進一步指示。阿薩神族止步，否則巨鎚不保！

我把喜帖拿給亞利思和莎米看。

「塔可鐘？」亞利思咕噥著說：「那些怪物。」

「有點不對勁。」莎米啜飲一口咖啡，咖啡杯在她手中不斷抖動。「馬格努斯，我整晚一直在想你說的話。我們漏掉某個很重要的部分，我的意思不是巨鎚。」

「也許吧，」我們女主人的聲音說：「你們漏掉恰當的服裝。」

希芙站在我們面前，不知從哪兒冒出來，很多女神經常這樣。她穿著同樣的橘紅色連身裙，佩戴同樣的綠色和銀色別針，也顯露同樣的煩惱笑容，意思像是說：「我以為你們是家裡的佣人，但我想不起你們的名字。」

「我丈夫對我說，你們想要玩變裝遊戲。」她朝亞利思上下打量一番。「我想，比起叫索爾穿婚紗，這樣簡單多了，不過還是得花很大的工夫。跟我來。」

她緩步走向天井後面的一條走廊，伸出一隻手指朝背後勾了勾，示意要亞利思跟上腳步。

「假如我過了一個小時還沒回來，」亞利思說：「就表示我勒死希芙，正在毀屍滅跡。」從她的表情完全看不出是在開玩笑。她走開的動作很誇張，模仿希芙走路的樣子維妙維肖。我絕對會頒一個獎盃給她。

莎米站起來，手上拿著咖啡，走到最近的窗子旁邊。她遙望阿斯嘉的綿延屋頂，似乎定睛看著瓦爾哈拉用盾牌堆疊而成的金黃圓頂。

「亞利思沒有心理準備。」她說。

我也走向窗子站在她旁邊。她的左邊太陽穴有一綹黑髮滑出穆斯林頭巾邊緣，我有種防護性的衝動，想把頭髮塞回去。但畢竟我很重視自己的手，於是忍住了。

「你認爲她說得對嗎？」我問：「她眞的能夠……你也知道，抵抗你爸？」

「她認爲自己說得對，」莎米說：「她有一些理論，認爲自己很有力量，不會讓洛基掌控她。她甚至自願教我。不過我想，她不曾測試自己對抗我們父親的方法。沒有眞正測試過。」

我想起先前在約頓海姆的樹林裡，我與亞利思有一番對話，她信心滿滿地談起用烏爾內斯蛇的圖案代表她自己，走出洛基的有害陰影。那是很好的點子。可惜洛基輕輕鬆鬆就能操控別人，這種例子我看過太多了。我就親眼看過他怎麼對付我舅舅蘭道夫。

「至少我們不孤單。」我凝視著遠處的瓦爾哈拉。我頭一次對那個地方感受到鄉愁的劇痛。希望貝利茲和希爾斯已經安全抵達那裡。我想像他們與十九樓的樓友在一起，各自把搭配婚禮服裝的武器準備好，以便發動大膽的突擊行動，救我們一命。

至於索爾……我對他實在沒什麼信心。但如果運氣好，他和其他幾位阿薩神族會換上一身僞裝打扮，搭配威力強大的手持彈弓、火箭矛，或者天神突擊隊員近來常用的其他隨便什麼武器，在新娘面紗瀑布附近努力偵察。

莎米搖搖頭。「無論有沒有用……亞利思並不知道屍妖古墓裡的情形。她並沒有充分了解洛基的能耐，不了解他有多麼容易就能夠……」她彈彈手指。

我不確定該說什麼才好。「沒關係，你沒辦法抵擋」似乎沒什麼用。

莎米啜飲咖啡。「我才是應該穿上婚紗的人。我是女武神，亞利思缺少我擁有的一些力量。我參與戰鬥的經驗比較豐富。我……」

「你對阿米爾做了承諾，你有一些不能踰越的界線。那並不是軟弱的表現，而是你的長處之一。」

她仔細端詳我的臉，也許想要判斷我說這話有多認眞。「有時候感覺很不像長處。」

「經歷過普洛溫斯鎭古墓的事情以後嗎？」我說：「你知道洛基的能耐，不知道自己能否抵抗他，但你依然準備回去對付他。如果你問我，我會說，這樣的勇氣絕對超越瓦爾哈拉的等級。」

她把手裡的咖啡杯放在窗台上。「謝啦，馬格努斯。不過今天，假如你被迫選擇……假如洛基企圖利用我和亞利思當人質，或者……」

「莎米，不。」

「無論他準備做什麼，馬格努斯，你一定要阻止他。如果我們失去行爲能力，你可能是唯一能夠阻止他的人。」她把思可菲儂劍從肩膀卸下，遞交給我。「好好保護它。別讓它離開你的視線。」

即使站在阿斯嘉的晨光下，身處於希芙的溫暖天井，那把劍的皮革劍鞘還是像冷凍庫門一樣冰冷。思可菲儂石目前綁在劍柄圓球上，我把劍甩到背上，石頭跟著撞到我的肩胛骨。

「莎米，不會淪落到只有一個選擇。我不會讓洛基殺了我的朋友，也絕對不會讓他靠近這把劍。除非他想要吃劍刃，這點我絕對成全他。」

莎米的嘴角抽動一下。「馬格努斯，我很高興你會陪在我身邊。希望有一天，等我舉辦自己眞正的婚禮，你也會在場。」

好一陣子沒人對我說出這麼貼心的話了。而經歷了過去幾天超級混亂的日子後，聽到這種話當然也沒什麼好驚訝。「我一定會在場，」我保證說：「而且，絕不只是爲了法德蘭炸豆泥球店提供的超棒喜酒宴席。」

她狠命揮打我的肩膀，我把它視爲一種讚美。她通常極力避免任何身體接觸。我想，偶爾揮打某個愚蠢的朋友是可以允許的吧。

有好一陣子，我們望著太陽緩緩升起，照耀著阿斯嘉。我們走過了漫漫長路，但眼前的阿斯嘉如同我過去從瓦爾哈拉看到的樣子，沒有半個人在街上活動。我對所有陰暗的窗戶、安靜的庭院，以及乏人照料、野草蔓延的花園感到好奇。究竟有哪些天神住在那些宅邸？他們全都跑去哪裡了？也許他們厭倦了鬆散的保全，於是搬到門禁森嚴的社區，那裡的警衛不會花自己所有時間拍攝神聖的自拍照。

我不確定到底等了亞利思多久，總之久到足以喝點咖啡、吃點皺眉蹙額的甜甜圈碎塊。久到害我不禁開始好奇，亞利思對希芙毀屍滅跡爲何要花這麼久的時間。

最後，女神和準新娘終於出現在走廊上。我嘴裡的所有水氣全部蒸發殆盡，頭皮的毛孔之間有電流劈啪亂竄。

亞利思的白色絲質婚紗光彩四射，黃金刺繡從袖子的流蘇延伸到裙襬的蜿蜒摺邊。一條黃金圓弧項鍊懸垂在她的頸間底部，很像一道上下倒轉的彩虹。黑綠相間的長髮佩戴著白色頭紗，頭紗往後拉起露出她的臉龐；兩隻不同顏色的眼睛描上細緻的睫毛膏，唇彩則是溫暖的紅色調。

「妹妹，」莎米說：「你看起來美極了。」

眞高興聽到她說出來了。我的舌頭根本像鈦金屬睡袋一樣捲起來無法動彈。

亞利思怒目瞪著我。「馬格努斯，拜託你別再那樣瞪著我，我像是要殺了你嗎？」

「我沒有……」

「因爲假如你再那樣瞪著我，我絕對會殺了你。」

「好啦。」要望向別處實在很困難，不過我盡量。

希芙的眼神透露出沾沾自喜的光彩。「從我們男性受試者的反應看來，我想，我在這裡的工作已經完成了。不過還有一件事……」女神從自己腰際抽出一條長長的黃金絲線，既纖細又精緻，我幾乎看不到它。絲線的兩端各有一個S型的黃金握把，我意識到那是一條勒繩，很像亞利思的那一條，但這是用黃金做的。希芙把它繫在亞利思的腰上，然後將兩個S形握把扣在一起，形成兩條烏爾內斯蛇的形狀。

「好了，」希芙說：「這個武器是用我自己的頭髮製作而成，與你的勒繩有同樣的特性，不過它和你的服裝很配，而且它不是來自洛基之手。亞利思．菲耶羅，希望你用得順手。」

亞利思的模樣好像獲頒一座獎盃，表彰獲獎者的幾乎所有成就。「希芙，我……我不曉得該怎麼感謝你。」

女神微微頷首。「也許我們都更努力一點，別再根據第一印象評斷別人，好嗎？」

「那個……好吧。同意。」

「而且，假如你得到機會，」希芙補充說：「用我的魔法頭髮做成的勒繩勒死你父親，感覺似乎滿合適的。」

亞利思行屈膝禮。

女神轉向莎米。「好了，親愛的，我們來看看該怎麼幫伴娘裝扮一下。」

希芙護著莎米拉走向「魔法化妝室」之後，我轉向亞利思，同時盡全力不要痴痴望著她。

「我，呃……」我的舌頭又開始捲動了。「你對希芙說了什麼？現在她似乎滿喜歡你。」

「我可以表現得非常迷人，」亞利思說：「而且別擔心，很快就輪到你了。」

「表現得……很迷人？」

「那是不可能的。」亞利思的鼻頭皺起來，超像希芙的。「不過至少你可以梳洗乾淨吧。我希望自己的監護人看起來非常耀眼。」

我不確定自己有沒有很耀眼。比較像刺眼吧。

莎米拉還在著裝時，希芙走回來，帶我去男士試衣間。女神為什麼連男士的試衣間都有啊？我實在不確定，但我猜索爾沒有花太多時間待在這裡。裡面完全沒有運動短褲和金屬製品樂團T恤。

希芙讓我穿上全套的金色和白色正式西裝，內襯是如同貝利茲恩風格的鐵鍊盔甲。傑克在附近飛來飛去，發出興奮的嗡嗡聲。他特別喜歡希芙的金髮編織而成的領結和摺邊襯衫。

「哎唷，好耶！」他嚷嚷著說：「這身裝扮很有男子氣概，只需要搭配適當的盧恩石就可以了！」

我從沒看過他這麼急著變回沉默的墜子。弗雷的盧恩石就位在我的領結下方，安穩地窩在摺邊裡，很像石頭做的復活節彩蛋。再加上綁在背後的思可菲儂劍，我看似準備一邊跳著搖擺舞，同時刺殺最親近的親戚。說來不幸，這樣的形容可能滿精確的。

我一回到天井，亞利思見狀笑得彎下腰。讓一個身穿婚紗的女孩如此嘲笑眞是莫大的羞辱，特別是那女孩穿婚紗的模樣超正的。

「喔我的眾神哪。」她嘲諷地大笑。「你看起來好像一九八七年要去拉斯維加斯結婚的新郎喔。」

「套一句你自己說的話，」我說：「閉嘴啦。」

她走過來拉直我的領結，眼神跳躍著興味盎然的神采。她身上有燃燒木頭的煙燻味。她爲什麼還有營火的氣味啊？

她往後退，再次哄笑起來。「是啊，整個好多了。現在我們只需要莎米……噢，哇喔。」

我順著她的視線看去。

莎米拉出現在走廊上。她身穿一襲綠色的正式連身禮服，搭配黑色刺繡，蜿蜒的漩渦狀圖案從袖子一路向下延伸到裙襬，剛好與亞利思相互呼應。原本戴著穆斯林頭巾的地方現在蓋著綠色絲質兜帽，而且鼻梁上覆蓋著強盜般的面紗，只露出眼睛，但掩藏在陰影裡。

「你看起來很棒，」我對她說：「還有，我喜歡你這種《刺客教條》[85]的打扮。」

「哈，哈，」莎米說：「我看你準備去參加班級舞會了。亞利思，你試過頭紗了嗎？」

在莎米的協助下，亞利思將白色薄紗拉下來遮住臉。在頭紗底下，她看起來有種鬼魅的感覺，彷彿隨時可能開始飄浮。你看得到她確實有一張臉，但五官徹底模糊。假如沒有事先得知，我可能會以爲她是莎米。只有雙手透露出訊息，亞利思的膚色比莎米淺一點。她戴上

---

[85]《刺客教條》（*Assassin's Creed*）是系列電腦遊戲，後來改編成電影，刺客的打扮是戴著兜帽。

一雙蕾絲手套，問題就解決了。我眞希望貝利茲也在場，因爲他一定超愛所有這些花俏別緻的行頭。

「我的三位英雄。」希芙站在其中一棵花楸樹旁邊。「時間到了。」樹幹裂開，顯露出一條紫光，那正是塔可鐘餐廳招牌的色調。

「戰車在哪裡？」亞利思問。

「在另一邊等你們，」希芙說：「我的朋友，出發吧，殺掉許許多多的巨人。」

「朋友」，我注意到她這麼說。不是「傭兵」。

也許我們的表現眞的讓女神刮目相看吧。也說不定她認爲我們準備赴死，因此稍微表現一點慈悲沒什麼害處。

亞利思轉身看我。「馬格努斯，你先去。假如那邊有什麼人表現敵意，你的晚禮服會閃瞎他們。」

莎米笑起來。

主要是不想這麼糗，於是我跨越花楸樹，進入另一個世界。

48 全體搭上乳酪墨西哥口袋餅快車

塔克鐘停車場上唯一有敵意的是馬文，他正在嚴厲斥責他兄弟奧提斯。

「你這白痴，眞是太感激你了，害我們變成熱口袋餅！」馬文大吼大叫：「你知道嗎？一定是你惹得索爾超火大，他才會用這種方式吃我們！」

「喔，你看。」奧提斯用他的山羊角指著我們的方向。「那是我們的乘客。」

他說「乘客」這個詞的語氣，聽起來很像「劊子手」。我想，對奧提斯來說，這兩個詞經常是同義詞。

兩隻山羊都被套在他們的戰車上，以平行方向停在餐廳的得來速車道旁邊。他們的項圈裝飾著金色鈴鐺，奧提斯和馬文只要搖頭，鈴鐺就會開心地叮咚響。戰車的車廂本身放了黃花和白花編成的花環，但不太能掩蓋車廂裡殘留的雷神汗臭味。

「嗨，兩位。」我對山羊說：「你們看起來好歡樂。」

「是啊，」馬文咕噥著說：「我眞的覺得很歡樂。人類，你知道我們要去哪裡嗎？塔可鐘的『大總匯捲餅』味道害我快吐了。」

我檢視喜帖。「地點」那一行現在寫著：「前進新娘面紗瀑布。你們只有五分鐘時間。」

我讀了兩次，爲了確定那不是我的幻想。我的猜測是正確的，蘭道夫舅舅確實有可能嘗試要協助我。現在，我們有機會偷渡一些天神婚禮終結者進去。

另一方面，婚禮已經勢不可擋了。我贏了樂透彩券，大獎是一張單程旅券，可以進入一個邪惡大地巨人的巢穴，裡面滿是醃泡菜、啤酒瓶，以及死人。我認爲他根本不會接受希芙的優惠券獎盃。

我把喜帖拿給兩隻山羊和兩位女孩看。

「所以你猜對了，」莎米說：「也許索爾……」

「噓，」亞利思警告說：「從這裡開始，我想，我們應該假設洛基一直在監看和監聽。」這又是一個令人開心的想法。兩隻山羊環顧四周，彷彿覺得洛基可能躲在附近，說不定假扮成大捲餅。

「對耶，」馬文說話有點太大聲。「也許索爾……會很傷心，因爲他和突擊小組不可能在五分鐘內趕到新娘面紗瀑布，畢竟我們現在才剛得到這項資訊，處於很大的劣勢。超衰的！」他的推託技巧幾乎像奧提斯一樣老練。我突然感到很好奇，這兩隻山羊不曉得有沒有同樣的風衣、帽子和太陽眼鏡，足以配成兄弟裝？

奧提斯讓他的鈴鐺響起歡樂的叮咚聲。「我們最好趕快去赴死。五分鐘沒有很久，即使對索爾的戰車來說也一樣。跳上車吧。」

莎米和亞利思穿著她們的結婚禮服，根本不可能用跳的。我得把她們拉上車，惹得兩人都很不高興，這一點從面紗後面傳來的喃喃咒罵聲就聽得出來。

兩隻山羊一出發就全速奔馳……或者隨便他們到底怎麼前進。蹚蹚慢跑？小跑步？昂首闊步？總之到了停車場邊緣，戰車騰空飛起。伴隨著鈴鐺聲，我們彷彿是「塔可老公公」的雪橇從餐廳起飛，帶著乳酪墨西哥口袋餅捲，準備分送給所有乖男孩和乖女孩和乖小巨人。

兩隻山羊加速前進。我們以時速一千六百公里削過一團雲的邊緣，冰冷的霧氣讓我的頭髮向後服貼，也讓上衣摺邊皺塌癱軟。我眞希望能像莎米和亞利思那樣戴著面紗，或者至少有護目鏡也好。好想知道傑克能不能扮演擋風玻璃雨刷的角色。

接著，就像起飛一樣快速，我們開始下降了。白山山脈在我們下方延伸開來，起伏的灰色山脊帶有一條條白色脈絡，那是堆積在山溝裡的白雪。

奧提斯和馬文俯衝奔向其中一道山谷，把我們的內臟都留在雲團裡。這一招連飛馬史丹利都會讚不絕口吧。莎米則不會，她緊緊抓著欄杆，嘴裡喃喃唸著：「兩位，最低速限。注意你們的進場速度。」

亞利思竊笑起來。「不要當幕後駕駛啦。」

我們降落在周遭都是森林的深谷裡。兩隻山羊小跑步向前，積雪在戰車輪子周圍吱嘎作響，很像硬梆梆的冰淇淋。奧提斯和馬文似乎不以爲意，他們高速前進，一邊搖晃鈴鐺、一邊呼出蒸氣，拉著我們更加深入山脈的墨黑暗影。

我不斷望著頭頂上方的山脊，希望能看到某些阿薩神族和英靈戰士躲在樹叢裡，萬一出了差錯就能立刻出手相助。我好想見到湯傑刺刀的閃光，或者半生人塗滿油彩的狂戰士臉孔，或聽到瑪洛莉用蓋爾語罵幾句粗話。然而樹林似乎空蕩無人。

我回想起厄特加爾的洛基說過的話……殺了我們並拿走思可菲儂劍，會比我們去執行婚禮計畫要簡單多了。

「嘿，兩位……我們怎麼知道索列姆不會支持，呃，第一個選項？」

「他不會殺了我們，」莎米說：「除非不得已，否則不會。他非常渴望與洛基締結這樣的聯姻，那就表示他需要我……我的意思是她，莎米拉。」她指著亞利思。

馬文揮動他的角，彷彿想要奮力甩掉鈴鐺。「你們幾個傢伙擔心會有埋伏嗎？不會啦，婚禮設置了很嚴密的安全通行權。」

「千眞萬確，」奧提斯說：「不過，那些巨人永遠有可能在婚禮結束後殺了我們，我希望是這樣。」

「你的意思是『你猜是這樣』，」馬文說：「不是你希望。」

「唔？哦，對喔。」

「安靜一點啦，」馬文抱怨說：「我們可不想引發雪崩。」

春天發生雪崩的可能性似乎不高，山坡上的雪量並沒有那麼多。然而想到我們曾經歷的種種事情，萬一穿著這身時髦的正式西裝卻被埋在大量的冰雪碎片下，實在是相當愚蠢。

最後，戰車停在一道峭壁前，峭壁向上拔起約達十層樓高，層層冰面讓岩石閃閃發亮，宛如覆蓋著一層糖。在那底下，瀑布慢慢恢復生機，溪水汩汩流動、漸進變化，不斷反射著光線。

「新娘面紗瀑布，」亞利思說：「我曾經來這裡攀爬冰壁好幾次。」

「但不是穿著婚紗，」我猜測。（或者可能是「我希望」。奧提斯搞得我好混亂。）

「我們現在要怎麼辦？」莎米疑惑地說。

「嗯，已經過了四分鐘，」馬文說：「我們沒有遲到。」

「如果錯過入口就糗大了，」我說。（相當確定這不是一種「希望」而已。）

就在這時，地面隆隆作響。瀑布似乎延伸變長，宛如從冬眠中甦醒，層層冰晶消褪、分裂，墜落到後面的流水裡。峭壁面從中段裂開，水勢跟著從兩側向下奔流，顯露出巨大洞穴的洞口。

有個女巨人從黑暗中現身。她大約有兩百一十公分高，就巨人來說算很嬌小。她穿的連身裙全由白色毛皮拼接而成，多半是北極熊的毛皮，我不禁爲那些動物獻身於此感到很難過。女子有一頭硬梆梆的白髮，兩側綁成兩條辮子；其實我有點希望她戴著面紗，因爲，哎唷喂呀。她那雙暴凸的眼睛足足有橘子那麼大，鼻子看似斷過好幾次，而她笑起來的時候，可以看到嘴唇和牙齒全都染成黑色。

「嗨，哈囉！」她的聲音同樣那麼粗啞，與我夢中的記憶一模一樣。我不由自主畏縮了一下，生怕她又猛力揮打我的泡菜罐。

「我是索列恩嘉，」她繼續說：「大地巨人的公主，是索列姆索列姆之子索列姆之子的妹妹！我來這裡歡迎我的新大嫂。」

亞利思轉頭看著我。我看不到她的臉，但她的喉嚨迸發出細微的吱嘎聲，意思似乎是：「計畫中止！計畫中止！」

莎米行屈膝禮。她說話的音調比平常尖銳許多。「索列恩嘉，謝謝你！我的莎米拉小姐很高興來到這裡。我是她的伴娘……」

「普魯登絲[86]。」我提供答案。

莎米看著我，強盜頭巾上方的眼睛抽搐了一下。「對……普魯登絲。而這位是……」

[86] 普魯登絲（Prudence）的字義是謹慎精明、深謀遠慮。

她還來不及報仇、用一些稀奇古怪的名字介紹我，像是克拉貝兒牛，或者何瑞修・緊身褲之類的，我就先開口說：「馬格努斯・雀斯！弗雷之子，負責帶來嫁妝。很高興見到你！」

索列恩嘉舔舔她染黑的嘴唇。不是開玩笑，我好想知道她是否一有空就吸吮原子筆。

「啊，是的，」她說：「弗雷之子，你的名字列在賓客名單上。而那就是你帶來的思可菲儂劍嗎？非常好。我會負責保管它。」

「不，要等到婚禮上交換禮物才行，」我說：「我們希望能遵守傳統，對吧？」

索列恩嘉的雙眼閃過一絲危險光芒……以及飢渴神色。「當然。傳統。說到這點……」她從北極熊毛皮袖子裡拿出一把很大的石槳。我嚇了一跳，差點以為巨人的傳統是用石槳打爆他們的婚禮賓客。

「如果我很快做個安全檢測掃描，你不會介意吧？」索列恩嘉對著兩隻山羊揮舞那根東西。接著她仔細檢查戰車，最後輪到我們。「很好，」她說：「附近沒有阿薩神族。」

「我的治療師說，馬文具有天神情結，」奧提斯自顧地說：「不過我認為那樣不算。」

「閉嘴，不然我會殺了你。」馬文咕噥著說。

索列恩嘉皺起眉頭，仔細端詳著我們的戰車。「這輛車看起來很熟悉。氣味聞起來也很熟悉啊。」

「嗯，你也知道啊，」我說：「天神和女神經常搭乘戰車去結婚。這輛車是租來的。」

「唔。」索列恩嘉拉拉她下巴的白色鬍髮。「我想想看……」她又瞥了我背上的思可菲儂劍一眼，眼神顯露出貪婪的光芒。她作勢指向山洞入口。「各位小不點人類，往這邊走。」

我覺得她叫我們「小不點」實在很沒道理，畢竟她自己才兩百一十公分高，也很嬌小啊。她邁開大步走進洞穴，我們的兩隻山羊跟在她後面，拉著戰車直直穿越瀑布分裂處的正中央。

地道鑽挖得很平滑，寬度剛好足夠容納我們的交通工具。地面覆蓋著冰，向下傾斜的角度感覺很危險，我好怕奧提斯和馬文會滑倒，拉著我們奔向眾人遺忘之境。然而，索列恩嘉踏足其上似乎一點問題也沒有。

進入地道大約十五公尺時，我聽到洞穴入口在我們背後關閉的聲音。

「嗨，索列恩嘉，」我說：「不是應該讓瀑布保持開放嗎？不然婚禮過後我們怎麼出去？」

女巨人對我們露出墨黑的笑容。「出去？喔，我才不擔心那種事。更何況，我們必須讓入口保持關閉，地道也會不斷移動。我們不希望有人跑來打擾這個快樂的日子，對吧？」

汗水浸溼我的西裝衣領。我們通過地道入口之後，它維持打開的時間過了多久？一分鐘？兩分鐘？足以讓索爾和他的小隊進來裡面嗎？他們到底來了沒？我沒聽到背後傳來半點聲音，連謹慎放屁的聲音都沒有，也就不可能得知答案了。

我好緊張，覺得眼睛似乎在眼窩裡跳個不停，也一直扭著手指頭。我想和亞利思與莎米說話，想要討論一些計畫以便因應意外情勢，免得情況急轉直下，然而那個白衣女巨人索列恩嘉就在我們的正前方，實在沒辦法討論。

女巨人一邊往前走，一邊從她的衣裙口袋裡拿出一顆栗子。她一副心不在焉的模樣，開始將栗子往上拋，然後接住。那似乎是巨人的一種幸運符，感覺好怪。不過話說回來，我有顆盧恩石會變成一把劍，所以我沒資格亂批評。

空氣變得愈來愈寒冷、混濁。石頭天花板似乎要壓向我們。我覺得自己好像一直滑向旁邊，但不確定究竟是因爲輪子在冰面上很滑，還是地道在地底下不斷變動的關係，也說不定是因爲我的脾臟撞上身體側邊，拚命想要鑽出來。

「這個地道會向下通到多遠的地方？」我的聲音在岩石牆壁之間迴盪。

索列恩嘉呵呵笑，同時在指間旋轉那顆栗子。「弗雷之子，在很深的地方會怕嗎？別擔心，我們只會到稍微再遠一點的地方。當然啦，這條路本身一路通往赫爾海姆，大部分的地下通道最後都是通往那裡。」

她停下來，給我看她的鞋底，原來布滿了防滑鐵釘。「巨人和山羊最適合走這種路，你們這些小不點就會滑倒，然後一路滑向『屍骸之牆』。我們可不能那樣啊。」

就這麼一次，我同意女巨人說的話。

戰車轆轆滾動。車上花環的氣味變得愈來愈甜美、沁涼，讓我回想起葬儀社，我的凡人遺體曾放進那裡的棺材供人憑弔。眞希望我不必舉辦第二次葬禮，假如要，我眞想知道會不會埋葬在自己的旁邊。

索列恩嘉說的「稍微再遠一點」，其實又走了四小時。山羊似乎一點都不介意，但我因爲寒冷、焦慮和無聊，覺得快要發瘋了。今天早上，我只在希芙的宮殿喝了一杯咖啡、吃了一點皺巴巴的甜甜圈碎塊，現在覺得又餓又累，彷彿退化成只剩下空無一物的胃、磨損的神經和飽脹的膀胱。一路上都沒看到加油站或休息站，甚至連可以方便一下的灌木叢都沒有。兩個女孩一定也很痛苦，她們的雙腳一直動來動去，很不耐煩的樣子。

最後，我們抵達地道的一個岔路口。主要道路繼續向下通往冰冷的黑暗處，不過右邊有一條短短的小徑，末端有一組布滿鐵釘的雙扇橡木門，門環做得像龍頭。

門前的地氈寫著：「賜福這洞穴！」

索列恩嘉笑得開懷。「小不點兒，我們到了。希望你們都很興奮！」

她推開那道門，我們的戰車緩緩駛過，進入的地方竟然是「歡樂酒店」的酒吧。

49 索列姆！

突然之間，通往赫姆海爾的道路似乎也沒那麼糟了。

我曾在夢中透過泡菜罐的玻璃看過索列姆的巢穴，覺得好像很眼熟；這也難怪，原來此地根本是「公牛與芬雀酒吧」的完美翻版，而這間酒吧正是老牌電視影集《歡樂酒店》的靈感來源。

那間酒吧位於波士頓大眾花園的對面，我無家可歸的時候去過幾次，冬天很冷的時候進去取暖，或者向老顧客討漢堡吃。那個地方鬧哄哄的，永遠擠滿顧客，要說那裡與大地巨人的酒吧有得拚，我覺得還眞是有道理。

我們一面前進，坐在吧檯的十幾名巨人轉過來看我們，同時舉起手中的蜜酒酒杯。「莎米拉！」他們異口同聲大叫。

還有更多巨人擠在桌邊和雅座大啖漢堡、牛飲蜜酒。

大多數顧客的體型都比索列恩嘉巨大一點。他們身穿正式西裝的各式配件、披覆毛皮和盔甲，相形之下，我們的服裝無疑很低調。

我環顧整個空間，但沒看到洛基或舅舅蘭道夫的半點蹤影；我不曉得到底是該鬆一口氣還是擔心。吧檯的遠端有個大型電視螢幕，下面有一張簡單的木製王座，坐著大地巨人國王本尊：索列姆，索列姆之子索列姆之子。

「終於！」他以海象的聲音大吼。

國王搖搖晃晃站起來。他與《歡樂酒店》影集裡的角色「諾姆」相像到不可思議的程度，我都想知道影集有沒有支付重播費給他。他的身軀根本就是圓的，塞在黑色聚脂纖維褲子裡，搭配紅色T恤，並繫著寬大的黑色領帶，毛躁的黑髮框住他的月亮般圓臉。我以前從沒看過臉上沒有鬍子的巨人，他是第一個，不過我衷心希望他能留點鬍子。他的粉紅色嘴巴溼答答的，下巴幾乎可以說不存在。他的貪婪眼睛盯住亞利思，活像她是一大盤美味多汁的乳酪漢堡。

「我的王后抵達了！」索列姆拍拍他的肥大肚子。「我們可以開始熱鬧慶祝！」

「哥哥，你都還沒換衣服！」索列恩嘉大喊。「而且，這個地方爲何這麼骯髒？我早就說過了，我不在的時候你要清理乾淨！」

索列姆皺起眉頭。「你是什麼意思？我們清理過了啊。大家都打上領帶了！」

「領帶！」巨人群眾大喊。

「你們這些沒用的壞蛋！」索列恩嘉抓起身邊的凳子，隨便朝一個巨人的腦袋猛砸下去，他立刻倒在地上癱成一團。「關掉電視。把那個吧檯打掃乾淨！把那邊地板擦一擦！你們的臉也洗一洗！」

她轉過來看我們。「有這些白痴眞抱歉。我會督促他們盡快準備好。」

「嗯，沒關係。」我說，同時跳著「我需要尿尿」的舞蹈。「其實……廁所在哪裡？」

「那邊的走廊往前走。」索列恩嘉伸手指著。「戰車停在這裡，我會確保沒有人吃掉你們的山羊。」

我幫忙莎米和亞利思離開戰車，然後手足無措地穿過周遭的混亂狀況，躲開抹布、掃把和臭兮兮的巨人；在此同時，索列恩嘉穿梭於人群間，對她的顧客大吼大叫，要他們趕快準備今天的快樂盛事，否則她會把他們的腦袋扭下來。

廁所位於後面，位置與歡樂酒店的配置一模一樣。幸好這個區域空蕩無人，只有一個巨人不省人事，倒在角落的小隔間裡打呼，整張臉埋在一盤乳酪玉米片裡。

「我搞糊塗了，」亞利思說：「這爲什麼是歡樂酒店？」

「波士頓有很多元素都滲透到其他世界。」莎米說。

「就像尼德威阿爾看起來很像波士頓南區，」我說：「而亞爾夫海姆則像衛斯理鎭。」

亞利思抖了一下。「是喔，不過我得在歡樂酒店結婚？」

「等一下聊，」我說：「尿尿先。」

「沒錯。」兩個女孩異口同聲說。

身爲男生，沒有婚紗的負擔，我最先出來。幾分鐘後，兩個女生也重新現身，一長條衛生紙拖在亞利思的婚紗裙襬上。我心想，應該沒有半個巨人會發現或在意，但莎米幫她拿開。

「你們認爲我們的朋友進來了嗎？」我問。

「希望是，」亞利思說：「我好緊張啊……嗷嗚！」

最後一句聽起來很像一隻熊偷吃巧克力太妃糖噎到的聲音。我查看角落的隔間，確定那個巨人聽不見。他只是在睡夢中咕噥幾聲，然後在玉米片枕頭上轉過頭去。

莎米拍拍亞利思的肩膀。「沒事啦。」她面對我。「亞利思在廁所裡變成一隻大猩猩。她不會有事。」

「她什麼？」

「難免啦，」莎米說：「對變身人來說，假如你太緊張，失去專注力……」

亞利思打個嗝。「我好多了。我想，現在變回人類了。等一下……」她在衣裙裡抖動一陣，活像企圖抖掉小石子似的。「嗯，一切都很好。」

我不曉得她是認眞的還是怎樣，也不確定自己是否眞的想知道答案。「亞利思，等一下在外面那些巨人群中，如果你突然變身……」

「我不會。」她打包票說。

「只要別出聲就好，」莎米對她說。「反正你應該是害羞臉紅的新娘，由我來發言，跟著我的提示就好。我們要盡可能拖久一點，希望讓索……我們的朋友有足夠的時間各就各位。」

「不過洛基在哪裡？」我問：「還有我舅舅呢？」

莎米沉默一會兒。「不確定。不過我們得要隨時留意，一旦看到巨……」

「你們在這裡！」索列恩嘉從走廊冒出來。「我們準備好了，就等你們囉。」

「當然好！」莎米說：「我們只是，呃，正說起有多麼愛巨人。希望等一下婚宴上有很多巨人！」

我對她眨眨眼，意思是：「轉得好順。像奧提斯一樣順。」

索列恩嘉領著我們回到酒吧。從氣味來判斷，有人噴了大量檸檬香料的清潔劑。地板上大部分的玻璃碎片和食物殘渣都清掃乾淨了，電視關掉，而所有的巨人沿著遠端牆壁排排站……全部梳好頭髮、拉直領帶，襯衫也塞進褲頭。

他們異口同聲吟誦著：「午安，莎米拉小姐。」

亞利思行屈膝禮。

眞正的莎米拉說：「午安，呃，各位貴賓。我的莎米拉小姐不知所措、說不出話，不過她非常高興來到這裡。」

亞利思粗聲叫了一下，很像驢子。巨人群眾猶豫不決地看著索列恩嘉，尋求禮儀方面的提示。

索列姆國王皺起眉頭。他套上黑色的正式西裝外套，搭配一朵粉紅色的康乃馨配戴在翻領上，讓他的醜陋稍微顯得優雅一點。「我的新娘爲什麼聽起來像驢子叫？」

「她開心得哭起來，」莎米很快接口說：「因爲她終於見到英俊的丈夫啊！」

「唔。」索列姆伸出一根手指摸摸自己的多層下巴。「算是有道理。來吧，甜心莎米拉！坐在我旁邊，我們的喜宴要開始了！」

亞利思坐在索列姆王座旁邊的椅子。索列恩嘉像保鑣一樣，護衛在她哥哥旁邊，因此我和莎米站在亞利思的另一側，努力裝出很有架勢的樣子。我們的任務似乎主要是不能吃東西、把不時意外飛向亞利思的蜜酒杯揮開，以及聆聽我們肚子的咕嚕叫聲。

第一道菜是乳酪玉米片。巨人和乳酪玉米片到底有什麼關係啊？

索列恩嘉不斷對我咧嘴笑，眼睛瞅著思可菲儂劍，它依然綁在我背上。她顯然非常覬覦這把劍。不曉得有沒有人對她說過，有女性在場時不能拔出這把劍。我想，女巨人也算是女性吧。如果有人無視這些禁令，企圖拔出思可菲儂劍，我不曉得會有什麼後果，但應該沒什麼好下場。

「試試看嘛，」傑克的聲音在我心裡嗡嗡作響，彷彿他作了愉快的夢。「喔，老兄，她好棒啊。」

「傑克，回去睡覺啦。」我對他說。

其他巨人高聲談笑，把乳酪玉米片塞進嘴裡，不過他們一直留意索列恩嘉的一舉一動，似乎要確定她不會拿酒吧凳子砸人腦袋、教訓他們規矩太差。奧提斯和馬文還套著挽具，站在我們當初下車的地方。不時會有迷路的乳酪玉米片往他們那個方向飛去，而其中一隻山羊會從空中一口咬住。

索列姆盡力與亞利思聊天。她很羞怯，什麼話也沒說只不過出於禮貌，她偶爾偷拿一片炸玉米片到面紗底下。

「她食量好小！」索列姆憂心忡忡地說：「她還好嗎？」

「喔，是的，」莎米說：「國王陛下，她太興奮了，以至於不太有胃口。」

「唔。」索列姆聳聳肩。「嗯，至少我知道她不是索爾！」

「當然不是！」莎米的聲音提高了八度。「你爲什麼會那樣想？」

「很多年前，那時候我祖父第一次偷走索爾的巨鎚……」

「我們的祖父。」索列恩嘉糾正他，同時仔細檢視她的幸運栗子凸出的稜脊。

「……索爾穿上婚紗假扮新娘，要把巨鎚拿回去。」索列姆的溼漉嘴唇往內捲起，似乎想找到後面的牙齒在哪裡。「我還記得那一天，雖然我只是小孩子。那個假新娘吃掉一整頭牛，還喝掉兩箱蜜酒！」

「是三箱啦。」索列恩嘉說。

「索爾可以把他的身體藏在婚紗裡，」索列姆說：「但是他藏不住自己的胃口。」巨人笑咪咪看著亞利思。「不過，莎米拉，我的愛，你別擔心！我知道你不是天神。我比我祖父聰明多了！」

索列恩嘉的巨大眼睛翻了個白眼。「哥哥，那是因為我的保全系統把阿薩神族擋在外面啦。沒有一個天神能夠穿過我們的大門，因為一定會觸動警鈴！」

「是啦，是啦，」索列姆說：「不管怎麼說，莎米拉，你進來的那一刻就經過徹底的魔法掃描。你應該是洛基的孩子，也確實就是。」他皺起眉頭。「不過你的伴娘也是。」

「我們是親戚！」眞正的莎米說：「這應該料想得到，對吧？通常都是由近親擔任伴娘。」

索列姆點頭。「確實是這樣。總之，等到婚禮結束，索列姆家族將會重返過去的地位！大家會忘了我祖父的失敗，我們也會與洛基家族結為聯姻。」他拍拍胸脯，巨大的肚子跟著波浪狀起伏，無疑讓他肚子裡的整個細菌王國全部淹死。「我終於自己報了仇！」

索列恩嘉轉過頭，喃喃說著：「我也會自己報仇。」

「妹妹，怎麼了？」索列姆追問。

「沒事。」她露出黑嘛嘛的牙齒。「我們上第二道菜好嗎？」

第二道菜是漢堡。這實在太過分了，聞起來好香，我的肚子一直前後翻滾，發著小小的脾氣。

我努力轉移自己的注意力，想著即將來臨的戰鬥。索列姆似乎很遲鈍，我們也許眞的能打敗他。可惜他有數十名大地巨人作為後盾，而且我擔心他妹妹。我看得出來，索列恩嘉自有盤算。她很努力掩飾，但每隔一陣子就會瞥向亞利思，眼神帶著殺氣騰騰的恨意。我想起海姆達爾偷聽到她說了一些話……他們應該等新娘一到達就殺了她。一旦巨鎚現身，我好想知道阿薩神族到底要花多久才能到達這裡，而且我是否能讓亞利思活著撐到那時候。我好想知道洛基在哪裡，還有蘭道夫舅舅……

最後，巨人終於吃完他們的大餐。索列姆大聲打嗝，然後轉頭看著他的準新娘。

「終於，該舉行婚禮了！」他說：「我們該上路了吧？」

我的胃用力縮緊。「上路？你是指什麼意思？」

索列姆咯咯笑。「嗯，我們不在這裡舉行婚禮。那樣很無禮！整個婚禮過程都不在場！」

國王站起來，面對酒吧對面的牆壁。其他巨人紛紛讓開，搬走他們的桌椅。

索列姆伸手用力推，牆壁發出吱嘎一聲就打開了，一條新的地道蜿蜒穿越地底。裡面的空氣帶有酸味且潮溼，讓我聯想到某件記得不太清楚的事……某件不好的事。

「不。」莎米的聲音聽起來好像喉嚨噎住了。「不，我們絕對不可以去那裡。」

「可是，我們舉辦婚禮不能沒有新娘的父親在場見證！」索列姆喜孜孜地大聲說：「來吧，我的朋友！我和我的新娘會在洛基的洞穴說出我們的誓言！」

50 你的臉要來點提神的毒液嗎？

我真的很討厭拼圖遊戲。我之前有沒有提過？

我特別討厭一種情況：我拿一片拼圖盯了好幾個小時，一直不曉得該放哪裡，然後某個人走過來，把它放進一個地方，還說：「就是這裡啊，笨蛋！」

我終於搞清楚洛基的計畫時，內心正是這樣的感覺。

我回想起蘭道夫舅舅書桌上散落的地圖，就是我和亞利思跑去那裡的時候。也許在內心深處，我早就意識到那狀況很奇怪。蘭道夫尋找夏日之劍的任務已經結束了，他為何繼續鑽研那些地圖？但我沒有向亞利思（或者我自己）問起這件事。我一直分心想太多事了。

而現在，我願意打賭，蘭道夫一直研究新英格蘭地區的地形圖，拿來與古代北歐人的航海圖和傳說故事相互比對。他一直奉命進行另一種研究，找出洛基的洞穴和索列姆堡壘的相對座標位置。假如有人能找到，那一定是我舅舅。正因為如此，洛基才會讓他一直活著。

難怪洛基和蘭道夫不在酒吧裡。他們正在地道的另一端等我們。

「我們需要那兩隻山羊！」我大喊。

我穿越人群，最後走到我們的戰車旁。我抓住奧提斯的臉，把我的額頭貼在他的額頭上。

「測試，」我低聲說：「這隻山羊是暢通的嗎？索爾，你聽得到我的聲音嗎？」

「你的眼睛很漂亮。」奧提斯對我說。

「索爾，」我說：「紅色警戒！我們要移動了。他們要帶我們去洛基的洞穴。我……我不知道那是在哪裡。地道是在右邊的牆壁上，斜斜往下走。反正……一定要找到我們！奧提斯，他有沒有得到訊息？」

「什麼訊息？」奧提斯渾渾噩噩地說。

「馬格努斯．雀斯！」巨人國王大喊：「你好了沒？」

「呃，好！」我大叫回答：「我們只是得搭乘戰車，因為……傳統的婚禮慣例。」

其他巨人又是聳肩又是點頭，彷彿這番話對他們來說很有道理。只有索列恩嘉面露懷疑的神色。我很怕她開始懷疑那輛戰車根本不是租來的。

突然間，酒吧感覺變得好小、好擠，所有的巨人都披上自己的外套、拉直領帶，大口乾掉最後一杯蜜酒，而且努力想搞清楚自己在婚禮程序中應該站的位置。

莎米拉和亞利思奮力走向戰車。

「我們該怎麼辦？」亞利思輕聲說。

「我不知道！」莎米說：「我們的援軍在哪裡？」

「我們要去錯誤的地方了，」我說：「他們怎麼可能找到我們？」

我們只來得及對彼此說這些話，然後索列姆就走過來，拉著我們山羊的韁繩。他把我們的戰車拉進地道裡，他妹妹在他身旁，其他巨人則在我們後面排列成兩排隊伍。

等到最後一名巨人也進入地道，我們背後的入口就封閉了。

「嘿，索列姆？」真是不幸，我的聲音聽起來像米老鼠一樣尖銳，害我不禁懷疑地道裡面是不是灌了某種奇怪氣體。「你確定信任洛基是好主意嗎？我是說……索爾偷偷溜進你祖父的婚禮，不正是他的主意嗎？他不是幫索爾殺死你的家人？」

巨人國王猛然停下，害馬文一頭撞上他。我知道自己問了很無禮的問題，特別是在這傢伙結婚的大喜之日，但只要能夠拖慢隊伍的速度，任何機會我都得抓住不可。

索列姆轉過身，他的眼睛像是黑暗中兩顆溼漉漉的粉紅鑽石。「人類，你以爲我不知道嗎？洛基是個大騙子，這是他的天性。不過，索爾才是殺死我祖父、我父親、我母親和我整個家族的人！」

「除了我以外，」索列恩嘉喃喃說著。她在黑暗中微微發亮，像是兩百一十公分高的醜陋幽靈。我之前沒注意到她有這種能力，也許大地巨人可以把這種能力關掉又打開。

索列姆沒有理會她。「你看不出這場聯姻是洛基表達歉意的方式嗎？他現在終於明白，眾神永遠是他的敵人。他很後悔當年背叛我的祖父。我們會聯合彼此的力量，拿下米德加爾特，然後猛烈攻擊眾神自己的城市！」

我們背後那些巨人發出震耳欲聾的歡呼聲：「殺了所有人類！」

「閉嘴！」索列恩嘉大喊：「有人類和我們在一起！」

那些巨人低聲嘀咕，而後面有人說：「現在的同伴除外。」

「可是，偉大的索列姆國王，」莎米說：「你眞心相信洛基嗎？」

索列姆笑起來。以這樣的大塊頭來說，他的牙齒顯得好細小。「在洛基的洞穴裡，他是囚犯。無助的囚犯！他邀請我去那裡，也把地點告訴我。他爲何要表達這樣的信任呢？」

他妹妹哼了一聲。「哎唷，哥哥，我不知道。也許他需要某個大地巨人幫忙挖地道，通往他遭到囚禁的地方？因爲他想要得到自由？」

我有點希望索列恩嘉能站在我們這邊，只不過事實擺在眼前，她是權力慾望非常強大的女巨人，而且下定決心要復仇，殺死所有的人類。

「我們掌握了力量，」索列姆很堅定地說：「洛基不敢背叛我們。更何況，我是願意打開他洞穴的人！他會很感激！只要他尊重自己該履行的協議，我就很樂意放他自由。至於美麗的莎米拉……」索列姆色咪咪地盯著亞利思看。「她值得我冒這種險。」

在面紗底下，亞利思發出很像鸚鵡的吱嘎叫聲。那叫聲實在太大了，索列恩嘉嚇得差點撞到天花板。

「那是什麼鬼？」女巨人追問說：「新娘噎到了嗎？」

「不，不！」莎米拍拍亞利思的背。「那只是緊張的笑聲。只要有人讚美莎米拉，她都會很不自在。」

索列姆呵呵笑。「那麼，等到她成爲我的妻子，她常常會感到很不自在。」

「喔，國王陛下！」莎米說：「愈是眞相就愈不能說出口呀！」

「前進！」索列姆繼續沿著結冰小徑往下走。

這樣拖延一下，眞不知道有沒有幫我們的援軍爭取到一點時間。假設我們眞的有援軍的話。索爾還能從他山羊的眼睛和耳朵跟上我們的腳步嗎？他有沒有什麼方法可以獲得貝利茲、希爾斯和我的英靈戰士十九樓樓友的訊息？

一路往下走，我們背後的地道封閉起來。我不禁想像一種可怕的畫面，索爾在巨人的酒吧裡，拚命想用他的開瓶器和手持電鑽打破牆壁。

又過了幾分鐘後，地道開始變窄，索列姆的步伐也慢下來。我有種感覺，大地本身開始對抗他，想要拖慢他的腳步。也許阿薩神族在洛基的墳墓四周施加某種魔法障礙吧。

果眞如此，這樣的魔法還不夠。我們緩步向前、向下，戰車的輪軸開始刮到兩側牆壁。在我們背後，巨人的行列改成單一直排。莎米在我旁邊輕聲呢喃，那是阿拉伯語的吟誦聲，我記得曾經聽她這樣祈禱。

一陣汙濁的惡臭從深處飄上來，很像酸臭的牛奶、腐爛的雞蛋以及燒焦的肉類。我好怕那不是索爾的氣味。

「我可以感受到他，」亞利思低聲說，這是她將近一個小時以來說出的第一句話。「噢，不，不，不……」

地道突然變寬，索列姆似乎終於突破大地的防禦力量了。我們的長排隊伍魚貫進入洛基的房間。

我曾在夢中看過這地方，但對於看到眞實的地點還是沒有心理準備。洞穴約莫網球場大小，高高的圓頂天花板滿是龜裂的石頭和斷裂的鐘乳石，殘餘部分散落一地。我沒看到其他出口。空氣非常汙濁，有種令人想吐的甜味，還有腐爛的臭味和肉類燒焦的氣味。房間周遭有巨大的石筍從地面冒出來，其他地方則有一些凹坑，裡面的黏稠液體不斷冒出氣泡和蒸氣，因此洞穴裡充滿有害的氣體。氣溫將近攝氏四十度，所有的大地巨人踱步進來也讓熱度或氣味更加惡化。

在房間的正中央，就是我曾在夢中看見的地方，洛基俯臥在地面上，兩腳腳踝綁在一起，固定於一根石筍，而兩隻手臂張開來，綑綁在另外兩根石筍上。

眞實的洛基與我以前看到他顯現的模樣完全不同，眼前的他既不英俊也不瀟灑，身上什麼也沒穿，只圍著一塊破爛的腰布。他的身體非常消瘦、骯髒，全身滿是疤痕。一頭黏膩的長髮可能曾是紅棕色，但在這有毒洞穴裡待了好幾個世紀，如今頭髮受到灼燒而脫色。而他的臉……應該說剩下的臉，有一半像是受傷後癒合而成的疤痕組織面具。

洛基的頭旁邊有一根鐘乳石，一條巨大的蟒蛇蜷繞其上，盯著下方的囚犯，尖牙滴出黃色的毒液。

有個女子蹲在洛基旁邊，她身穿附有兜帽的白色長袍，手裡握著一個金屬碗，在洛基的臉部上方接住毒液。但那條蛇的產量很高，毒液從牠嘴巴滴下來的速度幾乎像水量開到一半的蓮蓬頭。女子的碗實在太小了。

在我們的注視下，毒液滿到碗的邊緣，於是女子轉過身，把毒液倒進她背後一個沸騰的池子裡。她的動作很快，但毒液依然潑濺到洛基的臉上，只見他扭動身軀、高聲尖叫，洞穴爲之搖晃。我以爲天花板會垮下來壓在我們頭頂上，不過它終究撐住了。也許眾神把這個房間設計成能夠承受震動，如同他們把洛基的綑綁物設計成永遠不會斷裂、蛇的毒液永遠不會流乾，而女子的杯碗也永遠不夠大。

我沒有宗教信仰，但整個場景令我聯想到天主教堂裡的耶穌十字架受難像：一個男人伸展兩隻手臂，承擔著難以忍受的痛苦。當然啦，沒有人認爲洛基是救主。他不是好人，他沒有爲某種崇高的事物犧牲奉獻自己。他是邪惡的不朽天神，爲自己的罪孽付出代價。然而親眼見到他身在這裡的個人牢獄，衰弱、汙穢且極度痛苦，我實在忍不住感到同情。沒有人理應得到這樣的懲罰，即使是殺人犯和騙子也一樣。

白衣女子再度舉起手上的杯碗擋住他的臉。洛基甩甩頭，甩掉眼睛裡的毒液。他吸了口氣，發出粗啞的聲音，然後瞥向我們這邊。

「馬格努斯．雀斯，歡迎！」他對我露出駭人的笑容。「我無法起身，希望你能原諒。」

「眾神哪。」我喃喃說著。

「喔，不，這裡沒有眾神！」洛基說：「他們從未造訪。他們把我們關進來，然後就離開了。這裡只有我和我動人的妻子，西格恩。西格恩，說哈囉。」

白衣女子抬起頭。在兜帽底下，她的臉如此憔悴消瘦，很可能曾是屍鬼。她的雙眼是純粹的紅色，臉上毫無表情，血紅色的眼淚沿著皮革般的粗糙皮膚向下流淌。

「噢，對喔。」洛基的語氣甚至比空氣更酸。「西格恩已經有一千年沒有說話了，當年阿薩神族秉持無窮大的智慧屠殺了我們的兒子，再把我們遺棄到這裡，承受永恆的痛苦。哎呀，我的禮貌到哪兒去了？這是個開心的場合啊！你好嗎，索列姆，索列姆，索列姆之子索列姆之子索列姆之子？」

國王看起來不是很好。他不斷吞口水，彷彿乳酪玉米片不肯乖乖待在他的肚子裡。

「哈……哈囉，洛基。其……其實只有三個索列姆。而且我準備要締結我們的聯姻。」

「是的，當然！馬格努斯，你帶了思可菲儂劍。」

這是個陳述句，不是問句。他的語氣那麼有權威，我必須奮力抵抗才不至於衝動地取下那把劍、秀給他看。

「我們帶了，」我說：「首先，我們想要看看巨鎚。」

洛基笑了，笑聲中帶有液體的咯咯聲。「首先，讓我們先確定新娘真的是新娘。我親愛的莎米拉，到這裡來。讓我看看你的臉。」

兩個女孩都搖搖晃晃走向他，彷彿有條繩子把她們拉了過去。

我的心臟幾乎要從禮服的領口跳出來。我眞該想到的，洛基會查看兩位女孩面紗下的臉孔，畢竟他是掌管欺詐的天神啊。儘管亞利思保證自己能夠抵抗洛基的命令，但她仍然像莎米拉一樣蹣跚前行。

我眞想知道自己能夠多快拔出劍，又能夠殺死多少巨人。我好想知道奧提斯和馬文在戰鬥中有沒有任何幫助。可能想太多了吧，眞希望他們受訓成爲「功夫山羊」。

「好了，」洛基說：「那麼就來掀新娘的頭紗，好嗎？只是要確定每個人都公正公開。」

亞利思的雙手一邊發抖、一邊往前伸，很像綁在牽線木偶的繩子上。她開始掀起自己的頭紗。洞穴裡一片靜默，只有熱泉啵啵冒泡和毒液持續滴入西格恩杯碗的聲音。

亞利思把自己的頭紗推到腦後，顯露出……莎米拉的臉。

在那一瞬間，我簡直嚇壞了。難道兩個女孩不知用什麼方法互換位置？接著我終於明白了……我不曉得自己怎麼知道，也許是她的某種眼神，總之亞利思依舊是亞利思。她變身了，看起來很像莎米，但無論如何，這樣就足以騙倒洛基……

我伸手握住自己的項鍊墜子。對我來說，靜默持續得夠長，我終於能夠鎮定下來好好地思考。

「嗯……」洛基最後開口說：「我必須承認自己很驚訝。你眞的遵循命令。好女孩！我想，那就表示你的伴娘是……」

西格恩的杯碗失手歪斜，毒液灑滿了洛基的臉。天神失聲尖叫，在束縛中痛苦扭動。兩個女孩匆匆往後退。

西格恩把碗扶正，還用袖子拚命擦掉洛基眼睛裡的毒液，但這樣做只害他尖叫得更慘烈。她的裙子開始冒煙，上面滿是破洞。

「蠢女人！」洛基哭叫著說。

西格恩一度似乎迎上我的視線，不過看到那雙猩紅色的眼睛實在很難確定。她的表情沒有改變，眼淚持續滑落，但我有點納悶，她潑灑毒液不知是不是故意的。我不知道她爲什麼要那樣做。就我所知，她一直忠心耿耿地跪在丈夫身邊，已經有好幾個世紀之久。然而……在這個時機犯錯似乎有點古怪。

索列恩嘉清清喉嚨……那聲音眞美好，宛如鏈鋸割過泥巴的聲音。「洛基陛下，你問起伴娘。她說她的名字叫普魯登絲。」

洛基咯咯發笑，同時繼續努力眨眼，想把眼睛裡的毒液擠出來。「我想也是。她的眞實名字是亞利思．菲耶羅，而我叫她今天不要來，但是無所謂！我們開始進行吧。索列恩嘉，你有沒有把我要求的特別賓客帶來？」

女巨人噘著染黑的嘴唇。她拿出先前丟著玩的那顆栗子。

「你的特別賓客是一顆栗子？」我問。

洛基的笑聲非常粗啞。「可以這麼說。索列恩嘉，動手吧。」

索列恩嘉用拇指指甲摳進栗子殼，讓外殼劈啪裂開。她把栗子扔到地上，只見有個小小黑黑的東西滾出來……不是栗子肉，而是一個微小的人形。它逐漸變大，到最後有個壯碩的老人站在我面前，他一身皺巴巴的黑色正式西裝，衣服沾滿了植物殼屑，臉頰有明顯的可怕燒傷疤痕，呈現一隻手的形狀。

無論我原本抱持多大的樂觀態度，此刻都比希芙的金髮掉落得更快。

「蘭道夫舅舅。」

「哈囉，馬格努斯，」他說，表情因爲悲傷而扭曲。「親愛的孩子，求求你……把思可菲儂劍交給我。」

51 哈囉，妄想狂，我的老友

這就是我討厭家族團聚的原因。

你老是得面對某個不想見的舅舅……你知道的啊，就是從栗子殼裡蹦出來，還向你索取一把劍的舅舅。

我的內心有點渴望拿起思可菲儂石，往蘭道夫的頭頂猛力砸下去；另一方面，我也想把他塞回栗子殼，然後安全收進我的口袋裡，讓他遠離洛基。我完全不想給他這把劍，不想讓他砍斷洛基的束縛而獲得自由。

「蘭道夫，我辦不到。」我說。

我的舅舅皺起眉頭。他的右手依然綁著繃帶，我曾砍掉他那隻手的兩根手指。他把受傷的手壓在胸口，然後伸出左手，眼神極度渴望又狂烈。一種銅味在我的舌頭上散開來。此刻我有種體會，這位富裕的舅舅比我流浪街頭兩年期間看過的其他人更像乞丐。

「求求你，」他說：「我今天應該帶著它，但是你拿走了。我……我需要它。」

我明白，那是他的任務。他負責找到這個洞穴的地點，然後接受託付，用思可菲儂劍釋放洛基，因爲只有具備尊貴血統的人才能拿劍。

「洛基不會把你想要的東西交給你，」我對他說：「你的家人已經死了。」

他眨眨眼，彷彿我朝他的眼睛扔擲沙子。「馬格努斯，你不懂……」

「不給劍，」我說：「除非我們見到索爾之鎚。」

巨人國王嘲笑一聲。「愚蠢的人類，巨鎚是早上的禮物！那要等到婚禮之夜過後的早上才能給！」

亞利思在我旁邊簌簌發抖。她的金色弧形項鍊讓我聯想到彩虹橋，也想起她曾經那麼輕鬆愜意地躺在彩虹橋上，在光芒中扮演天使。我絕不能讓她被迫與巨人結婚，眞希望自己知道該怎麼阻止。

「我們需要巨鎚來祝福這場婚禮，」我說：「那是新娘的權利。讓我們看到它，而且在婚禮上使用它。然後你可以拿回去，直到……直到明天再拿出來。」

洛基笑了。「馬格努斯．雀斯，我可不這麼想。不過你很有種！現在，思可菲儂……」

「等等。」索列恩嘉以她那種「我要用酒吧高腳凳打你」的眼神盯著洛基。「女孩有她的權利。假如她想要巨鎚的祝福，她就應該擁有。難道我哥哥想要破壞我們神聖的傳統嗎？」

索列姆顯得畏縮。他的視線從他妹妹飄到追隨者，再飄到洛基身上。「我……呃……不想。好啦，就這樣辦。我的新娘，莎米拉，可以接受祝福。在婚禮的適當時機，我會把邁歐尼爾召喚出來。我們可以開始了嗎？」

索列恩嘉的眼睛閃爍著邪惡的光芒。我不知道她究竟在玩什麼把戲，她爲何想提早把巨鎚拿出來呢？但我可不打算爭辯。

索列姆拍拍雙手。我之前沒注意到，這時才發現隊伍後面有幾個巨人從酒吧搬來幾件家具。他們在洛基綑綁處的左邊放下一張樸素的木質長椅，然後在座位上鋪設毛皮。接著，他們在長椅兩側各放一根獨立柱子，很像圖騰柱，兩根都雕刻著凶惡的動物臉孔和盧恩銘文。

索列姆坐下，長椅承受他的重量而吱嘎作響。有一名巨人在他的頭頂上放置一頂王冠，那是用單獨一塊黑色花崗岩雕刻而成的環圈。

「女孩，你站那裡，」女巨人對亞利思說：「站在你父親和你的準丈夫之間。」

亞利思遲疑一下。

洛基發出嘖嘖聲。「來啊，女兒。別害羞。站在我旁邊。」

亞利思乖乖照做。我想要相信她正玩著裝模作樣的遊戲，而不是因爲受到逼迫，不過我回想起先前在洛基的指令之下，她宛如受到繩子牽引而行動的模樣。

莎米站在我旁邊，雙手緊握，顯得很焦慮。蘭道夫拖著沉重步伐，等在洛基的腳邊。他弓著背站在那裡，很像剛去打獵回來的大獒犬，沒有銜回動物屍體給主人而自知有錯。

「杯子！」索列姆命令道。

他的一名手下拿著表面鑲鑽的酒杯放進他手裡，紅色液體從杯緣噴濺出來。

索列姆喝了一大口。接著，他捧著酒杯交給亞利思。「莎米拉．阿巴斯，洛基之女，我給予你飲料，藉此締結愛的承諾。我誠心發誓，你將是我的妻子。」

亞利思用戴著蕾絲手套的手指拿起酒杯。她看看四周，彷彿想找人商量。這時我突然想到，她可能沒辦法如同模仿莎米的臉孔一樣模仿聲音。

「女孩，你不需要說話，」索列恩嘉說：「只要喝下去就行了！」

換成是我，可能會擔心有什麼後果，但是亞利思撩起頭紗底部，喝了一口。

「太好了。」索列恩嘉轉向我，臉部肌肉因爲不耐煩而扭曲。「好了，終於輪到『夢得』了。小子，把劍給我。」

「妹妹，不行，」索列姆以低沉的聲音說：「那不是要給你的。」

索列恩嘉轉向她哥哥。「什麼？我是你唯一的親人耶！嫁妝一定要由我經手！」

「我和洛基約定好了。」索列姆現在看起來更有自信，幾乎是沾沾自喜，因爲亞利思差不多要到手了。我有一種可怕的預感，他正在想像婚禮結束時的情景，想像他親吻新娘的機會。「小子，那把劍交給你舅舅。他會拿著它。」

索列恩嘉瞪著我。看著她的眼神，我終於明白她到底想要什麼。她想要把思可菲儂劍據爲己有，可能再加上邁歐尼爾。與洛基締結聯姻，她根本一點興趣也沒有，只把這場婚禮當成奪取她哥哥王位的好機會。只要有人妨礙阻擋，她必定格殺勿論。或許她不知道只要有女性在場，就不能把思可菲儂劍拔出劍鞘，或許她認定無論如何都可以用那把劍。也說不定她只想把這兩件武器安全鎖好、成爲收藏品，她就能開開心心發揮酒吧高腳凳的力量了。

換成不同的情況，我可能會祝她順利刺殺哥哥。見鬼了，我甚至可能會頒給她一個獎盃，讓她在阿斯嘉可以用半價兌換一份主菜。可惜我有一種預感，索列恩嘉的計畫也包括殺了我、莎米、亞利思，可能加上蘭道夫舅舅。

我向後退一步。「索列姆，我告訴你，沒有巨鎚就沒有劍。」

蘭道夫拖著腳步走向我，綑著繃帶的那隻手托在他的腰帶處。「馬格努斯，你一定要把劍交出來，」他說：「這是婚禮的命令。『夢得』一定要先拿出來，每一場婚禮都需要一把古劍，用來放上戒指。接下來才輪到巨鎚的祝福。」

傑克的墜子抵著我的鎖骨嗡嗡鳴叫。或許他想要警告我，也說不定他只想再看「劍界漂亮寶貝」思可菲儂劍一眼。或者，他可能很嫉妒，因爲他希望自己成爲婚禮用劍。

「小子，怎麼樣？」索列姆以低沉聲音說：「我已經答應你要遵守傳統的權利，你不信任我們嗎？」

我差點爆笑出聲。

我看著莎米。她顯得非常愼重，以手語說：「沒得選。不過盯著他。」

我突然覺得自己好蠢。這整段期間，我們大可用手語對彼此傳達祕密訊息啊。

但從另一個角度想，洛基可能已經控制住莎米，逼迫她說出這樣的話。他眞的可以侵入她的內心，甚至不說半句話、不必彈手指就能辦到？我想起莎米曾在希芙的天井告訴我：「如果我們失去行爲能力，你可能是唯一能夠阻止他的人。」就我所知，我是這個房間裡唯一不受洛基控制的人。

哇喔。哈囉，妄想狂。

二十幾名巨人注視著我。我舅舅伸出他沒有受傷的那隻手。

就在這時，我剛好迎上西格恩那雙空洞的紅眼睛。女神以非常輕微的幅度點個頭。我不知道那個動作爲何說服我，但我還眞的取下思可菲儂劍，把它放進蘭道夫的手中；石頭從劍柄圓球往下垂，顯得很沉重。

「你依然是雀斯家的一份子，」我輕聲說：「你有家人還活著。」

蘭道夫的眼睛抽搐著。他不發一語，把劍拿走。

他跪在國王的長椅前。由於他的一隻手綁著繃帶，動作略顯笨拙，他以水平方向舉著劍鞘，很像端著一個盤子。索列姆把兩枚黃金婚戒放在中央，然後伸手放在它們上方，像是給予祝福。

「尤彌爾[87]，天神和巨人們的祖先，請聆聽我的誓言，」他說：「這兩枚戒指代表我們的婚姻。」

他將一枚戒指套上自己的手指，然後為亞利思套上另一枚。接著，他揮手叫蘭道夫舅舅走開。我舅舅拿著劍踉蹌後退，但我和莎米移過去擋住他，不讓他更靠近洛基。

我正準備要堅持看到巨鎚，索列恩嘉卻搶先一步。「哥哥，遵守你的承諾。」

「好啦，好啦，」索列姆同意了。「莎米拉，我親愛的，請坐。」

亞利思走向前，感覺有點恍惚，然後她坐在巨人旁邊。她的表情在面紗底下很難分辨，但她似乎盯著自己手上的戒指，彷彿那是一隻棕色遁蛛。

「各位巨人，準備就緒，」索列姆說：「你們要圍繞在巨鎚四周，把它拿到這裡來。你們要把它舉到新娘的頭上，要非常小心，讓我們說出祝福的話。接著，我會立刻把它送回大地裡……」他轉頭看著亞利思。「直到明天早上為止，我的甜心，到時候它會正式成為你的早上禮物。在那之後，我一定會好好幫你保管。」他拍拍亞利思的膝蓋，她對這動作的欣賞程度似乎與有毒婚戒差不了多少。

索列姆伸出手，接著突然全身緊繃，整張臉變成桑椹果醬的深紫紅色。洞穴隆隆作響。大約五、六公尺外，地面吱嘎裂開，砂礫和泥土向上推擠，宛如有某種巨大的昆蟲正要鑽出來。索爾的巨鎚出現了，停留在火山口般的礫石堆上。

---

[87] 尤彌爾（Ymir）是北歐神話最巨大的巨人，也是巨人族和眾神的祖先。參《阿斯嘉末日1：夏日之劍》二四五頁註[84]。

看起來與我夢中所見一模一樣，巨大的梯形金屬榔頭搭配花式的盧恩字母圖案，粗短的握把包裹著皮革。它的現身讓整個房間充斥著大雷雨的氣息。那些巨人忙著包圍巨鎚時，我對莎米比劃手語：「盯著蘭道夫。」接著，我快步前往反方向，走向我們的戰車。

我抓起奧提斯的口鼻，把我的臉壓到他臉上。

「我們試了，」我輕聲說：「巨鎚在洞穴裡。我重複一次：巨鎚正在洞穴裡。紅色十月。小鷹號著陸了！防禦模式歐米伽！」

我不確定這些軍事暗號的出處到底是哪裡，只覺得索爾可能對這類事物有反應。而且，喂，我很緊張耶。

「你的眼睛很漂亮。」奧提斯喃喃說著。

「把巨鎚拿來這裡！」索列姆對他的巨人說：「快點！」

「沒錯，」洛基附和說，同時把浸溼毒液的頭髮甩到眼睛外。「而你們進行的時候……蘭道夫，割斷，放我出去。」

就在這時，亞利思突然爆發了。

52 我舅舅有一些合音歌手

亞利思撕開她的頭紗，從腰際猛力抽出全新的黃金勒繩，然後繞過索列姆的脖子。巨人國王站起來憤怒狂吼，而亞利思爬到他背上，開始用力勒他，就像上次在瓦爾哈拉對付鱗蟲一樣。

「我要離婚！」她大喊。

索列姆的臉色變成更深的紫色，雙眼暴凸。他的喉嚨早該被俐落割斷，但勒繩周圍的皮膚似乎變成發亮的灰色岩石……愚蠢的大地巨人擁有愚蠢的大地魔法啊。

「叛變！」索列恩嘉的雙眼跳耀著興奮神采，彷彿終於看出有機會進行她自己的叛變行動。「把巨鎚拿來給我！」她撲向邁歐尼爾，但莎米拉的斧頭呼嘯飛越房間，砍進索列恩嘉的側邊。女巨人向前撲倒在地，一副正在盜向二壘的模樣。

我召喚傑克。蘭道夫舅舅幾乎到達洛基身邊了。我還來不及伸手抓他，巨人便把我團團圍住。

我和傑克起身展開行動，頭一次聯合出擊就展現極高的效率，劈過一個大地巨人又接著另一個，不過我們處於人數上的劣勢，巨人的體型又超級巨大（這還用說嗎）。我透過眼角餘光看到索列恩嘉在地上爬行，努力伸手碰觸現在無人看守的巨鎚。索列姆仍舊在房間裡蹣跚而行，將自己的背部猛撞洞穴牆壁，企圖撞開亞利思，但他每撞一次，亞利思就變身成大猩猩，這樣比較容易勒住索列姆。索列姆的舌頭大小和顏色都很像尚未成熟的紫色大蕉。他朝向索爾的巨鎚伸長了手，可能企圖把它送回大地，但亞利思拉緊勒繩，打斷他的專注力。

在此同時，莎米也扯下自己的面紗。她的女武神長矛出現在手中，整個房間瀰漫著白色的輻射光。又有兩名巨人衝向她，擋住我的視線。

洛基在我背後某處尖叫：「快點，你這笨蛋！」

「我……我不行！」蘭道夫哭著說：「有女性在場！」

天神高聲咆哮。我想，他大可迫使亞利思和莎米昏過去，但無法解決索列恩嘉和西格恩的問題。

「反正拔出來就是了，」他命令道：「管他有什麼結果！」

「可是……」

「快點！」

我太忙著躲避棍棒和刺殺巨人，沒看到實際發生的狀況，但我聽到思可菲儂劍拔出來的聲音。它釋放出一陣超自然的可怕嚎叫，是來自十二名狂戰士的魂魄，針對違反他們意願、違背他們古代禁忌所宣洩的齊聲怒吼。

那聲音如此響亮，害我的視線產生雙重影像，也有好幾個巨人絆倒在地。糟的是傑克同樣受到影響，他變得好沉重，在我手中無精打采；就在這時，一名巨人反手打到我，害我飛向洞穴的另一端。

我猛力撞上一根石筍，胸口有某個東西裂開了。那恐怕不是什麼好事。我掙扎著站起來，努力想忽略痠痛感，那種感覺目前在胸腔內蔓延開來。

我的視線一片模糊。蘭道夫舅舅正在尖叫，他的聲音與思可菲儂魂魄的嚎叫聲融合在一起。霧氣從劍刃湧出來，在他四周不斷旋繞，彷彿那把劍已經變成一塊乾冰。

「快點，你這笨蛋！」洛基大喊：「趁那把劍分解掉之前，快一點！」

蘭道夫一邊啜泣，一邊砍向洛基腳上的束縛物。伴隨一陣像是橋梁的高張力纜索猛然斷裂的聲音，束縛物斷掉了。

「不！」莎米大叫。她撲向前去，但是傷害已經造成。洛基將膝蓋拉向胸口，這是一千年來的第一次。西格恩後退到遠處牆邊，任憑蟒蛇的毒液自由灑落在她丈夫的臉上。洛基尖聲高叫，身子翻跳扭動。

莎米把她的長矛刺向我舅舅，但洛基依然有足夠意志力大喊：「莎米拉，凍結！」莎米凍結住了，牙齒奮力咬緊，眼睛燃燒著憤怒之火。她縱聲喊出粗嘎的嚎叫聲，幾乎比思可菲儂劍的叫聲更淒厲，但她似乎無法破解洛基的命令。

蘭道夫全身搖搖晃晃，瞪著手中冒煙的劍。劍刃邊緣受到侵蝕，來自洛基束縛物的黑色黏糊東西吞噬掉魔法劍刃。

「你這白痴，石頭啦！」洛基盲目地踢他，同時把臉轉開，努力躲避不斷滴落的毒液。

「把劍刃磨利，然後繼續砍！你只有幾分鐘的時間！」

煙霧繼續盤繞在蘭道夫四周，他的皮膚開始變成藍色。我終於明白，那不只是思可菲儂劍正在分解的關係。思可菲儂的憤怒魂魄不但繼續嚎叫，也把他們的怒氣發洩在我舅舅身上。

有個巨人拿起一根婚禮的圖騰柱，朝我這邊衝過來。我奮力滾開，裂開的肋骨陣陣刺痛以示抗議，然後我揮劍刺向他的腳踝，讓他變成跛腳。

亞利思依然勒住巨人國王。他們兩人的狀況看起來都很糟，索列姆踏著蹣跚的步伐，雙手有一搭沒一搭地扒抓他的新娘。鮮血從亞利思的耳朵滴下來，飛濺在她的白色婚紗上。我希望希芙沒有期待我們把衣服送去乾洗後歸回給她。

這時又有三個巨人把索爾的巨鎚團團圍住。他們抬起巨鎚，在巨鎚重壓下跌跌撞撞地走。

「我們要拿它怎麼辦？」其中一人咕噥著說：「放回地底下嗎？」

「諒你也不敢！」索列恩嘉大喊。她現在了站起來，手裡抓著依然嵌入她身體側邊的斧頭。「那把巨鎚是我的！」

我當然不了解大地魔法的規則，不過從索列姆取出巨鎚所耗費的力氣看來，我不相信其他巨人有能力立刻又把它沉入地底下十幾公里，更別提此刻處於戰鬥中，四周有武器飛來飛去，還有狂戰士魂魄的淒厲嚎叫。相較之下，我更關心的是那把劍。

蘭道夫已經把劍刃重新磨利了。莎米尖聲叫他住手，他還是走向洛基的右手邊。

「索列恩嘉！」我大喊。

白衣女巨人瞪著我，噘起她的墨黑色嘴唇大肆咆哮。

「你想將那把劍據爲己有……？」我說，同時指著我舅舅。「你最好快點。」

這似乎是個好主意，讓殘忍嗜殺的女巨人轉而對付洛基。

不幸的是，索列恩嘉也很恨我。「那把劍完蛋了，」她說：「已經開始分解。不過，也許我可以拿你的劍！」

她衝過來。我企圖舉起傑克，但他在我手中依然重得要命。索列恩嘉猛力撞向我，我們兩人都在地面滑行，直直摔進一個不斷冒泡的凹坑。

新聞快報：滿是沸騰液體的凹坑『超級燙』。

如果我是普通的凡人，燙個幾秒鐘肯定就會一命嗚呼。而身為英靈戰士，那樣的高熱害我沒命之前，我猜大概可以撐個一分鐘左右。萬歲。

我的世界只剩下沸騰的轟鳴聲、硫磺的黃色霧氣，以及女巨人的白色身影，她的手指拚命掐進我的氣管裡。

傑克還在我手中，但持劍的那隻手臂感覺好沉重，完全使不上力。於是，我用空著的那隻手，對準索列恩嘉的眼睛戳過去，想辦法讓她別再抓住我的喉嚨。

偶然間，我的手指探觸到莎米斧頭的握柄，斧頭依然砍入索列恩嘉的身體側邊。我用力把它拔出來，然後砍進整體來說最靠近的地方，也就是女巨人的頭。

我喉嚨承受的壓力瞬間鬆開。我把女巨人推開，奮力踢蹬浮上水面。我不知用什麼方法把自己拉上去脫離熱泉，全身簡直像龍蝦一樣紅通通且冒著煙。

耳邊傳來更多戰鬥聲，包括劍刃彼此撞擊的哐啷聲、岩石灑落的聲音、巨人的咆哮聲，而思可菲儂劍的魂魄繼續發出催人心肺的嚎叫聲。我試圖站起來，卻覺得全身皮膚活像煮過的香腸腸衣。如果移動得太快，我很怕自己眞的會爆掉。

「傑克，」我用沙啞的聲音說：「去吧。」

傑克離開我的掌握，但是移動得很慢，或許仍因魂魄的嚎叫聲而暈頭轉向，也可能是我自己的狀況害他變弱。他勉強只能防止巨人把我解決掉。

我的視線像是一團白霧，外加黃色斑點，彷彿眼球已經變成煮到全熟的雞蛋。我看到索列姆搖搖晃晃走向婚禮長椅，用兩隻手抓起它，然後用盡最後一絲力氣，讓椅子越過頭頂甩向背後的亞利思。椅子砸到她的頭蓋骨，只見她從巨人的背上滑溜下去。

這時，我聽到附近傳來另一聲高張力的「啪」一聲。洛基的右手脫困了。

「好耶！」天神大叫。他滾向側邊，離開毒液滴落的範圍。「蘭道夫，剩下最後一條，你的家人就會回到你身邊！」

莎米依舊動彈不得。她那麼奮力對抗洛基的意志，以致額頭有一條微血管爆掉了，一個個紅點排列成線。受到莎米那支長矛光線的照耀，蘭道夫的臉看起來比剛才更藍。他的皮膚變成半透明，而隨著他匆匆磨利思可菲儂劍、準備進行最後一擊，幾乎能看透他頭骨的構造。

那三個巨人繼續搬著索爾之鎚跌跌撞撞行走，不確定該拿它怎麼辦。巨人國王轉身面對亞利思，她現在暈頭轉向躺在地面上。另一個巨人小心翼翼靠近莎米，盯著她那發光的長矛，顯然很想知道她是否眞像表面看起來那麼無助。

「傑克。」我喃喃說著，聲音很像溼漉漉的砂子。但我不知道該對他說什麼才好。我幾乎無法移動。十幾名巨人依然處於戰鬥狀態。洛基幾乎脫困了。而我無法在同一時間去救亞利思和莎米，外加阻止我舅舅的行動。一切都完了。

接著，洞穴搖晃起來。天花板出現一條隆起的裂縫，它裂開的模樣就像起重機的大抓爪向外張開，然後掉出一個侏儒、一個精靈，以及好幾個英靈戰士。

貝利茲率先發動攻擊。就在索列姆剛好抬起頭、因爲渴望殺死自己新娘而暫時分心時，有個身穿變形蟲圖案鐵鍊盔甲的侏儒掉到他臉上。貝利茲的體重並不重，但有地心引力和大吃一驚的加持，巨人國王癱倒在他的身子底下，活像一堆磚塊。

希爾斯東以平素的精靈優雅動作跳落到洞穴地面上，然後立刻對洛基拋出一

｜

我猜這個字代表的是「冰」。突然間，冰塊層層裹住邪惡天神，他驚駭得雙眼圓睜，左手臂還綁在最後一根石筍上，結果成為我所見過最醜陋的冰棒。

我的十九樓夥伴積極投入戰鬥的行列，開心得不得了。

「死亡與榮耀！」半生人狂吼道。

「殺了每一個人！」瑪洛莉說。

「衝啊！」湯傑大喊。

湯傑用刺槍撂倒最靠近的巨人。瑪洛莉亮出雙刀，發動精準的胯下攻擊，也拿下兩個巨人。（小提示：如果沒有佩戴鈦金屬胯下盔甲，千萬不要與瑪洛莉．基恩打架。）半生人．岡德森是我們這一夥眼中的巨人，他大步走進戰場，就像平常一樣沒穿上衣，整個胸膛畫滿了血紅色的笑臉圖案（我猜在挖地道下來這裡的路途，瑪洛莉已經覺得很無聊）。半生人瘋狂大笑，抓起一個巨人的頭，介紹那顆頭認識他的左膝。半生人的膝蓋贏了。

由於洛基凍結住，莎米拉終於能夠動起來，脫離他的掌控。她立刻揮動長矛投入戰鬥，刺中一個朝她逼近的巨人，然後威脅蘭道夫舅舅。「退後！」她怒吼道。

我一度覺得形勢逆轉了。巨人一個接一個倒下。我召喚傑克回到手中，儘管處於煮過頭的狀態，儘管全身筋疲力竭，我還是奮力站起來。朋友的現身讓我精神大振。我跌跌撞撞地走向亞利思，攙扶她站起來。

「我很好。」她嘀咕著說，不過她看起來暈頭轉向，而且全身血跡斑斑。我實在想不透，她遭到長椅痛擊頭部，怎麼還能活下來？我猜她的頭很硬吧。「他……他沒有控制我。洛基沒有控制我。我……我是假裝的。」

她抓住我的手，顯然很擔心我不相信她的話。

「亞利思，我知道，」我捏捏她的手。「你表現得好棒。」

在此同時，貝利茲用鐵鍊盔甲領結一次又一次痛毆索列姆的臉。他一邊打、一邊抬頭看著我，笑得好開心。「小子，索爾與我們聯絡上了。做得太好了！一旦知道地點在哪裡，我鑽地道到這裡其實比較容易。那些天神還在路上，從這個白痴的巢穴鑽過來。魔法讓岩石變得很硬，是這傢伙弄的，」他又對準索列姆的臉痛毆一拳。「不過他們一定會穿透過來。」

眾多巨人倒下的身軀散落在洞穴各處。最後仍站著的是護衛索爾之鎚的三個巨人，但他們扛著邁歐尼爾，在索列姆和索列恩嘉之間來回多次，就像搬著巨大沙發的搬家工人。而現在，他們跌跌撞撞走太久，看起來氣力放盡了，半生人．岡德森揮舞戰斧，只花一點工夫就搞定他們。接著，他耀武揚威站在他們旁邊，熱切地搓搓手。「我一直想試試這個！」他奮力抬起邁歐尼爾，但巨鎚還是頑強地在原地動也不動。

瑪洛莉嗤之以鼻。「我不是對你說過了嗎，你不可能像三個巨人加起來那麼強壯。喂，來這裡幫我……」

「注意！」亞利思大叫。

半生人奮力抬起巨鎚讓我們分心，沒注意到蘭道夫舅舅和洛基。我轉過身，剛好看到冰塊四散碎裂，碎冰朝我們噴灑過來。

就在我們張不開眼睛的這一刻，我舅舅握著思可菲儂劍撲過去。他朝洛基左手腕的最後一條束縛物用力砍下，啪的一聲猛然斷裂。

那把劍消散成一陣輕煙，憤怒狂戰士的合唱聲也陷入寂靜。我舅舅整個人跪下，縱聲尖叫，他的手臂開始分解成藍色蒸氣。

在洞穴的黑暗中，西格恩的身子蜷縮成一團，看著她丈夫緩緩站起。

「自由了，」洛基說，他瘦削的身體冒出蒸氣，臉孔像是坑疤肌肉的荒地。「現在，好玩的要開始了。」

53 巨鎚隆重登場！（總得有人說吧）

時機。

阿薩神族眞的很需要好好研究時機。

我們還沒有天神前來救援。我們有巨鎚了，但沒有人能揮舞使用。而且洛基毫無束縛，站在我們面前，全身滿是光榮的傷痕，頭髮黏附著冰晶，毒液從他的臉龐一滴滴滑落。

「啊，是的。」洛基面露微笑。「我的第一個行動呢……」

看他使出的速度和力量，一個人被綑綁了一千年應該不可能有這樣的表現。他抓住那條往他臉上滴毒液的蛇，把牠從纏繞的鐘乳石上扯下，然後像揮動鞭子般猛力揮甩。牠的脊椎劈啪作響，活像是按壓氣泡墊的聲音。洛基扔下牠，像花園水管一樣了無生氣，然後轉身看著我們。

「我眞的恨死那條蛇，」他說：「誰是下一個？」

傑克在我手中沉甸甸的。亞利思幾乎無法站立。莎米準備好手中的長矛，但似乎不願發動攻擊，可能因爲不想再次被父親凍結住……或者更糟的方式。

我的其他朋友緊貼在我周圍，包括三名強壯的英靈戰士，還有貝利茲恩穿著他那身時髦的鐵鍊盔甲，而希爾斯東的手指在袋子裡撥弄，那些花楸木盧恩石在袋子裡喀啦作響。

「我們可以拿下他，」湯傑說著，他的刺槍上有溼答答的巨人鮮血。「出其不意。準備好了嗎？」

洛基伸展雙臂，做出歡迎的手勢。蘭道夫跪在他腳邊，默默承受藍色蒸氣沿著手臂向上延伸、呑沒血肉所造成的痛苦。而在遠處牆邊，西格恩文風不動站著，純粹紅色的眼睛完全看不出情緒，她將空無一物的毒液碗緊緊抱在胸前。

「來吧，奧丁的戰士，」洛基以嘲弄的語氣說：「我手無寸鐵，身體又弱。你們辦得到！」

就在這時，我打從心底知道我們辦不到。我們會發動進攻，然後死掉，最後躺在地板上，脊椎劈啪斷裂，和那條蛇一模一樣。

但我們沒有選擇餘地。我們非試不可。

接著，背後的牆壁傳來爆裂聲，隨之而來的是一個熟悉的聲音。「我們穿透了！好耶，海姆達爾。我很確定這次對了。可能吧。」

一根鐵杖的末端從岩縫間冒出來，朝四周扭來扭去。牆壁開始碎裂。

洛基放下手臂，嘆口氣。他看起來比較像煩惱而不是害怕。

「啊，好吧。」他對我皺起眉頭，或者說不定只是他的臉抽動一下，畢竟遭到毒液傷害了好幾個世紀。「下一次囉？」

他腳下的地面轟然碎裂，洞穴的整個後半部坍塌不見。石筍和鐘乳石向內爆縮，滾燙的池水也變成冒煙的瀑布，然後在虛空中失去蹤影。洛基和西格恩墜入虛無之中。我的舅舅原本跪在裂口邊緣，這時也滑落到裂隙裡。

「蘭道夫！」我爬向邊緣。

大約在下方十五公尺處，蘭道夫蹲伏在一塊潮溼且冒煙的傾斜岩石上，努力保持平衡。

他的右手臂不見了，藍色的蒸氣慢慢爬到他的肩膀上。他抬頭看我，頭骨透過半透明的皮膚咧嘴微笑。

「蘭道夫，抓緊！」我說。

「不，馬格努斯。」他輕聲說著，彷彿不想吵醒任何人。「我的家人……」

「我就是你的家人，你這個老白痴！」

也許這不是最動聽的話吧。也許我應該想著「終於可以擺脫了」，然後讓他掉下去。不過安娜貝斯說得對，蘭道夫曾經是家人。整個雀斯家族都會吸引眾神的注意，而蘭道夫所承受的詛咒遠比我們大多數人更加沉重。暫且不管其他一切，我還是想幫他一把。

他搖搖頭，眼神滿是悲傷，以及反抗支配的痛苦。「我很抱歉。我好想見她們。」

他從旁邊滑落，墜入黑暗中，沒有發出半點聲音。

我還來不及悲傷，來不及咀嚼眼前發生的事，三位天神赫然全副武裝衝進洞穴。

他們全都配備了頭盔、紅外線夜視鏡、長統靴，以及全套的克維拉防彈纖維盔甲，胸前寫著「天快應動」字樣。要不是有過度濃密的臉部毛髮和非標準配備的武器，我可能會誤以爲他們是一般的特種部隊。

索爾率先衝過來，握著鐵杖的樣子像是抓著一把步槍，用它指向四面八方。

「查看各個角落！」他喊道。

下一個穿越牆壁的天神是海姆達爾，他笑得很燦爛，彷彿他度過一段超愉快的時光。他握著巨劍的樣子也像是拿著一把槍，而「末日平板手機」固定在末端。他掃視整個空間，從每個角度幫自己拍照。

第三個傢伙我不認識。他走進洞穴，發出很大的「噹啷」一聲，因爲他的右腳套著形狀最奇怪的超大鞋子，它是用各式各樣的東西拼綴而成，包括皮革和金屬碎片、霓虹色運動鞋的零碎部分、魔鬼氈黏帶和古老的黃銅釦，甚至有六根高跟鞋的鞋跟從趾頭部分凸出來，很像豪豬的尖刺。

三位天神在四周蹦蹦跳跳，尋找可能構成威脅的事物。

選在極其糟糕的時機，巨人國王索列姆開始恢復意識。穿著詭異鞋子的天神急忙趕過去，高高舉起他的右腳。他的靴子增大成林肯豪華轎車那麼大，鞋底是集合了舊鞋各部位和廢金屬的垃圾廢棄場，全部擠壓在一起，成爲巨大的死亡踩踏鞋。索列姆根本來不及尖叫，「鞋男」就一腳踩在他身上。

啪啦。再也沒有威脅了。

「維達，踩得好！」海姆達爾大叫：「你可以再踩一遍，讓我拍張照嗎？」

維達皺起眉頭，指著那一團稀巴爛，然後用完美的手語比劃說：「他現在扁扁的。」

索爾在房間的另一端倒抽一口氣。「我的寶貝！」

他衝過自己的山羊身邊，拎起巨鎚邁歐尼爾。「終於！邁邁，你還好嗎？那些噁心的巨人有沒有重新設定你的頻道？」

馬文晃動他頸間的鈴鐺。「老闆，我們很好，」他喃喃說著：「謝謝你問起。」

我看著莎米。「他剛才是不是叫他的巨鎚『邁邁』？」

亞利思咆哮著說：「喂，阿薩白痴！」她指著剛剛形成的深淵。「洛基往那裡跑了。」

「洛基？」索爾轉過身。「哪裡？」閃電在他的鬍子之間閃爍跳動，他的紅外線夜視鏡很可能會因此失效。

選在比索列姆更糟糕的時機，女巨人索列恩嘉竟然在這個時候顯示她還活著。她像一隻擱淺的鯨魚，從附近的汙水坑爬起來，倒在海姆達爾的腳邊，一面喘氣一面冒煙。

「殺死你們所有人！」她以粗啞聲音喊道；面對三位穿戴著戰鬥盔甲的天神，這恐怕不是最聰明的發言。

索爾用他的巨鎚隨意指著索列恩嘉，宛如正在胡亂轉台。閃電的電鬚從金屬部位雕刻的盧恩字母激射出去。女巨人瞬間燒成一百萬顆小碎石。

「老兄！」海姆達爾抱怨說：「我是怎麼對你說的？不要這麼靠近我的平板手機發射閃電啦！你想要炸熱主機板嗎？」

索爾嘀咕一聲。「嗯，各位凡人，我們及時趕到眞是太好了，否則這個女巨人可能會傷害某人！好啦，你剛才說洛基怎樣？」

關於眾神嘛，他們表現得很蠢的時候，你不能眞的打他們一巴掌。

他們只會回打你一巴掌，然後殺了你。

況且我實在太過疲累、震驚、煮熟，而且極度悲傷，即使阿薩神族讓洛基逃之夭夭也沒力氣抱怨。

不，我更正自己的想法。讓洛基逃之夭夭的人，是我們。

索爾對他的巨鎚情話綿綿時，海姆達爾站在深淵邊緣，望進黑暗之中。「一路通到赫爾海姆。沒有洛基的半點跡象。」

「我舅舅呢？」我問。

海姆達爾的雪白眼睛轉過來看著我。這是他頭一次沒有微笑。「馬格努斯，你也知道……即使你能夠看得很遠，有時候最好不要看到那麼遠，或者即使能夠聽到每一件事，有時候最好也不要聽。」

他拍拍我的肩膀，然後走開，留下我搞不清楚他說的到底是什麼鬼。

維達，那個穿怪鞋的天神，他到處查看受傷的人，但每個人似乎都沒事……這裡說的每個人是除了巨人以外。現在所有巨人都死了。半生人爲了想搬起索爾的巨鎚，結果拉傷鼠蹊部。瑪洛莉笑他笑到肚子痛，不過這兩種問題都很容易解決。湯傑好好的，連個擦傷都沒有，他擔心的是如何把步槍上的大地巨人血跡清除掉。

希爾斯東很好，然而他一直比著「歐特哈拉」的手語，也就是他缺失的那個盧恩石。他以手語對貝利茲說，假如他有「歐特哈拉」就能阻止洛基。我覺得他對自己太嚴苛了，但也不是很確定。至於貝利茲，他斜倚著洞穴牆壁，拿著水壺喝水；歷經一路挖鑿石壁進入洛基洞穴的過程，他看起來累壞了。

三位天神一抵達，傑克就變回墜子，喃喃說著什麼不想見到海姆達爾的「女神劍」。老實說，我認爲他主要是覺得很內疚，沒有幫上更多忙，也對於思可菲儂劍最後沒有成爲他的夢中之劍而感到遺憾。此時，傑克又掛在我的脖子上，斷斷續續打呼。幸好他沒有遭遇任何損傷。而且，他在大部分的打鬥過程中都頭暈腦脹，所以我幾乎完全沒有接收到他的疲勞。來日他可以再好好打一場（並歡唱排行榜前四十名的熱門金曲）。

我、莎米和亞利思坐在深淵邊緣，聆聽著黑暗中的回音。維達包紮我的肋骨，在我的手臂和臉上輕擦一些藥膏，並用手語對我說我不會死。他也幫亞利思的耳朵包紮繃帶，以手語對她說：「輕微腦震盪。保持清醒。」

莎米自己沒有嚴重的實際傷口，不過我感覺到她渾身散發出情感的痛楚。她坐著，長矛平放在腿上，看起來很像獨木舟的划槳，彷彿準備要直直划向赫爾海姆。我想，我和亞利思都有同樣的直覺，認爲不應該放任她一個人獨處。

「我又變得一點用都沒有，」她可憐兮兮地說：「他就那樣……他控制我。」

亞利思拍拍她的腿。「不完全正確。你還活著啊。」

我來來回回看著她們兩人。「你是指什麼意思？」

亞利思的深色眼睛好像比淺色眼睛張得更大，可能因爲腦震盪的關係吧，這使得她的眼神顯得更加空洞、疲累。

「戰鬥過程中，情勢惡化的時候，」她說：「洛基就……以意志力要我們死掉。他叫我的心臟停止跳動，叫我的肺停止呼吸。我想，他也對莎米做了同樣的控制。」

莎米拉點點頭，她用力握住長矛，手指關節都泛白了。

「眾神哪。」我的內心積藏了那麼多憤怒，不知道該怎麼辦才好。我胸口的沸騰溫度根本就像那些汙水池。假如我以前還不夠痛恨洛基，現在也決心要跟隨他到九個世界的天涯海角……眞正惡狠狠地對付他。

「就像用他孩子的腸子把他綑綁住嗎？」我腦中有個小小的聲音問：「拿一條毒蛇放在他臉上？對阿薩神族來說，那種做法到底達成什麼樣的正義？」

「所以，你們眞的能抵抗他，」我對兩位女孩說：「那眞棒。」

亞利思聳聳肩。「我對你說過了，他不能控制我。早一點的時候我表現成那樣，只是要讓他不會起疑。不過，莎米，對啊……那是很好的第一個起點。你存活下來了。你不能期待馬上就能完全抵抗。我們可以一起努力……」

「亞利思，他脫困了啊！」莎米厲聲說：「我們失敗了。我失敗了。假如我的動作更快一點，假如我早點發現……」

「失敗？」雷神突然聳立在我們旁邊。「女孩，這沒道理啊！你們取回我的巨鎚！你們是英雄，全體將會獲頒獎盃！」

我看得出莎米咬著牙，拚命忍住不對索爾大吼。我眞怕她太過用力，結果又有另一條血管爆掉。

「索爾陛下，我很感激，」最後她說：「不過洛基從來不在乎巨鎚，那完全是他爭取自由的煙幕彈。」

索爾皺起眉頭，舉高邁歐尼爾。「喔，小姑娘，你別擔心。我們會把洛基抓回來綁好。而且我答應你，等我用巨鎚死命抵住他的喉嚨，他絕對會很在乎的！」

這番話說來勇敢，但我環顧周圍的朋友，看得出來沒人相信。

我凝視著索爾的克維拉防彈背心上面的字樣。「『天，快，應，動』到底是什麼啊？」

「唸快一點是『天動』，」索爾說：「『天神快速應變動員』的簡稱。」

「快速？」亞利思狂吼道。「你是在開玩笑嗎？你們這些傢伙花了一輩子才到達這裡！」

「喂，喂。」海姆達爾插手干預。「你們這個目標不斷移動，不是嗎？我們在新娘面紗瀑布進入地道時都沒問題！但是接下來，整個『前進洛基巢穴』的大計……我們措手不及啊。

我們困在兩端都是大地巨人增加硬度的石頭裡。跟在你們後面挖挖挖……嗯，即使有三個天神，那也超難的。」

「特別是有個人猛拍照都不幫忙。」維達以手語說。

另外兩個天神沒理他，不過希爾斯東以手語回應：「他們從來不聽，對吧？」

「我知道，」天神以手語說：「有聽力的人就是這樣。愚蠢。」

我判斷自己會很喜歡維達。「抱歉，」我問他，一邊說話一邊比手語。「你是掌管鞋子的天神嗎？還是治療？還是……？」

維達笑得詭異。他兩隻手的食指都勾起來，其中一指放在眼睛下方，然後用另一隻勾著的手指輕叩那一指。我以前沒看過這個手語，但是了解意思：以眼還眼。爪與鉤。「你是復仇天神。」

對我來說，這聽起來很奇怪，畢竟維達看起來既體貼又沉默。但另一方面，他穿著一隻會變大的鞋子，可以把巨人國王踩得扁扁的。

「喔，碰到緊急狀況，維達是我們的萬用男，一定可以解決問題！」海姆達爾說：「他那隻鞋子是用別人丟掉的每一隻鞋子碎片做成的！它可以……嗯，你也看到它有什麼能耐。嘿，你們覺得大家可以來張團體照嗎？」

「不行。」大家異口同聲說。

索爾瞪著彩虹橋的守衛。「維達也有個稱號叫『沉默一哥』，意思是他不說話。他也不會一天到晚拍自拍照，所以是比較好的同伴。」

瑪洛莉・基恩將她的雙刀放進刀鞘內。「嗯，我很確定那樣太棒了。不過現在呢，你們阿薩神族難道不該做點有成效的事，像是……喔，找到洛基，再把他綁起來？」

「女孩說得對，」維達以手語說：「正在浪費時間。」

「女孩，勇敢維達說的話要聽喔，」索爾說：「洛基的逮捕行動可以改天再說。現在，應該要慶祝我的巨鎚回來了！」

「我才不是那樣說。」維達以手語說。

「更何況，」索爾補充說：「我不需要尋找那個壞蛋的下落。我根本就知道他去了哪裡。」

「你知道？」我問：「哪裡？」

索爾朝我的背部用力打一下；幸好他是用手打，不是用他的巨鎚。「我們回到瓦爾哈拉再討論這整件事。晚餐在等我！」

54 窗裡的松鼠看起來可能比本身更大

眾神說要請吃的晚餐本來就是免費的，這種我超愛。

差不多就像是突擊行動結束後才出現的突擊小組，這種我也很愛。

但是我永遠沒機會抱怨。我們一回到瓦爾哈拉（多虧有索爾的超級擁擠戰車），大家就幫我們舉辦慶功宴，會場的氣氛即使以維京人的標準來看都很瘋。索爾把邁歐尼爾高舉在頭頂上，環繞整個宴會廳遊行展示，滿臉燦笑大喊：「我們的敵人去死吧！」而大家通常都會跟著起鬨。派對號角響徹雲霄，眾人牛飲蜜酒，強大的邁歐尼爾還打破紙糊的玩具，掉出來的糖果吃得一個不剩。

只有我們這個小組有點鬱悶，大家圍坐成一桌，淡淡接受其他英靈戰士跑來拍拍我們的背以示鼓勵。他們很確信我們是英雄，不只是因爲取回索爾之鎚，更因爲毀掉那些穿著品味極差的邪惡大地巨人的整場婚禮！

沒有人抗議貝利茲和希爾斯出現在這裡。儘管維達穿著奇怪的鞋子，也沒有人多注意我們這位新朋友一眼。「沉默一哥」完全實踐他的稱號，默默與我們坐在一起，偶爾詢問希爾斯東一些問題，用的是我看不懂的某種手語。

海姆達爾早一步離開，回去彩虹橋了。他有很多重要的自拍照要拍。在此同時，索爾像瘋子一樣大開派對，在英靈戰士和女武神人群中玩起人體衝浪。關於洛基的藏身處，無論他有什麼事要告訴我們，似乎也忘得一乾二淨，但我一點都不想靠近他和那群暴民。

我唯一的安慰是，領主桌的一些人看起來也很不安。每隔一陣子，經理赫爾吉就會對群眾怒目而視，彷彿很想尖聲叫出我內心的想法：你們這些白痴，別再慶祝了！洛基脫困了！

也許英靈戰士都選擇不想煩惱那種事。或許索爾也向他們再三保證，那種問題很容易修正解決。也說不定他們之所以慶祝得這麼熱烈，是因爲諸神的黃昏即將逼近。這種想法徹底把我嚇壞了。

等到晚餐結束，索爾駕駛他的戰車離開，連向我們打個招呼都沒有。他只向宴會主人大喊說，他得趕快前往米德加爾特的邊界，把一些巨人軍隊轟炸成嘶嘶作響的碎片，向他們展示巨鎚的力量。英靈戰士高聲歡呼，然後開始魚貫走出宴會廳，無疑即將前往其他規模較小但更加瘋狂的派對。

維達又與希爾斯東用那種奇怪的手語簡短對話，然後向我們道別。無論他說了什麼，精靈都選擇不與我們分享。我的樓友提議要陪我，但有人邀請他們去參加第二攤和第三攤的派對，我叫他們趕快去。他們經歷了一路挖向洛基洞穴的單調工作，理當好好玩一玩。

莎米、亞利思、貝利茲和希爾斯陪著我走向電梯。我們還沒到，赫爾吉突然冒出來，抓住我的手臂。

「你和你的朋友必須跟我來。」

經理的語氣令人生畏。我有種預感，我們不會因爲那些英勇事蹟而獲頒獎盃和折價券。

赫爾吉帶領我們穿越走廊，一路深入旅館的遠處，我以前從沒見過樓上的這個區域。我知道瓦爾哈拉非常大，但每一次到處探險都有新的驚嘆。這地方好像無限延伸，很像好市多賣場或者化學課。

最後，我們到達一扇沉重的橡木門前，門上有塊黃銅牌子寫著「經理」。

赫爾吉推開門，我們跟著他走進一間辦公室。

有三面牆和天花板都鑲嵌著長矛，光亮的橡木矛柄裝設著閃閃發亮的銀色矛尖。赫爾吉辦公桌的後面是一面巨大的平板玻璃窗，可以眺望世界之樹的樹枝不停搖曳。

我曾經從瓦爾哈拉的窗戶看過很多不同的景象，因爲旅館可以通往九個世界。但我從來不曾直接望向世界之樹裡面，這讓我覺得暈頭轉向，彷彿正在它的枝椏上隨之晃動……按照宇宙法則來說，我們也確實如此。

「請坐。」赫爾吉揮手指著辦公桌面對訪客的那一側，有些椅子排列成半圓形。坐下時，椅子發出一堆皮革劈啪作響和木材吱嘎亂叫的聲音，我、莎米、亞利思、貝利茲和希爾斯都不以爲意。赫爾吉自己則坐進書桌後面的椅子，這張巨型桃花心木書桌的桌面空蕩蕩的，只有一個書桌小玩具，就是掛了一排小銀球那種，可以前後撞擊。

喔……還有渡鴉。書桌前方的兩側角落各停棲一隻奧丁的渡鴉，牠們的眼睛骨碌碌地盯著我，似乎要判定是否留校察看，或者把我餵給巨怪吃掉。

赫爾吉向後靠著，雙手合掌豎立。要不是頭髮像被車子撞到一樣炸開，鬍子也留有大餐獸肉的剩菜碎屑，不然他還滿令人望而生畏的。

莎米緊張兮兮地撥弄著她的鑰匙圈。「先生，在洛基洞穴裡發生的事……那不是我朋友的錯。我負起全部的責任……」

「赫爾海姆鬼才會說你要負責啦！」亞利思厲聲說：「莎米完全沒做錯。假如你眞的要懲罰誰……」

「停！」赫爾吉命令道。「沒有人要接受懲罰。」貝利茲恩鬆了一口氣。「嗯，那很好。我們沒時間把這個還給索爾，不過有心要還。」希爾斯東拿出索爾那個長五公分、寬十公分的特許通行證鑰匙，把它放在經理的桌上。

赫爾吉皺起眉頭。他把通行證滑進書桌抽屜裡，讓我不禁感到好奇，那裡面到底收了多少個通行證。

「你們來這裡，」經理說：「是因爲奧丁的渡鴉要求你們來。」

「福金和霧尼？」我回想起《瓦爾哈拉旅館指南》說，牠們代表「思想」和「記憶」。

兩隻鳥發出渡鴉喜歡叫的怪異粗啞叫聲，宛如把數個世紀以來吃下的所有青蛙靈魂都反芻出來。

牠們的體型比正常的渡鴉大得多，也更令人毛骨悚然。牠們的眼睛如同進入虛空的入口，羽毛呈現一千種不同的黑檀木色調。光線照在身上時，牠們的羽色似乎有盧恩字母閃閃發亮，彷彿黑色的文字從墨黑的大海浮現出來。

赫爾吉輕彈他的桌上玩具，那些小球開始搖晃、彼此撞擊，發出惱人的喀、喀、喀聲響。

「奧丁會來這裡，」經理說：「不過他正在處理其他事。福金和霧尼先代表他。額外的好處……」赫爾吉的身子向前傾，壓低聲音說話，「渡鴉不會播放那些激勵人心的簡報。」

兩隻鳥呱呱叫表示同意。

「好啦，直接談正事，」赫爾吉說：「洛基已經逃走了，不過我們知道他在哪裡。莎米拉·阿巴斯……身爲奧丁的女武神，你要負責的下一項特別行動任務就是找到你父親，把他重新捆綁住。」

莎米拉低下頭。她看起來一點都不驚訝，比較像是終身不斷對死刑判決提起上訴，但最後一次敗訴了。

「先生，」她說：「我會遵照命令。可是，經歷前兩次我面對父親的遭遇後，他那麼容易就能控制我……」

「你可以學習對抗它，」亞利思插嘴說：「我可以幫忙……」

「亞利思，我並不是你！我不能……」莎米胡亂指著她妹妹，彷彿指著亞利思辦得到但莎米永遠不行的所有事。

赫爾吉拍掉他鬍子裡的一些食物殘渣。「莎米拉，我沒有說那樣很容易，不過渡鴉說你辦得到。你必須辦到，也一定辦得到。」

莎米凝視著不斷來回反彈的小球。喀，喀，喀。

「我父親去的這個地方……」她說：「在哪裡？」

「東部海岸，」赫爾吉說：「完全如同古老傳說的敘述。現在洛基自由了，他已經前往碼頭，希望在那裡完成納吉爾法的建造工作。」

希爾斯東以手語說：「指甲之船。那可不妙。」

我覺得好冷……而且暈船想吐。

我想起自己曾在夢中造訪那艘船。我站在一艘維京人長船的甲板上，長船有航空母艦那麼大，完全用死者的腳趾甲和手指甲打造而成。洛基曾警告我，等到諸神的黃昏開啟序幕，他會駕著那艘船航向阿斯嘉，毀滅眾神，偷走他們的土司餅乾，而且在其他方面引發大混亂。

「洛基自由了，那麼是不是已經太遲了？」我問：「他掙脫束縛是不是一種信號，號令諸神的黃昏揭開序幕？」

「可以說對，也可以說不對。」赫爾吉說。

我停頓一下。「要讓我選一個答案嗎？」

「洛基掙脫束縛確實有助於開啟諸神的黃昏，」赫爾吉說：「但是，這次逃脫不見得是他最後一次逃脫。可以想像的是，你們重新抓到他、綁回去，如同延後世界末日的發生。」

「就像我們對付巨狼芬里爾，」貝利茲喃喃說著：「輕而易舉，簡單得像一塊蛋糕。」

「完全正確。」赫爾吉熱烈地點頭。「蛋糕。」

「這是諷刺我吧，」貝利茲說：「我以爲大家在瓦爾哈拉再也不諷刺別人，就像是已經有像樣的理髮師。」

赫爾吉臉紅了。「侏儒，你知道這裡……」

有個巨大的棕色與橘色形影猛力撞上他的窗戶，打斷他的話。

貝利茲從椅子摔下去。亞利思垂直往上跳起，變身成蜜袋鼯，緊緊抓住天花板。莎米握著斧頭站起來，隨時準備戰鬥。我勇敢地躲在赫爾吉的桌子前面尋求掩蔽。希爾斯東則是坐在原處，皺起眉頭看著巨大松鼠。

「爲什麼這樣？」他以手語說。

「各位，沒事啦，」赫爾吉向我們保證。「那只是拉塔托斯克。」

「只是拉塔托斯克」這句話完全無法理解。那隻駭人的齧齒類曾經追著我穿越世界之樹，我也聽過牠那催折靈魂的責罵聲。牠現身的時候絕對不可能沒事。

「不會啦，眞的沒事，」赫爾吉很堅定地說：「窗戶有隔音和隔松鼠效果。那隻野獸只是喜歡來串門子，有時候罵我幾句。」

我探頭從書桌上方偷看。拉塔托斯克正在狂吠和尖叫，但只有最微弱的喃喃聲穿透玻璃。牠對我們咬牙切齒，將臉頰抵住窗戶。

渡鴉似乎不擔心。牠們瞥了一眼，彷彿說：「喔，是你啊。」然後回頭繼續幫自己理羽。

「你怎麼受得了？」貝利茲問。「那……那東西很致命耶！」

松鼠對著玻璃喘氣，顯露出牙齒和牙齦，然後舔舔窗戶。

「我寧可知道牠在哪個地方，也不願對牠一無所知，」赫爾吉說：「有時候只要觀察這隻松鼠的激動程度，我就能判斷九個世界出了什麼事。」

從拉塔托斯克現在的狀態看來，我猜九個世界正在發生一些很嚴重的事。爲了減輕我們的焦慮，赫爾吉站起來，放下百葉窗，然後坐回位子上。

「我們講到哪裡？」他說：「啊，對了，蛋糕和諷刺。」

亞利思從天花板跳下來，恢復平常的形體。她先前已經換掉婚紗，穿回原本的鑽石格紋背心。她輕鬆地拉拉背心，像是要說：「對啦，我本來就是想變成一隻蜜袋鼯。」

莎米放下她的斧頭。「赫爾吉，關於這趟任務……我不知道要從何開始。那艘船停泊在哪裡？『東部海岸』有可能在任何一個世界啊。」

經理舉起兩隻手掌。「莎米拉，這些問題我都沒有答案，不過福金和霧尼會私下對你簡報。跟著牠們一起去瓦爾哈拉的高處，讓牠們給你瞧瞧思想和記憶。」

對我來說，聽起來很像與星際大戰的黑武士達斯．維達一起進入朦朧的洞穴，進行某種模糊的視覺探索。

莎米看起來依然不太高興。「可是，赫爾吉……」

「不可以爭辯，」經理很堅定。「奧丁選擇了你。他已經選擇這整個小組，因為……」他突然住口，伸出一根手指壓著耳朵。我從來沒發現赫爾吉戴著耳機，不過他顯然正在聆聽某個聲音。

他抬頭看著我們。「抱歉。我講到哪裡？啊，對了，洛基逃走時，你們五個人全都在場。因此，你們五個人都有責任要重新捉回那位亡命天神。」

「我們把東西弄壞了，所以就得買單。」我喃喃說著。

「完全正確！」赫爾吉笑得燦爛。「好啦，那就說定了。抱歉我得告辭了，瑜伽教室發生一場大屠殺，需要有人去清理瑜伽墊。」

55 精靈形狀的雛菊花海

我們一離開辦公室，渡鴉就帶領莎米登上另一層樓。她回頭瞥了我們一眼，滿臉憂慮，但赫爾吉已經說得相當清楚，我們其他人沒有受到邀請。

亞利思轉過身，大步往相反方向走去。

「喂，」我叫道。「你要去哪……？」

她回頭看，眼神很憤怒，我不敢把問題講完。

「馬格努斯，等一下再說，」她說：「我得要……」她的雙手做出掐死的手勢。「反正等一下。」

結果留下我、貝利茲恩和希爾斯東，他們兩人都一副搖搖晃晃的樣子。

「你們兩個傢伙想要……？」

「睡覺，」貝利茲恩說：「拜託。立刻。」

我帶他們回到我房間。我們三人在天井正中央的草地上露營。這令我回想起舊日睡在波士頓大眾公園的時光，但我不會說自己緬懷流浪漢的身分。只要是神志正常的人都不會緬懷無家可歸的生活吧。然而，就像我說過的，那樣的日子實在單純多了，不像現在身為不死的戰士，必須跨越九個世界追逐逃亡的天神，還要一邊面對窗外的駭人松鼠，一邊應付一些嚴肅的對話。

希爾斯東率先昏睡過去，他蜷縮身子，輕輕嘆息，然後就睡著了。他一動不動的時候，儘管身穿黑衣，似乎仍與草地的陰影融合在一起。也許那是精靈的僞裝術，像是與大自然融爲一體那時候的殘影。

貝利茲背靠著一棵樹，以關心的眼神凝視著希爾斯。

「我們明天會去『貝利茲恩嚴選』，」他對我說：「讓商店重新開幕。要花幾個星期努力重新布置，然後回到……所謂的『正常』狀態。趕在那件事之前，我們得去找……」想到要再一次組拿洛基實在令人卻步，他根本想不下去。

我覺得好愧疚，都沒考慮到希爾斯東過去幾天的悲痛心情。光是處理索爾那一把愚蠢的電視巨鎚，我就耗盡所有心力。

「那是好主意，」我說：「亞爾夫海姆對他來說太難熬了。」

貝利茲的雙手緊按著思可菲儂劍刺中他的部位附近。「是啊，我很擔心希爾斯在那裡還沒完成的事。」

「眞希望我能多幫他一點忙，」我說：「多幫你們兩個。」

「不用啦，小子。你自己倒是得多擔待一點。希爾斯……他心裡有個老爸形狀的破洞。你一點辦法也沒有。」

「他爸永遠不會變成好人。」

「這是實話。但希爾斯必須接受這一點。他遲早得回去面對他爸……而且無論如何都得把他的『繼承』盧恩石拿回來。不過何時實行，又要怎麼實行……」他無奈地聳聳肩。

我想起蘭道夫舅舅。你要怎麼確定某個人的失去已是不可挽回……當他們太邪門、太惡毒，或純粹只是積習難改，以至於你必須面對現實，承認他們絕對不會再改變？你努力挽救他們的舉動應該持續多久？何時又該放棄，只為他們感到悲傷，彷彿他們已經死去？

關於希爾斯東的父親，要我對他提出忠告並不難。他父親那位老兄不只是可怕而已。但是說到我自己的舅舅，他曾經害我被殺、刺殺我的朋友，還放走邪惡天神……我依然無法叫自己就這樣把他抹殺掉。

貝利茲恩拍拍我的頭。「小子，無論以後怎樣，只要你有需要，我們都會隨時待命。我們一定會度過這個難關，把洛基抓回來綁好，就算我得自己弄那些綑綁的東西也沒問題。」

「你弄的東西一定超級時髦。」我說。

貝利茲的嘴巴抽動一下。「是啦，是啦，一定會。而且不要覺得愧疚，小子，你棒透了。」

我可沒有這麼確定。我到底完成了什麼事？過去六天來，感覺我只是忙著到處做損害控制，努力讓我的朋友都活著，努力把洛基的詭計所產生的惡果減到最低。

我想像莎米拉可能會說：「做得夠多了，馬格努斯。」她可能會指出我幫過阿米爾，我想盡辦法治好貝利茲恩，我把索爾的突擊小隊帶進巨人的巢穴而取回巨鎚，我也與普通非洲象夥伴合作打了一場非常出色的保齡球雙人賽。

然而……洛基自由了。他曾經傷害莎米，嚴重摧毀她的自信心。而且這下可好，如今全部九個世界都面臨極高的風險，可能會陷入大混亂。

「貝利茲，我覺得好可怕，」我坦白說：「我接受愈多訓練，學習到愈大的力量……感覺卻好像所有問題都比我能夠處理的程度嚴重十倍以上。這種情況有一天會停止嗎？」

貝利茲沒有回答。他的下巴抵著胸口，開始輕輕打呼。

我拿了毯子披在他身上。我又坐了好長一段時間，望著枝椏之間的星星，思考一些人們內心的破洞。

我好想知道此刻洛基正在做什麼。假如我是他，我會開始籌畫規模最大的復仇狂歡行動，絕對是九個世界所僅見。也許這就是復仇天神維達看似那麼溫和安靜的原因吧，他深知不必花費太大力氣，就能引發一連串暴力與死亡的連鎖反應。一次羞辱，一場偷竊，一條斷裂的束縛。索列姆和索列恩嘉成長於累積好幾代的怨恨中；他們遭到洛基的利用，甚至不只一次，更是兩次。而現在，他們都死了。

我不記得自己何時睡去。等到隔天早上醒來，貝利茲和希爾斯都不見了。希爾斯東睡過的地方開了一片雛菊花海，也許這就是他述說「再見、謝謝、很快再見面」的方式。但我仍然覺得意志消沉。

我沖個澡，換好衣服。歷經過去幾天的遭遇之後，現在只不過刷個牙，我就覺得太正常了，反倒有種荒謬的感受。我正準備去吃早餐時，發現有張紙條從門縫底下滑進來，是莎米拉的優雅草寫字體：

有些想法。思考杯？我整個早上都會在那裡。

我步入走廊。想到可以離開瓦爾哈拉一會兒，我喜歡這主意。我想要找莎米聊一聊。我想要喝好喝的凡人咖啡。我想要坐在陽光下，吃一塊罌粟籽馬芬，假裝我不是必須去抓逃亡天神的英靈戰士。

接著，我望向走廊對面。

我必須先做一件更困難也更危險的事。我必須查看亞利思．菲耶羅的狀況。

亞利思打開門，以由衷的「滾開」表情歡迎我。

亞利思的臉上和雙手滿是溼答答的黏土。我瞥了房間裡面一眼，看到作品架設在陶輪上面。「老兄……」

我走進去。不知道爲什麼，亞利思讓我進去了。

所有破碎的陶器都已收拾乾淨，架上又堆滿新的陶器和杯子，都才剛放置乾燥，還沒有上釉。陶輪上豎立著巨大陶瓶，大約有一點五公尺高，形狀很像獎盃。

我笑起來。「給希芙的？」

亞利思聳聳肩。「對啊。假如做出來還可以的話。」

「這禮物是嘲諷還是認眞的？」

「你要叫我選一邊嗎？我才不要。只是……覺得這樣做很對。剛開始我討厭她，她讓我聯想到我繼母，老是大驚小怪、緊張兮兮。不過……也許我不該對她那麼嚴苛。」

那件金色和白色的婚紗放在床上，依然有斑斑血跡，裙襬黏著土塊，還沾上酸液髒汙。然而，亞利思仔細把它撫平，宛如對待某種值得珍藏的事物。

「嗯哼。馬格努斯，你來串門子總有什麼原因吧。」

「對啦……」我發現很難專心。我凝視著那一排排陶器，全都有著完美的形狀。「這些全都是你昨天晚上做的？」

我拿起其中一個。

亞利思從我手中把它搶走。「不，馬格努斯，你不能碰它。謝謝你問起喔，馬格努斯。對，這些大部分是昨天晚上做的。我睡不著。做陶……讓我覺得心情比較好。哼，快點說你幹嘛要過來，然後別再煩我了好嗎？」

「我要去波士頓找莎米。我想……」

「我會不會想一起去嗎？不行，謝了。等到莎米願意談，她知道哪裡可以找到我。」

亞利思走回陶輪旁，拿起一把刮刀，開始把獎盃側邊撫平。

「你在生她的氣。」

亞利思繼續刮平。

「這瓶子很令人刮目相看，」我試探地說：「眞不知道你怎麼能弄出這麼大的形狀，又不會垮下來。我也試用過陶輪，大概，五年級的美勞課吧。我能弄出來最像樣的東西是歪斜的土塊。」

「那是，自畫像嗎？」

「哈，哈。只是要說，眞希望我也能做出這麼酷的東西。」

沒有立即的回應。也許因爲我沒給予太多嬉笑怒罵的空間吧。

最後，亞利思小心翼翼抬起頭。「馬格努斯，你治療別人。你爸眞的是『有益的』天神。你也讓那所有……陽光的、溫暖的、友善的事情持續下去。對你來說，那樣還不夠酷嗎？」

「以前從來沒人說我很『陽光』。」

「喔，拜託。你假裝自己很粗魯、很愛挖苦人之類的，不過你是善良的大好人。而要回答你的問題，對，我在生莎米的氣。除非她能改變自己的態度，否則我不確定能不能教她。」

「教她……抵抗洛基。」

亞利思拿起一塊黏土用力擠壓。「祕訣是，你必須能夠隨心所欲變來變去，無時無刻保持這樣。你必須把洛基的力量變成你自己的力量。」

「就像你的刺青圖案。」

亞利思聳聳肩。「黏土可以塑造形狀，然後再重新塑造，一再反覆進行，不過如果變得太乾，如果定型……那麼，你能改變的就只有一點點而已。等它達到那種程度，你最好確定那就是你想要永遠保持的樣子。」

「你的意思是說，莎米不能改變。」

「我不知道她能不能變，或者想不想改變。但我很確定的是，假如她不讓我教她如何對抗洛基，假如她連至少試試看都不願意，那麼下次我們面對洛基時，我們全都會死。」

我顫抖地吸一口氣。「好吧，這番話很激勵人心。我想今天吃晚餐時，我會見到你囉。」

我走到門口時，亞利思說：「你怎麼知道？」

我轉過身。「知道什麼？」

「你走進來的時候，你說『老兄』。你怎麼知道我是男的？」

我想了一會兒。剛開始，我心想那會不會只是隨口說說而已，只是沒有特別指稱性別的「老兄」。但愈是深入細想，就發現我是眞的注意到亞利思是男性的事實；或者應該說，亞利思剛才是男性。而現在，我們談了幾分鐘之後，她似乎眞的像是「她」了。不過，我完全不曉得自己是怎麼感受到的。

「只是天生比較敏感吧，我想。」

亞利思哼了一聲。「是喔。」

「不過你現在是女生。」

她遲疑了一下。「對啦。」

「眞有趣。」

「你現在可以走了。」

「你會因爲我很敏感而頒個獎盃給我嗎？」

她拿起一塊陶片扔向我。

我關上門，剛好讓陶片打到門的內側。

56 我們再試試「見面喝咖啡」模式

從那排空杯子看來，莎米喝到第三杯義式濃縮咖啡了。

像這樣一個血管裡有三杯濃縮咖啡的武裝女武神，靠近她身邊通常不是什麼明智之舉，不過我還是慢慢走上前去，隔著桌子坐在她對面。她沒有看我。她的注意力放在面前的兩根渡鴉羽毛上面。今天早晨的風勢相當大，莎米的綠色頭巾在她的臉龐周圍劈啪翻飛，宛如海灘上的陣陣波浪，不過那兩根渡鴉羽毛文風不動。

「嗨。」她說。

這句話遠比「滾開」友善多了。她和亞利思真的很不一樣，不過兩人的眼神有某種相似處……一種急迫感在表面之下激烈翻騰。不難想像在我兩位朋友的內心深處，洛基的遺傳因子奮力想要掌控局勢。

「你拿到羽毛了。」我指出。

她碰觸左邊那一根。「一段記憶。而這一根……」她輕敲右邊那根。「一段思考。渡鴉其實沒有說話。牠們凝視著你，讓你碰碰牠們的羽毛，直到正確的羽毛自己掉下來。」

「那麼，它們代表什麼意思？」

「這一根，記憶……」莎米伸出一根手指撫摸羽枝。「它是祖傳而來，來自我久遠以前的祖先，阿赫邁德．伊本法德蘭．伊本阿巴斯[88]。」

「曾經與維京人一起旅行的人。」

莎米點點頭。「我拿著這支羽毛時，眞的可以看到他的旅程，就像親臨現場。我學習到很多事，那些事他從來不曾寫下來，他沒想到會在巴格達的哈里發宮殿經歷到那麼多事。」

「他看到北歐眾神？」我猜測說：「女武神？還是巨人？」

「不只是那樣。他也聽到關於『納吉爾法』的傳說。那艘船停泊的地方，也就是東部海岸，位在約頓海姆和尼福爾海姆之間的邊界，那是所有世界最荒涼、最遙遠的地方，完全沒辦法到達、徹底冰封，一年之中只有一天例外，也就是『仲夏節』。」

「所以，洛基準備在那一天揚帆啟航。」

「而且，我們必須在那一天到達那裡阻止他。」

我迫切渴望喝一杯濃縮咖啡，但我的心臟跳得好快，也許根本就不需要咖啡。「那該怎麼辦？我們就呆呆等到夏天嗎？」

「要花點時間尋找他的所在位置。而且，我們離開前必須好好準備、接受訓練，確保一定能夠擊敗他。」

我回想起亞利思剛才說過：「我不確定能不能教她。」

「我們一定要成功。」我努力讓語氣聽起來很有信心。「第二根羽毛又怎麼說？」

「那是一種思考。」莎米拉說：「一種前進的計畫。要到達東部海岸，我們必須航行穿越

88 阿赫邁德．伊本法德蘭．伊本阿巴斯（Ahmed ibn-Fadlan ibn-al-Abbas）是公元十世紀阿拉伯世界著名的旅行者。參《阿斯嘉末日1：夏日之劍》三九五頁註104。

世界之樹最遙遠的樹枝，穿越古老的維京人土地。那裡是巨人魔法最強大的地方，我們也會在那裡找到海上航道，通往納吉爾法停泊的碼頭。」

「古老的維京人土地。」我的手指微微刺痛。我不確定這究竟是興奮還是恐懼。「斯堪地納維亞半島？我相當確定波士頓的羅根機場有班機可以飛去那裡。」

莎米搖搖頭。「馬格努斯，我們必須經由海路去那裡，也就是維京人來到這裡的方式。就像你只能從空中進入亞爾夫海姆，我們也只能經由冰封的海洋抵達東部海岸的荒涼邊境。」

「好吧，」我說：「因為沒有一件事會那麼簡單。」

「對，都很不簡單。」

她的語氣聽起來心慌意亂，而且很感傷。這讓我意識到自己的感覺有點遲鈍。除了邪惡父親之外，莎米還有一大堆其他問題要解決。

「阿米爾怎麼樣？」我問。

她露出衷心的微笑。在微風中，她的穆斯林頭巾似乎從波浪變形成草原，再變成平滑的玻璃。

「他非常好，」她說：「他接受我。他不想取消我們的婚約。馬格努斯，你說得對，他比我對他的評價更加堅強。」

「太好了。那麼你的外祖父母和他爸爸呢？」

莎米拉的笑聲有點乾。「嗯，不可能每一件事都按照我們的想法。關於洛基的來訪，他們什麼都不記得了。他們知道我和阿米爾很穩定。就現在來說，一切都很好。我要回去編些理由，解釋為什麼得在課堂中間或下課之後匆匆忙忙跑出去。我要兼很多『家教』。」她的雙手在空中比劃出引號。

我回想起六天前見到她時，她看起來有多麼疲倦。眞要說的話，她現在看起來更疲倦了。

「莎米，有些事還是得取捨，」我對她說：「你把自己累壞了。」

「我知道。」她伸出一隻手放在「思考」那根羽毛上。「我已經答應阿米爾，等我們重新把洛基抓回來，等我確定已經阻擋住諸神的黃昏，至少暫時擋住，那麼我就做完了。」

「做完？」

「我要從女武神退休。我要專心念大學、完成飛行員的訓練，而且……結婚，這是當然的了。等我滿十八歲的時候，如同我們的計畫。」

她臉紅了，宛如……嗯，宛如新娘。

我努力不去理會自己胸口的空洞感。「而那是你的願望嗎？」

「全部都是我自己的選擇。阿米爾全力支持。」

「女武神可以辭職？」

「當然。那又不像英……啊……」

英靈戰士，她是這個意思。我是重生的人，可以恣意穿過各個世界，擁有驚人的力量和耐力。可是，我再也無法變成正常的人類。我會一直保持這樣的狀態，年紀永遠不變，或者直到諸神的黃昏爲止，看哪一個結局率先到來而定。（可能受到某些條件的限制，敬請詳閱服務協定細則。）

「馬格努斯，我知道，我把你帶進這個詭異的來世，」她說：「我拋下你，對你實在是不公平，但是……」

「嘿。」我短暫碰了她的手一下。我知道莎米不能這樣，不過她和我表姊安娜貝斯幾乎都像我的親姊妹。「莎米拉，我只希望你快樂。而且你也知道，假如我們可以在你離開之前讓九個世界不至於燒掉，那也很好啊。」

她笑起來。「那好吧，馬格努斯。就這樣說定了。我們需要一艘船。事實上，我們需要一大堆東西。」

「是啊。」鹽和冰似乎都已經把我的喉嚨當成自己的家。我回想起一月的時候遇見海之女神瀾恩，她曾經警告我，假如我膽敢又在海上航行，絕對會有大麻煩。

「首先，我們需要找人諮詢，」我說：「看看怎麼航行穿越魔法海域、對付詭異的海怪，而且不會死在一大堆憤怒的水域天神手裡。說也奇怪，我還剛好認識一個人可以聊這些事。」

「你表姊。」莎米猜測。

「對啊，」我說：「安娜貝斯。」

57 我找來一些幫手

發簡訊和打電話都沒用，所以我派出一隻渡鴉。

我本來沒辦法與表姊取得聯繫，我對湯傑說起這件事，他看著我，一副覺得我是笨蛋的樣子。「馬格努斯，就派一隻鳥去啊。」

我眞蠢，在瓦爾哈拉待了這麼多個月，竟然不曉得可以租一隻渡鴉，在牠腳上綁個訊息，然後派牠去找九個世界的任何一個人。在我看來，這整個過程也太像《權力遊戲》[89]的情節了吧，不過隨便啦，有用就好。

渡鴉很快就帶著安娜貝斯的回覆飛回來。

我們講好火車班次，約在波士頓和曼哈頓的中間見面，也就是在康乃狄克州的新倫敦市。安娜貝斯比我先到，她站在月台上等待，穿著牛仔褲和涼鞋，長袖的紫色上衣有月桂冠的圖案，而且寫著「SPQR: UNR」（古羅馬帝國政府：新羅馬學院）字樣。

她擁抱我，直到我的眼球幾乎要像索列恩嘉一樣暴凸出來。「我眞是鬆了一大口氣，」她說：「我從沒想過看到窗外有一隻渡鴉會這麼高興，可是……你還好嗎？」

「好啊，很好。」我得壓抑神經質的大笑，因爲用「還好」來描述我的感受實在是很蠢的

[89]《權力遊戲》（*Game of Thrones*）是以小說《冰與火之歌》（*A Song of Ice and Fire*）改編的電視影集。

字眼。況且，安娜貝斯的狀況顯然也不好。她的灰眼睛似乎很陰沉、疲倦，今天看起來比較不像暴風雨雲，而是飄不起來的濃密霧層。

「有好多事情要說，」我說：「我們去吃點午餐吧。」

我們在「泥巴潭餐廳」的露天平台找到一張桌子。我想，這地方應該是以藍調音樂家穆帝・華特斯[90]爲名，不過一想到我即將航行穿越的水域，這名字顯得有點不吉利。我和安娜貝斯坐在陽光下，點了可樂和乳酪漢堡，望著航向長島灣的一艘艘帆船。

「紐約的生活好瘋狂，」安娜貝斯說：「我以爲通訊不良的問題只出在半神半人之間……我的意思是像我這種希臘人和羅馬人，不過後來發現我也收不到你的消息。對不起，我沒有早一點領悟到。」

「等一下，爲什麼會通訊不良？」

安娜貝斯用她的叉子戳向桌面。今天她沒有把金髮綁起來，而是披垂在肩膀上，似乎剪短了些。陽光照在她頭髮上的樣子令我聯想到希芙……但我努力拋開這念頭。我知道，如果有人膽敢叫安娜貝斯是「獎盃」之類的，她可能會殺了那個人。

「有危機發生了，」安娜貝斯說：「有個天神墜入凡間變成人類，而那些邪惡的羅馬皇帝回來了，引發動亂。」

「喔，那豈不是和平常一樣。」

她笑起來。「是啦。不知道用什麼方法，那些邪惡的羅馬人把半神半人之間的通訊弄得一團亂。不只是平常魔法方面的通訊，連手機和無線網路等也不通。你的渡鴉居然找得到我，我實在很驚訝。我本來想直接衝去波士頓去看看你的狀況，不過……」她無可奈何地聳聳肩。「我實在忙得不可開交。」

「我完全了解，」我說：「我可能不該害你分心。你有夠多的事情要處理……」

她伸手越過桌子捏捏我的手。「你這是開玩笑吧？我想幫忙。發生什麼事？」

把所有事情都告訴她的感覺眞是太棒了。回想起我們第一次交換祕密，她講希臘眾神、我講北歐，感覺眞是超怪的。那天說再見時，彼此都覺得好像是充電充過飽的電池，腦袋快要燒壞了。

而現在，我們至少建立了某種基礎架構。沒錯，這一切依然既荒謬又瘋狂；假如我停止思考這些事，過了一陣子之後，可能又會像瘋子一樣傻笑起來。然而，我絕對可以把自己的問題告訴安娜貝斯，不需要擔心她不相信我。於是我終於明白，莎米能夠全然信賴阿米爾，她的內心該有多麼感激啊。

我對安娜貝斯述說洛基逃走的事，還有莎米要追蹤他下落的想法……關於一個最遙遠邊境的冰封港口，介於約頓海姆和尼福爾海姆之間（或者斯堪地納維亞，看看哪個地方先到達而定）。

「駕船航海啊，」她說：「噢，好傢伙。那喚起痛苦的回憶。」

「是啊，我記得你曾說過航行去希臘和……是啊。」我不想再提起那一大堆恐怖的事情。上次對我描述他們的航程經歷時，安娜貝斯邊講邊哭，特別是她和男友波西曾經掉進某種類

---

90 穆帝・華特斯（Muddy Waters, 1913-1983）有「芝加哥藍調之父」的稱號，取藝名時用他小時候常玩的爛泥巴潭（muddy water）為名。

似地獄的地方，叫做塔耳塔洛斯。

「嗯，」我說：「我不想對你造成壓力。只是覺得……我不知道……也許你會想到什麼點子，某些忠告之類的。」

一列火車轟隆行經車站。我眼前的海灣景致在火車車廂之間忽隱忽現，很像以前那種畫面不連貫的盤式老電影。

「你說，你和一些海神有過節。」安娜貝斯說。

「對呀，瀾恩……擁有一張大網的拾荒婦女。而我想，她的丈夫現在也很討厭我。他的名字叫埃吉爾。」

安娜貝斯敲敲自己的額頭。「我需要更多的記憶空間來儲存這些名字。好，我不知道這麼多海神是怎麼分工。難道是北歐的海神只掌管北方，而波塞頓掌管南方？或者他們是採取，例如，分時工作之類的模式……？」

我想起一部老卡通，牧羊犬負責守護羊群，不讓野狼靠近，而牧羊犬每次要換班時都會用力敲時鐘。我好想知道眾神會不會打卡，例如，說不定他們都是從家裡去上班。難道海神都是遠距辦公？

「我也不知道，」我坦白說：「不過等我們要離開波士頓的時候，我是很希望所有的朋友都不會被海嘯淹死。」

「可是你們還有一點時間？」

「到這個夏天，」我說：「海面結冰的時候，我們沒辦法離開。」

「很好。到時候我們學校那邊就沒事了，終於畢業。」

「我沒上學啊。喔……你說的『我們』是指你和你男友？」

「完全正確。假設他這學期過關，標準化測驗也考得還可以，再假設那些邪惡的羅馬皇帝沒有把我們所有人殺光光、毀滅整個世界……」

「是啊。如果洛基還沒有啟動諸神的黃昏，那些羅馬皇帝就先毀滅整個世界，洛基應該會超憤慨的吧。」

「我們應該有足夠的時間幫你一點忙，至少可以交換意見，也許找來一些幫手。」

「呃，什麼幫手？」

安娜貝斯面露微笑。「我對海洋不是很了解，不過我男友很懂。我想，你該見見波西了。」

國家圖書館出版品預行編目（CIP）資料

阿斯嘉末日：雷神戰鎚 / 雷克．萊爾頓（Rick Riordan）著，王心瑩譯. -- 初版. -- 臺北市：遠流，2017.07
面；　公分
譯自：Magnus chase and the gods of asgard : the hammer of thor
ISBN 978-957-32-8024-8(平裝)

874.57　　　106009233

阿斯嘉末日

雷神戰鎚

文 / 雷克．萊爾頓　譯 / 王心瑩

主編 / 林孜懃　責任編輯 / 陳懿文　封面設計 / 唐壽南
行銷企劃 / 盧珮如、鍾曼靈
出版一部總編輯暨總監 / 王明雪

發行人 / 王榮文
出版發行 / 遠流出版事業股份有限公司　104005台北市中山北路一段11號13樓
電話：(02)2571-0297　傳眞：(02)2571-0197　郵撥：0189456-1
著作權顧問 / 蕭雄淋律師
輸出印刷 / 中原造像股份有限公司
□ 2017年7月 1 日 初版一刷
□ 2023年1月 5 日 初版七刷

定價 / 新台幣399元 (缺頁或破損的書，請寄回更換)

ISBN　978-957-32-8024-8
遠流博識網 http://www.ylib.com　E-mail:ylib@ylib.com
遠流雷克萊爾頓奇幻欄 http://www.facebook.com/thekanefans